DER TOD SEGELT MIT

Andreas Schnabel, 1953 in Hamburg geboren, begann seine Fernsehlaufbahn beim SFB und ging dann als Moderator, Redakteur und Produzent für die Sportredaktion zum damals noch jungen Sender RTL. Heute lebt er in Pulheim bei Köln und verfasst Drehbücher, Kurzgeschichten, Theaterstücke, Lyrik und Kriminalromane.

ANDREAS SCHNABEL

DER TOD SEGELT MIT

KRIMINALROMAN

emons:

Bibliografische Information der Deutschen Nationalbibliothek
Die Deutsche Nationalbibliothek verzeichnet diese Publikation
in der Deutschen Nationalbibliografie; detaillierte bibliografische
Daten sind im Internet über http://dnb.d-nb.de abrufbar.

© Emons Verlag GmbH
Alle Rechte vorbehalten
Umschlaggestaltung: Nina Schäfer, unter Verwendung der Motive
von photocase.de/suze, pixabay.com/Rondell Melling
Gestaltung Innenteil: DÜDE Satz und Grafik, Odenthal
Lektorat: Dr. Marion Heister
Druck und Bindung: CPI – Clausen & Bosse, Leck
Printed in Germany 2024
ISBN 978-3-7408-2318-4
Originalausgabe

Unser Newsletter informiert Sie
regelmäßig über Neues von emons:
Kostenlos bestellen unter
www.emons-verlag.de

Dieser Kriminalroman ist allen
Menschen gewidmet, die gern segeln.

EINS

Schilksee am Freitag, dem 5. April

Bert Buske hatte ausnahmsweise schlechte Laune, wie in jeder ersten Woche der Vorsaison, und zwar für ganze sieben Tage. In dieser Zeit mussten die Winschen an Bord aller vierzehn Yachten seiner Segelschule und Chartergesellschaft gewartet werden. Das hieß: jede einzelne dieser Seilwinden auseinanderbauen, sämtliche »Innereien« reinigen, neu fetten und wieder zusammenbauen. Bei so vielen seetüchtigen Schiffen war das eine Menge Arbeit.

»Wieso muss ausgerechnet ich darunter leiden«, brummte der Segellehrer, »dass vor über hundert Jahren die Sklaverei abgeschafft wurde!«

Tine, seine Sekretärin und die gute Seele des Betriebes, war darüber ebenfalls nicht glücklich, dass sie in dieser Woche ihre normale Kleidung gegen einen Blaumann tauschen musste. »Ich höre immer ›abgeschafft‹! In meinem Arbeitsvertrag steht nichts von fünf Tage im Jahr komplett eindrecken und in den Sommermonaten acht Tage in der Woche arbeiten. Das ist Sklaverei! Als Berufsbezeichnung führe ich den Titel ›Büroangestellte‹. Da steht auch nichts von einer eierlegenden Wollmilchsau.«

»Wie wäre es, wenn ich dich ab jetzt Büromanagerin nennen würde?«

»Du könntest mich auch mit ›Eure Heiligkeit‹ anreden. Mehr Geld hätte ich dadurch auch nicht auf dem Konto.«

Er grinste verschmitzt. »Säue werden auch nicht heiliggesprochen, Wollmilchsäue schon gar nicht! Außerdem musstest du hier noch nie Milch geben.«

»Aber mich einsauen!«

»Dafür bete ich dich auch an.«

Sie hörten ein Räuspern hinter sich und drehten sich um. Zwei in Trenchcoats gekleidete Männer, die vom Aussehen

her Zwillinge sein konnten, standen jeweils mit einem Akten-koffer in der Linken auf dem Steg und sahen auf sie herunter.
»Gehören Sie zur Segelschule Sailaway?«
Beide antworteten:»Jau«, und sie fügte hinzu:»Wir sind die Segelschule Sailaway.«
Der ältere der Herren nickte ihnen freundlich zu.»Dann sind Sie Bartolomeu Buske nebst Gattin!«
Tine lachte auf.»Bartolomeu Buske? Nee, das ist er nicht, das wüsste ich.«
»Halt die Klappe.« Der Skipper erhob sich.»Ja, der bin ich. Das ist aber nicht meine Gattin, sondern Frau Harmsen, meine Büroang... äh ... Büromanagerin. Mit wem haben wir die Ehre?«
»Wir sind Zolloberinspektor Bult und Zollamtmann Flatow.«
Der Oberinspektor überreichte Buske seine Karte.
»Ach du großer Gott«, entfuhr es dem Skipper,»wenn es mir wieder einfällt, was wir geschmuggelt haben sollen, dann gestehe ich es lieber gleich.«
»Deswegen sind wir nicht hier.«
Der Skipper überlegte.»Wofür ist der Zoll noch zuständig? Habe ich vergessen, irgendwelche Steuern zu zahlen?«
»Nein«, kam die Antwort unisono.
»Wollen Sie mein BAföG zurück?«
Beide schüttelten den Kopf.
Tine legte das Putzzeug beiseite und erhob sich ebenfalls.
»Ich habe mal gesehen, wie Leute vom Zoll auf der Jagd nach Schwarzarbeitern waren. Sind Sie deswegen hier?«
»Bring die doch nicht auf blöde Ideen«, blaffte Buske seine Mitarbeiterin an.»Unsere Hände sind schwarz wie die Nacht, und wir arbeiten von früh bis spät. Das ist zumindest verdäch-tig.«
Die Herren winkten ab.»Der Grund unseres Besuches ist ein geschäftlicher. Wir wollen eine Ihrer Yachten mieten.«
Buske zog die Stirn kraus.»Sie meinen, chartern?«
»Nein, mieten.«
»Also ohne Skipper?«
»Nein, mit.«

»Von welcher Zeit reden wir?«

»Ab sofort.«

»Und wo soll es hingehen?«

»Das können Sie bestimmen, solange Sie auf der dänischen Ostsee bleiben.«

»Und für wie lange?«

»Solange es nötig ist.«

»Was für eine Yacht soll es denn sein?«

Die beiden sahen sich fragend an. »Es wäre hilfreich, wenn sie die ganze Zeit über schwimmen würde. Wenn es drauf ankommt, auch schnell«, scherzte der Amtmann.

Buske zog die Stirn kraus. »Kann es sein, dass Sie keine Ahnung vom Segeln haben?«

Die Herren nickten. »Wozu auch«, antwortete der Zolloberinspektor, »wir würden so ein Boot noch nicht einmal im Hafen betreten. Wir mieten es auch nicht für uns, sondern von Amts wegen.«

»Und für wen, wenn ich fragen darf?« Bei Buske stellte sich Unbehagen ein.

»Darüber sind wir nicht berechtigt Auskunft zu erteilen. Nicht einmal der Kapitän wird das erfahren.«

»Das heißt Skipper auf Segelbooten«, unterbrach ihn Buske.

Der Oberinspektor sah ihn irritiert an. »Die ›Bounty‹ war auch ein Segelschiff und wurde von Kapitän William Bligh befehligt.«

»Das war auch ein Berufssegelschiff. Auf einem Sportboot nennt man den Kapitän Skipper. Auf unseren Schiffen wird auch nicht gemeutert, schon gar nicht für ein Bounty.«

»Womit sich dann aber die Frage aufwirft«, warf der Zolloberinspektor ein, »ob wir von Amts wegen überhaupt ein Sportboot mieten dürfen ...«

Beide Zollbeamten sahen sich fragend an.

»... und welche Kostenstelle wird dann damit belastet?«

Dem Amtmann fiel eine Lösung ein. »Ein Sportboot ist für das Amt etwas Besonderes, und dafür haben wir ein Extrabudget.«

Buske und Tine sahen darin kein Problem.

»Moment, meine Herren«, fuhr der Skipper dazwischen. »Die Kostenstelle, von der wir das Geld bekommen, ist uns völlig egal. Hauptsache, wir kriegen es. Bevor Sie wirklich so ein Boot mieten, sollten Sie sich über die internen Modalitäten einig sein. Wenn die klar sind, kommen wir zu den Voraussetzungen.«

Der Amtmann lächelte ihn freundlich an. »Sie haben völlig recht. Wie hoch ist die Chartergebühr?«

»Wie groß soll die Yacht denn sein?«

»Die größte, die Sie haben.«

»Dann wäre das eine X-482. Die käme jetzt in der Vorsaison auf dreitausendfünfhundert Euro. Der Skipper käme jeweils mit siebenhundert Euro extra.«

Einer der beiden Zöllner zog einen Taschenrechner aus dem Aktenkoffer und begann darauf zu tippen. »Ich würde Ihnen dreitausendzweihundert Euro bieten und die Skipper jeweils mit sechshundert Euro. Wären Sie damit einverstanden?«

Buske überlegte. »Für wie lange, sagten Sie?«

»Sicherheitshalber für drei Wochen pauschal. Man weiß ja nie.«

»Okay.« Buske holte sein Handy aus der Tasche. »Das wären dann insgesamt –«

»Lassen Sie Ihr Telefon mal stecken. Wir sind sowieso schneller.« Der Amtmann begann auf seinem Rechner zu tippen und murmelte: »Das wären dann dreitausendachthundert Euro pauschal für einundzwanzig Tage. Das wären dann zusammen neunundsiebzigtausendachthundert Euro! Das passt ja«, freute er sich. »Dann machen wir achtzig glatt und müssen kein weiteres Paket aufmachen.« Er griff in seinen Aktenkoffer, zog ein in Folie eingeschweißtes Päckchen mit Geldnoten heraus und reichte es dem verdutzten Buske.

Der bekam vor Erstaunen erst einmal kein Wort über die Lippen. »Aber, ich meine, also ich fürchte, also ich denke, Sie haben mit den dreitausendfünfhundert Euro etwas –«

Tine funkte dazwischen und griff nach dem Geldpaket. »Nein, ›Bartilein‹, die beiden haben die Summe ausgerechnet und haben ihre Kostenstelle sicher im Blick. Die Herren sind Fachleute in Finanzen. Wo dürfen wir quittieren?«

✳✳✳

Schilksee am Samstag, dem 6. April

Am nächsten Morgen saßen die beiden im Büro des Segelshops vor zwei Tassen frischem handgebrühtem Kaffee. Buske hing in einer Warteschleife am Telefon.

Tine lächelte süffisant. »Nun bin ich schon so lange bei dir versklavt, aber den Bartolomeu hast du mir bisher verschwiegen.«

»Wenn du jetzt dein Gesicht sehen könntest, wüsstest du die Antwort. Selbst für meine Lehrerin war ich nur Bert Buske. Und solltest du auf die Idee kommen, mich noch ein einziges Mal mit ›Bartolomeu‹ oder sogar mit ›Bartilein‹ anzureden, dann erschlage ich dich mit einem nassen Lappen.«

Sie grinste ihn frech an. »Dann werde ich mir das für deinen Grabstein aufheben. *Buenos días*, hier ruht Bartolomeu Buske, Seefahrer und Entdecker der Ostsee.«

»Und genau aus diesem Grund möchte ich bei meinem allerletzten Törn auch ohne Grabstein in der Ostsee verklappt werden!« Endlich schien er beim Hauptzollamt durchgekommen zu sein. Nach einer kurzen Auskunft sah er Tine verdattert an. »Ich fasse es nicht!«

Tine platzte vor Neugier. »Was haben sie denn gesagt?«

»Du wirst es nicht glauben, aber ›Butt & Flunder‹ gibt es beim Hauptzollamt Kiel wirklich. Das Ganze war kein Fake und offensichtlich alles legal.«

»Hast du sie ans Rohr bekommen?«

»Nein, sie seien im Augenblick nicht zu sprechen, da sie sich zurzeit amtlich wieder in Schilksee aufhalten würden.«

Tine war fassungslos. »Und das wussten die in der Telefonzentrale?«

»Vielleicht macht der Pförtner bei denen den Telefondienst

mit. Bei dem müssen sie ja vorbeikommen, wenn sie das Haus verlassen.«

»Aber man meldet sich doch normalerweise nicht beim Pförtner ab und sagt, wohin man geht.« Tine überlegte. »Das war mit Sicherheit die Nummer vom Zoll?«

»Aber ja doch! Ich habe die Nummer auf der Karte gewählt, und das Hauptzollamt hat sich gemeldet.«

»Dann waren die beiden Kerle gestern also echt und das Geld demnach auch?«

»Scheint so.«

Sie war noch immer nicht zufrieden. »Die können doch nicht so einfach achtzigtausend Euro ohne jegliche Quittung unters Volk bringen. Die brauchen doch auch eine Rechnung, um das Geld verbuchen zu können!«

Er war ebenfalls ihrer Meinung. »Und seit wann laufen echte Zollamtmänner mit eingeschweißten Geldbündeln durch die Gegend und machen dubiose Handschlaggeschäfte?« Buske nahm einen Schluck Kaffee. »Und wie sollen wir das jetzt verbuchen?«

Tine knabberte angespannt an ihrer Unterlippe. »Man kann auch nicht einfach zur Bank gehen und so viel Geld ohne Herkunftsnachweis auf sein Konto einzahlen!«

»Doch, in mehreren Tranchen jeweils unter zehntausend Euro.«

»Und als was willst du das bei der nächsten Steuerprüfung deklarieren?«

Er sah sie ratlos an. »Woher soll ich das denn wissen?«

Sie überdachten ihre Situation.

»Wenn die beiden nicht vom Zoll, sondern von der Mafia kämen, dann wäre ich mir sicher, dass die bei uns Schwarzgelder waschen wollen«, sagte Buske.

Sie schüttelte den Kopf. »Das ist ja nun völlig krank. Seit wann macht denn der Staat durch krumme Geschäfte Gewinn? Außerdem kannst du nur dreckiges Geld gegen saubere Quittungen waschen. Und die wollten keine haben.«

»Und genau das ist ja so verdächtig.« Er zog die Stirn kraus.

»Wenn Ermittler Häuser von irgendwelchen Drogenbaronen stürmen, dann gibt's nicht nur Stoff, sondern auch jede Menge Bargeld. Vielleicht ist das die Quelle von der Knete.« Das ließ sie nicht gelten. »Bei Razzien wird jedes Gramm, das sie an Koks oder Geld finden, fein säuberlich aufnotiert.« »Und die vielen unangemeldeten Gelder, die der Zoll den Menschen bei der Einreise abnimmt?« Sie winkte erneut ab. »Die können sich die Leute ja wieder abholen, wenn sie den Nachweis über den Ursprung der ›Barschaft‹ beibringen.« Buske kratzte sich am Kopf. »Ich habe das blöde Gefühl, dass wir da in irgendeine krumme Sache reingeraten sind.« Er sah sie prüfend an. »Du lächelst so geheimnisvoll. Was findest du daran so komisch?«

»An dem Geld nichts. Ich freue mich noch immer über den ›Bartolomeu‹.«

»Muss ich dir das dämliche Grinsen jetzt aus dem Gesicht meißeln, oder beruhigst du dich von allein?«

Nach einem erneuten Lachanfall wischte sie sich die Tränen von den Wangen. »Aber sag doch selbst: Wie kommt ein Ehepaar Buske dazu, seinen Sohn ausgerechnet Bartolomeu zu nennen?«

»Mein Vater wollte nach dem Krieg als junger Mann unbedingt zur See fahren. Nur hat er leider schon beim Anheuern das Hafenbecken vollgekotzt. Er ist dann zur Polizei, aber seine Kinder sollten unbedingt seefest werden. So nannte er mich nach einem portugiesischen Seefahrer und Entdecker Bartolomeu Dias. Mein kleiner Bruder heißt Vasco, nach Vasco da Gama, der ist bei der Marine, und der große heißt Christoph, nach Kolumbus.«

»Der ist doch bei der Post.«

»Stimmt, aber sein Segelboot heißt ›Santa Maria‹.«

Sie klopfte ihm aufmunternd auf die Schulter. »Hat ja auch etwas gebracht. Seefest seid ihr drei nun wirklich. Aber du kannst dich glücklich schätzen, dass Papa kein Disney-Fan war, sonst würdet ihr Tick, Trick und Track heißen.«

Die beiden Zollbeamten betraten den Shop.

»Uns wurde berichtet, dass Sie nach uns gefragt hätten?«
Buske erhob sich verlegen. »Ja, ich wollte mich ehrlich gesagt davon überzeugen, dass es Sie wirklich beim Zoll gibt.« Der Zollamtmann lächelte ihn freundlich an. »Was verleitet Sie zu der Annahme, dass es nicht so sein könne?«

»Dass Sie mir nach einem Handschlaggeschäft ohne Quittung achtzigtausend Euro bar in die Hand drücken. Das mag zwar rechtlich in Ordnung sein, aber Sie werden doch zugeben, dass das zumindest ungewöhnlich ist.«

Der Oberinspektor zückte seinen Dienstausweis und zeigte ihn Buske. »Wie Sie sehen, ist der echt. Sie haben aber sicher damit recht, dass ungewöhnliche Umstände ungewöhnliche Maßnahmen rechtfertigen.«

Buske sah ihn skeptisch an. »Nur bei welchen ungewöhnlichen Umständen könnte mein Boot dem Staat behilflich sein?«

»Das unterliegt der absoluten Geheimhaltung.«

Buske machte ein entschlossenes Gesicht. »Dann möchte ich von dem Geschäft zurücktreten.«

Es entstand eine Pause, in der sich die Atmosphäre auflud.

»Das wäre natürlich Ihr Recht. Sie können sich dann aber sicher sein, dass all Ihre Boote bei jedem Einlaufen in diesen oder in jeden anderen deutschen Yachthafen vom Zoll überprüft werden.« Der Amtmann sah ihn lächelnd an. »Und das nicht nur für ein paar Wochen. Natürlich haben wir eine schwarze Liste an Bord unserer Schiffe, und Ihre Segelboote stehen dann auf der pechschwarzen. Das wird sich übrigens ganz schnell in der Branche herumsprechen, und welcher Charterkunde will sich diesen ...«, er machte eine Pause, »... nennen wir es, Unannehmlichkeiten aussetzen?«

Tine erhob sich ebenfalls und stellte sich drohend neben ihren Chef. »Wollen Sie uns erpressen?«

Der Amtmann sah beide scheinheilig an. »Nein, natürlich nicht. Wir möchten Sie nur mit der Realität vertraut machen.«

Es entstand eine erneute Pause.

»Da Sie keine weiteren Einwände haben, würden wir uns gern das Boot, das wir gechartert haben, ansehen. Welches ist es?«

»Die ›Josephina‹«, antwortete Buske niedergeschlagen. »Der Name steht groß am Heck. Auf dessen Nachbarboot haben Sie uns gestern angetroffen.«

»Ist es abgeschlossen?«

Tine ging zu einem Schlüsselschrank und entnahm ihm ein Bund. »Darf ich Ihnen alles zeigen?«

»Das muss nicht sein. Wir machen innen und außen nur ein paar Fotos.«

»Aber Sie müssen doch eine gründliche Einweisung bekommen.«

»Wir brauchen die nicht, aber die Besatzung braucht sie. Die wird in knapp vier Stunden hier sein.« Der Oberinspektor sah auf die Uhr. »Das müsste doch reichen, sodass um achtzehn Doppelnull abgelegt werden kann?«

Die Gesichter der Zöllner wurden wieder freundlicher. »Übrigens, Herr Buske, wir hätten Sie gern als Skipper.«

»Das geht nicht, ich steche nachher mit einem Lehrgang für den Bootsführerschein in See.«

»Wie viele haben sich dafür angemeldet?«

»Leider nur zwei.«

»Und dann fahren Sie raus?«

»Was sollen wir machen? Eigentlich waren es fünf, aber drei davon haben sich heute Morgen abgemeldet, und die anderen beiden sind schon auf dem Weg hierher. Wir müssen von uns aus auffüllen, damit wir segeln können.«

»Dann machen Sie den Lehrgang doch mit unserem Boot. Mit unseren vier Leuten haben Sie doch dann genug Leute an Bord. Dann können Sie denen auch das Segeln beibringen, dann langweilen sie sich wenigstens nicht.«

»Aber ich habe mit meinen Schülern immer eine feste Route in den Kleinen Belt hinein.«

»Fahren Sie ruhig. Solange Sie nicht nach Kamtschatka segeln, ist uns das egal.«

✳✳✳

Nach dem Gespräch richteten Tine und Buske auf der »Josephina« unter Deck alles für die kommende Woche her.

Es klopfte jemand an das Schiff. »Wenn das hier ein Boot von Sailaway-Yachtsport ist, bitten wir, an Bord kommen zu dürfen.«

Buske schaute aus der Luke des Niederganges und sah sich zwei sportlich gekleideten Paaren gegenüber, eines davon war noch sehr jung.

»Von Sailaway sind wir, aber ob Sie hier richtig sind, kann ich Ihnen erst sagen, wenn Sie sich vorgestellt haben.«

Eine ausgesprochen attraktive Enddreißigerin mit langen dunkelblonden Haaren, die nur durch einen dicken Knoten gebändigt werden konnten, sah ihn mit fragender Miene an. »Die beiden Hohenzollern müssten uns eigentlich angemeldet haben.«

Diese Bezeichnung gefiel ihm. »Hohenzollern ist auch nett. Wir haben sie ›Butt & Flunder‹ getauft.« Er machte eine einladende Geste.

Ein sympathisches Lächeln huschte über das Gesicht der schlanken Frau. »Ja, das passt. Mein Name ist übrigens Femke Gellert, Zollsekretärin. Uns wurde gesagt, dass wir bei Ihnen mindestens eine Woche lang segeln lernen sollen und danach den Sportbootführerschein See in der Tasche haben.«

Nachdem sie das Cockpit der »Josephina« betreten hatten, begrüßte Buske alle mit Handschlag.

»Wenn Sie schön mitmachen, ordentlich lernen und den Prüfer nicht über Bord gehen lassen, trifft das zu.« Er stellte ihnen Tine vor. »Das ist unsere gute Seele an Land. Ohne sie läuft nichts bei uns. Mein Name ist Bert Buske, euer Skipper für diesen Schulungstörn.«

»Da ich quasi die Reiseleiterin unserer kleinen Gruppe bin, stelle ich mal meine Leute vor.« Sie zeigte auf das junge Paar. »Das sind Kathi Müller, eine Studentin aus Detmold, und ihr Kommilitone Jonas Mayer aus Arnsberg. Beide sind als Finanzbeamte im dualen Studium an der Uni Bielefeld. Der Vierte in unserem Bunde ist Thomas Bensch, ein neuer Mitarbeiter von mir, den ich sozusagen im Umgang mit unseren Auszubildenden anlernen möchte.«

Buske schaute fragend auf die Riesenrucksäcke und Stahlkoffer, die die beiden Älteren mitführten. »Haben Sie Ihr eigenes Rettungsboot mitgebracht?«

»Nein, das sind alles Dinge, die wir für das duale Studium brauchen.«

Der Skipper schüttelte den Kopf. »Da habe ich aber Glück, dass die beiden nicht Medizin studieren. Dann hätten Sie sicher noch ein paar Koffer mit anatomischen Exponaten dabei.«

In diesem Augenblick kam ein weiteres, nur mit großen Seesäcken bepacktes Pärchen über den Steg und blieb vor ihrem Boot stehen.

Buske sah zu ihnen hoch. »Und ihr beide seid Sebastian und Charlotte. Ihr habt euch angemeldet. Richtig?«

Sie nickten. »Volltreffer«, antwortete der Mann.

»Dann willkommen an Bord.« Er nahm ihre Seesäcke entgegen. »Dann macht ihr euch schon mal untereinander bekannt und verteilt die Kojen. Meine Kabine ist steuerbord achtern, also hinten in Fahrtrichtung rechts. Die ist tabu. Tine und ich haben noch etwas im Büro zu regeln, dann habt ihr mich für eine Woche ganz für euch.«

Während beide auf dem Steg Richtung Shop gingen, beobachtete Buske sie von der Seite. »Tine, mein Schatz, dir ist eine Laus über die Leber gelaufen. Was ist los?«

»Hast du dir die beiden jungen Leute näher betrachtet?«

Buske zuckte mit den Achseln. »Nein, dazu hatte ich noch keine Zeit.«

»Mit denen stimmt was nicht.«

»Nun hör aber mal auf«, brummte er ärgerlich. »Woher willst du das denn nach nur drei Minuten Gegenüberstellung wissen, ohne dass die nur ein einziges Wörtchen mit uns geredet haben?«

»Eben drum. Das sind junge Erwachsene. Wieso können die sich nicht selbst vorstellen? Und hast du deren Haare gesehen?«

Buske lachte. »Stimmt, das ist mir auch aufgefallen. Die haben sie beide mitten auf dem Kopf.«

Tine winkte ab. »Typisch Mann! Aber die Körbchengröße von dieser Kathi Müller, die könntest du mir sicherlich nennen, oder?«

Sie betraten das kleine Büro.

»Das ist doch wieder eines deiner üblichen Klischees!« Er machte eine Pause und überlegte. »›D‹, würde ich sagen. Bei der Reiseleiterin ein zartes ›Doppel-A‹, und Charlotte erfreut die männliche Besatzung mit einem ansprechenden ›C‹.«

Sie war genervt. »Könnte hinkommen. Aber dass die Haare bei den beiden gefärbt sind, ist dir entgangen.«

»Da kannst du mal sehen, wo jeder seine Prioritäten setzt. Und warum hast du mit deren Haaren ein Problem?«

»Weil das Kommilitonen sind. Die würden sich nie und nimmer die gleiche Haarfarbe in den Dutt schmieren. Es sei denn, es gibt einen Grund dafür! Und hast du ihn mal beobachtet?«

»Nein.«

»Er wischt sich ständig durch die Haare, als ob er da oben ein Spinnennest hätte.«

Buske schüttelte den Kopf. »Vielleicht einfach nur Partnerlook und bei ihm juckt das Färbemittel.«

»Mein Gott, Bert, ich könnte schwören, das sind Geschwister!«

Er goss sich einen Kaffee ein. »Selbst wenn! Anatomisch ginge das problemlos, und wenn die beiden darauf stehen, dann hat mich das nicht zu kümmern. Ich bin schließlich nicht bei der Sitte.«

Sie sah ihn eindringlich an. »Bert, ich habe ein Scheißgefühl bei der Sache. Sag den Törn ab.«

Er fuhr hoch. »Absagen? Auf keinen Fall! Und was ist mit der schwarzen Liste? Außerdem sind achtzig Mille ein warmer Regen, den wir verdammt gut gebrauchen können. Du jammerst doch immer, dass wir noch ein Motorboot brauchen. Wovon sollen wir das denn bezahlen?«

»Das würden wir auch so zusammenkriegen.«

»Und was ist mit der Drohung von Butt und Flunder? Das müssen wir ernst nehmen!« Er nahm einen Schluck Kaffee.

»Nein, die Nummer ziehe ich durch, und wenn der ganze Schnee verbrennt!«

∗∗∗

Buske ärgerte sich noch immer über Tines Bedenken und hatte Mühe, bei seiner Einführungsansprache einen freundlichen Ton zu finden.

»So, Leute, die ›Josephina‹ ist nun für eine Woche unser Zuhause. Wir sind eine Crew, bei der ich das Kommando habe. Hier an Bord gibt es keinen Unterschied zwischen Mann und Frau, und wir duzen uns. Wenn ich etwas anordne, dann wird es kommentarlos ausgeführt. Sollte derjenige, den ich beauftragt habe, nicht verstehen, was ich von ihm will, dann bitte gleich raus damit. Dann kann ich es erklären. So weit alles klar?« Er sah einen nach dem anderen an. »Wunderbar, dann noch weitere Punkte: Für Ordnung und Sauberkeit sind wir alle gleichermaßen verantwortlich, auch für das, was bei uns auf den Tisch kommt. Die beiden Bäder werden einmal am Tag gründlich geputzt, und damit ist ausnahmslos jeder mal dran. Ich bin dabei nicht ausgenommen. Wir stehen jeden Morgen um sieben Uhr auf, sodass wir um neun mit dem Theorieunterricht beginnen können. Um halb eins gibt es Mittag, und ab fünfzehn Uhr wird gesegelt. Der Wetterbericht ist für die kommende Woche nicht so doll, das heißt, dass es oben an Bord nass werden könnte. Wer also kein Ölzeug hat, der kann es für einen schmalen Euro in unserem Shop erwerben.« Er sah einen nach dem anderen an. »Gibt's Fragen?«

»Wie sieht es mit der Bordverpflegung aus?«, fragte Charlotte.

»Wenn wir dafür nicht einkaufen, ganz schlecht. Deswegen gehen wir nachher gemeinsam zum Supermarkt. Was für die Gemeinschaft ist, wird aus der Bordkasse gezahlt, den privaten Kram zahlt jeder für sich selbst.« Auf Buskes Stirn erschienen zwei senkrechte Falten. »Ernährt sich jemand vegetarisch oder vegan?«

Niemand meldete sich.

Seine Stirn glättete sich wieder. »Wunderbar, das erleichtert das Kochen kolossal. Erst mal zahlt hier jeder zwei Hunderter in die Bordkasse ein. Daraus werden die Lebensmittel, die Hafengebühren und der Sprit, den wir verfahren, bezahlt. Dann gehen wir ins Büro. Dort hat Tine den Papierkram für jeden so weit fertig, dass wir danach für die Woche einkaufen können. Für den Führerschein habt ihr ja alles schon eingereicht, also Anmeldung mit Passbild, medizinisches Tauglichkeitszeugnis und die Prüfungsgebühren?«

Die beiden Azubis sahen erst ihn und dann Femke fragend an.

Die nickte nur. »Die Anmeldung ist auf dem Weg und müsste spätestens morgen vorliegen.«

Tine zeigte auf den Computer. »Ich habe eben eine dementsprechende Mail bekommen. Was von Femke und Thomas noch fehlt, ist die ärztliche Bescheinigung. Von Kathi und Jonas habe ich sie.«

»Ich bin Arzt«, meldete sich Sebastian, »wenn wir einen Optiker mit den nötigen Sehtafeln hier am Ort haben, kann ich das für euch erledigen.«

Buske sah auf die Uhr. »Der hat gerade noch offen. Macht euch auf den Weg und kommt dann zum Supermarkt nach.«

✻✻✻

Sie hatten schon einen Teil der Grundnahrungsmittel eingekauft, als Femke, Thomas und Sebastian wieder zu ihnen stießen. Den Sehtest hatten sie bestanden, wobei vor allem der Farbsehtest entscheidend war. Rot und Grün sollte man in der Dunkelheit bei Fahrzeugen auf See schon unterscheiden können.

Für Buske war das Einkaufen ein wichtiger Bestandteil des Wochentörns, denn wie sich Leute dabei verhielten, ließ oft einen Schluss darauf zu, wie sie sich später an Bord verhalten würden. Wer schon im Supermarkt an allem herummäkelte, der würde sich auf See auch als schwierig erweisen.

Femke Gellert, die Zöllnerin, war eine sportliche, selbstbewusste Frau, die offensichtlich mit beiden Beinen im Leben stand. Ihre Stellung berechtigte sie dazu, Anweisungen zu erteilen, aber sie hatte auch kein Problem damit, welchen zu folgen. Auf sie würde sich der Skipper verlassen können.

Thomas Bensch, der andere Zöllner, schien vor allem dann zufrieden zu sein, wenn er nichts entscheiden musste, somit war er gewohnt, Befehlen zu folgen. In stressigen Situationen könnte das ein wichtiger Mann an Bord werden.

Über Sebastian Mendig, den smarten Hamburger Unfallchirurgen, konnte Buske in der Kürze nur wenig sagen. Er schien alles mit Bedacht zu erledigen und würde seinen Anweisungen an Bord sicher und zuverlässig folgen.

Charlotte Wilke, eine hochgewachsene, modebewusste IT-Beraterin in leitender Funktion, wie sie bei der Vorstellung betonte, könnte sich als ein Problemfall in der Crew herausstellen. Sie würde erfahrungsgemäß alles hinterfragen wollen. Leider waren das die Menschen, die ein Skipper oft dann, wenn die See kabbelig wurde, am liebsten kielholen würde.

Kathi Müller und Jonas Mayer waren jeweils mit Panzerkopfhörern ausgerüstet. Bei ihnen schien es sich um junge Leute zu handeln, die offensichtlich alles teilnahmslos über sich ergehen lassen würden, solange sie sich hinter ihrem Audio-Schutzschirm verkriechen konnten. Ihr im Takt ihres Beats wippender Kopf bestätigte seine Annahme. Er hingegen horchte konzentriert und gab sich anscheinend einem Podcast hin. Bei näherem Hinsehen konnte man bei dem jungen Mann doch etwas Auffälliges bemerken. Seine Bewegungen wirkten nicht rund, sondern eckig, mehr von Hast getrieben. Dennoch schienen sie kontrolliert zu sein. So wie er zum Beispiel die gekauften Lebensmittel in den Einkaufswagen legte, sah es aus, als würde er von Zwängen getrieben Tetris spielen.

Buskes Spezialität war es bisher immer gewesen, aus einem zufällig zusammengewürfelten Haufen eine Crew zu formen. Erneut klangen Tines Worte in seinen Ohren, dass er den Törn lieber hätte absagen sollen. Dafür war es aber inzwischen zu spät. Nein, seine Entscheidung, in See zu stechen, war okay, und es würde ein normaler Schulungstörn werden. Warum ausgerechnet der Zoll seine Yacht für diese bunte Truppe charterte, blieb ihm ein Rätsel, vor allem für diese Mörderknete, die ihm dafür gezahlt wurde.

***

Nachdem sie alle Lebensmittel in der Pantry und deren vielen Stauräumen untergebracht hatten, versammelte sich die Crew im Cockpit, um die Sicherheitseinweisung über sich ergehen zu lassen.

Buske sah die jungen Leute an und machte ihnen in Zeichensprache klar, dass sie die Kopfhörer abnehmen sollten. Sie folgten ihm missmutig.

»Fangen wir mit euren Panzerkopfhörern an. Diese Dinger werdet ihr erst dann wieder aufsetzen, wenn wir im nächsten Hafen fest vertäut an der Pier liegen und uns gar nichts mehr zu sagen haben.«

Kathi sah ihn entsetzt an. »Die ganze Zeit keine Mucke?«

»Nein.«

»Aber warum denn nicht?«

»Weil ihr segeln lernen wollt. Dazu müsst ihr die Ohren frei haben, um den Anweisungen des Skippers folgen zu können. Und ich schwöre euch, dass keiner von uns auf See Zeit und Bock hat, Musik zu hören. Segeln ist ein Sport und mit viel Arbeit verbunden.«

Beide zogen ihre Handys aus der Tasche und trennten die Verbindungen.

Buske lächelte sie an. »Willkommen in der Crew, ihr zwei. Es ist schön, euch an Bord zu haben und euch während der kommenden Woche näher kennenzulernen.«

Zum ersten Mal huschte so etwas wie ein Lächeln über Kathis Gesicht. Jonas hingegen schien diese Geste der Sympathie unangenehm zu sein.

»Nun kommen wir zu den wichtigsten Regeln an Bord, und daran haben sich alle ausnahmslos zu halten. Erstens: Eine Hand für das Schiff, die andere für dich. Das heißt: Egal, was ihr macht, ihr müsst immer gesichert sein, ob ihr euch nun am Schiff festhaltet oder durch ein Sicherungsseil mit dem Schiff verbunden seid. Das müsst ihr bei Seegang auch unter Deck beachten. Immer mit einer Hand festhalten! Zweitens: Sowie die Leinen los sind, hat jeder, der an Deck ist, seine automatische Rettungsweste zu tragen.« Buske zog sieben Exemplare aus einem Fach und verteilte sie.»Jeder hat seine persönliche Weste. Hier auf das Plastikschild könnt ihr mit Edding eure Namen schreiben. Das vorschriftsmäßige Anlegen üben wir nachher. Automatisch sind die Dinger deswegen, weil sie sich in dem Augenblick, wenn ihr ins Wasser gefallen seid, ganz von allein aufblasen. Drittens: Meinen Anweisungen ist Folge zu leisten. Solltet ihr daran etwas nicht verstanden haben, dann sagt es bitte. Es wird aber nicht über Sinn und Unsinn diskutiert. Ihr könnt sicher sein, dass ich keinen Blödsinn anordnen werde. Viertens: Auf See sind die Personen, die zur Wache eingeteilt wurden, immer hier oben an Deck. Sollte einer davon mal dringend müssen, dann lässt er sich kurz ablösen und macht sein Geschäft auf der Toilette, und zwar sitzend. Über die Reling pinkeln ist ein absolutes No-Go, das ist viel zu gefährlich. Auf See ist auch niemals jemand allein an Deck, da jederzeit etwas passieren und der zweite Wachhabende dann Hilfe rufen kann. Und fünftens: Wir sieben sind eine Tischgemeinschaft. Der Seefahrer sagt dazu Backschaft. Auf- und abbacken, also den Tisch zu den Mahlzeiten decken und abräumen, sowie kochen und abwaschen erledigen alle, die nicht zur Wache eingeteilt wurden.«

»Und wann haben wir mal frei?«, fragte Charlotte entrüstet.

Buske sah sie lächelnd an.»Morgen in einer Woche.«

Nachdem sich ihre Stirn wieder geglättet hatte, gab es eine gründliche Einweisung im Gebrauch der Rettungsgeräte an Bord.

Buske sah auf die Uhr.»So, Leute, wir legen um achtzehn Doppelnull Richtung Dänemark ab. Wer vorher noch eine warme Dusche haben will, der sollte das jetzt schnell erledigen. Die sanitären Einrichtungen findet ihr gegenüber vom Hafenmeisterbüro. Wenn wir heute Nacht in Langeland anlegen, sind die Brausen dort schon kalt.«

Alle bis auf Jonas gingen zu den Duschen. »Du nicht?«, fragte ihn Buske.

»Nein.« Der junge Mann öffnete zwei Knöpfe seines Hemdes. Ein Pflaster kam zum Vorschein. »Der Doc hat mir beim Gesundheitscheck im Krankenhaus noch schnell ein kleines, ewig nässendes Muttermal auf der Brust weggemacht. In zwei Tagen darf ich wieder duschen.«

✳✳✳

Femke und die junge Kathi waren die Ersten, die nach der Körperpflege wieder an Bord waren.

»Na hoppala«, begrüßte Buske sie. »Seit wann sind die Damen so schnell?«

»Seitdem Kurzhaarfrisuren wieder modern sind«, antwortete Kathi.

Es war Buske recht, dass sie unter Deck verschwand, sodass er Femke allein befragen konnte.

»Gibt es vor dem Ablegen noch etwas zu berichten, wovon ich wissen muss?«

Sie sah ihn gespielt irritiert an. »Willst du wissen, ob ich Single bin?«

»Blödsinn! Der Zoll hat diese Yacht doch nicht gechartert, damit eine bunt zusammengewürfelte Reisegruppe kostenlos ihren Sportbootführerschein machen kann? Du bist doch auch von diesem Haufen und mit Sicherheit nicht zufällig hier. Also raus mit der Sprache.«

Ihre Miene verfinsterte sich. »Derjenige, der die Bordkapelle bezahlt, bestimmt die Musik. Gibt es von deiner Seite irgendwelche berechtigten Zweifel an der Seetauglichkeit dieser Reisegruppe?«

»Bis auf Jonas nicht.«

»Was ist mit ihm?«

»Ich weiß nicht, irgendwie ist er seltsam.«

»Der junge Mann leidet meines Erachtens an Asperger, aber er ist, bis auf seinen Ordnungsfimmel, völlig okay.« Sie sah ihn prüfend an. »Gibt es dennoch Einwände?«

Buske schüttelte den Kopf. »Ich denke nicht.«

»Dann sollten wir pünktlich ablegen und gut gelaunt unseren SBF See machen.«

Buske zweifelte noch immer. »Ich spüre, dass da etwas ist, was ich wissen sollte.«

Sie lächelte ihn an. »Du erwartest von mir, dass ich dir in allem blind vertraue, was mit der Seefahrt und dem Schiff zu tun hat. Das tue ich auch, weil du Ahnung davon hast. Ich bin Fachfrau in Sachen Sicherheit an Land. Nun ist es an der Zeit, dass du mir vertraust.«

ZWEI

Buske war schon seit Jahrzehnten im Geschäft, aber dass er mit leichtem Widerwillen zu einem Törn ablegen würde, war für ihn eine Premiere. Dementsprechend missmutig sprach er die Crew, die sich im Cockpit versammelt hatte, an.

»So, Leute, ich hoffe sehr, dass ihr alles für euren Bedarf an Bord habt, denn wir werden erst in einer Woche wieder hier anlegen.« Er sah in die Runde. »Hat jeder seinen Kram beisammen?«

Alle nickten schweigend.

»Ich habe mir eben den Seewetterbericht angesehen. Es sieht so aus, als würde es Mitte der kommenden Woche recht kabbelig werden.«

»So wie jetzt?«, fragte Charlotte.

»Das reicht nicht. Sieben bis acht Windstärken werden es sicher werden. Ist von euch schon mal jemand seekrank gewesen?«

Niemand meldete sich.

»Okay, aber keine Bange. Wenn es richtig doll pustet, gibt's zur Not Häfen, in denen wir Schutz suchen können.« Er klatschte aufmunternd in die Hände. »Dann können wir ja gleich mit dem Unterricht beginnen. Ihr wisst, auf welcher Seite Backbord und wo das Heck eines Schiffes ist?«

Sie nickten. Das war für ihn schon mal ein Lichtblick.

»Eine Leine, mit der man ein Segel hochzieht, nennt man Fall. Das Ende einer jeden Leine ist ein Tampen. Einen Niederholer für das Segel gibt es auf der ›Josephina‹ nicht, da das Segel durch sein Eigengewicht von allein herunterrutscht. Das geht deswegen so leicht, weil die Mastrutscher, mit denen das Großsegel am Mast angeschlagen ist, kugelgelagert sind.«

Er machte eine kurze Pause, aber es gab weiterhin keine Fragen.

»Weiß jeder, was ein Fender ist?«

Die IT-Beraterin schüttelte den Kopf.

»Das ist ein Polster, das man zwischen Kaimauer und Bordwand oder zwei Schiffe hängt. Damit nimmt das Schiff an der Pier oder beim Anlegen keinen Schaden. Okay, wir kommen zu den Teams. Sebastian und Charlotte, Femke und Kathi und Thomas und Jonas bilden jeweils ein Team.«

Ohne dass er ein Zeichen dazu gegeben hätte, formierten sie sich von allein.

Ein Lächeln huschte über sein Gesicht. »Leute, mit euch kann man wirklich etwas anfangen.« Er schaute prüfend zur Mastspitze, an der ein Windrichtungsanzeiger befestigt war. »Na, denn man tau, ihr Landratten, in einer Woche seid ihr Seeleute! Wir legen ab. Femke und Kathi, ihr kümmert euch um die Bugleinen. Sebastian und Charlotte machen das Heck los. Jonas sichert das Boot nach Steuerbord und holt, wenn wir frei sind, die Fender ein. Thomas kümmert sich dementsprechend um die Backbordseite und zahlt vorher noch einen Zehner in die Klabauterkasse. Aus der wird nach dem Kurs das Abschlussessen bezahlt.«

»Aber warum denn?«, jammerte der Angesprochene. »Ich habe doch gar nichts getan oder gesagt!«

»Eben«, konterte Buske. »Du hast keine Rettungsweste um. Das ist ab sofort teuer.«

»Aber ich habe sie doch in der Hand!«

»In der Hand gehalten nützt auch ein Fahrradhelm nichts. So eine Rettungsweste bläst sich in dem Augenblick auf, wenn sie mit Wasser in Berührung kommt. Eine aufgeblasene Rettungsweste kannst du dir im Wasser nicht mehr anziehen.«

Bis auf Thomas, der mit hochrotem Kopf in die Weste schlüpfte, lachte die Mannschaft.

Buske warf einen prüfenden Blick auf die Sicherheitskleidung der restlichen Crew. Nachdem alle vorschriftsmäßig ausgerüstet waren, nickte er zufrieden. »Denn man tau! Vorleinen los!«

Buske freute sich über die Geschicklichkeit des Bug-Teams. Die beiden hatten sofort begriffen, dass die Leine nicht mit einem sogenannten Auge an den im Meeresboden verankerten Holzpollern befestigt war, sondern auf »Slip« lag. Das heißt, dass eine Leine um den Poller herumgelegt und beide Seiten am Boot festgemacht wurden. Beim Ablegen wurde ein Ende gelöst, und man konnte sie bequem wieder an Bord ziehen. Das klappte immer, selbst wenn sich andere Yachten mit ihren Leinen darübergelegt hatten.

»Leinen sind los«, riefen beide laut.

Buske nickte zufrieden. »Jetzt die Landleinen los!«

Sebastian und Charlotte lösten die Taue an den Kaipollern und sprangen danach an Bord.

»Heckleinen sind los!«

»Achtung, Fenderteams!«, rief Buske. »Jetzt müsst ihr backbord und steuerbord das Schiff abstoßen, sollte es seitlich an die Poller stoßen!«

Er stellte den Gashebel auf kleine Fahrt, und die »Josephina« glitt langsam aus ihrem Liegeplatz.

»Leute, ihr habt eure Sache gut gemacht. Wenn wir aus dem Hafen raus sind, dann drehe ich in den Wind, und wir setzen Segel.«

Im Gegensatz zu einem Traditionssegler konnten die Genua, das Vorsegel, und das Großsegel vom Cockpit aus gehisst oder ausgerollt und getrimmt werden. Nachdem ihnen der Skipper die dazugehörigen Leinen gezeigt hatte, funktionierte auch das reibungslos. Der Motorkegel wurde eingeholt, und danach stellte Buske die Maschine ab.

Es war immer wieder ein ergreifender Augenblick, wenn so ein großes Schiff nahezu geräuschlos das Wasser durchpflügte. Alle schwiegen und genossen die Stille.

Buske sah nach oben. Die Segel standen gut, sie flatterten nicht, und seine Crew saß wissbegierig um ihn herum.

»So, Leute, Femke und Kathi übernehmen die erste Wache. Kathi macht den Rudergänger, und Femke beobachtet die See.«

Die junge Frau schreckte hoch. »Ich soll ans Steuer?«

»Jau, weil du es kannst. Außerdem ist das ein Steuerrad.« Er deutete auf den Kompass. »Der Kurs liegt bei 45 Grad. Und wenn der Zeiger unter 45 Grad zeigt, dann musst du ein wenig nach Steuerbord lenken. Wenn du drüberliegst, dann nach Backbord. Ich bin immer bei euch. Es kann absolut nichts passieren.« Kathis Gesicht glühte vor Eifer, als sie sich hinter das Ruder stellte. Buske konnte mit sich zufrieden sein, zumindest einen der beiden jungen Menschen aus der Alltagslethargie geholt zu haben.

»Dann beginnen wir gleich mit dem theoretischen Unterricht. Wie lautet der Paragraf 3 der Seeschifffahrtsstraßen-Ordnung?«

Jonas' Körper straffte sich. »Paragraf 3 der Seeschifffahrtsstraßen-Ordnung beinhaltet die Grundregeln: Punkt 1 – wer am Verkehr teilnimmt, hat sich so zu verhalten, dass kein anderer geschädigt, gefährdet oder mehr als nach den Umständen unvermeidbar behindert oder belästigt wird.«

Alle sahen ihn erstaunt an.

»War das wörtlich zitiert?«, fragte Sebastian.

»Worauf du dich verlassen kannst«, antwortete Kathi. »Eine eigene Interpretation kommt für Jonas nicht in Frage.« Sie lächelte in die Runde. »Wenn ich die liefern darf: Niemand sollte einen anderen ummangeln, selbst wenn er im Weg sein sollte.«

Buske lachte. »Das ist eine sehr verkürzte, aber treffende Auslegung.«

Auf ihrer Stirn erschienen zwei steile Falten. »Aber wieso heißt es Seeschifffahrtsstraßen? Hat dieses Boot denn auch Räder?«

»Nee, mien Deern, hat es nicht. Ummangeln darfst du trotzdem niemanden. Auf See gelten die ›Sorgfaltsregeln für Wassersportler‹, und die Broschüre dafür wird vom Bundesamt für Seeschifffahrt und Hydrographie herausgegeben. Da heißt es in Paragraf 3.1: ›Jeder Verkehrsteilnehmer hat sich so zu verhalten, dass die Sicherheit des Verkehrs gewährleistet ist und dass kein anderer geschädigt, gefährdet oder mehr als nach den Umständen unvermeidbar behindert oder belästigt wird.‹ Leute, das müsst ihr auswendig zitieren können, das wird in der Prüfung abgefragt.«

Jonas sah ihn strafend an. »Du hast ›Leichtigkeit‹ vergessen. ›Dass die Sicherheit und Leichtigkeit des Verkehrs gewährleistet ist‹.«

»Jonas«, lachte Buske, »du hast völlig recht. Die Leichtigkeit sollte niemals fehlen.«

Charlotte hob den Zeigefinger. »Und gilt auf dem Wasser auch rechts vor links?«

»Nein. Bei der Sportschifffahrt heißt es Segel vor Motor. Es sei denn, das Motorschiff hat angezeigt, dass es nur bedingt manövrieren kann. Die motorgetriebenen Yachten oder Sportboote müssen deswegen die Vorfahrt gewähren, weil sie leichter ausweichen können.«

Sie zog die Stirn kraus. »Wenn jetzt aber zum Beispiel die AIDA von Steuerbord kommen würde, müsste sie auf jeden Fall ausweichen?«

Buske verzog sein Gesicht. »Nein, denn es heißt Berufsschifffahrt vor Sportschifffahrt. Selbst wenn wir Vorfahrt hätten, würde nur ein lebensmüder Skipper auf sein Vorfahrtsrecht bestehen. So ein Riesenpott kann gar nicht schnell reagieren. Wenn uns so ein Ungetüm mittschiffs rammen sollte, dann würden bei dem noch nicht einmal die Gläser auf den Tischen wackeln.«

»Und wer hat Vorfahrt, wenn sich zwei Segler begegnen?«

Der Skipper suchte nach einer einfachen Erklärung. »Wenn bei uns der Wind von Backbord kommt, müssen wir ausweichen. Kommt der Wind von Steuerbord, müssen wir Kurs halten. Wenn ihr das beachtet, seid ihr auf der sicheren Seite.«

Buske nahm in Charlottes Augen ein spitzbübisches Funkeln wahr. »Wenn du jetzt etwas von Segelbooten im Rückwärtsgang erzählst, wirst du gekielholt!«

Alle lachten.

»Du scheinst diesen Job schon länger zu machen«, lächelte ihn Femke an.

»Jau, mien Deern, seit mehr als zwanzig Jahren.«

***

Die Aufregung des ersten Ablegens hatte sich schnell gelegt, sodass es alle genossen, die Lungen mit der würzigen Seeluft zu fluten und sich den leichten Wind von West um die Ohren wehen zu lassen. Für Buske war diese erste halbe Stunde auf See wichtig, um die Besatzung beobachten zu können. Menschen, die diesen Augenblick nicht genießen konnten, waren an Bord schlicht fehl am Platze, und diese Zeitgenossen machten während eines Törns auch meist Schwierigkeiten. Die momentane Crew der »Josephina« hatte das Zeug und vor allem die richtige Einstellung dazu, nach dieser einen Woche auf See mit Begeisterung in die Prüfung zum Sportbootführerschein zu gehen und passionierte Segler zu werden.

»So, Leute, genug geträumt, jetzt pauken wir weiter Theorie.« Sebastian zog die Stirn kraus. »Und wann hören wir damit auf?«

Buske lachte. »Eine Minute vor der Prüfung.«

Charlotte winkte bedient ab. »Na, das kann ja eine bunte Woche werden. Von morgens bis abends lernen.«

»Mach dir mal den Kopf nicht heiß. Ihr werdet in den kommenden Tagen eine Menge begreifen müssen, aber vor allem dabei Spaß haben.« Buske sah aufmunternd in die Gesichter seiner Schulungscrew. »Und wenn wir schon mal alle im Cockpit versammelt sind, könnt ihr mir sicher sagen, was das für ein Bildschirm ist.« Er zeigte auf ein Display, auf dem die umliegenden Küsten abgezeichnet und diverse kleine Punkte zu sehen waren.

»Das ist der Kartenplotter des AIS«, überraschte ihn Jonas mit der Antwort.

»Und was heißt AIS genau?«

»Automatic Identification System.«

Buske nickte anerkennend. »Da hat aber jemand seine Schulaufgaben schon in weiser Voraussicht gemacht. Absolut korrekt. Und kannst du deinen Mitschülern auch erklären, was das AIS alles kann?«

Der junge Mann nickte. »Das AIS verarbeitet mehrere Daten und stellt sie gleichzeitig auf dem Bildschirm dar. Zum einen ist das ein GPS-Gerät, das immer genau die Position anzeigt, auf der wir uns gerade befinden. Zweitens sendet es an die Schiffe in der Nähe unsere Position und Kennung. AIS-A ist in der Berufsschifffahrt vorgeschrieben. An deren Signatur erkennt man, was das für ein Schiff ist, was es geladen hat, wie viele Passagiere an Bord sind und welchen Zielhafen es hat. Das AIS-B ist in der Sportschifffahrt gebräuchlich. Bei Yachten unter zwanzig Meter Länge ist das aber nicht zwingend vorgeschrieben. Das AIS-B sendet an die Schiffe in unserer Nähe, wer wir und wo wir sind. Drittens empfängt das AIS genau diese Daten von allen umliegenden Schiffen und stellt sie auf dem Display dar, sodass wir jederzeit auch im Nebel genau wissen, wer in der Nähe ist und unseren Kurs kreuzen könnte.«

Alle sahen Jonas irritiert, aber dennoch bewundernd an.

»Hast du die letzten drei Wochen das Manual von dem Ding unter deinem Kopfkissen aufbewahrt?«, fragte Thomas.

Der junge Mann war mit dieser Frage überfordert und sah ihn ratlos an.

»Jonas ist eben so!«, sprang ihm seine Kommilitonin bei. »Was er einmal gelesen hat, bleibt bei ihm im Gehirn, und zwar Wort für Wort.«

»Das ist doch aber eine Gabe«, bewunderte ihn Charlotte.

»Es kann aber auch ein Fluch sein.« Kathi legte beruhigend eine Hand auf die Schulter des jungen Mannes. »In Deutsch hatte er im Abi gerade mal ein knappes ›ausreichend‹. Er konnte ›Der Besuch der alten Dame‹ von Dürrenmatt zwar Wort für Wort rezitieren, den Inhalt des Romans aber nicht interpretieren.«

»Wo ist das Problem?«, lachte Buske. »Dann wird uns Jonas bestimmt auch erklären können, in welchem Umkreis man unsere Daten empfangen kann?«

»Da unsere Empfangsantennen nicht so hoch sind, bekommen wir alles mit, was bis zu zehn Seemeilen entfernt auf See sendet. Das sind 18,52 Kilometer. Radarstationen auf dem Festland haben höhere Antennen und können das Signal aus fünfzig Seemeilen aufnehmen, das sind 92,6 Kilometer.«

Charlotte war fassungslos. »Wie kommst du auf diese krummen Zahlen?«

Diese Frage stieß bei Jonas ebenfalls auf Unverständnis.

»Wieso krumm? Eine Seemeile beträgt 1,852 Kilometer. Ich multipliziere einfach.«

Da Kathi Rudergängerin war, kontrollierte Femke das umliegende Meer mit dem Fernglas. Buske bemerkte, dass sie immer wieder irritiert auf das Display des AIS-Gerätes sah.

»Gibt's ein Problem?«, fragte er.

Sie zeigte auf die Segelyacht, die in einer halben Meile Entfernung den gleichen Kurs segelte wie die »Josephina«.

»Wenn ich mich nicht irre«, sie tippte mit ihrem Zeigefinger auf das Display, »dann müsste dieses Schiff ungefähr hier sein. Da ist aber nichts zu sehen.«

Buske sah erst auf die See, danach auf den Bildschirm. »Ich fürchte, du hast recht.«

»Dürfen die den Transponder denn so einfach abschalten?«

»Für diese Yacht gibt es keine Pflicht, da sie nicht über zwanzig Meter lang ist. Gib mir mal das Fernglas.«

Ein kurzer Blick reichte ihm schon. »Das ist die ›Agrippina‹. Die gehört einem Vercharterer aus Wendtorf. Ich kenne das Boot. Die haben AIS an Bord.«

Femke wurde hellhörig. »Und warum schalten die ihren Sender aus? Das gefährdet doch ihre eigene Sicherheit.«

»Vielleicht haben die einfach nur vergessen, das Gerät einzuschalten. Das passiert leider öfter bei den Sportbootskippern. Es gibt ja auch Idioten, die ohne Helm mit ihrem E-Bike herumflitzen.«

Diese Erklärung reichte Femke nicht. »Kann man denn mit dem AIS-Transponder empfangen, aber nicht senden, also sehen, ohne gesehen zu werden?«

Buske hatte mit seiner ehrlichen Antwort Probleme. »Von Hause aus ist das nicht vorgesehen, aber viele Boote haben da einen ganz besonderen Schalter.«

Sie fuhr fort. »Mit dem man den Sender abschalten kann.«

Er nickte. »Das braucht man hin und wieder, wenn man in kleinen Buchten ankern will, in denen das eigentlich verboten ist. Dann möchte man trotzdem gern sehen, wer noch zu Besuch kommt.« Er sah sie prüfend an. »Beunruhigt dich das?«

Jetzt haderte sie offenbar mit der ehrlichen Antwort. »Nein, ich wollte nur mal fragen, was so möglich ist.«

Buske spürte ihre Unruhe. »Wachwechsel!«, rief er. »Jonas macht den Rudergänger und Thomas den Ausguck. Und wir beide, meine Dame, kontrollieren mal die Ankerkette am Bug.« Femke folgte ihm widerwillig an die Spitze der Yacht. »Was soll das mit der Ankerkette?«, schimpfte sie. »Ich bin kein Schulmädchen, das der Oberlehrer einfach auf den Hof bestellen kann.« Buske war angefressen. »Mit beidem hast du recht. Du bist aber Mitglied meiner Crew, ich bin der Skipper. Und ich habe das verdammte Recht, endlich zu erfahren, was hier eigentlich abgeht. Dass ihr vier ganz normale Segelkursteilnehmer seid, kannst du einem Idioten verklickern, aber nicht mir.«

Mit diesem Frontalangriff überraschte er sie. »Würdest du dich damit abfinden, wenn ich dir sage, dass das geheim ist?«

»Würde es dich nicht wundern, wenn ich es täte?«

Über ihr Gesicht huschte ein Lächeln. »Und das bleibt unter uns?«

»Du hast mein heiliges Ehrenwort.«

Sie versuchte sich möglichst kurzzufassen. »Kathi und Jonas Müller sind in Wirklichkeit Cousin und Cousine. Sie sind die Kinder der Geschwister eines Flottillenadmirals der Marine.«

»Moment«, brummte Buske. »Wir machen hier für die Blagen der Admiralität eine sündhaft teure Vergnügungsfahrt?«

Femke sah sich prüfend um, damit sie niemand anders belauschen konnte. »Schön wär's, aber den beiden wird mit dem Tode gedroht.«

»Mit dem Tode? Hast du es nicht noch ein bisschen dicker?«

»Nein, so wahr ich hier stehe.«

»Haben sie ihre Hausaufgaben nicht gemacht?«

»Zieh das bitte nicht ins Lächerliche. Denen soll es wirklich an den Kragen gehen. Folgendes: Die Fregatte ›Hamburg‹ hat als Begleitschiff eines NATO-Flottenverbandes ein Schnellboot der iranischen Revolutionsgarden in internationalen Gewässern beschossen, das trotz mehrfacher Warnung in die Formation der Schiffe eindringen wollte. Der Kommandant dieses Speedbootes kam dabei ums Leben. Er war ein Neffe des Ajatollahs Ali

Chamenei. Der hat danach Rache an den Nichten und Neffen des Verantwortlichen der Deutschen Marine geschworen.«

Buske war fassungslos. »Und du bist dir ganz sicher, dass das nicht in der tausendundzweiten Nacht passiert ist und du nicht Scheherezade heißt?«

»Da bin ich mir leider ganz sicher.«

»Aber das kann dieser Ajatollah doch nicht ernst gemeint haben. Das war doch quasi ein Dienstunfall.«

»Das dachte man auch, bis in Trittau, dort wohnt Kathi mit ihren Eltern, ein Mädchen, das ihr täuschend ähnlich sah, mit durchgeschnittener Kehle aufgefunden wurde. Auf ihrer Leiche war ein Zettel mit dem Vermerk, dass das die erste Rache für Mustafa Chamenei sei.«

»Dann ist Kathi doch schon mal aus der Schusslinie.«

»Leider nicht. Der iranische Geheimdienst ist bestens informiert und hat den Irrtum bereits mitbekommen.«

Buske sah sie skeptisch an. »Und was passiert nun? Taucht gleich ein U-Boot neben uns auf, und James Bond kommt zu uns an Bord?«

Sie grinste. »Der ist schon an Bord.«

»Und wer ist es, wenn ich fragen darf?«

»Du stehst vor ihm. Mein Name ist Gellert. Femke Gellert vom Militärischen Abschirmdienst.«

»Und du trinkst deinen Smoothie geschüttelt, nicht gerührt.«

»Richtig!«

»Und hast deswegen so angestochen auf das Schiff ohne Transpondersignal reagiert, weil da Bösewichter drauf sein könnten, die unseren beiden Seekadetten ans Leder wollen?«

»›Bösewichter‹ ist eine sehr harmlose Formulierung. Wir haben es hier mit einem professionellen Killerkommando des VAJA zu tun, des iranischen Geheimdienstes.«

Buske war noch immer nicht überzeugt. »Und ›Butt‹ und ›Flunder‹ sind in Wirklichkeit ›M‹ und ›Moneypenny‹?«

»Nein, die sind auch von meinem Laden.«

Buske zog die Stirn kraus. »Moment mal, ich habe die doch beim Zoll angerufen.«

»Du hast die Nummer auf der Visitenkarte angerufen, nicht den Zoll.«

Er überlegte kurz. »Wissen Kathi und Jonas – wie immer sie auch in Wirklichkeit heißen mögen – über ihre Situation Bescheid?«

»Nein, nicht über alles, und das ist ein Problem. Sie denken, dass das hier eine Sicherheitsübung ist, die alle Angehörigen der Admiralität machen müssen. Dazu gehört, wenn es hart auf hart kommt, mir aufs Wort zu folgen. Das wurde ihnen eingeimpft.«

Buske nickte verständnisvoll. »Und sie dürfen dabei nicht einmal wissen, dass es dabei um ihr Leben geht.« Er schüttelte den Kopf. »Und euch ist es bei der ganzen Aktion völlig egal, dass ihr dabei unschuldige Zivilisten gefährdet!«

»Wen meinst du?«

»Sebastian, unseren Doc, zum Beispiel.«

»Dr. Mendig ist Oberstabsarzt bei der Marine.«

»Und Charlotte?«

»War einmal bei den Spezialkräften, ist also fit. Sie arbeitet jetzt beim Stab in Berlin.«

»Thomas?«

»Ist aktiver Minentaucher.«

Buske sah sie mit hochgezogenen Brauen an. »Und was bin ich in eurer Truppe?«

»Militärisch gesehen bist du lediglich unser nautisches Kielschwein.« Sie lachte.

»Dann bin ich der einzige ahnungslose Erwachsene hier an Bord?«

Femke legte beschwichtigend eine Hand auf seinen Unterarm. »Sonst wärst du doch nicht mitgekommen, oder?«

***

Buske überlegte noch immer, ob er empört, sauer oder entsetzt darüber sein sollte, als potenzielle Zielscheibe Karriere machen zu dürfen. Sorgen müsse er sich nicht, sagte sie, bevor sie wieder zum Heck des Schiffes gingen. Wären sie in akuter Gefahr, hätte man nicht seine Segelyacht, sondern eine der Bundeswehr genommen und vorher die Hoheitsabzeichen abgedeckt.

Tröstlich war das nicht. Da schon ein Mensch versehentlich bei dieser orientalischen Vendetta getötet worden war, konnte das wenig beruhigen.

Vor allem ärgerte ihn, dass die »Agrippina« nunmehr keine normale Yacht mehr war, deren Skipper vergessen hatte, den Transponder anzuschalten, sondern er im Geiste darauf eine Schar blutrünstiger Muselmänner wähnte. Diesen Gedanken bekam er nicht mehr aus seinem Hirn.

Der Wind hatte nachgelassen, und dementsprechend wenig Fahrt machten sie nur. Bagenkop Havn, ihre erste Station, erreichten sie gegen dreiundzwanzig Uhr dreißig. Hinge da nicht der Schatten der Gefahr über ihrem Törn, hätte er das Anlegemanöver der Crew genossen. Da klappte alles wie am Schnürchen. Jeder achtete auf den anderen und half, wenn sein Nebenmann ein Problem hatte. Kaum hatten sie festgemacht, gingen Thomas und Charlotte freiwillig in die Kombüse und zauberten eine tolle Sauce bolognese, zu der auf den Punkt gare Spaghetti gereicht wurden.

Nachdem alle zusammen Backschaft gemacht hatten, saßen Sebastian, Femke und Buske auf ein Dosenbier an der Mole dieses bezaubernden kleinen Hafens.

»Ein Jammer, dass es schon dunkel war, als wir festgemacht hatten«, brummte Sebastian. »Ich hätte zu gern gewusst, ob uns diese Segelyacht bis hierhin verfolgt hat.«

»Hat sie«, bestätigte Femke. »Hier festgemacht hat sie aber nicht.«

»Das hat nichts zu sagen. Ich kenne Torge Michelsen schon einige Jahre. Der bietet mit der ›Agrippina‹ ebenfalls Schulungsfahrten zum SBF See an. Der macht am ersten Tag aber meistens in Marstal fest.«

»Nehmen wir mal an«, überlegte Sebastian leise, »auf der ›Agrippina‹ sitzen wirklich Iraner. Solange die uns nur aus der Ferne beobachten, haben wir doch nichts zu befürchten, oder?«

»Solange sie keine ›Takavaran‹ an Bord haben, stimmt das.«
Femke nahm einen großen Schluck.

Sebastian stutzte. »Was sind nun wieder ›Takavaran‹?«

»Das sind die Kampfschwimmer der Mullahs, und die haben auch was drauf.«

Buske wurde hellhörig. »Was soll das heißen?«

»Das heißt«, lächelte ihn Femke an, »dass die auch gern mal eine halbe Seemeile problemlos schwimmen können.«

»Moment mal!«, kam der Protest des Skippers. »Wollt ihr damit sagen, dass die jederzeit neben dem Boot auftauchen können, und peng, das war's?«

Sie grinste ihn an. »Auftauchen können sie, aber peng machen wir dann.«

»Womit denn?«

»Denkst du, wir haben Gesellschaftsspiele in unserem Gepäck?«

»Wir haben Waffen an Bord, und das sagt ihr mir erst jetzt?«

»Heute Mittag hätten wir dich mit dieser Information ja nicht beruhigen können.«

»Das könnt ihr jetzt auch nicht.« Er sah die beiden durchdringend an. »Jetzt mal Butter bei die Fische: Weißt du noch etwas, was ich nicht weiß oder nicht wissen darf?«

Sie war genervt. »Mein Gott, ich bin beim Militärischen Abschirmdienst. Allein das dürftest du schon nicht wissen. Wenn du von allen anderen Dingen, die ich weiß, etwas erfahren solltest, dann müsste dich Sebastian erschießen.«

Buske wunderte sich. »Wieso Sebastian? Der ist Arzt.«

»Genau! Der weiß, wo es wehtut.«

»Aber in dem Fall, dass ich von einem Fremden erschossen werde, sterbe ich doof. Das kannst du mir doch nun wirklich nicht zumuten!«

Sie sah ihn durchdringend an. »Du nervst, also was willst du wissen?«

»Warum man uns einer derartigen Gefahr aussetzt. Wir hätten doch nun wirklich genug Sicherheitsorgane, die uns effektiv schützen könnten.«

»Das ist Politik. Da spielen Einzelschicksale keine Rolle. Die deutsche Regierung kann es sich mit den Mullahs nicht verscherzen, weil Siemens den Auftrag bekommen hat, den Personennah- und Fernverkehr des gesamten Irans zu modernisieren. Allein für vierhundert moderne ICEs geben die Führer dieses Staates dreizehneinhalb Milliarden aus. Hochtief soll für weitere siebzig Milliarden ein völlig neues, landesweites Hochgeschwindigkeits-Streckennetz bauen. Hinzu kommt die Software, um dieses Netz überhaupt betreiben zu können. Das sind zusätzliche zig Milliarden Euro. Keine Regierung der Welt kann es sich leisten, so ein Mammutprojekt zu gefährden. Stell dir mal vor, es kommt unseretwegen bei einem Einsatz deutscher Ordnungskräfte ein Iraner zu Tode. Da hat nicht nur ein Killer einen Betriebsunfall, sondern da wird ein gläubiger Muslim kaltblütig wegen seines Glaubens von Ungläubigen ermordet. Das sind genau die Bilder, die die Hardliner brauchen, um wieder Tausende Muslime vor westliche Botschaften zu treiben und damit weiter Öl ins Feuer zu gießen, was im Nahen Osten sowieso lodert. An so einer Nummer würden wir uns hier in Europa ganz gewaltig die Finger verbrennen, wenn wir nicht extrem vorsichtig sind.«

»Wieso müssen wir bei uns löschen, wenn es da unten brennt?«

»Weil bei uns rund sechs Millionen Muslime leben. Sollten nur zehn Prozent von denen durch Gewalt predigende Hodschas aufgehetzt werden, dann geht hier aber der nackte Punk ab.«

Buske sah sie traurig an. »Und wenn ein mörderischer Muselmane zwei junge Christen kaltblütig umbringt, interessiert sich keine Sau dafür.«

»Exakt. Daher versucht man, sie verdeckt zu schützen.«

»Weil …?«

»… auch den Schweden offiziell die Hände gebunden sind, da sie wegen der Koranverbrennungen in letzter Zeit genug Stress weltweit mit den Muslimen hatten. Den dänischen Politikern ist die Nummer aus demselben Grund zu heiß. Aber beide helfen nach ihren Möglichkeiten verdeckt.«

Buske sackte in sich zusammen. »In welcher Welt leben wir nur?«

»In der von uns gemachten.«

***

Um keine böse Überraschung erleben zu müssen, beschloss Buske, für die Nacht Wachen einzuteilen. Er log der Crew vor, dass das zum ersten Anlegen eines jeden Segeltörns gehöre. Von vier Uhr an waren Femke und Kathi dran, und obwohl die junge Frau nur ein paar Stunden geschlafen hatte, war sie von Anfang an blitzwach. Mit einem frisch gebrühten Kaffee sorgte sie bei ihrer Kollegin sogar für gute Laune. Zuerst saßen sie schweigend im Cockpit und genossen das Morgenrot.

Kathi rührte in ihrer Tasse. »Darf ich dich mal etwas fragen?«

»Gern.«

»Unser Onkel erzählte uns etwas von einer Sicherheitsübung, an der wir teilnehmen sollten.«

Femke grinste. »So wie ich euren Onkel kenne, hat er gesagt, dass ihr daran teilnehmen werdet, ob ihr nun wollt oder nicht.«

»Du scheinst ihn zu kennen.« Sie lächelte. »Ich habe das Gefühl, dass es seit gestern keine Übung mehr ist. Die Leichtigkeit ist irgendwie verloren gegangen.«

»Dem kann ich nur zustimmen. Das Gefühl habe ich auch.«

»Also raus mit der Sprache. Was geht hier ab?«

Femke überlegte eine Minute, dann entschloss sie sich, der jungen Frau, entgegen ihrer Anweisung, die Wahrheit zu sagen. Wenn es an Bord der »Josephina« gefährlich werden sollte, musste sie wissen, wer alles zu den Guten gehörte und warum.

Kathi nahm es gefasster auf als gedacht. Dennoch sah die erfahrene Agentin an dem ernsten Gesicht der jungen Frau, wie aufgewühlt sie war.

»Ich finde es nicht in Ordnung, dass unser Onkel nicht ehrlich zu uns war.«

»Und was wäre die Alternative gewesen? Schon mit Panik im Bauch auf diese Reise zu gehen?«

»Sehe ich so aus, als würde ich Panik schieben?«

»Panik vielleicht nicht, aber dir hängt schon der Arsch auf Grundeis, oder?«

»Würde es dir in meiner Situation nicht genauso gehen?«

Femke nickte. »Mit Sicherheit.«

»Und was würdest du an meiner Stelle machen?«

»Schießen lernen. Aber dafür ist nicht jeder gebacken.«

»Ich schon. Würdest du es mir beibringen?«

»Klar doch. Eine weitere Kämpferin an Bord könnte wichtig werden.«

Kathi lachte auf. »Machst du jetzt einen auf Panik?«

Femke fiel in das Gelächter mit ein. »Nein, ich wollte dich motivieren.«

»Das hast du geschafft.«

✳✳✳

Bagenkop Havn am Sonntag, dem 7. April

Um kurz vor sieben stand Buske mit einer Tasse in der Hand an Deck der »Josephina«.

»Das lobe ich mir. Der Kaffee ist stark, heiß, und es muss nichts renoviert werden. Bei dem letzten Törn des vergangenen Jahres hatten die Herrschaften aus der Pantry eine Ruine gemacht.«

»Übrigens«, unterbrach ihn Femke, »Kathi ist jetzt auch erwachsen. Sie weiß Bescheid.«

»Dass die Pantry die Kombüse ist?«

»Das jetzt auch.«

Buske nickte zufrieden. »Und wie bringen wir es Jonas bei?«

Kathi zuckte mit den Achseln. »Da werden wir uns etwas einfallen lassen müssen. Normalerweise gerät mein Cousin schon in Panik, wenn sein Lieblingskuli nicht an seinem Platz liegt.«

Buske stellte seine leere Tasse auf die Sitzbank und erhob sich.

»Das ist euer Problem. Ich werde jetzt zum Hafenmeister gehen. Den kenne ich schon seit Jahren. Der kann ja mal in Marstal seinen Kollegen anrufen, ob Torge dort mit seiner ›Agrippina‹ festgemacht hat. Wenn ja, würde diese Info erheblich zur Entspannung an Bord beitragen.« Er sah Femke an. »Kommst du mit?«

Sie nickte.

»Okay«, murmelte Kathi, »dann werde ich mal versuchen, Jonas die neue Situation klarzumachen.«

Femke sah sie fragend an. »Du bist dir sicher, dass du ihm das schonend beibringen kannst?«

Sie nickte. »Wenn das einer kann, dann bin ich es. Zu mir hat er grenzenloses Vertrauen.«

Der Weg zum Hafenmeister, der von seinem gemütlichen Holzturm aus einen wunderbaren Blick auf das Meer und seinen Hafen hatte, war nur kurz. Nachdem sie die Treppe zum Büro erklommen hatten, bekamen sie von dem freundlichen älteren Herrn einen Pott Tee in die Hand gedrückt.

»Wenn du mit einem so hübschen Leichtmatrosen hier nach oben kommst, dann willst du doch was, oder?«

»Moin, Rikke«, lachte Buske, »du hast mal wieder recht. Ich möchte dich um einen Gefallen bitten, und die Leichtmatrosin ist wirklich hübsch.«

Der Mann begrüßte sie mit Handschlag. »Rikke Blohm ist mein Name.«

»Femke Gellert.«

Der Hafenmeister ließ sich nicht lange bitten und rief sofort seinen Kollegen in Marstal an, um von ihm die gewünschten Informationen zu bekommen.

Währenddessen suchte Femke mit dem Dienstfernglas des Alten die See ab.

»Gibt's was Interessantes?«

Sie schüttelte den Kopf. »Jedenfalls nichts, was mit der Yacht Ähnlichkeit hat, die wir gestern gesehen haben.« Sie reichte ihm das Glas. »Du wirst einen geübteren Blick haben.«

Der Hafenmeister schien seinen Kollegen lange nicht mehr gesprochen zu haben, denn es gab eine Menge zu bereden. Alles auf Dänisch, wovon sie kein Wort verstand. »Geht das noch immer um die ›Agrippina‹, oder sind die sich darüber einig, wie schlecht die Welt ist?«

Buske zuckte mit den Achseln. »Es scheint sich um irgendwelche arbeitsrechtlichen Dinge zu drehen. *Fagforening* heißt ›Gewerkschaft‹, soweit ich weiß.«

»Jau«, klärte sie der Hafenmeister auf, nachdem er sein Telefonat beendet hatte. »Die ›Agrippina‹ liegt in Marstal, aber schon seit einer Woche in der Werft. Die haben sich wohl mit irgendetwas unter Wasser die Schraube verbogen. Durch den Stoß war denn wohl auch die Antriebswelle leckgeschlagen, und sie hatten eine Menge Wasser genommen. An eine Fahrt in die Heimatmarina war demnach nicht mehr zu denken.«

»Kannst du mal bitte für mich im dänischen Schiffsregister nachsehen, ob es da auch eine ›Agrippina‹ gibt?«

Blohm schaltete seinen Computer an, und nach ein paar Minuten war er sich sicher. »*Nej, min dreng, intet at finde*, nichts zu finden.«

Buske war irritiert. »Entweder ich sehe Gespenster, oder da schippert ein Doppelgänger auf der Ostsee. Das war mit Sicherheit auch eine Grand Soleil 40R, und sie war einen Tick schneller als wir, weil sie den Gennaker gesetzt hatten. Ich bin mir fast sicher, auch den Namen am Heck gelesen zu haben, als sie an uns vorbeizog.«

Femke sah ihn skeptisch an. »Die Yacht war aber ziemlich weit weg.«

»Großer Gott, von diesen modernen italienischen Pötten fahren hier nicht so viele herum. Außerdem erkennt man die schon von Weitem, weil die ein extrem breites Heck haben.«

Femke grinste. »Womit bewiesen ist, dass die Männer sogar bei den Segelbooten zuerst auf den Arsch gucken.«

»Jau, das ist wohl so«, lachte der Hafenmeister, aber seine Miene verfinsterte sich wieder. »*Du kan holde øje med vejrudsigten?*«

Femke sah ihn ratlos an. »Sorry, ich spreche kein Dänisch.«

»Er fragt, ob wir den Wetterbericht im Blick hätten.«

Buske nickte ihm zu. »*Har vi. Tak for advarslen.*«

»Und was heißt das nun wieder?«

»Ich sagte ihm, dass wir wissen, was auf uns zukommt.«

Femke zog die Stirn kraus. »Und was kommt bitte schön auf uns zu?«

»Das von mir bereits erwähnte Schietwetter.«

Der Alte lachte auf. »*Dårligt vejr er en god måde at sige det på. Fra onsdag aften går selv mågerne i to dage.*« Femke sah die beiden verzweifelt an. »Und was heißt das nun wieder?«

»Das wird schon nicht so schlimm werden«, übersetzte Buske.

Der Hafenmeister winkte ab. »Erzähl nicht so einen Scheiß, Skipper. Ich habe gesagt, dass es wohl schon ab Montagabend so dicke kommen wird, dass dann sogar die Möwen zu Fuß gehen. Zwei Tage früher als von allen erwartet.«

Femke sah ihn verblüfft an. »Sie sprechen ja Deutsch!«

Der Alte lachte.

»Ja, aber nur, wenn ich Lust dazu habe.«

DREI

Auf dem Weg vom Hafenmeister zurück zur »Josephina« freute sich Buske immer wieder darüber, die vielen sehenswerten Yachten im Vorbeigehen bewundern zu können. Das war für ihn stets ein großes Vergnügen. Femke, die ein Stück hinter ihm gegangen war, telefonierte währenddessen. Sie schien keinen Sinn für die Schönheiten der Meere zu haben.

»Alles, was mit Schiffen zu tun hat, geht dir ziemlich am Arsch vorbei«, bemerkte Buske, nachdem sie ihn wieder eingeholt hatte.

»Wieso? Weil ich telefoniere?«

»Zum Beispiel.«

»Würdest du mir glauben, dass das dienstlich war?«

Buske grinste. »Nein. Die Admiralität sitzt um diese Zeit doch noch mit Filzpuschen am Frühstückstisch.«

»Ich freue mich, mit dir wieder jemanden getroffen zu haben, der völlig frei von Vorurteilen ist.« Sie steckte das Handy in die Hosentasche.

Er blieb entrüstet stehen. »Du willst mir doch nicht allen Ernstes erzählen, dass an einem Sonntagmorgen um sieben Uhr dreißig in deutschen Amtsstuben Leben herrschen sollte?«

»Wenn du recht hättest, wäre der Sonntag für Spione oder Verfassungsfeinde der Hauptarbeitstag.«

»Hallo«, fuhr Buske auf, »ich war selbst mal bei der Marine. Ich kenne den Laden. Sonntags war noch nicht einmal Wasser in der Ostsee!«

»Und das Tote Meer hat zu deiner Zeit noch gelebt«, konterte sie.

»Jetzt würde es mich aber mal interessieren, für wie alt du mich hältst.«

»Deinen Sprüchen nach für hundertdrei.« Sie bemerkte seine Bestürzung. »Dreißig Jahre wird es doch wohl schon her sein, dass du bei den Blauen warst, oder?«

Er nickte. »Das kommt wohl hin.«

»Na also. Und vor diesen drei Jahrzehnten war die Marine nicht nur eine andere Welt, das war eine andere Galaxie. Das ist inzwischen eine hoch spezialisierte, in aller Welt höchst anerkannte Truppe von Fachleuten in Sachen Kriegsführung. Wenn ich dich heute mal durch so ein Abhörschiff führen würde, dann würdest du den Käpten mit ›Herrn Picard‹ anreden.« Sie klopfte ihm versöhnlich auf die Schulter. »Und der hätte auch an Sonntagen Dienst.«

Buske akzeptierte ihre Art, sich zu entschuldigen. »Und was hattet ihr so Wichtiges zu besprechen?«

»Ich wurde auch von meinem Chef vor der Wetterfront gewarnt. In welchem dänischen Hafen wir davor Schutz suchen, bleibt uns überlassen, aber Dänemark muss es sein. Und wir werden heute um achtzehn Doppelnull noch einen weiteren Kursteilnehmer drei Seemeilen südwestlich von Vester Strand aufnehmen.«

»Ach, das hast du beschlossen?«

Sie verzog genervt das Gesicht. »Das habe nicht ich beschlossen, sondern die von dir so nett bezeichneten Filzpantoffelträger, und zwar heute Morgen um sieben.«

»Und weswegen?«

»Nachdem ich von unserem ernst zu nehmenden Verdacht berichtet hatte, dass wir verfolgt werden könnten.«

»Und auf die Idee, mich vorher zu fragen, seid ihr nicht gekommen? Ich bin der Skipper, und ich bestimme, wer an Bord kommen darf und wer nicht.«

»Wenn wir sicher sein könnten, dass dich die Leute, die unseren beiden Küken nach dem Leben trachten, auch vorher fragen, ob sie morden dürfen, hätten wir dich bestimmt um Erlaubnis gefragt.«

Buske schnaubte wütend. »Ach, hättet ihr das?«

»Das hätten wir wirklich. Da du aber geantwortet hättest, dass du nicht Herr über Leben und Tod bist, haben wir das einfach übersprungen.«

Er sah sie konsterniert an. »Das hätte ich also geantwortet?«

»Ich denke, ja.«

Es war ihm anzusehen, wie die aufgestaute Wut seinem Körper entwich. »So ein Mist, ich fürchte, das hätte ich wirklich gesagt.«

Sie lächelte ihn an. »Dann lass uns zum Schiff gehen. Der Skipper hat Frühstück und danach Theorie angeordnet, den sollten wir nicht verärgern. Und was unseren Crewzuwachs betrifft, sollten wir die anderen damit noch nicht überraschen.«

»Warum?«

»Ich weiß nicht, ob Kathi inzwischen ihren Cousin ›geimpft‹ hat.«

Sie setzten ihren Gang fort.

»Und wann kommt der Typ noch mal an Bord?«, fragte Buske.

»Um achtzehn Doppelnull, und das ist kein Typ, sondern ein Kamerad.«

Buske nickte zufrieden. »Das passt von der Zeit her. Bis Vester Strand sind das von hier geschätzte elf Seemeilen. Wenn wir um fünfzehn Doppelnull ablegen, dann schaffen wir das sogar bei Flaute.«

***

Während ihrer Abwesenheit hatte Jonas vor den anderen Crewmitgliedern mit seiner Kenntnis über Knoten glänzen können. Ob Achtknoten, Palstek oder Webleinstek auf Slip, er beherrschte sie alle und konnte sein Wissen ebenso gut seinen Crewkameraden vermitteln.

Nachdem sich Buske von der Richtigkeit des Unterrichtsstoffs überzeugt hatte, ließ er seinen jungen »Assistenten« gewähren und nutzte die Zeit, um mit seinem Büro zu telefonieren.

»Ist bei euch alles im Lot?«, erkundigte er sich bei Tine.

»Hier schon, aber du hörst dich etwas belegt an«, kam ihre Antwort.

»Ich bin mir nicht ganz sicher. Die Crew kann besser nicht sein, alle machen super mit, und keiner zickt herum. Dennoch habe ich das Gefühl, dass wir mit Vollzeug auf eine Katastrophe zuhalten.«

Es entstand eine kurze Pause.

»Muss ich mir Sorgen machen?«, fragte sie.

»Lass das mal nach! Wenn ich das mache, dann reicht das für uns beide. Ich halte dich jedenfalls auf dem Laufenden.«

Der Rest der vormittäglichen Theoriestunden verlief weiterhin harmonisch, und Buske fragte sich ernsthaft, warum Jonas den Bootführerschein nicht schon lange in der Tasche hatte. Der junge Mann verfügte über ein phänomenales Wissen. Egal, was man ihn fragte, er rezitierte sämtliche Passagen des Lehrbuches aufs Komma genau. Dennoch würde er es in den Prüfungen schwer haben, denn er gab seine Kenntnisse nur dann preis, wenn die Fragen für ihn korrekt gestellt wurden. Ein ›Erzähl doch mal was von einer Rettungsinsel‹ reichte bei ihm nicht aus. Da musste es schon heißen: Was wissen Sie über die Lalizas-›Solas Deep Sea‹? Nur dann würde er das gesamte Manual fehlerfrei herunterbeten. Buske hoffte, am kommenden Wochenende einen verständnisvollen Prüfer für den Jungen zu bekommen. Einfluss hatte er leider nicht darauf, er würde aber versuchen, ihn auf Jonas einzustimmen.

Das Ablegemanöver hatte erneut reibungslos geklappt. Die See war bei stetigen vier Windstärken aus Südwest nur ein wenig kabbelig, sie glitten mit leichter Krängung nach Steuerbord und sechs Knoten ihrem Ziel entgegen. Inzwischen fehlten ihnen nur noch zwei Meilen zum Erreichen der angegebenen Koordinaten für den Treffpunkt, mit wem auch immer.

Diesmal stand Thomas am Ruder, und Jonas beobachtete die umliegende See. Der junge Mann sah unruhig zwischen dem Fernglas und dem Bildschirm des Navigationsgerätes hin und her.

»Gibt es schon wieder ein Problem?«, fragte Buske seinen Lieblingsschüler.

»Da kommt schon wieder ein Boot ohne eingeschaltetes AIS auf uns zu.«

Der Skipper griff nach dem Fernglas und schaute in die Richtung, in die Jonas zeigte.

»Das ist ein Jetboot der dänischen Marine. Die fahren ein paarmal am Tag um Ærø herum. Deren Stützpunkt ist auf der anderen Seite der Insel in Søby Havn.«

Das Festrumpfschlauchboot schien sich aber nicht auf einem Rundkurs zu befinden, sondern hielt direkt auf sie zu. Als es herangekommen war, wurden sie über Funk angesprochen.

»›Josephina‹, drehen Sie bei und holen Sie die Segel ein, wir kommen längsseits. Lassen Sie die Crew an Deck antreten!«

Buske bestätigte verwundert den Funkspruch und übernahm das Ruder. »Alle Mann an Deck«, rief er so laut, dass man es auch im Innern der Yacht hören konnte. »Ich lege das Schiff in den Wind. Sebastian, Charlotte, ihr holt das Großsegel ein, und Jonas rollt die Genua ein. Der Rest bestückt die Steuerbordseite mit Fendern.«

Kaum waren die Segel eingeholt, schob sich das Boot der Marine neben sie, und mehrere Marinesoldaten enterten schwer bewaffnet die »Josephina«.

Buske wusste gar nicht, wie ihm geschah. »Was soll das?«, rief er entrüstet. »Das ist doch keine Art, die Segelyacht eines befreundeten Landes zu betreten!«

Trotz des Protestes stellte sich die gesamte Besatzung an der Backbordseite des Decks auf.

Buske empörte sich weiter. »Wozu das alles? Wird uns irgendein Vergehen zur Last gelegt?«

Der Führer des Enterkommandos ließ sich durch den Protest des Skippers nicht beeindrucken. »Wer seine Papiere nicht dabeihat, holt sie in Begleitung meiner Leute aus seiner Kajüte!«

»Aber wozu? Was haben wir denn verbrochen?«, insistierte Buske weiter.

»Sie stehen im Verdacht, Waffen und Rauschgift an Bord zu haben. Meine Leute werden unter Deck alles durchsuchen.«

Zwei Soldaten stürmten den Niedergang hinunter und überwachten die Besatzung dabei, wie sie ihre Personalausweise aus den Seesäcken holten. Kurz danach stand die komplette Crew der »Josephina« mit ihren Papieren wieder im Cockpit. Während der Chef des Kommandos die Ausweise abfotografierte, durchsuchte der Rest seiner Mannschaft das Schiff unter Deck. Einer der Soldaten schleppte sogar einen großen Koffer und einen Rucksack mit sich.

»Was bringen Sie denn da alles an Bord?«

»Machen Sie sich keine Sorgen, wenn Sie unschuldig sind. Das sind Sprengstoffspürgeräte. Nach der Sprengung der russischen Pipeline gehört das zum normalen Alltag.«

Buske fiel ein, dass sowohl Thomas als auch Femke Waffen und Munition dabeihaben mussten. Sie waren ja die Bodyguards der beiden jungen Leute, und diese empfindlichen Geräte sollten das Schwarzpulver in den Patronen aufspüren können.

Femke erahnte seine Gedanken, und bevor er etwas sagen konnte, rief sie: »Ich kann mir nicht vorstellen, dass die Herren gefährliche Dinge finden werden, oder?«

Der Gruppenführer grinste sie an. »Ich mir auch nicht.«

Die Soldaten kamen wieder den Niedergang hoch und stiegen wortlos auf ihr Boot über.

Der Skipper sah ihren Chef verblüfft an. »Schon fertig? Aber Sie haben Ihre Geräte unter Deck vergessen.«

Der Anführer des Enterkommandos deutete eine leichte Verbeugung an und gab Buske seinen Ausweis zurück. »Wir haben keine Beanstandung. Sie können weiterfahren. Entschuldigen Sie bitte die kleine Störung. Diese Kontrolle müssen Sie nicht in Ihrem Logbuch verzeichnen. Wir haben sie auch nicht in unserem System.«

Das Festrumpfschlauchboot verschwand genauso schnell, wie es gekommen war.

Buske wandte sich irritiert an seine Crew. »Was war das denn für ein Kasperletheater? So kontrolliert man doch kein Schiff!« Er sah zur Mastspitze auf den Windrichtungsanzeiger. »Wir liegen noch richtig. Also wieder hoch mit den Tüchern und Schwamm über die ganze Sache.« Er schüttelte den Kopf und brummte: »Das glaubt mir kein Mensch, wenn ich das in Schilksee erzähle.«

Als die Segel gehisst waren, steuerte der Skipper die »Josephina« leicht nach Steuerbord, und als sie wieder auf ihrem ursprünglichen Kurs lagen, übergab er das Ruder an Femke. »Du hältst auf 320 Grad! Kathi, du machst den Ausguck. Charlotte und Sebastian, habt ihr schon mal navigiert?«

Die beiden sahen sich irritiert an. »Theoretisch ja, praktisch nein«, sagte der Arzt, »aber wir müssten das hinkriegen.« Buske war mit dieser Antwort zufrieden. »Denn man tau. Wir wollen nach Lyø Havn. Dann legt mal den Kurs zurecht, wie wir dahin kommen. Und keine Sorge, ich sage rechtzeitig, wenn etwas anbrennen sollte. Wir werden übrigens noch einen kleinen Zwischenstopp einlegen. Wann und wo, werde ich euch sagen.«

✳✳✳

Als die »Josephina« wieder mit sechs Knoten auf Kurs lag, räusperte sich Femke. »Skipper, es gibt da eine Kleinigkeit, die du jetzt wissen solltest.«

Buske sah sie erstaunt an. »Die da wäre?«

»Wir haben ein neues Crewmitglied an Bord.«

Auf Buskes Stirn entstanden zwei steile Falten. »Hat von euch Mädels jemand entbunden?«

»Bootsmann Keller, du kannst hochkommen«, rief Femke in Richtung Niedergang, und ein lächelndes Gesicht erschien im Luk.

Buske glaubte, einen Geist zu sehen. »Da hol mich doch der Klab…« Seine Miene hellte sich auf. »Jetzt wird mir alles klar. Da lag ich mit der Bezeichnung ›Kasperletheater‹ doch gar nicht so falsch, oder?«

Femke grinste ihn an. »Sogar voll im Ziel.«

Der Mann kletterte aus dem Luk. »Bootsmann Finn Keller bittet, an Bord kommen zu dürfen.«

»Die Bitte kommt ein bisschen spät, finden Sie nicht auch?«

Keller nickte. »Das ist mir klar. Es war aber den Umständen geschuldet.«

Buske winkte ab. »Und die Steuerfrau hatte natürlich mal wieder keine Ahnung, sodass sie mich nicht vorwarnen konnte?«

»Ich schwöre!«, lachte sie.

Finn sah den Skipper fragend an. »Könnten wir beide mal bitte die Vorleinen kontrollieren?«

Sie gingen zum Bug des Schiffes.

Buske ärgerte sich. »Beim Wunsch nach einer nicht öffentlichen Aussprache wird bei uns an Bord die Ankerkette kontrolliert. Verstanden?«

Keller nahm Haltung an. »Verstanden, Herr Kap'tein.«

»Also was gibt es denn so Geheimnisvolles, das die anderen nicht hören dürfen?«

Keller sah ihn ernst an. »Ihr Verdacht, dass Sie und Ihre Crew beobachtet werden, hat sich leider bestätigt.«

»Das ist kein Geheimnis mehr, davon wissen alle an Bord.«

»Okay, nachdem Femke uns das gemeldet hatte, haben wir die vergangenen fünf Tage der beiden jungen Leute lückenlos nachvollziehen können. Bei der Kontrolle der Videoüberwachung des Supermarktes ist uns aufgefallen, dass ihnen von einer unbekannten Person eine Packung Blaubeeren aus ihrem Einkaufswagen entwendet und gleich wieder durch eine andere ersetzt worden war.«

Buske nickte. »Ja, Kathi wollte unbedingt welche haben.«

»Gott sei Dank liegt die Packung noch unversehrt in Ihrem Kühlschrank. Bevor wir die nicht untersucht haben, um sicherzustellen, dass daran nichts manipuliert wurde, darf sicherheitshalber nichts mehr davon verzehrt werden. Das gilt nicht nur für die Blaubeeren. Um auf Nummer sicher zu gehen, werden sämtliche Lebensmittel in Lyø Havn ausgetauscht. Anhand des Videos konnten wir nachvollziehen, was Sie alles gekauft haben, und all das werden Sie nun etwas frischer wieder angeliefert bekommen.«

Buske überfiel ein mulmiges Gefühl. »Sagen Sie mal, wird da nicht mit Kanonen auf Spatzen geschossen?«

»Nein. Wenn sich unser Verdacht bestätigt, dann sind nicht nur Kathi und Jonas, sondern Sie und Ihre gesamte Crew im Visier eines hochprofessionellen Killerkommandos.«

Der Skipper schluckte. »Sind wir in Gefahr?«

»Nicht, wenn Sie sich an unsere Anweisungen halten. So-lange Sie sich von uns beschützen lassen, sind Sie auf der sicheren Seite.«

»Schutz hinten und Schutz vorne – wäre es nicht besser, wenn wir die ganze Geschichte abblasen würden?«

»Nein. Nirgendwo sind wir sicherer als hier auf diesem Boot. Auf See können wir morgens schon sehen, wer uns mittags über-fallen will.«

Buske blieb skeptisch. »Ihr Wort in Gottes Hörgerät.«

✳✳✳

Lyø war eine gemütliche kleine Insel, auf der um die achtzig Menschen lebten. Durch den beliebten Campingplatz mochten es in der Hauptsaison fünfmal so viele sein. Mit seinen Lehrgangs-törns legte Buske mehrmals im Jahr in Lyø Havn an. Neben dem Hafenmeisterbüro gab es einen kleinen und sehr guten Grill. Im einzigen Dorf in der Mitte des Eilandes sogar einen Supermarkt und zwei Restaurants mit recht anständiger Küche. Hinzu kam, dass die frischen Brötchen und Zimtschnecken, die der Hafen-meister jeden Morgen für die Wassersportler bereithielt, extrem lecker waren. Aber bis auf den Kaufmannsladen waren alle an-deren Institutionen nur während der Saison geöffnet.

Der kleine Yachthafen selbst war wie ausgestorben. Im April machten an einem normalen Montag sowieso keine Tagesanleger fest, und die Boote, die dort ihren Liegeplatz hatten, dümpelten, nur vom Hafenmeister beaufsichtigt, vor sich hin. Das Hafen-becken war zu eng, als dass darin das Anlegen geübt werden konnte. Dagegen eignete sich die Außenmole mit den beiden Fähranlegern ausgezeichnet.

So durfte sich Kathi als Erste daran versuchen, die »Jose-phina« ohne Blessuren festzumachen. In den folgenden zwei Stunden hatten die anderen ihre Anlegekünste unter Beweis zu stellen. Wieder einmal erwies sich Jonas darin als der Primus der Crew. Nur Finn zeigte am Gashebel Schwächen, und Buske musste eingreifen, um sein Schiff zu schonen.

»Das solltest du aber noch üben, bevor ich dich zur Prüfung schicke.«

Er winkte lachend ab. »Ist nicht nötig. Ich habe den Schein schon bei der Marine gemacht.«

»Deswegen musste die ›Gorch Fock‹ auch so lange in die Werft«, warf Femke ein.

Sie lagen kaum an ihrem Platz, da kreiste ein Helikopter der Bundeswehr erst über der kleinen Insel, um anschließend auf einem Feld hinter dem Hafengrill zu landen.

»Da kommt unsere Atzung«, munterte Finn die hungrige Crew auf.

Alles, was sie an Lebensmitteln an Bord hatten, stand schon in Kisten verpackt für den Abtransport bereit. Die frische Lieferung war schnell verstaut, und sie konnten bald damit anfangen, das Abendessen zuzubereiten. Heute war Käpt'ns-Dinner, und Buske zauberte einen Riesenberg Labskaus für die hungrige und gut gelaunte Meute.

∗∗∗

Der Abend verlief genauso harmonisch, wie er begonnen hatte. Ein Teil der Crew spielte an Deck Karten, zwei gingen auf einen Verdauungslauf, und Femke und der Skipper setzten sich auf die Hafenmole, um den Sonnenuntergang zu genießen.

»Kennst du Finn schon lange?«, fragte Buske sie.

»Nein. So klein, dass beim MAD jeder jeden kennt, ist der Laden nicht. Wir sind für diese Sonderaufgabe auch einzeln aus unseren Abteilungen freigestellt worden. Offiziell haben wir aber alle Urlaub.«

»Und warum diese amtlichen Verrenkungen?«

»Wir sind hier im Ausland. Was meinst du, was im Bundestag für ein Theater ausbrechen würde, wenn deutsche Armeeangehörige bei einem nicht vom Parlament genehmigten Auslandseinsatz erwischt werden würden?«

»Aber die Dänen wissen doch von der Sache und helfen euch.«

»Das geht alles nur über persönliche Kontakte. Rate mal,

warum du nichts von der Überprüfung ins Logbuch schreiben solltest?«

»Und warum bleibt ihr dann nicht in Deutschland?«

»Die beiden sind keine Bundeswehrangehörigen.«

»Sie sind doch aber mit einem verwandt!«

»Ja, aber nicht ersten Grades. Für die beiden wäre zu Hause die deutsche Polizei zuständig, und wenn die eingeschaltet wird, dann wird das, ehe wir uns umsehen können, ein Politikum.«

Buske sah sie ungläubig an. »Du meinst, da wird was durchgestochen?«

»Das wäre nicht das erste Mal, dass sich jemand auf diese Weise hervortun oder etwas dazuverdienen möchte.«

»Und du bist dir nach wie vor sicher, dass meine ›Josephina‹ das geeignete Safe House für die beiden ist?«

Sie nickte. »Mir fällt wirklich nichts ein, was sicherer wäre.«

Der Skipper schüttelte den Kopf. »Wenn ich mir vorstelle, dass dieser ganze Wahnsinn betrieben wird, nur weil irgendein Ajatollah schlechte Laune hatte, dann wird mir übel. Was interessiert uns das hier in Deutschland?«

»In annähernd allen westlichen Ländern hat der Iran speziell ausgebildete Angehörige seiner Revolutionsgarden, also den Pasdaran. Sie wurden gezielt dafür stationiert, um Todesurteile oder Sanktionen jederzeit auch im Ausland vollstrecken zu können. Hauptsächlich sind die aber damit beschäftigt, Dissidenten oder Dissidentinnen zu drangsalieren, um sie einzuschüchtern. So zeigen sie, dass der Arm der Ajatollahs eben weit in den Westen hineinreicht.«

»Und die scheuen auch nicht vor Mord zurück?«

»Keine Sekunde.«

Buske war bestürzt. »Und das weiß unsere Regierung?«

»Na klar doch.«

»Und warum wird dagegen nichts unternommen?«

»Sag mir, wie das funktionieren soll, und wir machen es sofort. Diese Leute sind bestens ausgebildet und meist als Sicherheitsdienst an den Botschaften und Konsulaten offiziell beschäftigt. Die haben diplomatischen Status. Wenn die einreisen, dürfen wir noch nicht einmal deren Gepäck kontrollieren, selbst wenn der Drogen- oder Sprengstoffhund vor Aufregung neben deren Koffern kollabiert.«

Der Skipper wurde nachdenklich. »Sei bitte ehrlich: Wie gefährlich sind diese Leute?«

»Es ist jedenfalls ungefährlicher, eine Schwarze Mamba mit der Hand zu füttern, als von diesen Genossen verfolgt zu werden.«

»Läse ich diese Geschichte in einem Groschenroman, dann würde ich mutmaßen, dass der Autor ein ganz übles Zeug geraucht hat, und das Ding im hohen Bogen in die Tonne kloppen.« Auf Buskes Stirn erschienen zwei Sorgenfalten. »Wenn die Kiste, in der wir hier alle sitzen, wirklich so heiß ist, dann sollten wir morgen nicht den Palstek üben, sondern Waffenkunde machen.«

»Kannst du mit Waffen umgehen?«

Er lachte auf. »Ich kann meine Signalpistole bedienen, das hat bisher gereicht. Und dann weiß ich noch, welches Ende beim G3 das gefährliche ist.« Er zog die Stirn kraus. »Apropos nicht reichen: Hast du schon einen Plan B, wenn wir die Nummer nicht allein stemmen können?«

Femke zuckte hilflos mit den Achseln. »Ehrlich gesagt nicht. Wir müssen das irgendwie allein hinkriegen.« Sie machte eine Pause. »Wenn alle Stricke reißen, hoffe ich auf die zündenden Ideen eines erfahrenen Skippers.«

Buske kratzte sich am Kopf. »Ich hätte nie gedacht, dass ich in meinem Alter noch mal ins Schwitzen komme, weil eine Frau in guter Hoffnung ist.« Er sah auf die Uhr. »Wir sollten wieder zurückgehen. Die haben angefangen, Karten zu spielen. Ich hoffe, es hat inzwischen niemand mein Schiff verzockt.«

Als sie zur »Josephina« zurückkamen, war das letzte Full House ausgespielt, und die Karten waren schon wieder im Etui.

»Finn und ich übernehmen die erste Wache«, ordnete Buske an. »Von zwei bis vier Thomas und Jonas, von vier bis sechs Femke und Kathi und von sechs bis zum Frühstück Sebastian und Charlotte.«

»Ist das denn wirklich nötig?«, maulte Kathi. »Auf diesem Inselchen sagen sich doch Fuchs und Hase Gute Nacht.«

»Der einzige Fuchs hat sich im vergangenen Winter schon aus Langeweile aufgehängt«, brummte Femke verschlafen. »Dennoch sollten wir weiterhin auf Nummer sicher gehen.« Bis auf die beiden Wachen verzogen sich alle in ihre Kajüten.

**

Lyø Havn am Montag, dem 8. April, 4:00 Uhr

»Musst du so viel quarzen?«

Buske mochte keine Raucher an Bord. Finn schnippte die Kippen aber wenigstens nicht in die See, sondern zog stets einen kleinen Aschenbecher aus der Hosentasche.

»Ich gebe es zu, das ist eine blöde Angewohnheit. Ich hatte es mir schon mal abgewöhnt, aber dann kam die Trennung von meiner Freundin, und ich hing wieder am Docht.«

»Ich kenne das.« Der Skipper reckte seine müden Knochen. »Ich hatte zwei Rückfälle, aber seit zwanzig Jahren bin ich clean.«

Danach schwiegen sie wieder miteinander.

Buske liebte diese Nachtstunden im Hafen und die so typischen Geräusche, wenn die Leinen und Fallen durch den leichten Wind an die Aluminiummasten der kleineren Yachten klopften, und das leise Schmatzen der See an den vielen Rümpfen der festgemachten Boote.

Um kurz nach ein Uhr nachts hörten sie einen Außenbordmotor.

Finn schreckte hoch. »Was wollen die denn um diese Zeit auf See?«

Buske beruhigte ihn. »Das werden sicher Jugendliche sein, die von der Disco aus Fåborg kommen. Nachts gibt es hier keine Fähre mehr.«

Finn horchte konzentriert in die Dunkelheit. »Die werden doch sicher was getrunken haben.«

»Natürlich haben sie das. Ein Taxiboot kostet um diese Zeit ein Vermögen, und das Geld dafür versaufen die Kids lieber.«

»Du siehst das ziemlich entspannt, oder?«

»Um diese Zeit kannst du mit einem Gummiboot, das durch einen Fünf-PS-Motor angetrieben wird, nun wirklich keinen großen Schaden anrichten. Also lass sie.«

Eine halbe Stunde später erschien Jonas glockenwach im Cockpit.

»Moin, der Herr«, begrüßte ihn Buske, »wie immer pünktlich auf Station?«

Der junge Mann sah ihn irritiert an. »Auf Station?«

Dem Skipper war sofort klar, dass er dieses Wort nicht mit einem Schiff in Verbindung bringen würde.

»Sorry, ich meinte Cockpit.«

»Nein, bitte keine Entschuldigung. Das könnte ein seemännischer Ausdruck gewesen sein, den ich noch nicht kenne.«

Buske klopfte ihm freundschaftlich auf die Schulter. »Ich freue mich jedenfalls, dass du so pünktlich deine Wache antrittst.«

Der Junge wich erst zurück, dann erwiderte er die Geste geradezu feierlich. »Ich verstehe das. Das macht man unter Seeleuten so.«

Daraufhin nahm er das Fernglas, hängte es sich um und stellte sich hinter das Ruder. »Ihr könnt in eure Kojen gehen. Thomas ist unten und macht sich einen Kaffee. Ich passe währenddessen hier oben auf euch auf.«

⁂

Die restliche Nacht verlief ereignislos. Die Crew stand verschlafen, aber pünktlich um sieben Uhr morgens in der Senkrechten, und nach einer weiteren halben Stunde waren alle geduscht.

»Wir müssen kurz ins Dorf, um frisches Obst und Grünzeug zu holen, und auf dem Rückweg geht's an die Brötchentheke zum Hafenmeister. Wer will mitkommen?« Buske sah erwartungsvoll in die Gesichter seiner Besatzung.

Bis auf Thomas, der lieber eine Runde um die Insel joggen wollte, meldete sich der Rest der Crew. Charlotte und Finn hatten Pech. Sie verloren beim Schnick-Schnack-Schnuck und mussten an Bord Wache schieben.

Nachdem alle ihren Pott Kaffee getrunken hatten, machten sie sich auf den kurzen Weg.

Im kleinen Ort selbst war schon ein wenig Betrieb, und die Neuankömmlinge wurden von den Insulanern kritisch beäugt. Sechs Leute auf einem Haufen mussten im April wie ein Demonstrationszug auf sie wirken. Nachdem der Ladenbesitzer Buske erkannt hatte, entspannten sich ihre Gesichter wieder.

»*Hej*, Jens«, begrüßte er ihn. »*Hvordan har du det?*«

Der Kaufmann erwiderte den Gruß mit einem für ihn typischen Redeschwall.

»*Skal bare.*«

»Du kannst doch ein bisschen Dänisch«, murmelte Femke zu Sebastian. »Übersetz mal.«

»Er hat ihn gefragt, wie es ihm gehe, und er hat mit ›Muss eben‹ geantwortet.«

»*Har du noget lækkert og friskt?*«

»Buske fragt, ob er etwas leckeres Frisches dahabe«, flüsterte der Doc.

»*Nej, min datter er i Fåborg.*«

»Nein, seine Tochter sei in Fåborg.«

»So ein Chauvi«, brummte sie sauer.

»*Hun er lidt for ung til mig.*«

»Sie sei ein wenig zu jung für den Skipper«, übersetzte Sebastian weiter.

»*Det var dumt for dig. Hendes bedstemor kom med!*«

»Schlecht für Buske gelaufen, denn ihre Oma ist mitgefahren«, lachte er.

»Würdest du bitte nur das Wesentliche übersetzen?«, schimpfte der Skipper.

»Das war das Wesentliche«, kam es schlagfertig vom Kaufmann zurück.

Während des restlichen Einkaufs redeten die beiden über dies und das und erzählten sich alles, was in den vergangenen zwei Wochen auf der Insel passiert war. Das Shoppen war dementsprechend nur ein kurzes Vergnügen.

Als sie sich wieder dem Hafen näherten, stieß Thomas zu ihnen.

»Na«, fragte ihn Kathi, »gab es etwas Interessantes zu berichten?«

»Jau«, lächelte er verschmitzt, »wenn du immer am Meer langläufst, kommt alle Viertelstunde ein Hafen.« Plötzlich stutzte er und streckte seinen Hals, um besser sehen zu können. »Da stimmt was nicht. Auf der ›Josephina‹ ist niemand an Deck.«

»Vielleicht kocht Finn Kaffee, und Charlotte ist im Bad«, mutmaßte Sebastian.

»Never ever«, brummte Femke. »Das Cockpit würden die beiden auf Wache nie unbesetzt lassen.«

Die restlichen zweihundert Meter rannten sie zu ihrem Schiff.

Dort bot sich ihnen ein furchtbarer Anblick.

Das gesamte Cockpit war voller Blutspritzer, und Charlotte lag regungslos in einer riesigen Blutlache auf den Teakholzdielen.

VIER

Sebastian wollte instinktiv auf das Deck der »Josephina« springen, wurde aber von Femke davon abgehalten.

»Stopp, wir müssen zuerst mit unseren Möglichkeiten die Spuren sichern.«

Sie zog ihr Handy aus der Tasche und machte vom Steg aus Bilder.

»Mach schnell, Charlotte braucht Hilfe«, protestierte der Arzt.

»Ich bin ja gleich fertig. Aber wir dürfen die blutigen Fußspuren nicht mit unseren Abdrücken kontaminieren, bevor ich sie nicht fotografisch gesichert habe.«

Sie gab dem Doc ein Zeichen, dass er zu seiner Patientin gehen durfte. Buske und sie folgten ihm, und während der Skipper dem Doc assistierte, suchte Femke unter Deck nach Finn.

Charlotte gab schon wieder die ersten Lebenszeichen von sich, murmelte etwas, fasste sich an den Kopf und wollte sich aufrichten.

»Bleib mal schön liegen. Ich muss erst mal gucken, was mit dir ist.«

»Was soll denn mit mir sein?«, stöhnte Charlotte.

Vorsichtig tastete Sebastian ihren Kopf ab. »Tut es irgendwo besonders weh, wenn ich drücke?«

»Der Schädel brummt im Allgemeinen, nicht an irgendeiner Stelle.«

»Kein Wunder, meine Liebe, man hat dir eins über den Schädel gezogen.« Er half ihr dabei, sich aufzusetzen.

Mit Entsetzen sah sie die Blutlache, in der sie saß. »Ist das alles von mir?«

»Das sieht nicht so aus. Du hast zwar eine kleine Platzwunde an der Stirn, aber so stark blutet die nicht. Weißt du, was passiert ist?«

Sie sah sich um. »Wo ist Finn? Der müsste doch wissen, was hier los war.«

Femkes ernstes Gesicht erschien in der Luke zum Niedergang. »Hier unten ist er auch nicht. Skipper, kommst du bitte mal runter? Das musst du dir ansehen.«

So ein Chaos hatte Buske noch nie auf seinem Schiff gesehen. Sämtliche Fächer in den Kabinen, im Salon und in der Kombüse waren geöffnet worden. Alles, was die Einbrecher darin gefunden hatten, lag herausgerissen auf dem Boden verteilt. Selbst Nudeln, Reis und sogar Zucker und Mehl waren ausgeschüttet worden.

»Mein Gott«, brummte der Skipper, »was für Vandalen haben hier denn gehaust?«

Femke war ebenfalls entsetzt. »Das war kein Vandalismus, die haben etwas gesucht.«

»Was soll man denn bitte schön zwischen Reis und Zucker verstecken?«

»Speicherchips zum Beispiel. In Krimis wird derartig großflächig auch gern nach USB-Sticks gesucht.«

Buske wusste nicht, ob er vor Wut um sich schlagen oder verzweifeln sollte. »Das ist hier doch alles ein ganz schlechter Film. In was für einen Bullshit bin ich hier reingeraten? Auf Deck ein riesiges Blutbad und hier unten ein einziges Trümmerfeld.« Wutschnaubend griff er nach dem Mikro des Funkgerätes. »Ich werde die Polizei rufen.«

Bevor Femke einschreiten konnte, drückte er die Sprechtaste. »Pan Pan – Pan Pan – Pan Pan, hier ist die ›Josephina‹ Delta Hotel sechs sechs acht sieben!«

Im Lautsprecher war noch nicht einmal ein Rauschen zu hören. Er wiederholte seine Funkkennung zweimal, doch am Ergebnis änderte sich nichts.

Mit sorgenvollem Gesicht drückte er auf allen Tasten des Schaltpaneels herum. Dabei fiel es ihm entgegen.

»Was ist denn?«, fragte Femke vorsichtig.

»Die Schweine haben sämtliche Kabel durchgeschnitten. Das Schiff ist damit stromlos.«

Er öffnete die Tür zum Sicherungskasten. »Und hier haben sie auch alles abgeknipst.«

»Du sagtest bei der Sicherheitseinweisung etwas von einem Handsprechfunkgerät und einem Satellitentelefon.«

Buske sah in das Fach, in dem beides untergebracht sein sollte. »Die sind auch weg.«

»Unten haben sie sämtliche Waffen, Telefone und Notebooks geklaut. Ich habe nur noch mein Diensthandy und meine Pistole.«

»Was meinst du, können das normale Diebe gewesen sein?«

»Nein«, antwortete Sebastian hinter ihnen. »Alltagsganoven bringen niemand um.«

Der Skipper sah ihn fragend an. »Charlotte lebt doch wohl noch?«

»Die ja, aber Finn ist mit Sicherheit tot, wahrscheinlich durch einen Kopfschuss getötet. In der Blutlache habe ich Hirnmasse entdeckt.«

»Und wo ist seine Leiche? Die werden sie doch nicht mitgenommen haben?«

»Mit Gewichten beschwert im Hafenbecken versenkt oder sonst wo auf der Insel.«

»Das denke ich auch«, murmelte Femke. »Aber wenn die hier herumgeballert haben, muss das doch irgendjemand an Land mitbekommen haben! Hier sind doch so viele Boote!«

Buske schüttelte den Kopf. »Die liegen aber nur da. Im April kommen die Eigner, wenn überhaupt, nur an den Wochenenden, und wir sind die einzigen Tagesanleger.«

»Und was ist mit dem Hafenmeister?«

»Den könnten wir fragen und von dort aus auch gleich die Polizei rufen.«

Femke stoppte seinen Tatendrang. »Das sollten wir aber erst mal mit Berlin absprechen.«

»Und wenn die das abnicken, was passiert dann?«

»Dann haben wir das Problem, wie wir einem dänischen Dorfpolizisten erklären, wer wir sind und dass unsere Waffen gestohlen wurden.«

✳✳✳

Der Gang zum Hafenmeisterbüro war nur kurz. Schon auf halbem Weg überfiel Buske ein ungutes Gefühl.

»Wieso hat Jokkel um diese Zeit die Fensterläden geschlossen? Selbst im Winter sitzt er vormittags in seiner Bude und wartet auf die ›Queen Mary‹.«

Femke sah ihn irritiert an. »Aber die kann doch hier gar nicht anlegen.«

»Das ist ihm auch klar, aber wenn er auf sie wartet, dann hat er wenigstens etwas zu tun, sagt er immer.«

Nachdem selbst die Eingangstür zum Büro verschlossen war, suchten sie erfolglos das Hafengelände nach dem alten Mann ab.

Jokkel war nicht nur Chef des Hafens, sondern auch ehrenamtlicher Hausmeister, Schiffsingenieur und Inselpastor. Sollte sich ein segelndes Ehepaar mal gestritten haben, dann war Jokkel als Paartherapeut gefragt. Seine Mechaniker-Qualitäten waren ebenfalls weit über Lyø hinaus bekannt. Jokkel war in dieser Gegend nicht einfach nur ein Name, sondern ein Markenzeichen.

»Vielleicht ist er einkaufen gegangen oder musste mal zum Arzt«, folgerte Thomas.

Der Skipper winkte ab. »Hier legen laufend irgendwelche Mediziner mit ihren Booten an. Die Doktoren kommen zu ihm, nicht umgekehrt.«

Sie gingen erneut zu seinem Büro, und Buske horchte an der Tür.

»Ich werde verrückt«, entfuhr es ihm. »Da drin stöhnt jemand.«

Femke glaubte ihm nicht. »Du hast zu viele Krimis geguckt. Das sagen die Kommissare doch immer, wenn sie sich verbotenerweise Zugang zu einem Haus verschaffen wollen.« Sie legte ebenfalls ihr Ohr an das Holz und zuckte erschrocken zurück. »Das ist kein Fake, da stöhnt wirklich jemand.«

An der Außenwand des Büros waren eine Notfallbox mit Feuerwehrschläuchen, zwei Feueräxten, faltbaren Löscheimern und ein Wandhydrant angebracht. Sie schlugen die kleine Scheibe, hinter der sich der Schlüssel verbarg, mit einem Stein ein und öffneten sie.

Mit der Axt bearbeitet, dauerte es nicht lange, bis die marode

Tür nachgab. Sie hatten sich nicht geirrt. Jokkel lag geknebelt und mit Kabelbindern gefesselt vor seinem Schreibtisch und ruderte verzweifelt mit den Füßen.

Nachdem sie ihn befreit und auf einen Stuhl gesetzt hatten, gaben sie dem alten Mann erst mal etwas zu trinken.

»Ich danke euch«, stammelte er erschöpft. »Das ist mir in meinem ganzen Leben noch nicht passiert. Ich war dabei, den Kaffeefilter zu spülen, da greift mich plötzlich jemand von hinten, hält mich fest und drückt mir einen Lappen, der furchtbar nach Krankenhaus gerochen hat, aufs Gesicht.«

»Hast du eine Ahnung, wer das war?«, fragte Buske besorgt.

»Woher? Er kam von hinten. Und dann wart ihr plötzlich da. Habt ihr mich überfallen?«

»Wenn wir das gewesen wären, hätten wir Sie nicht wieder von den Fesseln befreit«, versuchte Femke ihn zu beruhigen.

Das hatte nur wenig Erfolg. Jokkel konnte sich partout nicht wieder einkriegen. »Aber wer macht denn so etwas und warum?« Er blickte erschrocken zwischen seinen Befreiern hin und her. »Bei euch ist doch alles okay?«

»Nein«, brummte Buske verärgert, »eine Frau aus meiner Crew ist niedergeschlagen worden, und einen anderen vermissen wir.«

Der Hafenmeister bekam langsam einen klaren Kopf. »Wir haben seit Jahresanfang eine Überwachungskamera, mit der der gesamte Hafen kontrolliert werden kann. Vielleicht hat die aufgezeichnet, was passiert ist.«

Er rappelte sich mühsam von seinem Stuhl hoch und wankte mehr, als dass er lief, zum Schreibtisch. »Das wird alles in meinem Notebook gespeichert.« Er setzte sich auf den Bürostuhl und wollte den Computer zu sich hinziehen, doch der ließ sich keinen Millimeter bewegen. Als er ihn aufklappte, wurde klar, warum. Die Täter hatten ihn mit zwei Nägeln durch die Tastatur hindurch auf der Schreibtischplatte festgehämmert.

»Das mit der Aufzeichnung können wir uns wohl abschminken«, bemerkte Femke. »Ich denke mal, dass die genau wussten, wo sie die Nägel ansetzen mussten, um Festplatte und Prozessor zu fritten.« Sie sah Buske an. »Bert, wir haben es hier mit absoluten Profis zu tun.«

»Profis?«, echote Jokkel klagend. »Was habe ich denn verbrochen, dass ich von Profis überfallen werde?«

Sie legte tröstend die Hand auf seine Schulter. »Das hat absolut nichts mit Ihnen zu tun. Ich fürchte, dieser Angriff galt uns. Es ist nur schade, dass die Videos von diesem Verbrechen gelöscht sind.«

***

Nach Absprache mit Femkes Vorgesetzten legten sie in Richtung Fåborg Fjord ab, wo sie auf Anweisungen warten sollten.

Die Admiralität hatte mit der dänischen Marine vereinbart, dass deren Marinetaucher im Hafen von Lyø eine kleine Übung durchziehen würden, um verdeckt nach Finns Leiche zu suchen.

Der Wind wehte mit stetigen fünf Windstärken aus Ost, und sie machten mit acht Knoten gute Fahrt.

Buske und Femke hatten Wache, und Sebastian war damit beauftragt, Proben der Flüssigkeiten zu sichern, die im Cockpit verteilt waren, bevor sie die Spuren des blutigen Überfalls beseitigen würden.

Femke war Rudergängerin, und der Rest der Crew übte mit Jonas unter Deck die Knoten, die bei der Prüfung verlangt wurden.

»Gut, dass wir keine Motoryacht sind. Segeln kannst du auch ohne Strom.«

Buske studierte auf seinem Smartphone die Wetter-App. Dabei schüttelte er immer wieder den Kopf.

»Erwarten uns mehr als die augenblicklichen fünf Windstärken?«, fragte sie.

»Ich fürchte, sehr viel mehr.«

»Das heißt also Schietwetter?«

»So wie es aussieht, heißt das Orkanböen aus Ost.«

»Etwa wie im vergangenen Jahr?«, erkundigte sich Sebastian.

»So ähnlich.«

Femke sah beide besorgt an. »Was soll das heißen?«

»Vor sieben Monaten gab es an der Ostseeküste eine Jahrhundertsturmflut.«

Sie nickte. »Das war damals dick Thema in den Nachrichten.«

»Und wenn wir Pech haben, dann dauert das nächste Jahrhundert nur etwas mehr als ein halbes Jahr.«

»Und was bedeutet das für uns?«

»Dass wir uns, wenn es schlimm kommt, nicht einmal mehr in irgendeinen Hafen verkrümeln können. Bei der letzten Sturmflut gab es allein in Schilksee Kleinholz in zweistelligem Millionenbereich.«

»Du willst mit der ›Josephina‹ also auf See sein, wenn es in den Häfen rundgeht?«

»Was bleibt uns denn anderes übrig? An Land werden meine Leute hinterrücks erschossen! Dann kämpfe ich doch lieber gegen die Naturgewalten. Das ist ein ehrlicher Gegner. Auf dem Schiff seid ihr sogar bei Sturm sicherer als an Land.«

»Ohne Strom? Wie sollen wir den Motor anwerfen? Wie können wir ohne Funk Hilfe holen?«

»Deswegen werden wir ja in Fåborg anlegen. Ich kenne dort einen Schiffsausrüster, der uns mit Sicherheit weiterhelfen wird.«

»Unsere Anweisungen lauten anders. Das wird Berlin nicht gefallen.«

»Na und? Wenn deine Spreeadmiräle mit meiner Entscheidung nicht einverstanden sind, dann sollen sie mir im Mondschein begegnen. Wenn sie uns wirklich helfen wollen, dann wird ihnen sicher etwas einfallen, um uns auch dort zu schützen.«

***

Wider Erwarten befürwortete Berlin Buskes Plan, und dem Landaufenthalt stand nichts mehr im Weg. Was ihn ein wenig wunderte, war die Bitte von Femkes Vorgesetzten um ein Foto des Sicherungskastens und des Schadens am Kabelstrang. Sie kam dem nach, und damit war die Sache vergessen.

Beim Einlaufen herrschte im Yachthafen von Fåborg absolute

Ruhe. Am Anleger für Tagesgäste dümpelte nur eine Barkasse der dänischen Marine, auf der ein Matrose windgeschützt hinter dem Ruderhaus in der Frühjahrssonne vor sich hin döste. Das Anlegemanöver klappte wieder reibungslos. Dennoch war Buske nervös und widmete seine Aufmerksamkeit mehr der näheren Umgebung als der Arbeit seiner Crew. Dabei fiel ihm ein Mann auf, dessen Kopf hin und wieder hinter der Reling einer Yacht auftauchte, um kurz darauf erneut abzutauchen.

»Thomas«, flüsterte der Skipper, »guck doch mal unauffällig in Richtung dieses Traditionsseglers zwei Stege weiter. Da erscheint immer wieder ein Kopf mit einer Wollmütze. Ich will wissen, was der da macht.«

Wortlos sprang der Minentaucher an Land und schlenderte in die angegebene Richtung. Dabei blieb er immer wieder stehen, um, wie zufällig, die festgemachten Yachten zu bewundern.

Bis Buske Klarheit darüber hatte, was dieser Mann an Bord des Schiffes machte, wollte er seine Crew von Deck haben und bat sie, ihm dabei zuzusehen, wie man eine Logbuchseite gewissenhaft ausfüllte und welche Begebenheiten darin aufgeführt sein müssten.

Nachdem er das Datum eingetragen hatte, stockte er und sah Femke hilflos an. »Kommt zwischen ›alles im Eimer‹, ›einer tot geblieben‹ und ›uns geht der Arsch auf Grundeis‹ jeweils ein Komma?«

»Gute Frage«, seufzte sie. »Was darin stehen sollte, wissen wir alle, aber die Wahrheit darfst du in unserem Fall nicht schreiben.« Femke überlegte. »Was hätten wir denn für Optionen, um den Bestimmungen zu genügen?«

»Streng genommen nichts‹ als die Wahrheit.«

»Kannst du die nicht auf einen Zettel schreiben und ihn als Gedankenstütze erst mal lose ins Logbuch legen?«

Der Skipper schüttelte den Kopf. »Wenn wir in eine deutsche Kontrolle kommen, dann werde ich dafür vom Seeschifffahrtsamt gekielholt.«

»Das heißt Bundesamt für Seeschifffahrt und Hydrographie«, verbesserte ihn Jonas sofort.

Buske nickte müde. »Du hast ja so recht, mein Junge.« Er versuchte, sich zu konzentrieren, nahm einen Zettel aus der Schublade und begann, ihre Erlebnisse in Stichworten zu notieren.

Es blieb bei den Zettelnotizen.

Thomas sorgte, nachdem er wieder an Bord war, mit seinem Bericht für Entspannung. »Der Mann fummelt an der Lichtmaschine des Motors herum«, berichtete er. »Haben wir eventuell Ersatzteile für einen Volvo-Penta-Schiffsdiesel an Bord?«

Buske winkte ab. »Nee, wir haben einen Yanmar. Außerdem sind wir augenblicklich nicht dazu in der Lage, anderen bei ihren Problemen zu helfen. Wir haben selbst genug davon.« Er erhob sich vom Kartentisch und sah aufmunternd in die Runde. »Wer will zum Ausrüster mitkommen, wer braucht noch was?«

»Was gibt es da denn zu kaufen?«, fragte Charlotte.

»So ziemlich alles.«

Sie überlegte kurz. »Ich bleibe doch besser hier. Ich bin noch etwas wackelig auf den Beinen und will noch zu Hause anrufen. Mein alter Herr war beim Deutschen Wetterdienst Meteorologe und wird jetzt sicher im Dreieck springen, wenn er den Wetterbericht hört.«

»Wer schiebt noch freiwillig an Bord Wache?«

Kathi und Jonas meldeten sich.

»Na, dann ist ja eine Star-Crew auf der ›Josephina‹. Sicherheitshalber bleibt ihr aber unter Deck! Den Rest von unserem Haufen brauche ich zum Tragen. Das wird für mich mit Sicherheit der teuerste Einkauf, den ich je in Dänemark getätigt habe.«

✳✳✳

Der Ausrüster hatte die Größe eines kleinen Baumarktes für Schiffsbedarf und war durch die vielen Regale völlig unübersichtlich. Hinzu kam, dass jeder freie Quadratmeter zusätzlich mit irgendwelchen Displays für Ramschware vollgestellt war.

Außer ihnen waren nur ein paar dänische Marinesoldaten im Laden, die ebenfalls ihre Einkäufe tätigten. Femke schien einen der Soldaten zu kennen, denn die beiden waren schnell in ein Gespräch vertieft.

Buske wusste von seinen letzten Besuchen, in welcher Ecke sich die Elektroabteilung befand. Während er davorstand, überkam ihn die schiere Verzweiflung. Da waren Sicherungskästen in jeglicher Größe gestapelt. Er zückte sein Handy, um ein von ihm gemachtes Foto mit den angebotenen Produkten zu vergleichen. »Kinder, was ein Scheiß!«, brummte er. »Da kann ich ja bis zum Sankt-Nimmerleins-Tag suchen.«

Ein Soldat schlenderte den Gang entlang, stellte einen nur wenig gefüllten Wagen neben ihm ab und schnappte sich seinen. »Hallo«, protestierte Buske, »das ist meiner.«

Der Soldat lächelte ihn freundlich an. »Nein, *das* ist Ihrer. Da ist alles drauf, was Sie benötigen, um Ihre Elektrik wieder in Gang zu kriegen.«

Der Skipper war irritiert. »Sie sprechen Deutsch?«

»Sie sprechen ja auch Dänisch, Herr Buske.«

»Woher wissen Sie, wie ich heiße und was ich einkaufen will?«

»Ich weiß, was Ihnen widerfahren ist und dass Sie vor dem falschen Regal stehen«, kam die freundliche Antwort.

Femke stellte sich neben ihn.

»Kannst du mir bitte mal sagen, was hier abgeht?«, fragte sie der Skipper entrüstet.

»Ja. Der Mann ist Bordelektriker bei der dänischen Marine und weiß von dem Schaden an deiner ›Josephina‹. Mit dem Wissen hat er bereits alles für die Reparatur Notwendige in den Wagen gepackt, damit du nicht so lange suchen musst.«

»Ist der Hellseher, oder hat er die Kabel durchgeschnitten?«

»Nein, meine Leute haben das Foto, das ich von dem Sicherungskasten gemacht habe, an die dänischen Kameraden weitergegeben.«

Buske staunte. »Und dafür kommen die in Kompaniestärke hier in den Laden?«

»So sind die Dänen. Für Bartolomeu den Seefahrer nur das Allerbeste von den Spezialkräften der Marine.«

»Das sollen alles Kampfschwimmer sein?«

»Korrekt!«

»Da ist eine Frau dabei.«

»Ja, das ist Lene. Sie ist das einzige weibliche Mitglied des Frømandskorpset, des sogenannten Froschmannkorps. Ich habe sie mal auf einem gemeinsamen NATO-Lehrgang kennengelernt. Sie ist übrigens die einzige Kampfschwimmerin in Europa.«

Buske zog die Stirn kraus. »Dann haben die Dänen wohl nicht so anspruchsvolle Kriterien für eine Aufnahme bei den Spezialkräften?«

»Für den Spruch zahlst du einen Zwanni in die Chauvi-Kasse! Lene ist kein bisschen schwächer als ihre männlichen Kollegen. Wenn sie von James Bond derartig plump angemacht werden würde, wie wir es von den Filmen her kennen, dann wäre dem armen Kerl innerhalb von Sekunden alles gebrochen, was von seinem Körper absteht.«

Buske sah sie gespielt erstaunt an. »Wirklich alles?«

Femke winkte bedient ab. »Männer! Nein, natürlich nicht alles.« Sie grinste. »Aber da wäre dann ein Knoten drin.«

***

Nachdem sie ihre Einkäufe an Bord hatten, legten sie wieder ab. Mit inzwischen sechs Windstärken, die stetig aus Ost kamen, hielten sie Kurs in südöstliche Richtung. Der Aufenthalt im Cockpit wurde zu einer recht feuchten Angelegenheit, weil die Wellen mittlerweile die Höhe von gut einem Meter erreicht hatten und die Gischt vom Wind über das Deck getrieben wurde.

In Buskes Kopf arbeitete es fieberhaft. Ihm war klar, was ihn und eine unerfahrene Crew erwartete, aber wussten das seine Leute? Was konnte er ihnen zumuten? Wie sehr durfte er sie belasten? Kathi war jetzt schon blass um die Nase. Wie würde es ihr bei den ersten Sturmböen ergehen?

»Wie fühlst du dich?«, fragte er sie.

Sie zuckte mit den Achseln. »Frag mich das vielleicht morgen.« Sie versuchte zu lächeln. »Ich rede mir gerade ein, dass ich seefest bin.«

»Das ist die richtige Einstellung. Dann übernimmst du auch das Ruder. Bei einer Aufgabe, bei der man sich konzentrieren muss, vergisst man oft seine Übelkeit. Kurs 120 Grad, bis ich etwas anderes ansage. Sebastian beobachtet die See. Und wie ihr seht, kommt jetzt hin und wieder schon mal eine größere Welle. Davor muss die Crew gewarnt werden, vor allem die, die unter Deck sind. Der Warnruf vom Ausguck lautet ›Warschau‹. Wenn das jemand ruft, dann haltet ihr euch besonders fest. Ist das klar?«

Die Crewmitglieder nickten betreten, denn alle hatten ein etwas mulmiges Gefühl in der Magengrube. Selbst Femke schien sich nicht sicher zu sein, ob sie den Törn augenblicklich genießen konnte.

»Was ist los, Wonderwoman, weiche Knie?«

»Frag nicht so dämlich«, brummte sie. »Du weißt genau, was mit mir los ist.«

»Hast du was im Magen?«

»Wäre das nicht kontraproduktiv?«

»Nein, im Gegenteil. Du wirst dich über die vielen Packungen Zwieback und Butterkekse gewundert haben, die wir in der Pantry haben. Die sind exakt für diese Momente gedacht. Hol dir eine Packung und verteile sie. Ich denke, dass hier alle ein paar von den Dingern vertragen können.«

»Und was machst du?«

»Ich gehe unter Deck und versuche, mit Jonas zusammen die Elektrik zu reparieren. Ich denke, dass er für so einen Fummelskram genau der Richtige ist.« Er sah sich um. »Wo ist er eigentlich?«

»Unter Deck und fummelt am Kram.«

»Allein?«

»Nein. Während wir beim Ausrüster waren, hat sich ein Elektroniker der dänischen Marine an Bord geschlichen. Die beiden verbauen zurzeit all das, was du eingekauft hast.«

Buske sah sie entgeistert an. »Hatten wir uns nicht darauf geeinigt, dass Fremde nur noch mit meiner vorherigen Genehmigung an Bord dürfen?«

»Mein Gott, das ist ja schließlich nicht irgendwer, und ich habe auch erst davon erfahren, als wir schon wieder auf See waren.«

»Und wer hat ihn an Bord gelassen?«

»Jonas und Kathi.«

»Und warum melden sie das nicht?«

»Weil Jonas schon mit dem Mann unten schraubt und Kathi sich nicht sicher ist, ob ihr bei der Meldung nicht auch etwas anderes aus dem Gesicht fällt.«

Als Buske den Niedergang hinunterstürmte, begann das Funkgerät zu quäken. Schlagartig hellte sich seine Miene auf.

»Na wunderbar, es tut sich wieder was. Aber wer sind Sie?«

Jonas drehte sich zu ihm. »Das ist Enno Jørgsen, Offizier der dänischen Seestreitkräfte. Er würde uns aus einem bestimmten Exkrement befördern, wurde mir gesagt.«

Der Skipper und der Gast sahen den jungen Mann ratlos an.

»Was mache ich?«, fragte der Oberleutnant.

Femke war Buske gefolgt. »Ich habe Jonas gesagt, dass der Mann uns aus der Scheiße ziehen würde.«

Der junge Mann zog die Brauen hoch. »So ein Wort sagt man nicht. Und bei so einer Tätigkeit würde ich auch nicht helfen.«

Der Skipper legte beschwichtigend seine Hand auf Jonas' Schulter. »Entschuldige bitte diese grobe Wortwahl«, lächelte er, »aber das sagt man so, wenn jemand mit großen Problemen zu kämpfen hat. Einigen wir uns auf das Wort ›Schlamassel‹?«

»Schlamassel.« Jonas legte die Stirn in Falten, überlegte und rezitierte: »Eine schwierige, verfahrene Situation, in die jemand aufgrund eines ärgerlichen Missgeschicks gerät.« Sein Gesicht hellte sich auf. »Ja, das ist akzeptabel. Dabei helfe ich gern.«

Jørgsen zog den Skipper zur Seite und flüsterte auf Dänisch: »Sagen Sie, ist das hier so eine Art Therapieschiff?«

»Therapieschiff.« Buske sah den Ingenieur ernst an und ahmte Jonas nach. »Ein meist mit Segeln angetriebenes Schiff zur Beförderung inklusiver Gesellschaften, ja, das ist für mich akzeptabel. Auf so einem Schiff bin ich gern Kapitän. Und die da, Herr Soldat«, er zeigte auf Femke, »die ist unsere Wärterin.«

Währenddessen verkabelte Jonas den Sicherungskasten, indem er die durchtrennten Kabel jeweils durch eine Verlängerung mittels Vario-Klemmen erneut mit dem Schaltkasten verband.

Dabei glänzte er wieder einmal durch sein phänomenales, nahezu fotografisches Gedächtnis, denn nur ein intensiver Blick auf den Schaltplan reichte ihm, um alle Kabel wieder korrekt zu verbinden.

»Meine Herren«, seufzte der Ingenieur. »So jemanden könnten wir auf jedem unserer Pötte gebrauchen. Der Junge ist speziell, aber genial.«

»Den geben wir auch nicht wieder her«, konterte Femke. »Aber mir wurde von meinen Leuten gemeldet, dass Sie uns nicht nur helfen würden, sondern auch Neuigkeiten und ein paar Waffen für uns hätten?«

Der Mann nickte. »Stimmt, die sind dort hinten in der schwarzen Tasche. Die News sind leider nicht so gut. Ihr Kamerad konnte von unseren Leuten nur noch tot aus dem Hafenbecken geborgen werden.«

»War es der von unserem Doc befürchtete Kopfschuss?«

Buske wurde blass und rieb sich verzweifelt die Stirn. »Das ist das erste Mal, dass ich nicht mit meiner kompletten Crew den Heimathafen anlaufe.«

Jørgsen sah ihn verständnisvoll an. »Ja, es war ein Kopftreffer. Und ich fürchte, dass die Gefahr eines weiteren Verlustes nicht gebannt ist. Sie haben es mit Profis in Sachen Liquidierung zu tun.«

»Da bin ich aber froh, dass sich dem armen Finn wenigstens ein Facharbeiter der Abteilung Sensenmann angenommen hat«, bemerkte Buske sarkastisch. »Aber warum nur er, warum nicht auch Charlotte? Die war doch quasi daneben, und mit ihr überlebte eine Zeugin. Und warum haben die Kerle nicht am Hafen auf Kathi und Jonas gewartet? Die sind doch ihre eigentlichen Ziele!«

»Weil die beiden mit im Dorf waren«, konterte Femke. »Und im Dorf hat man kein freies Schussfeld. Und wieso Kerle? Woher weißt du, dass das keine Frauen waren?«

Der Skipper drehte sich wütend um und stieg den Niedergang

hoch. »Jetzt wird sogar schon in Sachen Totschlag gegendert, aber die wichtigen Antworten bleiben aus. Ihr habt sie doch nicht mehr alle!«

»Er hat nicht unrecht, wenn er die vielen Fragen stellt.« Der Oberleutnant kratzte sich am Kopf. »Einer eurer Leute ist tot. Wird es nicht langsam Zeit, die Nummer an die große Glocke zu hängen?«

»Das ginge nur dann, wenn nicht auf jedem Platz im Bundestag ein Messer liegen würde, das man dem Kollegen der anderen Partei in den Rücken rammen könnte. Selbst wenn Einigkeit unter den Parlamentariern herrschen würde, welchen Botschafter sollte unsere Außenministerin in diesem Fall einbestellen? Und was soll vor allem der Grund dafür sein?« Femke nahm sich eine Kekspackung aus der Pantry. »Exzellenz, ich denke, es könnte sein, dass sich ein Agent, der durchaus aussieht, als könnte er mal einen Turban getragen haben, in Dänemark eventuell danebenbenimmt.«

Jørgsen zog die Stirn kraus. »Da haben Sie leider recht.« Er wandte sich wieder seinem Hilfselektriker zu. »Da bleibe ich doch lieber bei meinen Kabeln.«

»Fertig«, rief Jonas erleichtert. Rund um den Sicherungskasten sah es zwar aus, als wäre ein Topf mit Spaghetti übergekocht, aber er konnte stolz auf sein Werk sein. »Bitte mal nach und nach alles einschalten, was Strom braucht! Fangen wir mit dem Cockpit an!«

***

Oberleutnant Jørgsen ging nördlich von Nørremark auf dem gleichen Weg von Bord, wie Finn gekommen war. Nur sprang er ins Wasser und wurde von seinen Kameraden, vom fahrenden Festrumpfschlauchboot aus, aus den Wellen gezogen.

»Wenn es einen Wasserzirkus gäbe, dann könnten die Jungs damit auftreten«, brummte Buske anerkennend. »Dank Jonas und den Dänen sind wir kein nautischer Pflegefall mehr und können uns darauf konzentrieren zu verschwinden.«

»Wohin?«, fragte Femke.

Er tippte mit dem Finger auf den Plotter. »Siehst du das winzige Eiland nordöstlich von Ærø? Dieses Inselchen heißt Halmø und würde uns zum Kleinen Belt hin abschirmen. Durch das Festland wären wir dort auch windgeschützt. Dort findet uns bei diesem Wetter niemand.«

Sie klopfte ihm aufmunternd auf die Schulter. »Guter Plan. Das sollten wir genau so machen.«

»Na, dann auf! Kurs erst mal auf Birkholm. Danach geht's durch den Knudedyp nördlich an Styrnø By vorbei ins Sydfynske Øhav. Wenn wir dort angekommen sind, geht's auf Kurs 245 Grad. Dann sollte es auch langsam dunkel werden. Von da ab wird's knifflig, und ich werde das Ruder übernehmen.«

»Aye, Skipper!«, bestätigte seine Crew.

»Aber warum wird es von da ab schwierig?«

Es war wieder Jonas, der mit seinem Wissen und seiner Kombinationsgabe begeistern konnte. »Zwischen den Inseln scheint es von Hause aus recht flach zu sein. Durch den sich stetig steigernden Ostwind könnte die See Richtung Westen gedrückt werden, und die auf der Seekarte angegebenen Tiefen könnten somit von der Realität abweichen. Wir könnten, wenn wir nicht aufpassen, trockenfallen.«

Buske war stolz auf seinen Seekadetten. »Lieber Jonas, treib es bitte nicht so weit, dass ich mir auf meinem eigenen Schiff überflüssig vorkomme.«

***

Die Stimmung an Bord war so gelöst, dass Buske eine Menge von dem theoretischen Lernstoff nachholen konnte, den seine Seekadetten bisher verpasst hatten. Die Crew hatte seinen Tipp, in jeder freien Minute die Knoten so lange zu üben, bis sie sie mit geschlossenen Augen knüpfen konnten, beherzigt. Sie beherrschten sie inzwischen durchweg im Schlaf.

Die Verständigung im Cockpit wurde mit fortschreitender Zeit immer schwieriger, denn der Wind aus Ost frischte auf, und sie mussten steif gegenankreuzen.

Buske befahl, erst die Rollfock durch eine Sturmfock zu ersetzen und dann das Großsegel zu reffen. Das war seglerisches Neuland für seine Leute, aber sie begriffen schnell. Trotz des Windes und Seegangs war diese Aufgabe innerhalb von zwanzig Minuten erledigt.

Thomas war am Ausguck und tippte Buske auf die Schulter. »Die Geisteryacht verfolgt uns schon wieder.«

»Wie kommst du darauf?«

»Schau doch selbst.« Er zeigte auf den Plotter. »Den Radarschatten haben wir hier, aber keine Kennung.«

Der Skipper nahm ihm das Fernglas vom Hals und suchte den Horizont in der angegebenen Richtung ab. »Bei diesen Verhältnissen haben wir eine Sicht von maximal zwei Seemeilen. Behalte den Pott bitte im Auge und mache Meldung, wenn er aufholt. Ich sehe mit bloßem Auge jedenfalls noch nichts.«

In diesem Augenblick erschien Charlotte an Deck.

»Na, wieder unter den Lebenden?«, erkundigte sich Femke scherzhaft nach ihrem Wohlbefinden.

»Geht so«, antwortete sie. »Bei solch einem Wellengang ist es in der Koje weiß Gott nicht gemütlich. Da halte ich meinen lädierten Riecher lieber in den Wind.«

Der Doc am Ruder stutzte. »Wieso Nase? Die hat doch nichts abbekommen. Du hast eine Stirnplatzwunde und Kopfschmerzen, mehr nicht.«

»Der Schädel brummt, keine Frage«, klagte die Verletzte, »aber ich kann leider auch nichts mehr riechen.«

»Dann müssen wir uns wenigstens nicht mehr waschen«, bemerkte Thomas trocken.

Fast alle lachten. Für den Doc hingegen war das ein Alarmsignal. »Dann solltest du dich lieber wieder hinlegen. Du kannst dir eine schwere Gehirnerschütterung geholt haben.«

»Und was macht man dagegen?«

»Flach liegen und Ruhe. Geh am besten in deine Koje. Ich komme nach der Wache runter und schaue mir das genauer an.«

Nachdem sie in den Sydfynske Øhav eingefahren waren, begann es zu dämmern.

»Von unserem Geisterschiff ist nichts mehr zu sehen«, meldete Thomas erleichtert.

Buske blieb skeptisch. »Da ist weit und breit kein Hafen, wo sie festmachen könnten.«

»Wo sollen die denn sonst sein?«

»Von uns aus gesehen hinter der Landzunge. Dort können sie von unserem Radar nicht mehr erfasst werden. Hätten sie den Transponder an, würden wir sie sehen.«

»Und was machen wir jetzt?«

»Wir halten weiter auf unser Versteck zu und beobachten die See.«

»Und wenn sie uns weiterverfolgen?«

Buske zuckte mit den Achseln. »Wenn sie klug sind, dann lassen sie das. Die werden in einem Hafen festgemacht haben. Ihr Schiff hat mindestens zwanzig Zentimeter mehr Tiefgang als unseres. Zu dicht können sie uns deswegen zwischen den Inseln nicht auf die Pelle rücken. Ich denke, wir werden in dieser Nacht keinen Stress kriegen! Morgen hingegen werden wir es mit zwei ernst zu nehmenden Gegnern zu tun haben. Mit denen und mit der See.«

»Und warum bleiben wir nicht einfach in unserem Versteck?«

»Weil sie uns dort zum einen in aller Ruhe von Land aus abknallen könnten. Zum anderen kann der Ostwind das Wasser aus der Bucht hinausdrücken. Das nennt man Sturmebbe. Dann kann es ganz schnell passieren, dass uns die zur Flucht nötige Handbreit Wasser unterm Kiel fehlt. Uns bleibt nichts anderes übrig. Sowie es hell wird, sollten wir uns ganz schnell aus dem Staub machen.«

Jonas sah ihn vorwurfsvoll an. »Das macht keinen Sinn! Die See ist nicht staubig.«

»Stimmt, mein Junge. Schon gar nicht bei einem Orkan.«

FÜNF

Es war schon dunkel, als sie südlich der kleinen Insel ankerten. Dort lagen sie so sichtgeschützt, dass sogar der Mast der »Josephina« hinter einer dichten Baumgruppe zur Nordseite hin abgedeckt war. Die Wellen waren in der relativ geschützten Bucht einen guten halben Meter hoch, sodass sie sicherheitshalber einen zweiten Anker einsetzten. Unter dem Kiel hatten sie momentan noch so viel Wasser, dass sie in Wellentälern keine Grundberührung fürchten mussten.

»Die Wachen bleiben wie eingeteilt«, schärfte Buske der Crew ein. »Hinzu kommt, dass wir jede halbe Stunde die Wassertiefe neu ausloten müssen. Dazu loten wir mit der Hand. Wir haben einen Tiefgang von zwei Metern fünfzig. Augenblicklich sind siebzig Zentimeter Wasser unterm Kiel. Sowie es weniger wird, können wir hier nicht mehr bleiben. Habt ihr das verstanden?«

Da sich niemand regte, gab es dazu keine Fragen.

Kathi meldete sich zaghaft. »Könnten wir nach dem Essen noch ein wenig Theorie machen? Das macht für die Prüfung Sinn, und man kommt dabei auf andere Gedanken.«

Obwohl der ganze theoretische Kram bei allen Lehrgangsteilnehmern der unbeliebteste Teil der Ausbildung war, wurde diese Anregung allgemein dankbar aufgenommen.

Da Charlotte die meiste Zeit in ihrer Koje flachlag, kochten Femke und Sebastian. Es gab zwei tiefe Bleche mit Nudelauflauf, der dick mit Käse überbacken war. Zum Nachtisch wurden Büchsenpfirsiche serviert. Inzwischen herrschte draußen Windstärke neun, und die Wellen waren so hoch, dass die halben Früchte aus ihren Nachtischschüsseln flutschten, wenn man sie nicht schnell aß.

»Nach der Backschaft«, ordnete der Skipper an, »wird von allen der Kurs rund um Fünen mit allen nautischen Daten und Hinweisen auf Betonnung und Untiefen abgesteckt. Und schaut dabei doch mal nach einem neuen Versteck für uns. Wenn der

Wasserstand hier stark fallen sollte, müssen wir einen Blitzstart hinlegen. Sebastian und ich übernehmen die nächste Wache.«

***

Während der Doc die nähere Umgebung mit dem Nachtglas beobachtete, lotete der Skipper laufend die Tiefe aus. »Meine Befürchtung scheint sich zu bewahrheiten«, schrie er gegen den Wind an. »In den vergangenen zwei Stunden ist das Wasser gefallen. Wenn das so weitergeht, sollten wir in spätestens zwei Stunden die Anker lichten.«

Er drehte sich zu Sebastian, der gebannt durch das Glas schaute.

»Hast du gehört, was ich gesagt habe?«

»Jau«, kam es kurz von ihm. »Aber hier kommt ein weiteres Problem, denke ich. Wir bekommen Besuch. Da hält ein Ruderboot auf uns zu.«

»Aus welcher Richtung?«

»Drüben von der Insel.« Er sah Buske fragend an. »Was ist, Skipper, soll ich die anderen an Deck holen?«

»Lass das mal nach. Ich denke, dass die, die uns die ganze Zeit ans Leder wollen, technisch doch etwas höher entwickelt sind. Das könnten Bosse oder Lasse sein.«

»Wer ist das?«

»Zwei eigenwillige Zwillinge. Die Pedersens haben den einzigen Hof auf Halmø von ihrem Onkel geerbt und sich nach ihrer Pensionierung hier niedergelassen. Beide waren im dänischen Staatsdienst, und heute machen sie in ökologischer Landwirtschaft. Ich kaufe bei denen im Sommer öfter mal frisches Gemüse.«

Als der Skipper den Lichtkegel seiner Taschenlampe auf das Boot richtete, winkte einer der beiden Insassen. »Buske, du Verbrecher, bist du das?«

Sein Gesicht hellte sich auf. »Und du bist Bosse, wenn ich mich nicht irre?«

Das alte Holzboot kam heckwärts, und zwei betagte, fast

schon heruntergekommen wirkende Männer, einer schien das Original des anderen zu sein, saßen darin. »Du liegst wieder mal falsch.« Beide lachten sie mit ihren zahnlosen Mündern an.

»Na, dann eben Lasse.«

»Du kannst uns nach so vielen Jahren noch immer nicht auseinanderhalten?«

»Wozu? Mir ist bisher nie nur einer von euch beiden begegnet, und bei der Kleidung gibt's auch keinen Unterschied. Wollt ihr mir etwa wieder ein paar vergammelte Lagerbirnen vom letzten Jahr andrehen?«

»Die waren noch gut«, rief Lasse, als er trotz des heftigen Seegangs behände über das Heck auf die »Josephina« stieg.

»Waren sie nicht. Ich möchte, als Schadensersatz, welche aus diesem Jahr haben.«

»Dann musst du im nächsten Jahr kommen.«

Nachdem auch sein Bruder an Deck stand, begrüßten sich die drei herzlich.

»Was ist los, Bosse, du sagst ja gar nichts. Hast du Zahnschmerzen?«

»Nein«, antwortete sein Bruder. »Der hat Ohrensausen. Seitdem du mit deinem Pott hier liegst«, brüllte er gegen den Wind an, »spielt Bosses Hörgerät verrückt. Das Piepen ist unerträglich.« Lasse hatte das Gerät seines Bruders in der Hand und stellte es an. Ein unangenehmer Pfeifton ertönte.

»Das ist ja nicht auszuhalten«, brummte Buske. »Und das sollen wir verursachen?«

Der Alte nickte. »Mit Sicherheit. Bei jedem Meter, den wir uns der ›Josephina‹ näherten, wurde es lauter.«

Inzwischen hatte die Crew unter Deck den Besuch gehört, und alle bis auf Charlotte waren hochgekommen.

»Das sind Lasse und Bosse drüben von der Insel«, stellte Buske die beiden vor.

»Lasse und Bosse?«, wiederholte Femke freundlich. »Die Namen sagen mir was.«

Sie begrüßten sie mit Handschlag. »*Jo, vi er tvillinger.* Unsere Mutter benannte uns nach den beiden Jungs von Bullerbü.«

»Das ist so nicht richtig«, ging Jonas aufgebracht dazwischen. »Das waren gar keine Zwillinge. Astrid Lindgren schrieb diesen Roman 1947. Da waren die beiden Jungs vom Mittelhof neun und acht Jahre alt. Das erzählt Oscar, der Knecht, auf Seite 28 der Agda, seiner Arbeitskollegin. An der war auch Kalle, der Knecht vom Nordhof, interessiert.« Lasse staunte den jungen Mann an. »Wo habt ihr denn den her?«

»Den gab's zum Törn dazu. Aber bevor uns gleich vermittelt wird, wie viele Warzen die Großmutter vom Westhof auf der Nase hatte, sollten wir ein anderes Problem lösen.« Jonas bekam wieder seinen starren Blick. »Einen Westhof gab es in dem Roman gar –«

»Halt die Klappe«, herrschte Buske ihn an. »Es gibt wichtigere Probleme. Irgendetwas an Bord verursacht ein unerträgliches Piepen in Bosses Hörgerät.«

Jonas sah ihn beleidigt an und schwieg.

»Sei bitte nicht eingeschnappt. Wenn wir den Störer geortet haben, kannst du uns den Roman gern vorlesen.«

»Habt ihr den hier an Bord?«, fragte Lasse erstaunt.

»Nicht direkt. Jonas hat ihn im Kopf.«

Das Gesicht des Angesprochenen hellte sich auf. »Ein Sender braucht Strom. Ich werde nach unten gehen und die Hauptsicherung ziehen. Wenn es dann noch weiterpiepen sollte, sind wir nicht der Störer.«

Jonas eilte den Niedergang hinunter, und Lasse schaltete das Hörgerät wieder ein. Das Piepen war deutlich zu hören. Leider auch dann noch, als der Hauptschalter umgelegt war.

»Es kann natürlich auch sein, dass das ein batteriebetriebener Sender ist«, bemerkte Jonas.

Buske nahm Lasse das Gerät aus der Hand und schritt damit das Deck des Schiffes ab. Dabei ging er in Zeitlupe in Richtung Bug, den Empfänger wie eine Wünschelrute vor sich haltend. Als er in der Bugspitze angekommen war, nickte er schließlich wissend.

»In der Höhe des Mastes war es am lautesten.«

Er kehrte zur Schiffsmitte zurück und hielt das Hörgerät direkt an den Mastfuß. Es begann förmlich zu kreischen.

»Hier muss irgendetwas sein, was den Ton auslöst, aber ich sehe nichts!«, rief der Skipper verärgert.

»Und was ist mit den Luftschnorcheln?«, fragte Femke.

»Die Dinger nennt man Hutzen, und da hält nichts dran. Die sind aus Kunststoff. Wenn du einen schlanken Arm hast, dann kannst du ja mal reingreifen.«

»Dazu eigne ich mich wohl noch besser«, lachte Kathi, zog einen Ärmel hoch und griff vorsichtig hinein. »Das Ding ist schon mal sauber.« Sie schob ihre Hand in die andere Hutze. »Heureka! Hier ist was. Irgendein kleines Kästchen, aus dem eine Art Kabel heraushängt. Das sitzt aber so fest, dass ich es nicht abkriege.«

Buske löste die Flügelschraube am unteren Ende der Windhutze und zog sie aus dem Rohr, das ins Innere des Schiffes führte. Danach hebelte er ein schwarzes Kästchen, das an die Innenseite der Hutze geklebt worden war, ab.

»Ich werde verrückt. Das sieht wie ein Minisender aus.« Er schob einen winzigen Schalter zurück, und das infernalische Piepen erstarb. »Kein Wunder, dass die immer wussten, wo wir sind.«

Femke überlegte. »Nur wer hat das dahingeklebt? Waren es die Guten oder die Bösen? Beide haben ein aus ihrer Sicht berechtigtes Interesse, zu wissen, wo wir uns momentan befinden.«

»Waren es unsere Freunde, werden sie sich bei dir beschweren, wenn wir den Sender abschalten. Waren sie es nicht, werden sich die Empfänger dieses Signals etwas anderes einfallen lassen, um uns erneut aufzuspüren.«

Femke lächelte verschmitzt. »Dieser Sender hat einen Akku. Wenn wir ihn auf irgendetwas Schwimmbarem deponieren, dann dauert es ein Weilchen, bis die gepeilt haben, was Sache ist. Inzwischen könnten wir uns davonmachen.«

»Gebt uns den Sender«, schlug Lasse vor, »dann können wir den an unseren Steg kleben. Bis die das Ding gefunden haben, kann Bosse sein Hörgerät ausschalten. Ich habe dem sowieso nichts Neues zu erzählen.«

»Da habe ich eine bessere Idee«, triumphierte Buske. »Der Sender bleibt, wo er ist.«

Bevor die beiden wieder in ihr Ruderboot kletterten, verzogen sie sich mit dem Skipper an die Bugspitze, um dort mit ihm zu reden.

»Was hecken die drei denn da aus?«

Sebastian zuckte mit den Achseln. »Wahrscheinlich bekommt der Skipper ein Rezept, wie man aus vergammelten Birnen doch noch etwas Genießbares zaubern kann.«

✳✳✳

»Leute«, so hatte Buske seine Ansprache im Salon der »Josephina« begonnen, »was ich jetzt von euch verlange, wird sogar für Fortgeschrittene heftig.«

Alle hatten inzwischen Mühe, sich bei der Schaukelei am großen Tisch festzuhalten. Er breitete eine Seekarte aus und zeigte auf einen Punkt südwestlich von Halmø.

»Hier sind wir. Nach Norden können wir nicht mehr weg, weil diese Meerenge zu flach für uns ist. Uns bleibt nichts anderes übrig, als in südöstliche Richtung abzuhauen, und zwar aus dem Sydfynske Øhav hinaus. Vor Marstal gibt es diese schmale Enge.« Er klopfte mit dem Zeigefinger auf die Karte. »Die müssen wir durchfahren, was bei dem Wetter nicht ohne ist. Wir segeln extrem hoch am Wind. Das heißt, dass der Sturm fast von vorn, also ein bisschen von Backbord versetzt, kommt. Wir müssen ständig dagegen ankämpfen, um nicht nach Steuerbord wegzudriften. Drei Probleme gibt's dabei. Es ist dunkel wie im Kuhhintern, und die Enge ist keine fünfzig Meter breit.«

Er sah sich fragend in der Runde um.

»Dunkel und eng sind nur zwei Schwierigkeiten. Was kommt noch?«, fragte Kathi mit hochgezogenen Augenbrauen.

»Du hast recht. Der Sender bleibt mit uns an Bord. Du, Jonas und Charlotte werdet uns hingegen verlassen. Ihr werdet von den Zwillingen so lange in ihrem Haus beherbergt, bis wir euch wieder gefahrlos an Bord nehmen können. Das ist wie ein Safe House für euch. Wir versuchen, unsere Verfolger mit unserer überstürzten Flucht von euch wegzulocken. Bis morgen wird sich Charlotte so weit erholt haben, dass sie euch im Notfall auch verteidigen kann, sollte unsere Finte keinen Erfolg gehabt haben. Aber dazu wird es nicht kommen. Dort vermutet euch kein Mensch. Also packt euren Kram, ohne Quittung Ende!«

Kathi wollte zuerst protestieren, doch die Einsicht siegte. »Du könntest recht haben.«

Jonas hingegen hatte wieder seinen Protestblick drauf. »Und was wird mit der Führerscheinprüfung?«

Buske legte beschwichtigend eine Hand auf seine Schulter. »Ich verspreche dir hiermit hoch und heilig, dass du sie ablegen kannst. Wenn nicht am kommenden Samstag, dann in der Woche drauf.«

Charlotte war mehr als nur dankbar, dass sie mit ihrer Gehirnerschütterung bald wieder festen Boden unter den Füßen haben würde.

Die Zwillinge, mit denen Buske alles vorher besprochen hatte, holten einen nach dem anderen mit ihrem Ruderboot über.

✳✳✳

Unmittelbar nach dieser Aktion nahm die »Josephina« Kurs auf Marstal. Bei Wellen von knapp zwei Metern Höhe hielt es unter Deck niemanden mehr, und alle saßen dick in Ölzeug verpackt im Cockpit. Sieben Windstärken mit Sturmböen bis neun machten ihnen zu schaffen. Zur eigenen Sicherheit hatte jeder ein Sicherheitsgeschirr um, an dem ein Lifebelt befestigt war, ein System von zwei Leinen, die jeweils einen Karabinerhaken am Ende hatten. Einer von den beiden Haken musste immer in einem der Sicherungsaugen oder in der Sorgleine eingehakt sein, bevor man den anderen löste.

Das Großsegel war auf der kleinsten Stufe gerefft und diente mehr der Stabilität, als dass es das Boot antrieb. Für etwas Speed sorgte nur noch die Sturmfock. Dennoch hatten sie eine Krängung nach Steuerbord.

Femke saß am Ruder. Sie und Buske hatten zusammen Wache.

»Schau bitte nicht auf die See. Da siehst du sowieso nichts. Dein Blick muss stur auf den Plotter gerichtet sein. Der Kurs ist eingegeben, und wenn du immer auf der blauen Linie bleibst, liegen wir richtig.«

»Sag das dem Schiff, nicht mir!«, rief Femke. »Ich will ja auf den Strich, aber die ›Josephina‹ nicht! Bei jeder Welle werden wir nach Steuerbord versetzt. Und wenn ich gegenansteuere, fängt die Fock sofort an zu flattern.«

»Dann schmeiß zusätzlich den Motor an, dann bleibt sie besser auf Kurs. Vielleicht haben wir dadurch auch ein oder zwei Knoten mehr Speed.«

»Soll ich den Motorkegel hochziehen?«

Der Skipper schüttelte den Kopf. »Es ist stockdunkel. Du bleibst hier schön im Cockpit …«

»Warschau«, brüllte Sebastian, der mit einer Taschenlampe die See anleuchtete. In diesem Augenblick tauchte das Schiff mit dem Bug tief in eine Drei-Meter-Welle, und das gesamte Deck wurde überspült.

»… sitzen«, vollendete Buske seinen Satz. »Den Kegel sieht nachts keine Sau! Außerdem sind nachts nur Positionslichter und Toplicht vorgeschrieben.«

»Die wir auch nicht anhaben!«

»Stimmt. Dann hätten wir unseren Verfolgern gleich eine WhatsApp mit den aktuellen Koordinaten schicken können.«

»Ist denn schon zu sehen, ob unsere List geklappt hat?«

»Nein. Ich habe den Radarplotter ständig im Auge. Da ist nichts zu erkennen. Aber wenn sie uns gefährlich dicht am Heck kleben würden, sollten wir ihren Radarschatten zumindest auf dem Bildschirm sehen.«

✳✳✳

Mit dem Ruderboot am Steg der Insel anzulegen war wegen des Niedrigwassers unmöglich, deshalb hielten die Zwillinge auf das Ufer zu. Die nassen Füße beim Aussteigen ließen sich nicht vermeiden, denn um das Boot ganz aus dem Wasser zu ziehen, war es zu schwer.

Charlotte kam mit der letzten Fahrt auf der Insel an.

Nachdem sie das Boot mit langen Leinen am Strand fest vertäut hatten, schleppten sie ihre Seesäcke einen schmalen Sandweg zu dem etwas höher gelegenen Wohnhaus. Kathis Befürchtung, dass das Innere dieser Behausung ähnlich verwahrlost sein könnte wie das Äußere ihrer Wirte, bestätigte sich nicht.

Als sie ihren Seesack im Eingangsbereich der relativ großen Wohnküche abstellen wollte, huschte dennoch eine Küchenschabe unter eine Kommode.

»Wir wohnen hier leider nicht ganz allein«, versuchte Lasse diese peinliche Situation zu überspielen. »Dafür haben wir hier keine Ratten.«

»Aber Mäuse«, fügte Bosse strahlend hinzu. »Wenn Sie Essbares im Seesack haben, sollten Sie den irgendwo aufhängen.« Dabei deutete er auf Ketten, die mit einem Haken an der Zimmerdecke befestigt waren. »Aber die Mäuse haben auch ihr Gutes. Dann müssen wir kein teures Katzenfutter kaufen.«

»Gibt es denn noch mehr Tiere auf Ihrer Insel?«, fragte Jonas mit besorgtem Gesicht.

»Jau, wir halten noch ein Pferd, drei Ziegen, zwei Kühe und fünf Schweine«, klärte Lasse ihn auf und verzog seinen zahnlosen Mund zu einem fröhlichen Grinsen.

»Wieso haben Sie keine Zähne?«

Lasse lachte verschmitzt. »Wir hatten beide welche, aber Bosses Gebiss ist irgendwann einmal ins Schweinefutter gefallen. Seitdem kann sonntags immer nur einer von uns in die Kirche gehen.«

Jonas war verstört. »Der andere bleibt demnach Heide?«

»Nee, wir gehen immer abwechselnd.«

»Wo können wir schlafen?«, erkundigte sich Kathi, der klar

wurde, dass eine weitere Unterhaltung ihren Cousin nur noch mehr aus der Fassung bringen würde.

»Oben sind zwei Kammern, die könnt ihr unter euch aufteilen.«

»Gibt es hier Handyempfang?«, fragte Charlotte. Sie wirkte erheblich fitter, als sie es noch auf der »Josephina« war.

»Wenn Sie oben im Westzimmer aus der Dachluke rausgucken, dann klappt das mit dem Telefonieren. Aber nur, wenn der Sturm den Sendemast nicht schon wieder umgeblasen hat. Das passiert hier leider öfter.«

Sie kraxelten mit ihren Seesäcken auf der Schulter die schmale Holzstiege hoch. Charlotte steuerte eilig auf eines der Zimmer zu, betrat es und schlug die Tür hinter sich zu.

»Auf dem Schiff war sie aber sehr viel freundlicher«, flüsterte Jonas.

»Und sehr viel kränker«, antwortete Kathi.

***

Ostsee, N 54°51.701', E 10°31.159', am Dienstag, dem 9. April, 0:00 Uhr in der Meerenge von Marstal

Sebastian war inzwischen durch seine ständigen »Warschau«-Rufe heiser. Es gab kaum Wellen, in die die »Josephina« nicht mit dem Bug eintauchte. Es hatte zusätzlich zu regnen begonnen, und die Tropfen wurden durch den Sturm zu kleinen Geschossen, die gnadenlos auf die Haut an Gesicht und Händen prasselten.

»Können wir nicht die Sprayhood wieder aufziehen? Dann sitzen wir hier etwas geschützter«, schimpfte Thomas.

»Von wegen! Die wäre innerhalb von Minuten zerfetzt, und uns würden die Placken nur so um die Ohren fliegen. Du glaubst gar nicht, was du dir mit Persenning-Stoff, an dessen Rändern Ösen und Bänder sind, bei Sturm für üble Verletzungen holen kannst!« Buske wusste, dass seine Crew etwas Aufheiterung gebrauchen konnte. »Na, Leute, wie sieht es denn mit einem kleinen Mittelwächter aus?«

Sebastian sah ihn fragend an. »Was ist das denn?«

»So nennt man bei der Marine die Mahlzeit, die um Mitternacht ausgegeben wird.«

»Jetzt etwas essen?« Sebastian verzog sein Gesicht. »Übergibt man sich bei so einem Wetter vor, während oder nach den Mahlzeiten?«

»Am besten gar nicht. Mach mal die Klappe auf, auf der du sitzt. Darin findest du zwei Thermoskannen mit heißem Tee, der mit Traubenzucker gesüßt ist. Den habe ich vorhin schnell noch gemacht. Daneben liegen Butterkekse. Von beidem nimmt sich jeder.«

Femkes Gesichtsausdruck war gequält. »Ich kriege nichts runter.«

»Das war kein Menüvorschlag, sondern eine Anweisung!«, schrie Buske verärgert, der Probleme damit hatte, das Heulen des Sturmes zu übertönen. »Ihr braucht etwas im Magen!« Ein Blick auf den Plotter verriet ihm ihre Position. »So, Leute, wir sind jetzt querab von Marstal. Bei gutem Wetter ist das übrigens ein nettes Städtchen mit einem interessanten Schifffahrtsmuseum. Das kann ich nur empfehlen.«

Sebastian hielt ein Ohr in den Wind. »Und dort gibt es ein riesiges Gespenst.«

»Was meinst du?«, fragte Femke.

»Na, dieses gruselige Heulen!«

»Das ist ein Schallseezeichen, eine sogenannte Heulboje. Was eigentlich eine Tonne ist. Bojen sind aus Plastik und gelten nicht als Seezeichen. Diese Heultonnen werden an Einfahrten von Häfen und Wasserstraßen gesetzt.«

»Und wodurch heulen die?«

»Durch die wellenbedingten Auf-und-ab-Bewegungen entsteht dieses Geräusch. Diese Tonnen sind auch auf den Seekarten verzeichnet. Wenn du sie bei schlechter Sicht hörst, dann weißt du, in welcher Richtung die Hafeneinfahrt liegt.«

»Gibt es solche Tonnen nicht auch als Glocken?«, fragte Thomas.

»Ja, aber nur noch selten. In Laboe warnt so eine Glockentonne an einer Untiefe in der Seewasserstraße. Das ist in unserem Teil der Ostsee die letzte ihrer Art.« Buske trat neben Femke ans Ruder.»So, nun lass mich mal ran, mien Deern. Du hast das bisher klasse gemacht, aber nun wird's knifflig. Jetzt haben wir auf jeder Seite nur noch zwanzig Meter Platz, bis wir auf Schiet laufen. Das wäre bei diesem Wellengang tödlich für uns.«

Femkes Handy piepte. Eine WhatsApp von Kathi. Darin schrieb sie, dass sie gut angekommen seien.

»Und was noch?«, erkundigte sich Sebastian. »Hat sie etwas von Charlotte geschrieben?«

Femke schüttelte bedauernd den Kopf.

Buske ahnte, dass hinter dieser Frage mehr steckte. »Raus mit der Sprache, Doc, was quält dich?«

»Keine Ahnung, aber mit Charlotte stimmt irgendetwas nicht. Da passt einiges nicht zusammen, wenn ich es mir recht überlege.«

»Und das wäre?«

»Sie gibt an, nicht mehr riechen zu können. Wenn sie überhaupt eine Gehirnerschütterung hat, dann nur eine leichte. So groß war ihre Stirnwunde nicht und wies am Wundrand keinerlei Prellmarken auf. Am Kopf hatte sie auch keine anderen Beulen.«

Buske zog die Stirn kraus. »Was willst du damit sagen?«

»Gar nichts. Das, was sie angibt zu haben, ist möglich, aber äußerst selten bei so einem Spartrauma.«

Femke hatte sich inzwischen gesetzt. »Jetzt, wo ich die ganze Sache Revue passieren lasse, fällt mir eine weitere Ungereimtheit auf: Wenn Finn erschossen wurde, dann dauert das ja ein bisschen, bis eine derartig große Blutlache entsteht, wie wir sie gefunden haben. Da lag Charlotte voll drin. Sie muss also eine ganze Weile nach dem Schuss eins über den Kopf bekommen haben.«

»Und wenn sie sich um ihn gekümmert haben will«, führte Thomas die Indizienkette fort, »wieso hat sie dann, wenn sie niedergeschlagen worden ist, eine Wunde an der Stirn und nicht am Hinterkopf?«

Buske horchte auf. »Und warum sagt ihr mir das jetzt erst?«
»Weil manche Dinge erst überdacht werden müssen, bevor man sie ausspricht«, schimpfte der Doc beleidigt.

Buske sah gebannt auf den Plotter. »Ich muss mich jetzt konzentrieren. Aber noch abschließend zu diesem Thema: Sollte Charlotte vielleicht doch nicht so koscher sein wie angenommen, sind unsere Küken auf der Insel in Sicherheit. Auch ihre Waffen wurden schließlich gestohlen.«

Alle ließen diese Worte still bei sich sacken, nur der Doc nicht. »Wer sagt uns das? Ich habe ihren Seesack nicht kontrolliert! Etwa einer von euch?«

**

Die Zwillinge hatten trotz der fortgeschrittenen Nacht Tee gekocht, den sie mit Milch und Kandis reichten. Dazu gab es warmen Grießbrei. Charlotte wollte nichts zu essen und zog sich auf ihre Kammer zurück.

Jonas hatte erst zögerlich zugelangt, sich dann aber, als ihm der Geschmack zugesagt hatte, den Bauch vollgestopft.

»Iss nur ordentlich, mein Junge«, lachte Bosse, »in deinem Alter braucht man das.«

»Ich habe noch nie einen so leckeren Brei gegessen«, antwortete Jonas. Dabei war es offensichtlich, dass der Mann kein einziges Wort davon gehört hatte.

»Ja, in puncto Brei sind wir Spezialisten«, bemerkte sein Bruder. »In diesem Hause gibt es ja den lieben langen Tag nichts anderes zu futtern. Du könntest ihm aber sagen, wenn es dir nicht schmeckt.« Er sah auf die Uhr. »Bosse, du kannst dein Ohr wieder anschalten. Buske müsste mit seinem Pott jetzt weit genug weg sein.«

Kathi war es unangenehm, den beiden alten Männern zur Last fallen zu müssen. »Wie lange dürfen wir denn bei Ihnen bleiben? Haben Sie das mit dem Skipper besprochen?«

»So lange, wie es eben nötig ist. Hier seid ihr sicher, zumindest solange der Sturm anhält.« Er kratzte sich nachdenklich am

Kopf. »Wisst ihr, warum die junge Dame nicht mit uns essen will?«

Kathi zuckte mit den Achseln. »Keine Ahnung. Sie ist, seitdem sie eins über den Schädel bekommen hat, sowieso etwas komisch. Vielleicht wird man das nach so einem Erlebnis.« Sie sah auf die Uhr. »Es ist schon kurz vor zwei Uhr. Wir sollten langsam schlafen gehen.«

***

Charlotte gab nur vor, müde zu sein, war es aber nicht. Sie hatte von ihrem Dachfenster aus Empfang und erstattete über ihr Smartphone Bericht. Ihre Anweisungen waren kurz und militärisch knapp gehalten.

»Warten, bis Hilfe kommt, störende Elemente ruhigstellen, wenn nötig eliminieren.«

Sie steckte ihr Handy wieder ein, öffnete ihren Seesack und entnahm ihm eine Walther PPK. Sie hatte eine Sondergenehmigung, diese veraltete Waffe weiter im Dienst führen zu dürfen. Sie war klein und leicht und ließ sich unter eng geschnittenen Damenblazern besser tragen als die doch ziemlich wuchtige P21. Dafür hatte die Walther mit maximal sechs Patronen das kleinere Magazin und mit 7,65 Millimetern das geringere Kaliber.

Bedächtig schraubte sie einen Schalldämpfer auf die Mündung.

»Aber für meinen Job reicht es«, murmelte sie grimmig lächelnd.

***

Obwohl sie im Cockpit der »Josephina« relativ geschützt waren, froren sie wie die Schneider.

»Irgendwann kriecht einem die Feuchtigkeit durch alle Ritzen«, schimpfte Femke, die versucht hatte, ein bisschen zu dösen. Dazu drückte sie sich in eine der vorderen Ecken des Cockpits und hoffte so, nur wenig von der Gischt abzubekommen. Das war aber ein Trugschluss. Die Wellen, in die die »Josephina« ihren Bug bohrte, waren inzwischen annähernd drei Meter hoch und rollten gnadenlos über das Deck.

Sebastian rief auch nur noch dann »Warschau«, wenn sich ein Kaventsmann vor ihnen auftürmte.

Femke überkam die schiere Verzweiflung, und Tränen schossen ihr über die Wangen. Sie ließ ihren Gefühlen freien Lauf. Sie war sich sicher, dass ihre Crewkameraden nicht den Unterschied zwischen Regentropfen und Tränen bemerken würden.

Buske kannte aber seine Pappenheimer. »Na, Mädel, jetzt wird's doch ein wenig viel, oder?«

Femke fühlte sich ertappt und ärgerte sich darüber. »Ich habe die Schnauze voll.«

»Das kenne ich. Bei meinem ersten dicken Sturm saß ich noch viel jämmerlicher da als du, und ich war mir absolut nicht sicher, ob uns das Seewasser in die Stiefel lief oder ob das meine Tränen waren.«

Femke grinste. »Aber Männer sind doch so tough.«

»Ja, aber nur, wenn sie davon erzählen!« Er sah sie prüfend an. »Bist du noch fit?«

Sie nickte.

»Dann komm mal wieder ans Ruder!«

»Ich denke, in der Meerenge ist das so schwierig?«

»Du hast vorhin wunderbar den Kurs gehalten. Das wird jetzt auch wieder klappen. Außerdem stehe ich hinter dir. Es kann also nichts passieren, und du kommst von deinen krausen Gedanken herunter.«

Sie stand auf, wankte die paar Schritte zu ihm hin, hakte ihre Sicherheitsleine wieder an einem der Sicherungsaugen ein, löste die andere und übernahm das Ruder.

»Jau, mien Deern«, munterte Buske sie auf. »Du schaffst das. Und nicht auf die See gucken, sondern immer auf den Plotter.«

»Warschau«, brüllte jetzt Thomas, der Sebastian abgelöst hatte, und eine Riesenwelle rollte erneut über sie hinweg.

Den Doc spülte es von Bord, und schreiend wurde er an der Leine zappelnd durch das Wasser gezogen.

Femke hatte es ebenfalls umgerissen. Sie holte sich bei dem Sturz eine kleine Wunde am Kopf. Sie richtete sich aber sofort wieder auf und ergriff das Ruder. Mit etwas Mühe brachte sie die »Josephina« auf ihren alten Kurs.

Währenddessen zogen Buske und Thomas ihren Kameraden wieder an Bord.

»Mein Gott«, stöhnte Sebastian, »ich dachte im ersten Augenblick, dass es das mit mir war. Ungesichert hätte man mich nie wiedergefunden. Bei einer so schweren See ersäufst du selbst mit einer Rettungsweste.« Er sah seine beiden Retter dankbar an. »Leute, ihr habt einen gut bei mir!« Er sah bestürzt auf Femke, der das Blut vom Kopf tropfte. »Ist es schlimm?«

Sie lächelte. »Ich falle erst nach drei Litern wortlos um. Das ist eine kleine Schwäche von mir.«

SECHS

Der Windmesser zeigte Böen bis neunzig Stundenkilometer an. Sebastian schaute immer wieder ungläubig auf die Anzeige.

»Hätten wir bei diesem Unwetter nicht lieber in Marstal Schutz suchen sollen?«

Der Skipper winkte ab. »Im Seefunk haben sie gesagt, dass der Hafen gesperrt ist.«

»Wie kann das sein? So ein Hafen soll doch bei Sturm Sicherheit bieten.«

»Nach Südosten hin ist der nur durch eine recht dünne Landzunge geschützt. Bei Sturmflut, und die haben wir augenblicklich wieder einmal, rollt die See einfach drüber weg, und die Brecher verwüsten die somit schutzlose Marina. Die hatten bei der Flut im vergangenen Jahr fast noch mehr Bruch als wir in Schilksee. Ein flutsicherer Schutzwall ist bei denen in Planung, aber das dauert auch in Dänemark seine Zeit, bis der gebaut ist.«

»Und wie kommt es, dass die in Marstal absaufen und etwas weiter östlich eine Flut-Ebbe entsteht?«

»Weil die Meeröffnung nach Südosten hin so schmal ist. Da wird durch die erheblich breitere nordwestliche Öffnung mehr Wasser aus dem Sydfynske Øhav rausgeblasen, als nachfließen kann.«

Thomas hatte bedrückt zugehört. »Das heißt, wir müssen auf See durchhalten? Komme, was da wolle?«

Buske nickte. »Was anderes wird uns nicht übrig bleiben. Also mach dir keine Sorgen. Die ›Josephina‹ kann das ab.«

»Okay, aber bist du dir sicher, dass wir das abkönnen?«

»Diese Frage würde ich auch mal gern in die Runde werfen«, stimmte ihm Femke zu.

»Davon bin ich felsenfest überzeugt.«

»Es gibt übrigens diverse medizinische Untersuchungen, dass Frauen in dieser Hinsicht belastbarer sind als Männer«, warf Sebastian ein. »Deckt sich das auch mit deiner Erfahrung?«

Der Skipper verzog sein Gesicht. »Das kann ich so nicht sagen. Die Männer sind sehr viel lauter, wenn sie über der Reling hängen und Rasmus anbrüllen. Den Frauen hingegen ist es nicht recht, wenn das ganze Schiff hört, dass sie sich übergeben.«

»Können wir bitte das Thema wechseln?«, bat Femke. »Sagt mir lieber, wann wir aus der Meerenge raus sind.«

»Das müsste gleich geschafft sein. Dann haben wir noch eine gute Seemeile gegenan. Danach segeln wir mit dem Wind, dann wird es etwas ruhiger.«

»Und wie lange geht das noch so mit dem Sturm?«

»Bereits am Vormittag soll es deutlich abschwächen.«

Femke fielen vor lauter Müdigkeit immer wieder die Augen zu.

»Geh nach unten und leg dich mittschiffs in die Koje über der Sitzecke. Da kannst du ein Nickerchen machen.«

»Vergiss es. Hier oben bin ich an der frischen Luft, und hier habe ich meinen Magen einigermaßen unter Kontrolle. Ich wäre aber dankbar, wenn mich jemand ablösen würde, bevor ich vor Müdigkeit gegen einen Baum fahre.«

Thomas trat an ihrer Stelle ans Ruder, und sie arbeitete sich wieder in eine der vorderen Ecken des Cockpits vor. Dort machte sie sich so klein wie möglich, um dem Sturm und dem Seewasser, das unaufhörlich bei jeder Welle über das Deck rollte, nur wenig Angriffsfläche zu bieten.

Buske setzte sich neben sie. »Wenn du heulen möchtest, dann immer raus mit dem Rotz. Das hilft!«

»Blödsinn! Ich versuche, hart zu bleiben, merke aber auch, wie mich jede Welle ein kleines bisschen weicher spült. Ich friere und bin so fertig, dass mir sogar die Kraft fehlt, dir zu widersprechen.«

»Dann gib mir doch einfach kommentarlos recht.«

Damit entlockte er ihr sogar ein kleines Lächeln. »Mit dem Vorschlag kannst du kommen, wenn ich tot bin, aber selbst dann würde ich spuken kommen.«

⁂

Kathi und Jonas lagen in ihren Betten zwar warm und trocken, aber das Pfeifen des Sturmes und das Donnern der See waren, wenn die Brecher wütend das Ufer der kleinen Insel malträtierten, selbst in der Kammer nahezu ohrenbetäubend. Der junge Mann wühlte die ganze Zeit in seinem Bett. Sie setzte sich neben ihn.

»Was ist mit dir? Was lässt dich nicht schlafen?«

»Ich spüre etwas Schlimmes.«

Sie verzog das Gesicht. »Wie soll das denn funktionieren? Kann ich mir das so ähnlich wie *bad vibrations* vorstellen?«

»Was ist das?«

»Wenn man Angst hat, aber nicht weiß, warum.«

»Ja, so ist das.«

»Aber von wem sollen diese bösen Schwingungen denn ausgehen? Von den beiden netten Tattergreisen etwa?«

»Weiß nicht.«

»Dann bliebe nur Charlotte, aber die hat weiß Gott noch mit ihrem Knock-out zu tun. Was soll die uns in ihrem Zustand Böses antun können? Vielleicht hat das Haus einen Geist, den du spürst.«

»Geister gibt es nicht.«

Sie lachte. »Stimmt! Und wenn, blieben die bei diesem Wetter in Deckung.« Sie überlegte. »Wenn es denn doch Geister gäbe, woraus würden die bestehen? Aus Haut und Knochen auf jeden Fall nicht mehr.«

»Aus Ektoplasma.«

»Was ist das denn?«

»Das wurde zum ersten Mal von dem Parapsychologen Charles Richet erwähnt. Ektoplasma soll bei den Medien bei einer Séance aus deren Körperöffnungen quellen. Das soll so ein schleimiges Zeug sein.«

Kathi war aufs Neue über ihren Cousin erstaunt. »Was weißt du eigentlich nicht?«

»All das, was ich nicht gelesen habe.«

»Wenn du aber so unendlich viel weißt, warum bist du dann gerade so verunsichert?«

»Weil ich nicht weiß, was auf uns zukommt. Aber es kommt etwas auf uns zu, das spüre ich.«

Es klopfte an ihrer Zimmertür, und sie fuhren in ihren Betten hoch.

»Ja bitte?«, rief Kathi zaghaft.

Die Tür öffnete sich, und einer der Zwillinge trat ein.

»Es wäre nett, wenn ihr uns kurz helfen würdet. Da ist ein Schlauchboot auf unsere Insel gespült worden. Das müssen wir auf das ziemlich steinige Ufer ziehen, sonst ist es morgen weg. Das wäre doch schade drum. Wir beide sind zu klapprig, um das Boot allein sichern zu können.«

»Aber das wird doch sicher jemandem gehören?«, fragte Kathi zaghaft.

»Ja, uns, wenn niemand drinsitzt. Wir sind die Strandvögte von Halmø, und somit ist alles Unbemannte, was an unserer Insel angespült wird, unser Besitz.«

***

Wenn Femkes Satellitentelefon nachts klingelte, dann musste irgendwo die Luft brennen, das war allen klar.

»Du bist noch etwas blasser um die Nase geworden«, versuchte Buske Klarheit zu bekommen, als sie das Telefon wieder in ihre Jacke steckte. »*Bad news?*«

»*Very bad.*« Sie wollte das eben Gehörte erst für sich verarbeiten, bevor sie es an die Crew weitergab, dann aber sah sie die erwartungsvollen Gesichter. »Wenn ich meinen Kollegen vom Abschirmdienst richtig verstanden habe, hat Charlotte den Befehl bekommen, störende Elemente ruhigzustellen, wenn nötig sogar zu eliminieren.«

»Von wem kam der Befehl, wen zu töten?«, fragte Sebastian.

»Von jemandem, der sogar meinen Leuten unbekannt ist.«

Buske hatte bei der tosenden See Mühe, sich an ihrem Gespräch zu beteiligen. »Und wie seid ihr an diese Information gekommen?«

»Aus dem Äther gefischt.«

»Wie das denn?«

»Unsere Aufklärer in Eckernförde können relevante Telefongespräche in halb Europa abhören.«

»Und wissen genau, was Abdullah seiner Fatima digital ins 5-G-Öhrchen flüstert, sowie Milliarden anderer Informationen, die minütlich durch das Internet wabern. Dass ich nicht lache!«, sagte Buske.

Femke funkelte ihn böse an. »Du wirst dich an den Gedanken gewöhnen müssen, dass es bei der Marine nicht nur Schnarchnasen gibt.«

»Aber ich bitte dich. Da telefonieren zu jeder Zeit hundert Millionen Menschen miteinander, und deine Leute wissen genau, was die sich alle zu sagen haben?«

»Blödsinn. Die Gespräche werden nach Algorithmen sortiert und nur relevante Inhalte durch KI analysiert und gemeldet.«

»Was heißt das?«

»Wenn du deine Sekretärin –«

»›Büromanagerin‹ bitte!«

»Okay! Wenn du also die Büromanagerin deiner Wahl telefonisch darum bittest, dir eine Stulle mit Teewurst zu schmieren, dann interessiert das keine Sau bei uns. Solltest du sie aber anweisen, dein Brot mit C4 zu belegen, weil du Appetit auf etwas hast, was knallt, dann leuchtet irgendwo eine rote Lampe auf, und erst dann wird mitgehört und mitgeschnitten.«

Buske war irritiert. »Dürft ihr das denn?«

»Diese Frage ist wieder einmal typisch. Wenn wir solche Dinge aus dem allgemeinen Gesprächssalat herausfiltern, dann ist der Herr entsetzt und fühlt sich um sein Grundrecht auf freie Meinungsäußerung geprellt. Machen wir es nicht, und es knallt in seiner Nähe, dann jammert derselbe Herr Buske, warum wir sein Grundrecht auf ein friedliches Leben nicht verteidigt hätten.«

»Mein Gott, ich habe ja gar nichts gegen eure Arbeit, ich will nur keine chinesischen Verhältnisse haben!«

»Dann belege deine Stulle gefälligst nicht mehr mit Sprengstoff!«

Sebastian ging dazwischen. »Hört mal, ihr Spinner! Seid ihr noch immer in der politischen Pubertät? Können wir uns endlich um unser wirkliches Problem kümmern?«

Femke hatte wieder Farbe im Gesicht. »Du meinst Charlotte?«

»Ja. Ich habe euch schon einmal darauf hingewiesen, dass mit ihr etwas nicht stimmt.«

Buske nickte. »Ja, das hast du. Aber hilft uns das jetzt weiter? Das ist noch lange kein Beweis dafür, dass die Kids bei ihr in Gefahr sind.«

»Wir haben aber auch keinen Beweis dafür, dass dem nicht so ist«, warf Femke ein.

»Wissen deine Chefs davon, dass wir sie auf Halmø im Safe House der Zwillinge geparkt haben?«

»Ja.«

Buske erstarrte. »Warschau!«, brüllte er aus Leibeskräften. »Haltet euch fest! Da kommt ein Kaventsmann auf uns zu!«

Alles sah wie gebannt auf die mehr als deckshohe Wasserwand, die auf sie zurollte.

***

Das Anziehen ging schnell, sodass die Zwillinge nicht lange auf Kathi und Jonas an der Eingangstür warten mussten.

»Was sind denn das für Dinger?«, fragte Kathi interessiert, als sie die altertümlichen Gewehre sah, die die beiden alten Herren über ihren Schultern trugen. »Mit den Flinten ist ja schon der große Kurfürst auf Jagd gegangen.«

Lasse grinste sie an. »Modern sind unsere Waffen wirklich nicht, aber sie tun zuverlässig ihren Dienst. Die modernen Gewehre taugen bei dieser salzhaltigen Luft nichts. Die kannst du noch so ölen, das Salz frisst alles kaputt, was aus Metall ist.« Er griff den Türknauf. »Seid ihr bereit?«

Sie nickten. Kaum hatte er daran gedreht, drückte der Wind, der direkt darauf stand, die schwere Holztür auf. Ein Schwall von Regenwasser ergoss sich über sie.

»Los, schnell raus«, rief Bosse, »sonst haben wir auch Sturm-flut in der Stube.«

Alle vier stapften weit nach vorn gelehnt gegen den Wind in Richtung Ufer. Da der Tag langsam dämmerte, brauchten sie keine Lampen mehr.

»Wie konntet ihr denn bei diesem Wetter überhaupt sehen, dass da ein Schlauchboot angespült wurde?«, brüllte Jonas Lasse an.

»Wir haben Bewegungsmelder installiert, die eine Nachtbild-kamera ausgelöst haben.«

In Jonas taten sich weitere Fragen auf, er wurde aber von Kathi daran gehindert, sie zu stellen.

»Gib Ruhe!«, brüllte sie ihn an. »Das ist nun wirklich kein Plauderwetter.«

Vom Haus der beiden Alten bis ans Ufer waren es nur gut zwanzig Meter. Das Regenwasser, das waagerecht in ihre Ge-sichter prasselte, vermischte sich mit der salzigen Gischt. Ihre Augen brannten. Nur mit Mühe konnten sie das Schlauchboot erspähen, das immer wieder von den Wellen ans steinige Ufer gedrückt wurde.

»Gut, dass wir so schnell gekommen sind«, rief Bosse. »Das Gummi hätte diese Tortur nicht mehr lange ausgehalten!«

Ohne zu zögern, watete der alte Mann zum Boot. Als Kathi und Jonas sahen, dass ihm das Wasser nur bis zum Knie reichte, gingen sie hinterher. Kathi griff nach einer Halteschlaufe, die an der Backbordseite angebracht war, Lasse versuchte, eine der Hecknasen zu umklammern, Jonas die andere. Dabei stellte er fest, dass der Außenbordmotor noch warm war.

»Das Boot ist gar nicht angetrieben worden«, rief er. »Das gehört jemandem, der damit gerade hier an dieser Insel gelandet sein muss!«

Sie bugsierten das Schlauchboot zu einer Uferstelle, die nicht mit Steinen befestigt war, und zogen es mit gemeinsamen Kräften so weit den Strand hoch, dass es trocken lag.

Plötzlich vernahmen sie hintereinander mehrere dünne Knall-geräusche.

Kathi schreckte auf. »Waren das Schüsse?«
»Das hörte sich jedenfalls so an«, rief Jonas. »Das könnte im Haus gewesen sein.«

* * *

Die »Josephina« durchbohrte mit dem Bug voran die Wasserwand, die sich vor ihr auftat. Das gesamte Schiff ächzte bedenklich, als der Mast gegen diese Riesenwelle prallte und die Wucht des Wassers alles mit sich riss, was nicht angeleint war. Auch die Crew schleuderte es von den Cockpitsitzen. Thomas, der versuchte, sich am Ruder festzukrallen, konnte sich nicht halten und fand sich prustend, nur von der Sicherheitsleine außenbords am Heck baumelnd, wieder. Ein furchtbarer Schmerz durchfuhr seine Schulter.

Buske hingegen kam glimpflicher davon. Er hatte lediglich einen kleinen Cut am Jochbein, und seine Unterlippe war eingerissen. Nur leicht benommen rappelte er sich hoch und hatte schneller als seine Crew begriffen, was ihrem Rudergänger widerfahren war.

»Sebastian, Femke, seid ihr so weit klar?«

Der Doc zog sich, kalkweiß im Gesicht, an der Reling hoch, um sich wie paralysiert auf die Sitzbank zu setzen. Er war unfähig, auf irgendetwas zu reagieren. Femke hingegen war schnell auf den Füßen und half Buske, Thomas wieder an Bord zu ziehen. Dabei zog sie an seinem ausgekugelten Arm. Der Schmerz raubte ihm die Sinne.

»Femke, versuch mal, Sebastian wieder aufs Gleis zu setzen. Thomas braucht jetzt seine Hilfe.«

Sie wusste sich nicht anders zu helfen, als ihn kräftig durchzuschütteln. Als das nicht half, trat sie ihm gegen das Schienbein. Dieser Schmerz ließ ihn aus seiner Starre aufschrecken.

»Was um Gottes willen ist denn passiert?«, fragte er verdattert.

»Poseidon hat uns kurz mal gezeigt, wer hier der Chef im Ring ist«, rief Buske mit grimmigem Gesicht.

»Der Herr scheint aber heute extrem schlecht gelaunt zu sein«, kommentiert Femke seine Erklärung.

Sebastian sah auf Thomas, der ohnmächtig zu seinen Füßen lag. »Was ist dem denn passiert?«

»Den hat es genauso außenbords geschmissen wie dich vorhin.«

»Und was hat er?«

»Genau das sollst du rausbekommen!«

***

Charlotte war gerade eingeschlafen, als sie davon geweckt wurde, dass jemand an der abgeschlossenen Zimmertür rüttelte. Blitzschnell zog sie ihre Pistole unter dem Kopfkissen hervor und sprang aus dem Bett. In diesem Augenblick ertönte ein Schuss. Danach wurde erneut erfolglos an der Tür gerüttelt. Ein zweiter Knall, als wenn ein Projektil auf Metall träfe. Daraufhin schien das Schloss nachgegeben zu haben, denn die Tür öffnete sich. Gegen das Licht aus dem Flur konnte Charlotte nur erkennen, dass jemand mit einer gezogenen Waffe langsam den Raum betrat, aber nicht, wer.

»Kommen Sie mit erhobenen Händen heraus«, rief ihr ein unbekannter Mann zu. »Dann wird Ihnen nichts passieren.« Der Kerl schien mit allem gerechnet zu haben, nur nicht damit, dass ihm in die Schulter geschossen wurde. Vor Schmerzen aufschreiend, schoss er dreimal blind in den Raum hinein.

Charlotte, die sich blitzschnell auf den Holzfußboden hatte fallen lassen, blieb unverletzt. Sie feuerte ein zweites Mal, und diesmal traf sie den Kerl ins Bein.

Vor Schmerzen brüllend robbte er hastig aus dem Raum in Deckung. Waren die Kids, wie er sie nannte, etwa bewaffnet? Er sollte nur sie umbringen, sonst niemanden. Der Mann kroch zur Treppe und schleppte sich ein paar Stufen hinab.

***

Vor dem Haus nahm Lasse seine Flinte von der Schulter, klappte sie zu und stapfte mit entschlossenen Schritten auf die Haustür zu.

»Das wollen wir doch mal sehen«, rief er drohend, »wer da in unserer Hütte rumballert.«

Kathi und Jonas wollten ihm folgen, wurden aber von Bosse zurückgehalten, der am Verhalten seines Bruders spürte, dass etwas passiert sein musste. Die Schüsse hatte er trotz des Hörgerätes nicht wahrgenommen.

»Was ist mit ihm?«

»Im Haus hat jemand geschossen«, brüllte ihm Jonas ins Ohr.

»Und was wollt ihr dann da?«

»Nachsehen und helfen«, antwortete Kathi.

»Nichts da!«, befahl Bosse. »Ihr werdet euch nicht in Gefahr begeben. Ihr seid hier, um genau davor beschützt zu werden. Lasse weiß schon, was zu tun ist.«

Gespannt beobachteten sie, wie der alte Mann die Tür seines Hauses öffnete. Gegen das grelle Licht, das nach außen drang, war nur seine Silhouette zu erkennen. Erneut ertönten Schüsse, und mit Entsetzen sahen sie, wie Lasse zusammenbrach.

Ein unbekannter Mann, der auf der Treppe stand, und Lasse hatten gleichzeitig geschossen. Während der Alte nur einen Steckschuss in die Hüfte erlitt, war die Schrotladung für den Fremden offenbar tödlich.

»Mein Gott«, stöhnte Bosse auf. »Die haben meinen Bruder abgeknallt.«

Instinktiv wollte er ihm zu Hilfe eilen, wurde diesmal aber von Kathi zurückgehalten. »Es hat keinen Sinn, wenn Sie da jetzt hinrennen und sich danebenlegen. Wir können Ihrem Bruder nur helfen, indem wir unverletzt bleiben.«

***

Obwohl Thomas bewusstlos vor Sebastian rücklings auf dem Cockpitboden lag, war an der Fehlstellung seiner Schultern schon deutlich zu sehen, was er sich für eine Verletzung zugezogen hatte.

»Wenn nicht jetzt, wann dann!«, rief Sebastian und gab Femke ein Zeichen, dass sie ihn festhalten solle.

Als sie seine Rettungsweste fest im Griff hatte, nahm er die Hand seines Crewkameraden, drückte einen Fuß vorsichtig in dessen Achsel und zog gleichzeitig an dem verletzten Arm. Hätte der Sturm nicht um sie herum getost, hätte man sogar hören können, wie die Kugel des Oberarmknochens mit einem schmatzenden Geräusch in die Schulterpfanne zurückglitt. Dieser furchtbare Schmerz war für den Verletzten sogar in der Bewusstlosigkeit wahrnehmbar. Mehr noch, er kam dadurch wieder zu sich.

»Um Himmels willen«, rief er benommen, »was macht ihr mit mir?«

»Tut mir leid«, antwortete Sebastian. Mit einer Hand krallte er sich an der Reling fest, während er mit der anderen den Puls seines Patienten ertastete. »Du hast dir den Arm ausgekugelt. Jetzt ist er wieder am alten Platz.«

Thomas wollte sich aufsetzen, wurde aber durch einen heftigen Schmerz dabei gestoppt. »Und warum tut das dann noch so höllisch weh?«

»Weil in deiner Schulter sämtliche Bänder der Rotatorenmanschette extrem gedehnt sind. Daran wirst du die nächsten paar Tage leider auch noch Spaß haben. Bleib aber erst mal hier liegen. Bevor du aufstehen kannst, muss ich deinen Arm fixieren.« Er sah sich suchend um. »Haben wir irgendwo ein Stück Leine?«

»Natürlich«, rief Buske kopfschüttelnd, »du bist hier auf einem Schiff!«

***

Nur mit Slip und BH bekleidet schlich Charlotte die Treppe hinunter. War da etwa noch jemand, der sie töten wollte?

Sie tastete nach dem Puls ihres Angreifers, der durch die Schrotladung furchtbar entstellt auf der Treppe lag.

»Der ist tot«, rief sie Lasse zu, der fluchend im Rahmen der Haustür lag. »Haben Sie noch jemanden gesehen, der uns an die Wäsche will?«

»Nein, einer reicht mir auch völlig«, stöhnte der alte Mann.

»Wo hat es Sie erwischt?«

»An der Hüfte.«

»Ich kümmere mich gleich um Sie. Vorher sollten wir sichergehen, dass hier nicht noch irgendwo ein weiterer Schütze lauert.«

Lasse sah, wie die nur leicht bekleidete junge Frau die Treppe hinunterschlich, und er genoss ihren Anblick.

»Sie sind eine so schöne Erscheinung. Könnten Sie, wenn Sie sich dann um mich kümmern, nicht auch den Rest Ihrer Kleidung ablegen?«, scherzte er. »Natürlich nur zur Vitalisierung meines geschwächten Körpers.«

»Junger Mann«, konterte sie, »das Blut, das Sie dafür benötigen würden, klebt leider vor Ihnen auf dem Fußboden!«

Inzwischen waren Bosse, Kathi und Jonas näher gekommen. »Ist die Luft rein?«, riefen sie durch die geöffnete Tür nach innen.

»Sieht so aus«, antwortete Lasse. »Aber wer weiß, wie lange. Augenblicklich scheint es so, als hätten sie nur einen Killer auf die Insel geschickt. Doch wenn der nicht zurückkommt, dann werden die Ersatz schicken, nehme ich an.«

»Was meinen Sie«, fragte Kathi, »woher kam der? Wenn die nördlich vor Halmø geankert haben, warum landet der dann südlich?«

»Bei diesem Wetter ankert niemand vor einer Insel. Die werden in Strandbyen Havn erst Schutz gesucht und dann von der kleinen Mole aus mit dem Boot übergesetzt haben. Die paar Meter schafft man auch bei diesem Wetter.«

Nachdem Charlotte das gesamte Haus kontrolliert hatte, zog sie sich schnell etwas über und half danach, Lasse möglichst schonend auf die alte Couch in der Wohnküche zu verfrachten. Er hatte recht viel Blut verloren und war dementsprechend geschwächt.

»Bruder, ich fürchte«, brummte Lasse, »dass am kommenden Ersten eine Nutte für uns beide reichen wird.«

»Kann es sein«, schimpfte Kathi, »dass der Schuss ein bisschen weiter unten und mehr mittig hätte treffen sollen, damit der Herr mal an etwas anderes denkt?«

Bosse winkte ab. »Nee, junge Dame, dann müsste es schon ein Kopfschuss sein.«

✳✳✳

Der Regen war inzwischen schwächer geworden, und stellenweise konnte man das Tageslicht durch die dunkle Wolkenschicht hindurch erahnen. Der Wind war etwas abgeflaut und von Südost auf Ost gedreht. Buske hielt auf die Südspitze von Langeland zu, um von Land her Deckung vor dem Sturm zu bekommen. Dadurch waren die Wellen nur noch zwei Meter hoch und kamen von Backbord schräg vorn. Es rollten keine Brecher mehr über das Deck, sodass ihre inzwischen geschwächten Körper nicht ständig neues Seewasser anwärmen mussten, das bei jedem Schwall unter das Ölzeug gekrochen war.

Vor allem bei Thomas stieg die Zuversicht proportional zur Abnahme des Sturmes, denn bei einer derartig unruhigen See konnte er mit seiner Verletzung nicht entspannt dasitzen. Sich mit nur einem Arm festhalten zu können war eine zusätzliche Belastung für sein verletztes Schultergelenk. Sebastian und Femke nahmen ihn zwischen sich. So konnte er bei den Wellenbewegungen etwas stabiler sitzen.

Der Doc hatte Thomas' Arm fest am Körper anliegend mit einem Seil bandagiert, sodass er mit einem Rollbraten Ähnlichkeit hatte.

Buske musste lachen. »Hör mal, Doc, was Fesselspiele betrifft, scheinst du ein Profi zu sein. Wenn der Verband bestimmt auch nicht vorschriftsmäßig ist, würdest du damit beim Schönheitswettbewerb zumindest den Preis für Originalität bekommen.«

Thomas hingegen guckte zerknirscht drein. »Mir ist es scheißegal, wie ich aussehe. Hauptsache, die Schmerzen werden weniger.«

»Wo fahren wir jetzt eigentlich hin?«, fragte Femke.

»Wieder nach Bagenkop. Das ist der Hafen, den wir am ersten Abend unseres Törns angesteuert hatten. Dort kann Thomas seine Schulter beim Arzt vorstellen, und wir können das Boot auf Schäden untersuchen und uns etwas erholen. Wenn der Sturm die Funkmasten auf Langeland hat stehen lassen, haben wir sogar wieder Handyempfang und Internet.«

***

Dass die Killer nur mit einem Mann auf die Insel gekommen sein sollten, hielt Charlotte für wenig plausibel. Wenn doch, würden sie bald nach ihm sehen wollen, da sich ihr Komplize nicht wieder bei ihnen gemeldet hatte.

Da es inzwischen hell und die Sicht klarer geworden war, hielt sie sich hinter Sträuchern verborgen, als sie die Insel nach weiteren Eindringlingen durchsuchte. Die Luft war so sauber, dass man von Halmø aus sogar die Stadt Ommel am Horizont sehen konnte. Das war auch nur ein Kilometer. Die Optik ihres Handys war so gut, dass sie es als Fernglas benutzen konnte, doch was sie am Ufer der gegenüberliegenden Insel sah, gefiel ihr gar nicht. Zwei Männer waren im Begriff, Ærø zu verlassen, und nahmen in einem ähnlichen Schlauchboot wie dem, mit dem der tote Killer übergesetzt hatte, Kurs auf sie.

»Das ist gar nicht gut«, murmelte sie. »Die sind in zwanzig Minuten hier, und gegen zwei Profikiller kann ich nur wenig ausrichten.«

Sie hastete ins Haus der Zwillinge.

»Leute«, rief sie, »wir haben ein Problem. In einer halben Stunde kommen zwei Freunde unserer Leiche und sind über deren Tod bestimmt nicht *amused* und werden uns dafür eiskalt abservieren wollen.«

»Sollen sie nur kommen«, stöhnte Lasse. »Bosse kann mit seiner Flinte ein Kanonenboot versenken.«

Charlotte winkte ab. »Wenn die professionell bewaffnet sind, dann werden die Ihren Bruder schon gekillt haben, bevor der seinen Schießprügel überhaupt geladen hat.«

»Gibt's hier ein Versteck?«, fragte Kathi.

»Nein«, brummte Bosse. »Wo denn? Am Festland haben alle alten Höfe noch einen Eiskeller, aber wenn man hier gräbt, hat man sofort nasse Füße.« Sein Gesicht hellte sich auf. »Wir haben auf der anderen Seite unserer Insel noch ein altes Bootshaus, in dem unser zwanziger Jollenkreuzer liegt. Das Boot ist zwar genauso alt wie wir, aber damit könnten wir uns aus dem Staub machen.«

»Wir alle fünf?«

»Das Boot ist knappe acht Meter lang, und Lasse würde unten sogar trocken liegen.«

Der Verletzte war von dieser Idee wenig begeistert. »Lasst mich bitte hier. Was sollen die einem alten Mann schon Böses antun wollen?«

»Nichts da!«, ließ Charlotte keinerlei Diskussion zu. »Wenn die ihren toten Kollegen finden, dann werden sie äußerst verschnupft reagieren und jeden, der sie wiedererkennen könnte, ausschalten.«

»Und wenn das gar keine Killer sind, sondern Menschen, die nur helfen wollen?«

»Das macht keinen Sinn. Woher sollten die wissen, dass wir hier eigentlich Hilfe bräuchten?«

»Jonas hat recht. Wir müssen nach etwas suchen, womit wir Lasse transportieren können.«

»Die paar Schritte kann ich doch laufen!« Lasse versuchte, sich zu erheben, brach den Versuch jedoch mit schmerzverzerrtem Gesicht ab. »Okay, sucht etwas.«

Bosse hob seinen Zeigefinger. »Ich habe da eine Idee.« Er machte Jonas ein Zeichen, dass er ihm folgen sollte, und führte ihn ins Obergeschoss.

Vor einer schmalen Tür, hinter der der junge Mann eine Abstellkammer vermutete, blieben sie stehen.

»Wenn wir Lasse damit tragen, liegt er einigermaßen ruhig.«

Kurze Zeit später lag der Verletzte auf dem mit einer Decke gepolsterten Türblatt. Der Schmerz durch das Anheben des Körpers, damit die Behelfstrage unter ihn geschoben werden konnte, raubte dem alten Mann fast die Sinne.

»Verdammt, wie wollt ihr mich denn auf das Boot kriegen, wenn das hier schon derartig wehtut?«

»Das werden wir sehen, wenn wir im Bootshaus sind.« Auf ihr Nicken hin hoben Charlotte, Kathi, Jonas und Bosse die Trage vorsichtig an. »Auf, Leute, lasst uns bloß keine Zeit verlieren.«

✳ ✳ ✳

Obwohl sie Großsegel gerefft und Sturmfock gehisst hatten, betrug die Schräglage der »Josephina« annähernd 45 Grad. Trotz des Seegangs machten sie gut fünf Knoten Fahrt.

»So, Leute«, rief der Skipper, »wir befinden uns querab zur Hafeneinfahrt von Bagenkop. Der Wind kommt inzwischen direkt aus Süd. Das erste Stückchen drauf zu können wir noch gegen den Wind kreuzen, für den Rest müssen wir den Diesel anschmeißen. Es wird Zeit, dass Thomas mit seiner Schulter in die Röhre kommt.«

»Noch haben wir gut und gern zehn Windstärken«, bemerkte Femke. »Werden wir da nicht rückwärts wieder auf See rausgeschoben?«

»Das kann passieren.«

»Und was machen wir dann?«

»Sollten wir es nicht aus eigener Kraft schaffen, werden wir die dänischen Seenotretter anfunken, damit die uns reinschleppen. Die haben eine Station mit einem PS-starken Rettungsboot in Bagenkop Havn.«

»Können die Thomas nicht einfach an Bord nehmen?«

»Nicht bei dem Seegang!« Buske schaute auf das Windfähnchen am Masttopp. »Der Wind hat leider nicht gedreht. Haltet euch bereit. Um auf Kurs zu bleiben, müssen wir alle paar Minuten wenden. Es besteht die Gefahr, dass wir durch eine Scherströmung abdriften, und dann bleibt uns nichts weiter übrig, als noch mal völlig neu Anlauf zu nehmen.«

✳✳✳

Der Transport von Lasse zum Bootshaus der Zwillinge verlief nicht so schonend wie geplant. Bei jeder Unebenheit des Weges stöhnte er vor Schmerzen auf.

»Vorsicht, ihr tragt doch keinen Kartoffelsack!«

»Hab dich nicht so«, stauchte ihn sein Bruder zusammen. »Oder wäre es dir lieber, wirklich abgeknallt zu werden, wenn wir dich hierlassen?«

»Woher wollt ihr denn wissen, dass das überhaupt Verbrecher sind, die da rüberkommen?«

»Bei so einem Wetter reist man nicht in einem Gummiboot, wenn man nicht muss.«

Im Bootsschuppen angekommen, legten sie die Tür neben dem Boot auf dem Steg ab. Charlotte, Kathi und Jonas sahen sich irritiert an.

»Was guckt ihr so?«, fragte Bosse. »Passt euch etwas nicht?«

»Es tut mir leid«, versuchte Kathi ihn zu besänftigen, »aber ist das Boot nicht ein wenig klein, um damit bei diesem Wetter in See zu stechen?«

»Du hast recht. Wir werden ordentlich durchgeschüttelt, aber wir werden nicht sinken. Die ›Agda‹ kann ganz schön was ab.«

Jonas sprang wortlos in das Segelboot. »Das Schiff heißt nach der Magd aus Bullerbü?«, fragte er Bosse.

»Ja, sie war in dem Buch die Magd vom Mittelhof.«

»Dann wird sie uns sicher überall hinbringen.«

Kathi sah ihn zweifelnd an. »Was bringt dich zu dieser Aussage?«

»Agda war eine Frau, die hart gearbeitet hat, und der Bauer hat sich auf sie verlassen können. Das war wichtig, wenn man als Magd zu dieser Zeit auf einem Bauernhof angestellt war. Wir können uns auf sie verlassen, auch wenn es nur ein Boot ist. Das fühle ich.«

»Wir haben keine Zeit, irgendetwas zu fühlen. Wir müssen ganz schnell diese Insel verlassen!« Charlotte war genervt. »Helft mir gefälligst, den Mann einzuladen!«

»Aber ich habe Schmerzen!«, rief Lasse verzweifelt. »Lasst mich hier liegen!«

»Kommt gar nicht in Frage.« Charlotte schlug mit der Handkante ansatzlos gegen den Hals des alten Mannes. Dessen Kopf kippte daraufhin zur Seite. »So, jetzt schnell ins Boot mit ihm, solange er noch weggetreten ist.«

SIEBEN

Inzwischen hatte die Besatzung der »Josephina« schon zwei ver-
gebliche Versuche hinter sich, aus eigener Kraft in den Hafen von
Bagenkop einzulaufen. Der Wind kam mit gut acht Windstärken
direkt von Backbord, hinzu kamen Wellen von noch immer zwei
Metern Höhe. Das größere Problem war aber die Querströmung,
die ebenfalls von Backbord gegen den Rumpf drückte.

Buske kam sich wie ein Pilot vor, der seinen Flieger schräg
zur Landebahn anfliegen musste.

»Sollten wir das Segel nicht weniger reffen, damit wir ein
wenig schneller werden?«, rief Femke ihm zu.

»Das wird nicht mehr an Knoten bringen. Die Krängung
wird nur heftiger, und da wir die Angriffsfläche erhöhen, treiben wir noch mehr ab. Wir machen ja kaum Fahrt. Noch ein
Versuch, und wenn das auch wieder nichts wird, müssen wir
Hilfe rufen.«

»Das sollten wir schon jetzt machen«, meldete sich Sebastian.
»Thomas geht es von Stunde zu Stunde schlechter. Neben seinen
Schmerzen in der Schulter sind noch Leibschmerzen hinzuge-
kommen, und der Blutdruck gefällt mir auch nicht.«

Das besorgte Gesicht des Arztes war für Buske genug Alarmsignal. Er griff zum Funkgerät und schaltete auf den internationalen Notkanal sechzehn. »Pan Pan – Pan Pan – Pan Pan, hier
ist die ›Josephina‹ Delta Hotel sechs sechs acht sieben. Hören
Sie mich?«

Die Antwort kam prompt. »This ist Bremen Rescue. Delta
Hotel sechs sechs acht sieben ›Josephina‹. Wiederholen Sie Ihre
Position.«

Buske gab die Koordinaten und den Grund seines Notrufs
durch.

»›Josephina‹, schalten Sie auf Kanal sechs, dort werden sich
die dänischen Seenotretter umgehend bei Ihnen melden.«

Nach nur drei Minuten tönte eine bekannte Stimme aus dem

Lautsprecher. »Buske, du Leichtmatrose. Bist du das, der hier die ganze Zeit versucht, die Einfahrt zu treffen?«

Alle an Bord waren erleichtert darüber, dass sich der Hafenmeister so schnell gemeldet hatte.

»Ja, das sind wir. Aber warum meldest du dich?«

»Weil ich auch der Vormann unserer Seenotretter bin! Bremen hat uns schon informiert. Die sagten, dass ihr einen Arzt an Bord habt. Wie ist der Status eures Verletzten?«

»Der geht langsam von Gelb auf Rot, meint der Doc. Was schätzt du, wie lange dauert das mit dem Reinschleppen?«

»Geht mal von einer guten Stunde aus. Wir haben hier augenblicklich nur ein Küstenboot der Marine liegen, das dich reinschleppen könnte. Bis ich die Besatzung vom Landgang hergeholt habe, dauert das etwas.«

»Dann brauchen wir Infusionen mit Blutplasmaexpander, sagt der Doc. Das sind spezielle Infusionen.«

»Unser Notfallsanitäter nickt. Es kommt gleich ein Speedboot zu euch und bringt alles!«

»Warum können die Thomas nicht an Bord nehmen? Dann wäre er doch viel schneller im Krankenhaus«, fragte Femke ungeduldig.

»Wie willst du ihn bei dem Wellengang auf das Speedboot kriegen? Nachher geht was schief, und wir müssen ihn aus der See fischen. Weiß der Geier, was jetzt auch noch im Bauch kaputt ist, wenn er da Schmerzen hat. Das wird schon ein kleines Kunststück werden, die Infusionsflaschen heil zu uns an Bord zu bekommen.«

＊

Trotz des Sturmes, der in Böen noch immer mit knapp fünfundsiebzig Stundenkilometern blies, konnten sie die schweren Holztore des Bootshauses leicht öffnen.

»So, Leute«, Kathi sah besorgt Bosse an, der vor Angst um das Leben seines Bruders wie paralysiert war, »auf ihn können wir augenblicklich kaum zählen. Wer von uns Leichtmatrosen macht denn nun den Skipper?«

Beide Frauen nickten Jonas aufmunternd zu.

»Ich habe doch gar keinen Bootsführerschein!«, rief er erschrocken.

»Das ist jetzt völlig egal!«, wies Charlotte ihn zurecht. »Wir müssen hier raus. Es kommen gleich zwei Killer durch die Tür, die uns umbringen wollen.«

Jonas begriff den Ernst der Lage. »Ich denke, dass das hier ein Ausnahmezustand ist, der eine solche Maßnahme rechtfertigt.« Er sah prüfend auf die Takelage des kleinen Bootes. »Kathi, du ziehst die Fock nur halb hoch. Wir beide«, er machte Charlotte ein Zeichen, »stoßen uns am Steg ab. Ich hoffe, dass uns der Wind aus dem Schuppen zieht, sowie der Bug draußen ist.« Er stieß Bosse an. »Habt ihr hier an Bord Sicherheitswesten?«

»Ja, drei Stück unter der Sitzbank neben der Ruderpinne.«

Jonas öffnete die Klappe und reichte die Westen an die beiden Frauen. »Schnell anziehen und dann los! Kathi, sowie wir auf dem Wasser sind, ziehst du eine Sicherheitsleine quer durch das Cockpit. An der klinken wir uns ein.«

Sie nickte, zog sich die Weste über und balancierte an der Kajüte vorbei vorsichtig zum Bug.

»Fock halb hoch!«, rief Jonas.

Kathi setzte das Segel, befestigte die Fockschot und kletterte zurück ins Cockpit.

»So, jetzt kletterst du den Niedergang hinunter, und wenn ich rufe, lässt du das Schwert runter.«

Sie sah ihn panisch an. »Ich weiß nicht, wie das funktioniert.«

»Dann tritt Bosse vors Schienbein, dass er dir hilft.«

Charlotte und er griffen sich je ein Paddel vom Boden des Cockpits und stießen das Boot mit gemeinsamen Kräften aus dem Bootshaus.

Der Wind kam von Backbord und blähte die Fock sofort auf. Das Boot wurde nach Steuerbord geschoben und krachte mit der Seite an das Tor. Als sie aus dem Schuppen hinaus waren, war die »Agda« ohne ihr Kielschwert ein Spielball der Naturgewalten.

Als sie gut zwanzig Meter vom Ufer entfernt waren, gab Jonas den Befehl: »Kathi, Schwert runter.«

Kaum hatte sie ihn ausgeführt, spürte Jonas Druck auf dem Ruder.

»Nun komm wieder rauf und spann das Sicherheitsseil.« Charlotte saß in einer Ecke der Cockpitbank und bewunderte, mit welcher Sicherheit Jonas die Befehle gab. War er von seiner Cousine nicht als Autist beschrieben worden, der zusätzlich unter einem Asperger-Syndrom leide? Wie war das mit seinem entschiedenen Auftreten als Skipper zu vereinbaren?

»Du sitzt bitte nicht einfach nur rum, sondern hilfst Kathi!«, rief er ihr in einer freundlichen Art zu, die dennoch keinen Widerspruch duldete.

»Und wo geht's jetzt hin?«

»Frag Bosse, wo das nächste Krankenhaus ist.«

Kurze Zeit später lugte Charlottes Kopf wieder aus dem Niedergang. »In Svendborg!«

»Dann fahren wir dahin!«, rief Kathi.

»Nein«, winkte der neue Skipper ab. »Wir legen in Rantzausminde Havn an. Dort rufen wir einen Krankenwagen für Lasse. Das ist schonender als die Schaukelei in dieser Nussschale.«

Charlotte wusste nicht, was sie von dieser Idee halten sollte. »Woher kann Jonas ohne Karte oder AIS wissen, wo dieses Kaff ist?«

»Weil er die Seekarte im Kopf hat. Als wir auf der ›Josephina‹ geübt hatten, einen Kurs abzustecken, hatte er sie oft genug vor sich gehabt. Und sollten wir endlich mal wieder Empfang haben, können wir mit unseren Handys schon mal die Sanitäter an die Anlegestelle bestellen.«

＊＊＊

Der Seegang vor Bagenkop war zu heftig, als dass das Speedboot der dänischen Seenotretter bei der »Josephina« hätte längsseits kommen können.

»Öffne mal bitte die Klappe, auf der du sitzt. Dort findest du ein Seil, an dessen Ende sich eine Art Knubbel befindet«, forderte Buske Femke auf.

Sie zog das gewünschte Teil aus dem Kasten und wunderte sich über die geflochtene Kugel. »Gibt es so etwas fertig zu kaufen?«

»Nein«, antwortete Buske. »Dieses Wollknäuel aus Seil nennt man Affenfaust. Jeder Seemann beherrscht so einen Knoten. Mit diesem Gewicht am Ende des Wurfseiles fliegt es erheblich weiter, als man es mit einem losen Tampen werfen könnte. Übernimm du mal das Ruder. Wir haben jetzt keine Zeit für lange Erklärungen. *Learning by seeing.*«

Schon beim ersten Versuch flog die Affenfaust zum Speedboot hinüber und zog ein dünnes Seil hinter sich her. An seinem Ende befestigte der Skipper ein dickeres, das die Crew der Seenotretter ebenfalls zu sich an Bord zog. Sie fädelten es in die Öse einer Laufrolle ein, an deren Karabinerhaken ein Notfallrucksack in seinen typischen rot-gelben Farben hing. Dann wurde das Seil an die Spitze eines Enterhakens geknotet, dessen Stiel verlängert wurde. Zwei Mann hielten diese Stange daraufhin senkrecht in die Höhe.

Als einer der Sanitäter den Daumen hob, zog Buske das Seil mit aller Kraft stramm, und der Rucksack mit den lebensrettenden Infusionen rutschte wie an einer Seilbahn auf das Deck der »Josephina«.

»So, nun lass mich wieder ans Ruder und hilf Sebastian dabei, Thomas wieder zusammenzuflicken. Den brauchen wir noch!«

Selbst ein so erfahrener Skipper wie Buske konnte bei diesem Seegang nicht problemlos über das Deck balancieren, um das Seil zum Speedboot am Bug seiner Yacht zu befestigen. Die Seenotretter hatten das andere Ende inzwischen an ihrem Boot festgemacht. Nachdem er wieder hinter dem Ruder stand, konnte das Schleppen beginnen. Nach zwei erfolglosen Versuchen mussten sie die Aktion abbrechen. Selbst die einhundertsechzig PS des Rettungsbootes reichten nicht aus, um den Verband in den rettenden Hafen zu bugsieren.

✽✽✽

»Was sind das für Inseln, zwischen denen wir durchfahren?«, fragte Charlotte genervt.

»Das sind Drejø und Hjortø By. Wenn wir die passiert haben, lassen wir noch Skarø By auf unserer Backbordseite liegen, und dann haben wir nur noch eine geschätzte Seemeile bis zum rettenden Hafen vor uns. Dann wird die See aber ruhiger, weil wir das letzte Stück unter Landdeckung segeln.«

Charlotte zog ihr Handy aus der Tasche und stellte erleichtert fest, dass sie wieder Empfang hatten. Sofort tippte sie darauf herum.

»Wunderbar«, entfuhr es ihr, »wir sind wirklich auf dem richtigen Kurs. Respekt, Jonas, das hätte ich nicht erwartet!«

Kathi war stolz auf ihren Cousin. »Aber wenn wir hier drei Balken auf der Anzeige haben, dann kann ich ja Femke eine Nachricht auf WhatsApp schicken, wo wir sind.«

»Moment«, erwiderte Charlotte in einem scharfen Befehlston. »Hier wird niemand benachrichtigt!«

»Du hast hier gar nichts anzuordnen. Jonas ist der Skipper. Außerdem werde ich alle die anfunken, die ich benachrichtigen will! Ist das klar?« Kathi begann wütend mit dem Zeigefinger auf dem Display ihres Smartphones herumzuwischen.

»Her mit dem Ding!«, zischte Charlotte böse.

Als Kathi den Kopf hob, sah sie in die Mündung einer Pistole.

»Bist du von allen guten Geistern verlassen?«

»Her mit dem Handy, ich sage es nicht noch einmal!«

Zögernd reichte sie Charlotte ihr Telefon.

Die sah jetzt Jonas auffordernd an. »Deins ebenfalls!«

Er kramte es aus der Jacke, die er unter dem Ölzeug trug, und gab es ihr. Ohne den Blick von den beiden zu wenden, warf Charlotte die Telefone über Bord. »Die benötigt ihr nicht mehr. Es reicht, wenn ich zur Zentrale Kontakt halte. Und von sofort an bin ich hier der Chef auf dem Boot. Habt ihr das verstanden?«

Kathi und Jonas sahen sich erst gegenseitig an und nickten ihr dann verschreckt zu.

»Und wo soll es jetzt hingehen, Skipper?«, fragte Jonas.

»Zu dem Kaff, das du vorhin genannt hast, und zwar ohne Umwege.«

***

»Da kommt unsere Rettung«, rief Buske, als er das Schnellboot der dänischen Marine aus dem Hafen kommen sah. »Die haben genug Power unter der Haube, dass sie meine ›Josephina‹ auf den Haken nehmen können.«

Femke war verwundert. »Warum schippern hier so viele kleine Marineschiffe rum?«

»Weil die Dänen keine Küstenwache haben. Das erledigt alles die Marine mit. Und da die hier viele Buchten mit wenig Wasser haben, brauchen sie schnelle Schiffe mit geringem Tiefgang. Auch hier wird jede Menge Dope geschmuggelt.«

Buske turnte wieder nach vorn, um die Leine des Speedbootes zu lösen. Als das Schnellboot aufgeholt hatte, wurde von dessen Deck eine Art Affenfaust aus Plastik mit einem speziellen Gewehr herübergeschossen, die ebenfalls eine dünne Leine nach sich zog. Kurze Zeit später hatte der Skipper ein dickes Tau an Bord gezogen, dessen Auge er über eine Klampe am Bug legte. Als er wieder hinter dem Ruder stand, gab er das Zeichen, dass das Schnellboot langsam Gas geben konnte.

»Sowie wir im Hafen sind, löst du auf meinen Ruf hin das Tau. Aber du gehst erst nach vorne, wenn wir im ruhigen Wasser sind. Den Rest zum Steg schaffen wir dann aus eigener Kraft. – Sebastian«, rief er den Arzt, der sich die ganze Zeit schweigend um seinen Patienten gekümmert hatte. »Wie geht es Thomas?«

»Die Infusionen haben ihm sichtlich gutgetan. Ich bin mir inzwischen sicher, dass er ein Leck in seinem Kreislaufsystem hat. Ich tippe auf den Bauchraum. Aber lange kann ich ihm mit Kochsalz und Elektrolyten nicht helfen. Also beeilt euch!«

Daran, dass das Schiff die Last der Segelyacht bewältigen würde, gab es keinen Zweifel. Der Schwachpunkt des Schleppzuges war die Verbindung. Immer wenn eine Welle den Bug der

»Josephina« in die Höhe drückte, ging ein heftiger Ruck durch das Schiff, und das Tau spannte sich und dröhnte dabei wie eine riesige angeschlagene Basssaite.

»Mein Gott«, schrie Femke, »die reißen unser Boot auseinander!«

Obwohl Buskes Gesichtsausdruck etwas anderes anzeigte, rief er: »Blödsinn, meine Lady kann das ab!«

Nach nur zehn Minuten hatten sie die Hafeneinfahrt erreicht, und der Skipper gab das Zeichen, dass Femke das Verbindungstau lösen konnte. Dass sie und vor allem ihre Hände dabei so sehr zitterten, dass sie das Seil kaum von der Klampe bekam, war ihr altes Problem. Immer wenn die Gefahr vorbei zu sein schien, hatte sie weiche Knie. Um nicht von Bord zu fallen, krabbelte sie danach auf allen vieren wieder ins Cockpit zurück.

»Ich bin stolz auf dich«, begrüßte Buske sie.

»Stolz? Darauf, dass ich fast schlappgemacht habe?«

»Nein, dass du gleich das Richtige getan hast. So zu reagieren zeigt, dass du stark bist, und das ist gut so, denn wir brauchen dich jetzt, um Thomas sicher von Bord zu kriegen. Du gehst ans Ruder, und ich mache fest.«

Ein Ruck ging durch Femke. Sie richtete sich auf, stellte sich an seinen Platz und war froh, dass sie sich an etwas festhalten konnte, wenn es auch das Ruder war. Sie hatte eine Aufgabe, auf die sie sich hundertprozentig konzentrieren musste, und die plötzliche Schwäche war damit vergessen.

∗∗∗

So klein die »Agda« auch war, sie mit ihrer Pinne auf Kurs zu halten kostete Kraft. Inzwischen hatte Kathi den Platz von Jonas eingenommen, sodass er sich etwas erholen konnte.

»Mach dich schon mal bereit«, rief sie Charlotte zu. »Bald musst du mich ablösen. Lange halte ich das nicht durch.«

»Nichts da«, winkte Charlotte ab. »Ich habe genug damit zu tun, euch zu kontrollieren. Denkt ihr etwa, ich merke nicht, wie ihr euch mit Blicken verständigt?«

Kathi versuchte, sie so unschuldig wie nur möglich anzusehen. »Ich weiß gar nicht, wovon du sprichst.«

»Glaubt mir, es ist gefährlich, mich für blöd zu verkaufen. In eurem Fall sogar lebensgefährlich.«

»Willst du damit sagen, dass du nicht zu uns, sondern zu dem Killerkommando gehörst?«

»Blödsinn!«, keifte Charlotte. »Warum sollte ich dann vorhin einen Kollegen abgeknallt haben?«

»Sie hat recht«, versuchte Jonas seine Cousine zu beruhigen. »Dann hätte sie uns erschossen und wäre jetzt auf sicherem Boden.«

»Also höre auf deinen Cousin und halte die Klappe. Ich muss mich konzentrieren.«

Bosse erschien im Luk des Niedergangs. »Wann sind wir endlich im Hafen? Ich fürchte, Lasse macht es nicht mehr lange.«

Jonas sah auf die Uhr. »Von hier ist es circa noch eine Meile. In zwanzig Minuten müssten wir es geschafft haben.«

»Ist er ansprechbar?«, fragte Charlotte.

»Ich fürchte, nein. Der Blutverlust scheint ihm doch mächtig zuzusetzen.«

Sie nickte zufrieden. »Dann hat er wenigstens keine Schmerzen, wenn wir ihn an Deck ziehen.«

Bosse wollte wieder zu seinem Bruder nach unten, drehte sich aber noch mal zu ihnen um. »Bitte alarmiert schon mal den Rettungsdienst, damit wir im Hafen von denen erwartet werden.«

Charlotte griff nach ihrem Handy. »Wird erledigt.«

***

Femke steuerte das Anlegemanöver so souverän, als hätte sie ihr Leben lang nichts anderes gemacht.

»Vergiss nicht, mich daran zu erinnern, dass ich nachher den Hut vor dir ziehe. Das war wirklich eine reife Leistung«, sagte Buske.

Am Steg standen Rettungskräfte, die sich sofort um Thomas

kümmerten. Sogar ein Arzt war an Bord des Armeehubschraubers, der ihren Crewkameraden anschließend in die Uniklinik nach Odense flog.

Als der Helikopter abhob, saßen Sebastian, Femke und Buske völlig erschöpft im Cockpit der »Josephina«.

»Leute«, hob der Skipper nach einer Weile an, »so eine Schulungsfahrt habe ich *never ever* erlebt und werde allen, die es hören wollen oder auch nicht, davon erzählen, wie toll ihr euch geschlagen habt. Wir sollten uns für ein paar Stunden in die Kojen verkriechen und dann erst klar Schiff machen. Ich hoffe nur, dass meine Lady aus dem ganzen Schlamassel mit einem blauen Auge herausgekommen ist.«

»Noch schwimmt sie ja«, erwiderte Femke. »So schlimm können die Schäden nicht sein.« Sie grinste ihn müde an. »Ich sollte dich an den Hut erinnern, den du vor mir ziehen wolltest.«

Er lächelte. »Scheiße, ja, sag mir das bitte morgen noch mal. Meine Pudelmütze ist heute Nacht über Bord gegangen. Ich habe zwar noch eine, bin aber zu groggy, um danach zu suchen.«

»Könnten wir Ihnen dabei vielleicht helfen?«

Die Köpfe der drei flogen in die Richtung zweier junger Männer, die mit Seesack und sehr viel anderem Gepäck neben der Yacht standen.

Auf Buskes Stirn zeigten sich steile Falten. »Hast du dir bei Amazon zwei neue Kerle bestellt, weil die beiden alten fertig haben?«

Femke war genauso erstaunt wie der Skipper. »Diesmal bin ich unschuldig. Wer seid ihr?«

»Belassen wir es in meinem Fall bei Robert, und mein Kamerad hört auf den Namen Markus.«

»Aha, nur die Kampfnamen. Dann haben wir es hier mit dem KSM zu tun?«

»Richtig.«

»Und was machen Sie hier?«

»Urlaub, genau wie Sie. Wir bitten, an Bord kommen zu dürfen.«

Buske schüttelte resignierend den Kopf. »KSM, was heißt das nun wieder?«

»Kommando Spezialkräfte der Marine«, antwortete einer der beiden.

»Dann immer rein in die gute Stube. Sucht euch jeder eine freie Koje. Ich werde uns erst mal einen Kaffee kochen. Zum Schlafen kommen wir ja doch nicht.«

* * *

Da der Wind von Backbord kam, machte die »Agda« gut Fahrt. Der Hafen von Rantzausminde war schon ein paar Minuten früher in Sicht als von Jonas angekündigt.

»Und wie stellt sich die neue Skipperin die Übergabe eines angeschossenen Schwerverletzten vor?«, fragte Kathi.

»Es wird keine geben.«

»Was heißt das? Sollen wir Lasse hier einfach über Bord kippen?«

»Nein, wir werden die beiden Brüder ohne Kommentar einfach an einem freien Steg absetzen und dann sofort wieder in See stechen.«

»Bekommt der Hafenmeister mit den Zwillingen demnach ein Überraschungsei von uns serviert, oder wie?«

»So kann man es auch ausdrücken.«

»Findest du das nicht ein wenig würdelos? Die beiden haben uns schließlich den Arsch gerettet. Da können die schon eine Spur von Empathie erwarten. Man verliert einen Schwerverletzten nicht einfach so im Galopp.«

»Ich war es, die uns die Flucht überhaupt ermöglicht hat, nicht die beiden. Wäre der Killer nicht abgeknallt worden, würden jetzt schon die Krabben an uns knabbern.«

»Und was soll Bosse den Behörden sagen, wenn wir seinen Bruder mit einer offensichtlichen Schussverletzung wie so ein kaputtes Gepäckstück im Hafen ablegen?«

»Das ist sein Problem. Er ist Däne, und die Behörden werden ihm nicht den Kopf abreißen.«

Kathi wurde zornig. »Was soll uns schon passieren? Wir sind wichtige Zeugen dafür, dass du niemanden umgebracht, sondern in Notwehr gehandelt hast. Außerdem wären wir bei der dänischen Polizei in Sicherheit.«

Charlotte war genervt. »Und wir würden genau damit einen diplomatischen Zwischenfall auslösen und den Mullahs einen Anlass geben, ihre Blutrache noch auszuweiten.«

»Nun mach mal halblang. Es ist nichts weiter passiert, als dass zwei Jugendliche, die sich in Lebensgefahr befanden, mit einer angemeldeten Waffe von einer dafür autorisierten Gouvernante verteidigt wurden.«

»Das würde vor einem ordentlichen Gericht so durchgehen«, fügte Jonas hinzu. »Dafür gibt es Hunderte Präzedenzfälle.«

»Die Iraner werden es aber so sehen, dass eine deutsche Soldatin einen ihrer Sicherheitsbeamten auf dänischem Boden hinterrücks ermordet hat. Und damit hätten wir genau den politischen Super-GAU, den die deutsche Admiralität zu verhindern versucht.«

»Aber –«, hob Kathi an.

»Ende der Diskussion! Wir setzen die Zwillinge unangemeldet an Land und verschwinden so schnell, wie wir gekommen sind.«

»Wieder in den Sturm?«, hielt Jonas dagegen.

»Genau das. Der hat deutlich nachgelassen, und mit dir haben wir einen fähigen Segler an Bord. Und dann nehmen wir Kurs auf die deutsche Küste. Dort werde ich euch der Militärpolizei übergeben. Die werden dann für euren Schutz sorgen, und ich bin aus der Nummer raus.«

Jonas machte ein finsteres Gesicht. »Dieses Vorgehen ist mit Sicherheit nicht von deinen Vorgesetzten angeordnet worden!«

»Woher willst du denn das wissen?«

Der junge Mann wurde wütend. »Hätte ich noch mein Handy, könnte ich meinen Onkel anrufen und ihn fragen. Hast du es über Bord geschmissen, um genau das zu verhindern?«

»Blödsinn. Ich wollte vermeiden, dass wir von den Killern geortet werden können.«

Das erschien selbst Jonas logisch. »Und was ist mit deinem Handy?«

»Wie ihr euch vorstellen könnt, habe ich von meinem Arbeitgeber ein abhör- und ortungssicheres Teil bekommen.«

Mit dieser Auskunft gaben sich beide zufrieden. »Okay, dann machen wir das so wie besprochen. Weiß Bosse davon?«

»Nein, der wird es aber früh genug erfahren.«

***

Als sie den frisch gebrühten Kaffee in ihren Tassen hatten, waren die weichen Knie bei Femke schon wieder vergessen, und sie saß entspannt am Kaffeetisch. »Da wir damit beschäftigt waren, zu überleben, hatten wir wenig Zeit, um uns um die laufenden Ereignisse zu kümmern.« Sie sah Robert und Markus, die in militärischer Haltung im Gang standen. »Nehmen Sie doch bitte Platz.«

Die beiden setzten sich auf die Bank ihr gegenüber, aber noch immer stocksteif.

»Sitzen Sie bitte bequem«, brummte Femke und nahm einen Schluck Kaffee. »Also raus mit der Sprache. Warum sind Sie hier und nicht auf Halmø? Da sich unsere Schützlinge dort verstecken, würde es mehr Sinn machen, Charlotte vor Ort zu unterstützen.«

»Wenn es so wäre, würden wir Ihnen zustimmen. Sie sind aber nicht mehr da. Weder Oberleutnant Wilke noch die beiden jungen Leute.«

»Das kann nicht sein«, entfuhr es Buske. »Was sagen denn die Pedersen-Zwillinge dazu?«

»Von denen gibt es ebenfalls keine Spur. Laut Bericht waren ein paar Schafe und Schweine die einzigen Lebewesen auf der Insel.«

»Ich berichtige«, ergänzte Markus die Aussage seines Kameraden. »Noch lebenden Wesen.«

Femke zog die Stirn kraus. »Wollen Sie damit sagen, dass dort Leichen vorgefunden wurden?«

»Ein unbekannter Toter.«

»Konnte er identifiziert werden?«

»Davon ist uns nichts bekannt.«

Buske schaute sie ratlos an. »Wo sollen die denn hin sein? Da gibt es kein Boot, mit dem man bei diesem Wetter in See stechen könnte.«

»Auch nicht in dem Bootshaus, das man von Land aus sehen konnte?«, fragte Sebastian.

»Darin haben die Pedersens eine uralte zwanziger Jolle, mit der schon die Wikinger auf Halmø gelandet sind. Mit dem Teil bei diesem Wetter loszufahren käme einem Selbstmord gleich.«

»Und wenn man lieber ertrinkt, als erschossen zu werden?«, fragte Femke mit leerem Blick in den Raum.

»Dann müsste man aber schon den Atem seines Mörders im Nacken spüren«, raunte Buske.

»Und wenn dem so war?«

»Dann ja. Aber woher sollten die Killer denn etwas von unserer Finte geahnt haben?«

»Darf ich daran erinnern, dass Charlotte mit jemandem telefoniert hat, dessen Identität nicht bekannt ist?«, entgegnete Sebastian.

Der Skipper knallte seine Tasse auf den Tisch. »Nun rede doch keinen Unsinn. Wenn Charlotte eine von den Bösen ist, wieso braucht es denn noch die Killer? Dann könnte sie den Job doch allein erledigen.«

»In ihrem Zustand?«, warf Femke ein.

Der Arzt winkte ab. »Ich habe euch darauf hingewiesen, dass an diesem Zustand etwas nicht stimmen könnte.«

»Wieso Zustand?«, fragte Robert irritiert. »War sie denn schwanger?«

Buske lachte auf. »Ja, über Nacht, von zwei zahnlosen Zwillingen.«

∗∗∗

Während Jonas auf die Hafeneinfahrt von Rantzausminde zuhielt, schien Charlotte ein höchst ärgerliches Telefonat zu führen.

Bei diesem Sturm war es Kathi aber nicht möglich, auch nur etwas von dem, was gesagt wurde, zu verstehen. Ihrem grimmigen Gesichtsausdruck war hingegen zu entnehmen, dass es zu Unstimmigkeiten gekommen sein musste.

»Macht die Admiralität Ärger?«, fragte sie, als Charlotte das Handy in ihrer Jacke verstaute. »Du wirst doch sicher mit deinen Vorgesetzten telefoniert haben.«

»Nicht mehr als sonst«, versuchte Charlotte ihre miese Laune zu erklären. »Ich habe mit Engelszungen geredet, aber deren Entschluss bleibt. Wir sollen, ohne mit den dänischen Behörden Kontakt aufzunehmen, wieder in See stechen. Der Sturm flaut in den nächsten Stunden so weit ab, dass uns dort keine Gefahr mehr droht.«

»Und für wie lange?«

»Das haben sie nicht gesagt.«

Kathi ärgerte sich. »Wie stellen die sich das vor? Wir haben weder Trinkwasser noch Proviant an Bord. Wie sollen wir denn so durchhalten?«

»Das habe ich denen auch gesagt. Wir sollen im nächsten Hafen erneut anlegen, um etwas zu kaufen.«

»Könnt ihr mal aufhören zu quatschen? Wir müssen das Großsegel einholen. Ich werde gleich nur mit der Fock in den Hafen einfahren. Sowie wir die Mole passiert haben, holt ihr auch die ein. Ich schmeiße schon mal den kleinen Außenborder an, damit wir mit dem Motor anlegen.«

Obwohl Charlotte die Weisungsbefugnis an Bord übernommen hatte, fügte sie sich den fachlichen Anweisungen. Dass Jonas vom Segeln mehr verstand als sie, akzeptierte sie.

∗∗∗

Femke machte einen niedergeschlagenen Eindruck, als sie das Handy nach ihrem Gespräch mit Berlin wieder einsteckte.

»Was gibt's Neues?«, erkundigte sich Sebastian.

»Nichts Gutes!«

Nachdem sich alle wieder im Salon eingefunden hatten, begann sie mit ihrem Bericht. »Leute, um es vornehm auszudrücken: Die Kacke ist am Dampfen.«

»So heftig?«, hakte Buske nach.

»Noch schlimmer! Halmø wird augenblicklich vom dänischen Abschirmdienst auf links gedreht. Unsere Leute und die Zwillinge sind definitiv weg. Anhand des Spurenbildes sind sie mit der von dir beschriebenen Jolle weg. Vom Haus zum Bootsschuppen führt aber eine Blutspur, demnach ist einer von ihnen nicht unerheblich verletzt. Ebenfalls als gesichert gilt, dass es einen Kampf gegeben haben muss. Im Haus wurde eine Leiche gefunden.«

Sebastian war entsetzt. »Weiß man, wer das ist?«

»Nein. Ohne irgendwelches Genmaterial wird eine Identifikation auch kaum möglich sein.«

Das ließ Buske nicht gelten. »Wo gibt es denn so was? Am Flughafen wird jeder Ausländer, ob er nun will oder nicht, fotografiert. Alle Bundesbürger sind im Stammregister mit Konterfei registriert. Seit Neuestem sogar schon unbescholtene Menschen, die einen frischen Pass haben. Da muss man den Toten einfach nur fotografieren und das Bild oder die Fingerabdrücke durch den Computer jagen.«

Femke nickte müde. »Wenn es ein Gesicht oder Finger gäbe.«

Buske zog fragend die Stirn kraus. »Was heißt das? Jeder hat ein Gesicht.«

»Nicht, wenn es der Leiche weggeschnitten wurde«, berichtigte ihn der Doc.

»Fingerabdrücke, Handflächenscan?«

»Nein, Skipper«, seufzte Femke. »Alles weg. Sogar ein Tattoo hat man dem armen Kerl post mortem aus der Haut geschnitten. Das war auf der Brust.«

Robert räusperte sich. »Die iranischen Kampfschwimmer haben da so etwas wie eine Sure mit dem Titel ›Takavaran‹.«

»Und was macht so einer in Dänemark?«

»Wenn die persischen Kameraden in die Jahre gekommen sind, werden sie oft als Wachpersonal an Botschaften eingesetzt und fungieren dort natürlich auch als Handlanger der Revolutionsgarden. Das sind zum Teil speziell ausgebildete Profikiller, die ihr Geschäft verstehen.«

»Und wenn einer dabei tot bleibt«, beendete Femke das Thema, »dann wird sein Körper neutralisiert.«

Buske war erschüttert. »Hast du dir dieses furchtbare Wort dafür ausgedacht?«

»Sorry, Skipper, aber das ist Fachjargon.«

Durch Sebastian fuhr ein Ruck. »Wir sollten den Toten ruhen lassen und uns lieber um die Lebenden kümmern. Was können wir aus alldem schließen? Femke, du bist bei der Abwehr. Wie lautet deine Analyse?«

»Auf Kathi und Jonas wurde nicht nur ein Killer angesetzt. Die Leiche für die Forensik unbrauchbar zu machen war mit Sicherheit nicht die Amtshilfe eines dänischen Dorfpolizisten. Des Weiteren haben die Kerle die Möglichkeit, unsere Schützlinge anzupeilen, was heutzutage kein Hexenwerk mehr ist. Berlin ist aber inzwischen auch ahnungslos, wohin die mit dem Boot geflüchtet sind. Dann sind es die Killer auch, wenn Charlotte nicht mit denen telefoniert hat. Buske, du kennst die Jolle, weißt du, wie sie ausgerüstet ist?«

Der Skipper zuckte mit den Achseln. »Doll kann das nicht sein. Die Zwillinge waren dankbare Abnehmer für all den Kram, der nach einer gewissen Zeit übers Datum war und ausgetauscht werden musste. Schwimmwesten, Feuerlöscher, Munition für Signalpistolen und so weiter. Auf einem acht Meter langen Holzboot mit einer Kajüte, in der maximal zwei Leute schlafen können, ist der Stauraum eben begrenzt. Funk, AIS und andere technische Errungenschaften existieren mit Sicherheit nicht. Ich wollte den Pedersens mal ein analoges Seefunkgerät schenken, aber das haben sie abgelehnt.«

»Gibt es Trinkwasser oder Proviant?«

»Wenn, dann ist das Zeug noch älter als die vergammelten Birnen, die die mir im Herbst angedreht haben.«

Femke überlegte. »Die haben einen Schwerverletzten an Bord. Wer es auch ist, er muss ins Krankenhaus. Welche Stadt würdest du in diesem Fall ansteuern?«

»Das kommt darauf an, ob ich ein Handy habe. Wenn ja, dann würde ich aufs Land zuhalten und den Rettungsdienst an den nächsten Anleger bestellen. Die wissen dann, wohin sie fahren müssen.«

»Gibt es Kartenmaterial an Bord?«

Buske winkte ab. »Bestimmt nicht. Aber wenn die noch klar denken können, dann lassen die Jonas ans Ruder. Der hat mit Sicherheit sämtliche Häfen, jedes Seezeichen und alle Untiefen im Kopf.«

Femke nickte. »Okay, Männer, wir haben den Auftrag, so schnell wie möglich wieder in See zu stechen.« Sie sah Buske an. »Was brauchen wir dafür?«

»Erst mal die ›Josephina‹ nach Schäden absuchen und dann Wasser und Sprit bunkern. Zu futtern haben wir genug.«

»Dann auf, Leute, wir haben keine Zeit zu verlieren.«

Robert und Markus sprangen auf. »Jawoll, Frau Major.«

Der Skipper sah sie verwundert an. »Da schau doch mal einer an. Sollten wir die Kids finden, dann wirst du sicher auch noch Generalin.«

Femke lachte. »Wäre das ein Problem für dich?«

»Ja. Dann bräuchte mein Schiff doch eine Standarte, wenn du an Bord bist.«

***

Die »Agda« glitt, inzwischen vom Fünf-PS-Außenbordmotor angetrieben, langsam in den kleinen Hafen von Rantzausminde. Jonas wählte den Teil der Marina, dessen Öffnung direkt aufs Meer führte. Wider Erwarten war kein Mensch zu sehen, der an den Schiffen werkelte. Etwas weiter entfernt waren ein paar Bauarbeiter mit Pflasterarbeiten beschäftigt, und die hatten keinen Blick für so ein schäbiges Holzboot übrig.

»Wir legen an der Backbordseite an. Hängt schon mal die Fender raus!«, wies Jonas seine Crew an.

Das kleine Boot war schnell festgemacht.

»Bosse!«, rief Kathi. »Wir sind da. Wie geht es Lasse?«

»Er ist nicht mehr bei Bewusstsein. Ist der Rettungsdienst schon da? Dann könnten die uns helfen, meinen Bruder an Deck zu hieven.«

»Das müssen wir allein machen«, ordnete Charlotte an und warf ein Seil in den Niedergang. »Binde das um seinen Oberkörper, dann können wir ihn mit gemeinsamen Kräften hochziehen.«

»Das wird er nicht überleben«, protestierte der alte Mann.

»Da unten liegen zu bleiben auch nicht«, lautete ihre schroffe Antwort.

Von der Tortur selbst schien Lasse nichts mitzubekommen. Hin und wieder stöhnte er zwar auf, als würde er etwas Unangenehmes träumen, aber nach ein paar Minuten lag er noch immer ohne Besinnung auf dem Steg.

»Könnte bitte einer von euch zum Hafenmeister laufen und fragen, wo der Rettungsdienst bleibt?« Bosse sah sie flehentlich an. »Ihr habt den doch alarmiert, oder?«

»Ich hatte keinen Empfang.«

»Dann ruf jetzt an.«

Charlotte tat so, als würde sie auf das Display ihres Handys schauen. »Jetzt auch nicht.«

Bosse blickte verstört zwischen Kathi und ihr hin und her und richtete sich drohend auf. »Was passiert hier gerade? Sehe ich das richtig, dass ihr uns gar nicht helfen wollt?« Er machte einen Schritt auf Kathi zu und griff ihr an die Jacke.

»Jonas und ich würden gern helfen, aber wir dürfen nicht. Sieh doch selbst.«

Bosse drehte sich zu Charlotte und blickte entgeistert in die Mündung einer Pistole.

»Ich würde an deiner Stelle ganz schnell selbst zum Hafenmeister gehen. So wie ich Lasse kenne, wird er hier so lange still liegen bleiben.«

Sie forderte Kathi durch ein Kopfnicken dazu auf, wieder auf die »Agda« zu springen. Sie folgte ihr, hielt dabei den alten Mann weiter in Schach.

»Ablegen!«

Mit einer Hand löste sie die Heckleine. Kathi machte die am Bug los. Danach stieß sie das kleine Boot mit einem der beiden Paddel vom Steg. Jonas hatte schon den Motor gestartet, und die Jolle glitt langsam zurück.

»Wohin jetzt?«, fragte er.

Charlotte zeigte auf eine Segelyacht, bei der an der Reling das Pack einer Rettungsinsel hing. »Bei der gehst du längsseits!«

»Festmachen?«, fragte Kathi irritiert.

»Nein, es reicht, wenn wir sie halten. Jonas, du springst rüber, montierst das Lifepack ab und kommst wieder an Bord.«

»Aber das ist Diebstahl!«, rief er empört.

Sie richtete die Waffe auf ihn. »Solltest du dich weigern, wäre das Selbstmord!«

Kurze Zeit später hatten sie das Pack an Bord und stachen wieder in See.

ACHT

»Du bist sicher, dass deine Tanks keine Löcher haben?«, fragte Femke. Sie standen nun schon seit über zwanzig Minuten an der Bunkerstation.

»Wir können siebenhundertfünfzig Liter Trinkwasser und zweihundertfünfzig Liter Diesel fassen. Das dauert eben seine Zeit.«

»Haben wir denn einen Dauerduscher an Bord, den ich noch nicht kenne?«

»Nein, aber wir haben das meiste Wasser vor Halmø abgelassen, um Auftrieb zu kriegen. Eine Dreivierteltonne Gewicht weniger bringt gut und gern fünf Zentimeter mehr Platz unterm Kiel. Und wenn sich Frau Major erinnern würden, dann hatten wir fast die ganze Fahrt gegenan den Motor auf Vollgas. Die ›Josephina‹ ist zwar ein recht umweltfreundliches Schiff, aber noch lange kein veganer Dampfer.«

»Was verbraucht sie auf hundert Kilometer?«

»In der Schifffahrt wird der Verbrauch pro Stunde gerechnet. Und da liegen wir mit Vollgas bei vier bis fünf Litern«, erklärte Buske.

»Der volle Tank reicht also für fünfzig Stunden?«

»Oder für runde fünfhundert Seemeilen. Warum fragst du?«, brummte er. »Hast du dich mit Charlotte auf den Shetlands verabredet?«

»Mit der schon gar nicht. Die ist mir leider nicht mehr geheuer, und dass Kathi und Jonas in ihrer Hand sind, gefällt mir noch weniger.«

»Du hast sie dir doch für diese Mission ausgesucht.«

»Nein. Wir sind ein von Berlin aus zusammengewürfelter Urlaubshaufen.«

»Von dem du die Chefin bist?«

»Vom Dienstrang her ja, aber ich denke mal, von der Kompetenz her sind die beiden Kampfschwimmer für diese Aufgabe geeigneter.« Femke sah Buske lächelnd an.»Einigen wir uns darauf, dass wir ein Team sind.«

»Das musst du aber auch Robert und Markus sagen. Diese Siezerei an Bord kann ich nicht ab.«

»Das sind Berufssoldaten, denen ist der Respekt vor dem höheren Dienstgrad seit der Musterung eingeimpft worden.« Buske sah sie prüfend an.»Und diesen Respekt genießen die Offiziere natürlich, vor allem die Offizierinnen.«

»Wenn man seinen Dienst als Majorin versieht, dann glaube ich, auf der Stirn so mancher Soldaten die Frage lesen zu können, mit welchem General ich geschlafen habe, um ein weiblicher Major zu werden. Eine Majorin oder Hauptfrau gibt es laut Dienstgradverordnung übrigens gar nicht. Das dauert sicher noch ein Weilchen, aber irgendwann wird es so weit sein. Und wenn genau diese Brüder, die so eine Reform ablehnen, vor mir strammstehen müssen, dann genieße ich das wirklich.«

»Und von denen wird es eine Menge geben.«

»Da liegst du völlig daneben. Lieber Bartolomeu, die Bundeswehr ist eine in der NATO hoch angesehene Berufsarmee und schon lange kein Club von uniformierten mentalen Einzellern mehr, denen man bei der Grundausbildung erst mal beibringen muss, ihr Geschäft auf Porzellan zu verrichten. Wer heutzutage seine Zeit beim Bund hinter sich hat, ist auf dem Arbeitsmarkt heiß begehrt, weil wirklich jeder bei uns in irgendeinem Fach Spezialist ist.«

Auf Buskes Stirn erschienen zwei steile Falten.»Du meinst, seitdem ich da raus bin, gibt es keine mentalen Einzeller mehr?«

Sie lachte herzlich.»Das hast du gesagt! Aber da ich dich schon etwas näher kennenlernen durfte, bin ich felsenfest davon überzeugt, dass bei dir da oben noch eine zweite Zelle herumkullert.«

»Danke für die Blumen.« Er sah an ihr vorbei.»Achtung, der Wassertank läuft über.«

Sie reagierte schnell und drehte das Ventil am Einfüllhahn ab.»Was hat übrigens die Inspektion deiner Lady ergeben?«

Er strahlte. »Sie ist voll tauglich und freut sich, unter Frau Majorin weiterhin Dienst tun zu dürfen.«

Markus kam den Niedergang hoch und nahm neben Femke Haltung an. »Frau Major –«

Sie rollte mit den Augen. »Kamerad, wann nimmst du endlich den Stock aus dem Hintern? Wie oft soll ich euch das noch sagen? Bei diesem Urlaubseinsatz bin ich Femke, und wir duzen uns.«

Der Oberbootsmann lächelte sie an. »Sorry. Du möchtest dich bitte beim KD-Eins melden. Die haben etwas Wichtiges für uns.«

Buske sah sie ratlos an. »Wer ist das denn?«

»Das Büro des Admirals der Einsatzflottille eins in Kiel. Da liegt augenblicklich ein dicker Aufklärer vor Anker. Ich nehme an, es wird News für uns geben.«

***

Den dreien war klar, dass es Zeit wurde, nach dem Diebstahl der Rettungsinsel einen anderen Hafen anzusteuern, um Trinkwasser und etwas Essbares zu bunkern. Nur welchen, darauf konnten sie sich nicht einigen. Jonas schlug Svendborg vor, aber dazu müssten sie durch eine Meerenge segeln.

»Das hört sich gut an«, pflichtete Kathi ihm bei. »Bloß nicht wieder diese Schaukelei, wenn wir auf die offene See kommen.«

»Auf keinen Fall«, lehnte Charlotte den Vorschlag ab. »Finn wurde aus großer Entfernung von einem Scharfschützen getötet. Wenn wir tagsüber durch diese Wasserstraße fahren, dann sitzen wir wie auf einem Präsentierteller.«

»Aber dazu müssten die Killer wieder einmal genau wissen, wer wir sind und wo wir sind«, entgegnete Kathi. »Unsere Handys sind bei den Fischen. Deines ist ortungssicher. Wird es nicht langsam mal Zeit, darüber nachzudenken, wie die uns noch orten können?«

»Dann also erst mal raus aus dem Trichter, damit niemand auf uns schießen kann«, brummte Jonas und steuerte die »Agda« in südwestliche Richtung.

»Warum hat dieser Scheißkahn eigentlich so ein braunes Segel?«, fragte Charlotte. »Damit erkennt man uns zehn Meilen gegen den Wind«

»Das ist eben ein altes Boot«, konterte Kathi. »Früher gab's eben auch braune Segel.«

»Dann sollten wir im nächsten Hafen ein paar weiße klauen.«

»Die kann man erstens nicht einfach und zweitens schon gar nicht überall stehlen. Die ›Agda‹ ist ein Traditionssegler, bei dem das Großsegel durch Holzringe am Mast gehalten wird. Moderne Schiffe haben Schienen am Mast, durch die die Segel mit Hilfe von Rutschern hoch- und runtergezogen werden. Selbst bei geübten Seglern dauert das Anschlagen eine Weile, und dann muss die Größe der Segel auch genau passen. Bei dem Seegang geht das auf See schon mal gar nicht«, sagte Jonas.

Charlotte überlegte. »Dann segeln wir zur nächsten Marina und klauen uns ein anderes Boot.«

Jonas sah sie entsetzt an. »Ich werde doch wohl kein Segelboot stehlen. Wenn das rauskommt, dann ist es aus mit dem Bootsführerschein!«

»Wenn du tot bist, brauchst du auch keinen mehr«, konterte Charlotte eiskalt. »Eine Straftat verjährt, der Tod hingegen ist endgültig.« Sie zeigte auf einen kleinen Hafen, der auf der Steuerbordseite auftauchte. »Darauf halten wir zu. Das ist der neue Kurs, basta!«

Nach wenigen Minuten hatten sie sich der Hafeneinfahrt auf circa dreihundert Meter genähert. Plötzlich verfinsterte sich Charlottes Gesichtsausdruck, und sie zog eilig das Handy aus der Innentasche der Jacke. Sie tat so, als würde sie ein paar harmlose Urlaubsfotos machen. Dabei stellte sie den Zoom auf Maximum und hatte ein besseres Bild, als sie es mit einem normalen Fernglas gehabt hätte.

»Da sage doch noch mal jemand, dass die moderne Technik Mist ist«, murmelte sie grimmig lächelnd.

»Was ist?«, erkundigte sich Kathi. »So interessant ist das Kaff doch gar nicht.«

»Siehst du die beiden Kerle auf der Hafenmole?«

Kathi nickte.

»Der eine hat aufgeregt auf uns gezeigt, und der andere hat gleich darauf telefoniert.«

»Na und«, entgegnete Kathi. »Das können genauso gut auch Touristen sein, die einen Kumpel oder was weiß ich wen anrufen, um Urlaubsgrüße zu schicken. Wie heißt der Hafen?«

»Das müsste Vesterøn sein«, antwortete Jonas. »Aber das ist mehr so eine Ferienanlage für Yachtbesitzer.«

»Egal, wie er heißt und was er ist«, erwiderte Charlotte. »Diese Typen gefallen mir ganz und gar nicht. Wir fahren woandershin. Hier ist es mir zu heiß.«

***

Nach dem Aufklaren hatten sie noch mal an der Kaimauer festgemacht, um sich vom Hafenmeister zu verabschieden. Femke hielt sich währenddessen, um Ruhe für das Telefonat zu haben, abseits des Stegs auf. Als sie zur »Josephina« zurückkam, machte sie einen unzufriedenen Eindruck.

»Ich habe dich schon mal fröhlicher erlebt«, sagte Buske. »Was ist los?«

»Bitte alle Mann runter in den Salon! Das, was ich zu berichten habe, sollte unter uns bleiben.«

Nachdem sich jeder mit einem Pott Kaffee bewaffnet hatte, setzten sie sich an den großen Tisch.

»Fangen wir chronologisch an«, begann Femke ihre Zusammenfassung. »Charlotte, Kathi und Jonas sind mit dem Segelboot der Zwillinge von der Insel nach Rantzausminde Havn geflohen.«

»Dann ist ja endlich klar, wo sie stecken und dass sie wohlauf sind«, bemerkte Buske erleichtert.

»Nein, wir wissen nur, dass die drei offensichtlich okay sind. Bosse anscheinend auch. Seinen schwer verletzten Zwillingsbruder hingegen haben sie einfach am Steg abgelegt.«

»Daher das Blut im Bootshaus«, bemerkte Sebastian.

»Das kann durchaus sein. Aber nun kommt etwas, was überhaupt nicht passt. Laut einem Bauarbeiter, der alles aus der Ferne beobachtet hatte, hielt dabei eine Frau an Bord drei der vier Besatzungsmitglieder mit einer Waffe in Schach, als sie den Verletzten auf den Steg hievten.«

Sebastian schüttelte den Kopf. »Das kann doch nur Charlotte gewesen sein. Hab ich es euch nicht gesagt? Mit der ist was faul!«

Femke winkte ab. »Aber warum hat sie dann unsere Schützlinge verteidigt, indem sie den Killer erschossen hat?«

»Ist das sicher, dass sie es war?«, fragte Markus. »Vielleicht war einer der beiden Alten bewaffnet.«

»Das waren sie auch. Getötet wurde der Mann durch einen Volltreffer von einer, der Munition nach, altertümlichen Schrotflinte. Er hatte aber zusätzlich zwei Steckschüsse von einer Handfeuerwaffe. Man fand im Haus die Patronenhülsen einer Walther PPK.«

»Das kann nur sie gewesen sein«, brummte Robert. »Profis benutzen moderneres Zeug.«

»Der Meinung bin ich ebenfalls«, bestätigte ihn Femke, »denn es wurden darüber hinaus auch Hülsen eines größeren Kalibers gefunden. Von so einem Projektil scheint Lasse getroffen worden zu sein.«

»Und was ist mit ihm?«, erkundigte sich Buske besorgt.

»Den haben sie auf der letzten Rille ins Krankenhaus und gleich in den OP gebracht. Ihm wurde der Oberschenkelhals zerschossen, und er hat viel Blut verloren. Wie da der Stand ist, kann ich leider nicht sagen. Es soll aber nicht so rosig für ihn aussehen.«

»Das muss der Killer gewesen sein«, brummte der Skipper. »Einen alten Wikinger kannst du mit so einer kleinen Walther nicht umhauen.« Er dachte kurz nach. »Aber das alles passt doch hinten und vorne nicht zusammen! Wieso verteidigt Charlotte ihren Haufen auf der Insel noch mit Klauen und Zähnen, um ihnen dann im rettenden Hafen eine Knarre vor die Nase zu halten?«

»Es sah so aus, als ob sie ihre drei Segelfreunde, so gab der Augenzeuge an, dazu gezwungen habe, den Verletzten auf den Steg zu heben. Aber das ist noch nicht alles. Beim Auslaufen haben Charlotte, Kathi und Jonas bei einer anderen Yacht eine Rettungsinsel geklaut.«

Buske konnte das nicht glauben. »Nie und nimmer! Der Junge würde nie etwas stehlen. Ein derartiges Vergehen ist in seinem Hirn gar nicht vorgesehen! Das hat der nicht gemacht! Für den lege ich meine Hand ins Feuer!«

»Du würdest auch etwas klauen, wenn ich mit 'ner Knarre hinter dir stehe«, erwiderte Femke.

»Es bleibt die Frage«, fuhr Robert fort, »warum sich die drei unbedingt mit einer Rettungsinsel ausrüsten mussten.«

Der Skipper kannte den Grund. »Wenn du bei diesem Wetter mit so einer Nussschale gezwungenermaßen auslaufen musst, dann kann dir schon mal mulmig werden. Vielleicht haben sie genau dazu den Auftrag bekommen und wollen mit der Rettungsinsel auf Nummer sicher gehen.«

»Aber wer hat sie beauftragt?«, fragte Sebastian. »Weiß man denn inzwischen, mit wem Charlotte laufend in Verbindung steht? Das war ja bisher auch ein völlig unklarer Punkt.«

»Es ist nur sicher, dass es niemand von der Marine oder aus Berlin ist. Es handelt sich dabei regelmäßig um einen Internet-Call, der über mehrere Server geht und nicht so einfach zu verfolgen ist.«

Markus zuckte mit den Achseln. »Also wenn ihr mich fragt, stinkt da etwas.«

Alle nahmen schweigend ein paar Schlucke von ihrem inzwischen lauwarmen Kaffee.

»Und wie lautet unsere Order?«

»Auslaufen, um nach unseren Schützlingen zu suchen«, antwortete Femke. »Was ist das für ein Kahn, mit dem sie unterwegs sind?«

Buske versuchte, sich möglichst genau zu erinnern. »Das ist ein alter zwanziger Vorkriegs-Jollenkreuzer aus Holz. Beigefarbener, etwa sieben Meter langer Rumpf, das Deck und der Aufbau sind braun, und an den Kanten hat das Boot helle Zierleisten. Lack und Farbe waren das letzte Mal, als ich den Zwillingen mit dem Pott begegnete, arg renovierungsbedürftig.«

»Wie die Zwillinge selbst«, fügte Femke hinzu. »Gibt es sonst noch besondere Kennzeichen?«

»Ja, die Fock ist in einem dreckigen Weiß gehalten, während das Großsegel im fröhlichen Braun daherkommt.«

»Sonst noch welche?«

»Ja. Wenn jemand, der mit so einem Boot segeln muss, für alle sichtbar Plaque bekommt, dann ist das Jonas – sollte er den Kahn nicht unterwegs renoviert haben. Das würde ich ihm hingegen jederzeit zutrauen.«

Buske schaute auf die Uhr. »Wir laufen jetzt aus. Abgelegt wird gemeinsam. Den Kurs gebe ich ein, wenn wir auf See sind. Robert und Markus, ihr könnt segeln?«

Beide nickten. »Wir haben jeder den SBF See und die Funklizenz.«

»Super! Ihr übernehmt die erste Wache.«

Der Doc meldete sich. »Ich habe vorhin schon geschlafen. Ich bin fit und werde den beiden helfen.«

Der Skipper hielt inne. »Apropos Kurs. Was meint ihr, wo sich unsere Leute verstecken wollen?«

Für Femke gab es keine Zweifel. »Wieder in dem Inselgewirr, aus dem wir gestartet sind. Wenn die Killer wieder mit dem Riesenpott unterwegs sind, dann hätten sie nur dort einen Vorteil.«

∗∗∗

Buske schreckte aus einer Art Tiefschlaf hoch. Die »Josephina« lag seltsam ruhig im Wasser, und das Heulen des Windes, das sie in den vergangenen achtundvierzig Stunden begleitet hatte, war verstummt. Wie von der Tarantel gestochen schoss er aus seiner Koje, schlüpfte in seine Klamotten und eilte an Deck.

»Moin, Skipper«, wurde er von Robert begrüßt.

Buske schaute sich verdutzt um. »Das hat aber mächtig abgeflaut«, brummte er. Ein Blick auf die perfekt getrimmten Segel und den Plotter verriet ihm, dass die beiden ihr Seglerhandwerk verstanden. »Ihr seid eure Heuer wert«, lobte er die neuen Crewmitglieder.

Es war inzwischen zwanzig Uhr, und sie segelten an der Südwestküste Ærøs mit nordwestlichem Kurs in Höhe der Stadt Søby.

»Dann sollten wir ja bald um die Nase rum sein«, brummte Buske. Dankbar nahm er den Pott Kaffee von Sebastian an.

Der Doc hatte sich inzwischen nützlich gemacht, indem er einen großen Topf Chili con Carne und Reis als Beilage zubereitet hatte. Von diesem köstlichen Duft war auch Femke wach geworden. Für sie stand ebenfalls ein Wachmacher bereit.

»Gibt's was Neues?«, fragte sie verschlafen. »Ich hätte nie gedacht, dass ich bei Wellengang schlafen könnte, aber ich war bereits nach Sekunden im Koma. Habe ich etwas verpasst?«

»Ja, wie mich zwei Profisegler überflüssig werden ließen«, brummte der Skipper.

Nachdem er und Femke sich kurz gewaschen und den Magen vollgeschlagen hatten, übernahmen sie die Wache.

»Wo werden wir übernachten?«, fragte sie. »Im Dunkeln mit der Suche zu beginnen macht ja wohl wenig Sinn, oder?«

»Stimmt. Wir ankern südöstlich von Drejø und schauen auf Hjortø By. Da dürfte die See ruhig und so flach sein, dass da größere Pötte nicht herumschippern sollten.«

»Wie lange geht unsere Wache?«

»Da wir aus dem Vier-Stunden-Turnus raus sind, bis drei Uhr. Die andern übernehmen bis acht, und dann passt es wieder.«

✳ ✳ ✳

Bei nur noch vier Windstärken umrundeten sie mit der »Agda« die Insel Skarø. Dabei entdeckten sie auf deren Südseite eine ideale Bucht zum Übernachten, weitab von jedem Haus. Auf der Nordseite befand sich ein kleiner Hafen, worin mehrere Segelyachten von der Größe lagen, die sie zu dritt segeln konnten. Immer wenn sie an der Hafenmole vorbeifuhren, kontrollierte Charlotte äußerst gründlich die Ufer mit ihrem Handy. Es war aber weit und breit kein Mensch zu sehen.

»Ich denke, dass wir den richtigen Ort gefunden haben, um das Schiff zu wechseln«, murmelte sie zufrieden.

»Und wie soll der Diebstahl ablaufen?«, erkundigte sich Kathi.

»Wir segeln in den Hafen, packen unser Zeug auf das passende Boot und verschwinden wieder.«

»Und wie sollen wir die Schlösser knacken? Segelboote liegen schließlich nicht für alle sofort segelbereit an den Stegen. Da braucht man doch sicher einen Zündschlüssel, um den Motor zu starten.«

»Dein Cousin hat bei der ›Josephina‹ die völlig zerstörte Elektrik wieder flottgekriegt, da wird das bei so einem kleinen Boot keine Herausforderung für ihn sein. Wir warten auf die Dunkelheit, und dann geht's los.«

Nach einer weiteren Runde um die Insel waren die Bedingungen für ihr Vorhaben ideal, und es war mittlerweile höchste Zeit, an Land zu kommen, denn Hunger und Durst machten ihnen inzwischen schwer zu schaffen. Der Wind war den Tag über so weit abgeflaut, dass sie, ohne den Außenborder anwerfen zu müssen, problemlos, nur von der gerefften Fock gezogen, in den kleinen Hafen einlaufen konnten.

Jonas beherrschte das Boot inzwischen so perfekt, dass das Anlegemanöver zur Routinesache wurde. Eine Lampe über der Tür des Hafenmeisterschuppens tauchte die Marina in ein mattes Licht, in dem sie sich leicht zurechtfanden.

Kathi zeigte auf einen circa zehn Meter langen Jollenkreuzer, der auf den ersten Blick in einem guten Zustand war. Die Segel waren angeschlagen und nur durch eine Persenning bedeckt. Das hieß, dass das Boot von seinem Besitzer schon aus dem Winterschlaf geholt worden war und segelbereit am Liegeplatz lag. Die »Agda« glitt längsseits.

»Los, steig rüber!«, befahl Charlotte.

Jonas zögerte.

»Soll ich dir erst die Pistole vor die Nase halten?«

Nachdem Kathi seinen hilflosen Blick erwidert und ihm mit einem Kopfnicken signalisiert hatte, dass sie mit dem Diebstahl einverstanden war, stieg er über die Reling der Segelyacht. »Lille Havbjørn«, kleiner Seebär, stand in Schreibschrift auf ihrem Heck.

Nach einer kurzen Inspektion erwies sich das Boot für ihre Zwecke als gut geeignet, und als Jonas das Lukenschloss des Niederganges geknackt hatte, war der Weg in die Kajüte frei. Der Hauptschalter für die Elektrik war ebenfalls schnell gefunden. Die Schalttafel befand sich gut beschriftet über dem Kartentisch. Als die Anzeigen Strom hatten, stellte er erleichtert fest, dass das Boot komplett aufgebunkert war. Demnach hatten sie ausreichend Diesel und zweihundert Liter Trinkwasser an Bord. Die Batterie war ebenfalls voll aufgeladen.

»Damit kommen wir bequem nach Deutschland«, brummte Charlotte zufrieden. »Ist das Überbrücken des Zündschlosses ein Problem für dich?«, fragte sie Jonas.

»Nein, der Zündschlüssel hängt hier unten an einem Schlüsselbrett.«

Kathi öffnete einige Klappen über und neben der kleinen Kochstelle. »Mein Gott, wir haben für mindestens eine Woche zu essen und jede Menge Wasserflaschen. Sogar Brot und Butter gibt es. Das war ein Volltreffer!«

»Aber dann wird der Besitzer doch auch einen Törn geplant haben. Das wäre gemein, ihm das Boot zu stehlen«, lamentierte Jonas.

»Das kann uns doch egal sein!«, befahl Charlotte. »Rüber mit unserem Zeug und ab durch die Mitte. Wir haben keine Wahl und vor allem keine Zeit zu verlieren. Und wir nehmen die Rettungsinsel mit. Man kann nie wissen, ob wir sie noch brauchen.«

***

Ostsee, N 54°57.894', E 10°25.932', am Mittwoch, dem 10. April, 0:00 Uhr

Den Abgang von Thomas und den Zugang der beiden Kampfschwimmer hatte Buske schon am Nachmittag im Logbuch der »Josephina« verzeichnet. Den Grund dafür nicht.

»Wenn hier wegen der auferlegten Schweigepflicht nur Blödsinn drinsteht, sollen doch wenigstens die Formalien korrekt sein«, brummte er missmutig.

Femke deutete seine Stimmung richtig, als er den Niedergang hochkam. »Der Clown, den du heute gefrühstückt hast, hatte aber schwere Depressionen.«

»Ist das ein Wunder? Das Einzige, was bei unserem Törn bisher regelkonform war, ist das tägliche Zähneputzen. Wenn das alles irgendwann einmal rauskommen sollte, dann gnade mir Gott. Dann bin ich meine Lizenz ein für alle Mal los.«

»Wenn aber alles klappen sollte, hast du zwei junge Menschen gerettet.«

»Was habe ich denn davon? Es darf doch niemand etwas von dieser obskuren Mission erfahren. Ich sollte sogar das Geld, das mir von Butt und Flunder zugesteckt wurde, cash einstecken. Sind wir denn hier bei der Mafia?«

Femke lachte. »Nein, die haben für so was Buchhalter. Aber nun kannst du doch endlich mal einen auf ›dicke Tasche‹ machen und in Kiel für zwei Monate einen Puff mieten. Nur für dich allein!«

Buske lachte auf. »So dicke war dieses Schweigegeld nun auch nicht. Es würde nur für die Saalmiete reichen, und was soll ich in einem Bordell ohne Nutten?«

»Dann schnapp dir dein Weib und mach einen Luxuswellnessurlaub in der Karibik.«

Buske zuckte mit den Achseln. »Ich bin Single.« Er sah sie an. »Und du?«

»*Me too*«, sie nickte vehement, »und zwar mit Begeisterung. Zu zweit gibt es nur Probleme, die man allein nicht hat.«

Er sah sie versonnen an. »Du bist eine so hübsche und patente junge Frau. Ich kann mir dich als Flintenweib gar nicht vorstellen.«

»Ich mich mir auch nicht.« Auf ihrer Stirn erschienen steile Falten. »Warum muss eine Soldatin unbedingt eine mit zwei X-Chromosomen bewaffnete Calamity Jane sein? Warum kann eine ganz normale Frau nicht auch tapfer ihren Dienst tun?«

Buske lächelte verlegen. »Das scheint bei uns Kerlen irgendwie so im Hirn verankert zu sein. Tut mir leid, ich wollte dir nicht zu nahe treten.« Er dachte kurz nach. »Aber was macht eine Majorin, wenn sie mal …«, er zögerte, »… sagen wir mal, äh, Bedürfnisse hat?«

Femke grinste ihn frech an. »Wenn sie mal einen Kerl braucht, dann nimmt sie sich ein Sturmgewehr und schießt sich einen!« Sie musterte ihn. »Was soll diese Eierei um den heißen Brei herum? Willst du mit mir in die Kiste?«

Er winkte ab. »Nee danke, solange du unbewaffnet bist, komme ich nicht in Stimmung.«

»Touché«, lachte sie.

Ihr Handy klingelte. Buske übernahm wortlos das Ruder, sodass sie in Ruhe telefonieren konnte.

Als sie ihr Telefon wieder in die Jackentasche steckte, sah er in ein ratloses Gesicht. »Was ist los? Hat dir dein Admiral seine Liebe gestanden?«

Sie lachte. »So schlimm ist es nun doch nicht.« Sie machte eine dramaturgische Pause und sah ihn feierlich an. »Wir können ab heute wieder normalen Unterricht machen. Der Spuk ist vorbei.«

»Was soll das heißen?«

»Wir können wieder zum Alltagsgeschäft übergehen.«

Buske sah sie zornig an. »Finn ist tot, auf Halmø ist eine unbekannte Leiche noch nicht ganz kalt, Lasse und Thomas kämpfen um ihr Leben, die beiden Kids versuchen sich voller Panik in einer historischen Jolle hinter einer Ostseewelle zu verstecken, und du gibst Entwarnung, weil die Auftragskiller nur gespielt haben wollen? Was ist passiert? Haben die Ajatollahs plötzlich im Koran gelesen, dass man andere Menschen nicht einfach so umlegen darf?«

»Keine Ahnung. Berlin hat vom Außenministerium die Nachricht bekommen, dass diese Angelegenheit auf diplomatischem Weg geklärt werden konnte.«

Buske ärgerte sich. »Das glaubst du?«

»Warum nicht?«

»Wenn ich dir erzähle, dass heute Nacht, als du geschlafen hast, plötzlich Jesus über das Wasser gelaufen kam, um sich von Maria, die vorn am Bug gesessen hatte, eine Leberwurststulle abzuholen, glaubst du das auch?«

»Die gleiche Nummer, mit einer Käsestulle erzählt, wäre glaubhafter.« Sie war über Buskes emotionalen Ausbruch verwundert. »Was regst du dich so auf? Du kannst abspannen! Alles wird gut – heile, heile, Segen!«

»Da spricht die stolze Frau Major. Auftrag erfolgreich erledigt! Die Kollateralschäden werden im Erfolgsbericht nicht weiter erwähnt.«

Sie setzte sich betroffen neben ihn. »Aber so meine ich das doch gar nicht.«

»So kam es aber rüber.«

Sie schwiegen eine Weile miteinander. Plötzlich stieß sie ihn vertraulich mit dem Arm an. »Mensch, Buske, bin ich denn wirklich so ein Flintenweib?«

»Keine Ahnung. Vielleicht bin ich auch das Weichei, das den militärischen Ton nicht mehr gewohnt ist.«

Sie sah ihn an. »Und was machen wir nun?«

»Ein paar Stunden schlafen und dann die anderen suchen. Es kann ja sein, dass die noch gar nichts von ihrem Glück wissen und sich noch immer verstecken.«

***

Es war gar nicht so einfach, die Bucht auf der Nordseite im Dunkeln zu finden. Normalerweise konnte man sich an einer Uferbeleuchtung orientieren, aber nicht so auf Skarø. Da gab es nur in der Mitte der Insel ein paar reetgedeckte, spärlich beleuchtete Bauernhäuser.

Charlotte tippte missmutig auf ihrem Smartphone herum. »So ein Mist«, brummte sie, »wir haben hier schon wieder keinen Empfang.«

»Gibt es ein Problem?«, fragte Kathi.

»Nein. Ich wollte nur wissen, wann Sonnenaufgang ist.«

»Gestern ging sie um sechs Uhr dreizehn auf«, bemerkte Jonas. »Dann wird sie heute etwas früher am Himmel stehen.«

Charlotte war zwar mit der Antwort zufrieden, aber der Umstand als solcher nervte sie. »Es heißt doch immer, dass Skandinavien in digitalen Dingen führend in Europa sein soll.«

»Das betrifft aber vor allem Finnland und Norwegen«, wusste Jonas zu berichten.

»Steht denn da auf jeder kleinen Insel ein Sendemast?«

»Nein, viele Inseln sind inzwischen ans Glasfaserkabelnetz angeschlossen.«

»Im Hafen hatten wir vorhin aber Empfang.«

»Das mag daran liegen, dass dort für die Segler ein leistungsstarker Hotspot eingerichtet ist.«

Je detaillierter Jonas antworten konnte, desto größer wurde Charlottes Unmut. Sie sah erneut auf die Uhr. »Bis es hell wird, sind noch ein paar Stunden. Bis dahin sollten wir uns etwas hinlegen. Morgen wird ein anstrengender Tag.«

＊

Vor einem gemütlichen Einfamilienhaus im Wilhelmshavener Stadtteil Sengwarden hielt mitten in der Nacht ein Fahrzeug des Marinestützpunktes. Der Ordonnanzoffizier des Chefs der Einsatzflottille zwei und der Leiter des hiesigen Abschirmdienstes stiegen aus und wurden von einem Mann empfangen, der in einen Bademantel gekleidet war.

»Moin, Herr Admiral«, grüßte der Offizier. »Es tut mir leid, dass wir Sie um diese Zeit aus den Federn holen mussten, aber Sie haben noch immer keine sichere Leitung.«

»Moin auch von mir«, grüßte der andere Mann. »Sorry, dass wir dich in deinem Haus aufsuchen müssen.«

Tobias Mayer winkte ab. »Ist etwas mit den Kindern?«, fragte er sorgenvoll.

»Nach wie vor Status quo, also weder gute noch schlechte Nachrichten über deren Verbleib.«

»Deswegen habt ihr mich nicht aus dem Bett geholt, oder?«

»Nein, es gibt eine neue Entwicklung. Wie du weißt, hat die iranische Botschaft versichert, dass der SAVAK von diesem Fall abgezogen wurde.«

Der Admiral nickte. »Diese Mitteilung kam gestern vom Außenministerium. Hat sich daran etwas geändert?«

»Nein. Die halten sich anscheinend wirklich aus der Nummer raus. Jetzt haben wir aber einen anderen Gegenspieler in der Sache, einen viel gefährlicheren.« Oberst Wolfgang Leisnick vom Militärischen Abschirmdienst griff in seine Aktentasche und zog die Kopie eines Flugblattes heraus. »Das haben uns die dänischen Kollegen übermittelt. Dieses Schreiben hat deren Staatsschutz gestern Abend bei einer Hausdurchsuchung gefunden.«

Der Admiral sah entsetzt auf die Gesichter seiner Angehörigen, unter deren Bildern arabische Schriftzeichen zu sehen waren. »Das sind Katharina und Jonas. Was steht da?«

»Das ist ein Aufruf, die beiden zu töten. Pro Kopf sind zehn Millionen Euro ausgesetzt.«

»Von wem?«

»Von einem sogenannten Rächer der islamischen Welt.«

»Weiß man, wer dahintersteckt?«

»Bisher hat sich der Chef der iranischen Revolutionsgarden selbst so bezeichnet. Das ist aber kein gesicherter Titel. Justiziabel ist er schon gar nicht.«

Der Admiral wurde blass und setzte sich. »Mein Gott, das ist ja furchtbar. Und wo wurde dieser Steckbrief gefunden?«

»Im Hause eines Familienmitglieds des Al-Malhi-Clans. Er soll der Gebietsboss von Süddänemark sein. Gegen den wird in einer Rauschgiftsache ermittelt.«

Der Admiral zog die Stirn kraus. »Da wird also ein ganzer Clan auf das Leben unserer Kinder angesetzt? Das darf nicht wahr sein.«

»Leider ist das nicht irgendeine kriminelle Familie. Was die Remmos oder die Abou-Chakers in Deutschland sind, sind die Al-Malhis in Skandinavien. Vor allem in Dänemark.«

»Und was macht die dänische Regierung dagegen?«

»Das Gleiche wie unsere. Man beginnt sich langsam mit demokratischen Mitteln gegen diese Familie zu wehren. Und das ist nicht einfach. Allein in Dänemark sind das rund vierhundert teils schwer bewaffnete Clanmitglieder, die über das ganze Land verteilt sind. Manche von ihnen sollen in IS-Camps an der Waffe ausgebildet worden sein. Dadurch, dass ihre Haupteinnahmequelle der Schmuggel und Vertrieb von Rauschgift sind, sind sie auch maritim sehr gut aufgestellt.«

»Und es gibt nach wie vor weder von Kathi noch von Jonas eine Spur?«

»Nein, sie sind wohl noch immer in der Obhut von Oberleutnant Charlotte Wilke vom Stab in Berlin.«

»Deren Rolle bei der ganzen Sache ja auch nicht unumstritten ist. Hat sich denn diesbezüglich etwas geklärt?«

»Sie hat deine Nichte und deinen Neffen mit ihrer Dienstwaffe nachweislich gegen einen Killer verteidigt.«

»Die drei sind noch immer nicht auffindbar?«

»Nein.«

Der Admiral schüttelte den Kopf. »Und was nun?«

»Sowie wir grünes Licht vom Außen- und Verteidigungsministerium haben, also wenn alle Verträge unterschrieben sind, legen wir los. Mit dem Wissen, mit welchem Boot sie auf der Flucht sind, können wir auch die Fernaufklärer einsetzen. Dann werden wir sie bald geortet haben.«

»Über dänischem Territorium?«

»Deshalb auch die Genehmigung von ganz oben. Erst dann sind wir uns sicher, inwieweit uns die Dänen helfen können.«

Der Admiral sah den Obersten fast flehentlich an. »Wolfgang, wir kennen uns schon so lange. Wie du weißt, habe ich noch immer am Tod meiner Frau zu knabbern. Wenn den beiden jetzt auch etwas passieren sollte, würde es mir die Beine endgültig weghauen. Du bist der Erfahrenste für die Suche nach den Kindern. Was meinst du, haben sie eine Chance?«

»Ich werde alles dafür tun, dass sie eine haben.«

***

Der Skipper hatte für die gesamte Crew Rührei zum Frühstück zubereitet. Allein schon der köstliche Duft trieb fast alle aus den Federn. Bei Femke hingegen war es das Handy. Die Tatsache, dass sie nur in Slip und T-Shirt ihre Kajüte verließ, ließ Buske darauf schließen, dass der Inhalt des Telefonats brisant gewesen sein musste.

»Was Unangenehmes?«, fragte er sie, als sie aufgelegt hatte.

»Das kann man wohl sagen.«

»Machen die Ajatollahs doch wieder Jagd auf die Kids?«

»Sie nicht, aber einer der gefährlichsten Clans Dänemarks. Auf Kathis und Jonas' Kopf sind jeweils zehn Millionen Euro ausgesetzt, und zwar *dead only, not alive*.«

Robert rieb sich nachdenklich das Kinn. »Das sind zwanzig Millionen Gründe, deren Profikiller zu aktivieren.«

»Was ist das für ein Clan?«, fragte Markus. »Kennt man den?«

»Das sind die Al-Malhis, die absolute Nummer eins der dänischen Unterwelt. Sie führen in allen Missetaten, die du dir vorstellen kannst, die Statistiken an.«

»Auch im Rauschgifthandel?«

»Da vor allem.« Femke trank einen Schluck Kaffee.

»Schiet«, brummte Sebastian, »dann verfügen die über recht schnelle Boote. Das könnte ein Problem für uns werden.«

Der Skipper wiederholte die Summe. »Zwanzig Millionen, das ist kein Pappenstiel. Dafür mordet man schon mal. Aber ändert sich dabei etwas für uns?«

»Im Grunde nicht, wenn …« Femke sah ihn lange an.

»Wenn was?«

»Wenn wir Charlotte nicht falsch eingeschätzt haben.«

Er war anderer Meinung. »Das glaube ich noch immer nicht. Wenn sie die Seiten gewechselt haben sollte, warum hat sie die beiden dann gegen den Killer verteidigt?«

»Weil sie die Knatter allein für sich haben will?«

»Das kann ich mir nicht vorstellen. Wenn dem so wäre, dann müsste man Kathis und Jonas' Leichen doch irgendwo gefunden haben? Ohne Beweise gibt's schließlich auch für sie kein Geld.«

Femke zog die Stirn kraus. »In diesem Punkt gebe ich dir recht. Das macht Hoffnung.«

»So, Leute!«, rief der Skipper aufmunternd. »Das schreckt uns alles nicht! Erst wird gefrühstückt, dann suchen wir die Kids. Wenn sich Frau Major vorher vielleicht etwas überziehen würden, wäre ich Ihnen dankbar. Sollten dich die Killer in diesem Aufzug sehen, dann sind sie sich sicher, von einem Engel erschossen worden zu sein.«

Sie errötete ob dieses Kompliments. »Wäre dieser Gedanke denn so schlimm?«

Buske lachte. »Aber hallo! Das sind wahrscheinlich Muslime. Was meinst du, was die zweiundsiebzig fürs Paradies versprochenen Jungfrauen dann für ein Gezeter machen würden.«

NEUN

Nach dem Frühstück und der erledigten Backschaft war die Laune der Crew bestens. Femke hatte die Nachricht bekommen, dass sowohl Lasse als auch Thomas auf dem Wege der Besserung waren. Um über einen neuen Kurs zu beraten, standen alle um den Kartentisch der »Josephina« herum und studierten die Seekarte.

»Was meint ihr?«, fragte Buske in den Raum. »Der Seegang spielt keine Rolle mehr. Mit dem kleinen Boot müssen die auf Untiefen keinerlei Rücksicht nehmen. Wohin würdet ihr euch an deren Stelle verkrümeln?«

Robert zeigte auf die vielen Inseln südlich von Fünen. »Dort würde ich mich am sichersten fühlen.«

»Ich würde mich in Richtung Kleiner Belt aufmachen. Da bist du relativ schnell an Land, wenn irgendwas sein sollte«, steuerte Sebastian bei.

»Finn wurde aus großer Entfernung von einem Scharfschützen erschossen. Ich würde an Charlottes Stelle die Landnähe meiden. Wir sollten aber nicht daran denken, was wir machen würden, sondern was die sich ausdenken«, bemerkte Femke nachdenklich. »Wenn die wirklich noch westlich von Langeland sind, dann wird sie versuchen, sich auf den Großen Belt zu verkrümeln.«

»Mit diesem kleinen Boot?«

»Das Ding hat keinerlei Funk, kein AIS, kein gar nichts. Das Dingelchen dürfte noch nicht einmal einen Radarschatten verursachen. An ihrer Stelle würde ich den Kurs durch die Meerenge von Marstal wählen.«

Buske zog die Stirn kraus. »All eure Theorien haben etwas für sich. Ich meine aber, dass wir nicht nach naheliegenden Lösungen suchen, sondern streng logisch folgern sollten. Wir müssen versuchen, wie Jonas zu denken.«

Robert verzog sein Gesicht. »Wie soll das denn gehen? Der soll doch einen an der Waffel haben!«

»Blödsinn«, fertigte Buske ihn ab. »Der ist nicht verrückt, sondern denkt in Sphären, die wir oftmals gar nicht nachvollziehen können.«

»Das würde ich auch sagen«, bestätigte Sebastian ihn. »So wie ich den jungen Mann bisher erlebt habe, wird der einen IQ haben, der normalerweise für zwei Leute reicht.« Er machte eine Pause, um nachzudenken. »Was wäre in deren Situation also logisch?«

Femkes Gesicht hellte sich auf. »Am besten versteckt man ein Reiskorn unter anderen Reiskörnern. Das hörte ich ihn mal sagen. Dann wird er sich eine Stelle suchen, an der Rushhour auf der Ostsee ist.«

Buske blieb skeptisch. »Irgendetwas sagt mir, dass wir auf dem Holzweg sind. Verstecken ja, aber reicht das? Wenn man sich versteckt, will man sich auch verkleiden.«

»Verkleiden?«, echote der Doc.

»Ja, denn das alte Boot ist ein absoluter Hingucker für Menschen, die ein Faible für die Traditionssegelei haben. Davon gibt es nicht so viele in Dänemark.«

»Wie soll das denn mit dem Verkleiden gehen?«, fuhr Markus auf. »Die sind auf See. Da können sie den Rumpf nicht schnell mal überstreichen und neue Segel anschlagen.«

»Fünf Leute und zehn Meinungen«, grinste Robert. »Ich denke mal, es wird auf eine Order per Mufti rauskommen.« Dabei sah er Femke auffordernd an.

Sie warf einen prüfenden Blick auf Buske. »Würde sich der Skipper dem beugen?«

Buske zuckte mit den Achseln. »Es soll ja auch kluge Muftis geben. Warum nicht?«

»An Charlottes Stelle würde ich versuchen, diese Holzkiste auf dem schnellsten Weg loszuwerden. Ich würde ein anderes Schiff stehlen.«

Die Crew schaute sie skeptisch an.

»Wie kommst du darauf?«, fragte Sebastian.

»Ein anderes, moderneres Boot in der gleichen Klasse hätte nur Vorteile. Funk, AIS und vielleicht sogar Trinkwasser an Bord wären von unschlagbarem Nutzen. Sie könnten in so einem Boot alles in ihrer Umgebung beobachten, blieben aber für den Betrachter in der Masse der Sportboote quasi anonym.«

»Für die Kundschafter des Clans somit auch«, brummte Buske und strich sich nachdenklich über das Kinn. »Du solltest deine Chefs anrufen und mit ihnen reden. Vielleicht fällt denen etwas dazu ein, wie man das alte Boot orten könnte, selbst dann, wenn es an irgendeinem Steg liegt. Sollten die sich ein moderneres Boot unter den Nagel gerissen haben, dann dürfte es bald eine Verlustmeldung geben, und dann hätten wir auch die passende Kennung.«

***

Kathi hatte sich in der Kombüse des »kleinen Seebären« schnell zurechtgefunden und den anderen beiden Besatzungsmitgliedern ein Frühstück bereitet. Nachdem sie gegessen hatten, wollte Charlotte unbedingt in die Reichweite eines Hafens, um wieder Empfang für ihr Handy zu haben. In Sichtweite von Ballen war es endlich so weit. Sie ging an den Bug des Schiffes und war sich dort sicher, dass Jonas, der am Ruder des Bootes stand, nichts von dem Telefonat mitbekommen würde. Der junge Mann hatte durch die Gehässigkeit seiner Mitschüler – es wurde in seiner Jugend oft über ihn getuschelt und gelästert – aber ausreichend Grund dazu gehabt, sich in der Fertigkeit des Lippenlesens zu üben. Und was er auf diese Weise dem Telefonat entnehmen konnte, ließ ihm das Blut in den Adern gefrieren.

Seine Cousine, die in diesem Augenblick in der Luke des Niedergangs erschien, sah ihm sein Entsetzen an. »Was ist denn? Hast du einen Geist gesehen?«

»Für sie«, er nickte mit dem Kopf in Charlottes Richtung, »geht es gar nicht darum, uns zu beschützen. Sie will uns ebenfalls töten und fordert dafür Geld.«

Kathi wurde blass im Gesicht. »Bist du dir sicher?«

»Ja, im Augenblick sagt sie, dass sie auf keinen Fall auf das

Geld verzichten und jeden erschießen werde, der uns zu nahe komme.«

»Was für Geld?«, flüsterte sie entsetzt.

»Keine Ahnung, aber sie sprach von Millionen, und ihr sei egal, welcher Clan uns suchen würde.«

»Was machen wir denn jetzt?« Kathi überlegte fieberhaft. »Wir müssen uns eine Begründung ausdenken, warum wir unbedingt in Landnähe segeln sollten.«

Jonas schüttelte den Kopf. »Genau davor hat sie mit Recht Angst. Denk an Finn. An Land könnten Sniper lauern.«

»Wir müssen uns aber einen Fluchtweg offenhalten, und das ist ein Ufer, das wir zur Not schwimmend erreichen können.«

»Willst du über Bord springen?«

»Zur Not ja.«

Jonas winkte ab. »Nein, wir kennen die Strömungsverhältnisse zwischen den Inseln nicht, und so warm ist das Wasser noch nicht, als dass wir lange darin überleben könnten. Wir sollten versuchen, aufs offene Meer zu kommen, denn allein kann sie das Boot nicht segeln. Dort ist sie auf uns angewiesen, und so lange sind wir einigermaßen sicher.«

Charlotte beendete ihr Gespräch und balancierte am Aufbau vorbei in Richtung Heck des Bootes. »Es gibt schlechte Nachrichten. Wir haben strikte Anweisung, uns nicht in Deutschland blicken zu lassen.«

»Und wohin soll es jetzt gehen?«, fragte Kathi verschüchtert.

»Ich hätte da eine Idee«, versuchte Jonas seine Cousine aufzumuntern. »Wir sollten uns dort aufhalten, wo wir nicht weiter auffallen.«

»Und wo soll das sein?«, fragte ihre Aufpasserin.

»Mitten im Getümmel. Noch weiß keiner, dass wir das Boot gewechselt haben. Wir können also gefahrlos durch den Kanal segeln, an Svendborg vorbei und dann in Richtung Großer Belt. Dort vermutet uns niemand.«

»Durch den Kanal«, wiederholte Charlotte mit krauser Stirn.

»Das wird für uns erst dann gefährlich, wenn jemand das Holzboot findet und diese Yacht hier vermisst. Je länger wir zögern, desto schneller wird bekannt, dass wir dieses Boot gestohlen haben.«

⁂

Im Yachthafen von Marselisborg, einem Nobelviertel von Aarhus, wurde eine knapp zwanzig Meter lange Motoryacht der Luxusklasse von zwei Bodyguards bewacht. Abdurrahman Al-Malhi, einer der einflussreichsten Männer der skandinavischen Unterwelt, war der Eigner.

Ein Besucher bat einen der Wachmänner, an Bord kommen zu dürfen.

Der Angesprochene nickte und führte den jungen Mann ins Innere des Schiffes. Dort wurde er einer gründlichen Leibesvisitation unterzogen. Danach geleitete ihn ein dritter Leibwächter zum Besitzer dieses Millionendampfers.

»*Salam aleikum*, Onkel«, begrüßte der Besucher einen körperlich hinfälligen Greis, dessen Augen aber hellwach blitzten, als er seinen Großneffen sah. Der junge Mann kniete neben dem beigefarbenen Ledersessel nieder und küsste dem Alten die Hand, führte sie an seine Stirn, um sie danach ein zweites Mal zu küssen.

»*Wa aleikum assalam*, Abdullah«, lautete die Antwort auf seinen Gruß. »Ich hoffe, du bringst mir gute Nachrichten?«

»Ja, Onkel.«

»Dann setz dich und berichte, mein Junge.«

»Ich kann die Anfrage vollumfänglich bestätigen. Auch die Höhe der Entlohnung.«

»Ist der Auftraggeber zuverlässig und solvent?«

»Mehr als das, Onkel. Der Imam bürgt für ihn.«

»Das soll uns reichen.«

Der Großneffe berichtete dem Alten alle Einzelheiten. Nachdem er geendet hatte, strich sich der Sheik, wie er von seinen Leuten genannt wurde, bedächtig durch den langen weißen Bart.

»So werden wir uns der beiden wie gewünscht annehmen. Was ist das für eine Frau, die noch mit im Boot ist?«

»Eine Soldatin, die zu deren Schutz abkommandiert wurde.«

Der Alte verzog das Gesicht. »Du wirst dafür sorgen, dass sie uns keinerlei Probleme bereitet?«

»Natürlich, Onkel. Darf ich für diesen Auftrag unsere Infrastruktur nutzen?«

»Der Lohn ist es wert.« Der Sheik machte mit seiner Rechten eine Bewegung, als ob er damit eine Fliege verscheuchen wolle.

Der junge Mann verneigte sich ehrfurchtsvoll. »Allah möge dich beschützen, Onkel.«

»Mein Sohn, dieser Auftrag wird dich für Größeres qualifizieren. Allah sollte demnach ganz besonders mit dir sein, denn ein Versagen wird es auch für meinen Großneffen nicht geben.«

**

Die »Josephina« lag mit acht Knoten auf Kurs Großer Belt gut im Wind, und die See hatte sich inzwischen so weit beruhigt, dass man die Fahrt selbst als bekennendes Landei genießen konnte. Femke konnte endlich die positiven Seiten ihres Törns auf sich wirken lassen.

Buske saß ihr im Cockpit gegenüber und hob immer wieder eine Seekarte hoch, um sie zu studieren. Dann ließ er sie auf seinen Schoß sinken, um nachzudenken.

Einen komischen Kauz hatte sie da mit dem Skipper kennengelernt. Auf der einen Seite ein zur Stoffeligkeit neigender Macher, der in Gefahrensituationen blitzschnell reagieren und sich genauso schnell auf neue Situationen einstellen konnte. Andererseits hatte er die Fähigkeit, Schwingungen zu fühlen und freundlich und sensibel darauf einzugehen.

Er bemerkte, dass Femke ihn musterte. »Gibt's was zu meckern?«, erkundigte er sich grinsend.

»Im Gegenteil. Ich überlege gerade, ob es sich lohnt, dich zu mögen.«

»Wenn du es geschafft hast, dann kannst du mir ja verraten,

wie das geht. Der Damenwelt ist es bisher nicht so richtig gelungen.«

Mit der Antwort hatte sie nicht gerechnet. »Woran liegt das?«

»Gattin Nummer eins meinte, ich sei ein Narzisst. Die Scheidung war teuer, und ich sah von da an in keinen Spiegel mehr. Die Folgedame meines Herzens empfahl, dass ich nach der Morgentoilette doch ab und zu mal in den Spiegel sehen sollte.«

Femke lachte. »Und was verlangte die Nummer drei?«

»Um die habe ich bisher einen großen Bogen gemacht.«

»Willst du denn gar nicht wissen, wie du bei den anderen ankommst?«

»Ich sehe erst in ihre Gesichter und dann dahinter.«

»Und was siehst du bei mir?«

»Eine Frau, bei der die Nummer eins zu oft in den Spiegel geschaut hat und deren zweiter Galan eine Mischung aus Al Bundy und Ekel Alfred war.«

Sie musste herzhaft lachen. »Das könnte hinkommen. Und Nummer drei?«

»Da gab es einige Bewerber, sie sind bisher aber alle durchgefallen.«

Femke schüttelte teils amüsiert, teils irritiert den Kopf. »Du scheinst ein guter Beobachter zu sein. Und nicht nur das. Es scheint dir gelungen zu sein, selbst zu Jonas eine Verbindung aufzubauen. Habe ich recht?«

Buske nickte. »Aber er auch zu mir, und das wundert mich bei seiner Diagnose. Ich bin mir nicht sicher, ob die überhaupt stimmt.«

»Glaubst du wirklich, mit ihm telepathische Verbindung aufgenommen zu haben?«

»Mit Telepathie hat das nichts zu tun. Ich versuchte, mich in ihn hineinzuversetzen und seine Entscheidungen nachzuvollziehen.«

»Aber wieso Großer Belt?«

»Weil dort das Land nicht ganz so nahe ist. Da sind sie zwei gegen eine. Charlotte hat mit Segeln nichts am Hut. Auf See ist sie auf Kathi und Jonas angewiesen, während die beiden ohne sie klarkämen. Das hat etwas mit logischer Abwägung des eigenen Vorteils zu tun, und da hat der Junge uns allen etwas voraus.«

»Du magst ihn.«

»Ja.«

»Weswegen?«

»Weil er gar nicht anders kann, als ehrlich zu sein, und das schätze ich sehr.«

»Bist du immer ehrlich?«

Er lächelte. »Ich habe mich inzwischen so erfolgreich darum bemüht, dass es bisher keine Nummer drei gegeben hat.«

✳✳✳

Im Wilhelmshavener Büro des Militärischen Abschirmdienstes herrschte eine angespannte Stimmung. Oberst Leisnick hielt eine Meldung in der Hand und überlegte, auf welchem Weg er sie weitergeben sollte. Dienstweg oder private Kanäle, das war hier die Frage. Sein langjähriger Mitarbeiter, Oberstabsfeldwebel Lindner, ahnte seine Gedanken.

»Mensch, Lindi, was soll ich machen? Auf dem vorgeschriebenen Weg könnten unsere Erkenntnisse schnell auch an falscher Stelle landen. Da ist zu viel Geld im Spiel.«

»Dann sollten wir eine ›Ente‹ breittreten und Major Gellert mit den echten News versorgen.«

»Und wie soll die Falschmeldung lauten?«

»Dass die Gesuchten das alte Segelboot mit einer Motoryacht getauscht hätten. In unserer Meldung stünde nur, dass das Fluchtfahrzeug in einem kleinen Hafen gesichtet wurde. Da sich die Gesuchten kaum auf dieser Mini-Insel verstecken würden, läge der Diebstahl eines anderen Schiffes nahe. Und welches Boot hat keinen Motor?«

»Wir wissen doch gar nicht, dass es ein Segelboot ist, was fehlt.«

»Nein, aber wir wissen, dass dort keine Motoryacht gemeldet ist. Doch wenn wir den Verlust einer solchen kolportieren, dann werden die Clanmitglieder alles kontrollieren, was eine dicke Maschine im Heck hat, und wir hätten etwas Zeit gewonnen.«

Leisnick lächelte müde. »Dann raus damit und mach mir eine Leitung zum Major.«

***

Der Großneffe des Sheiks hatte, als er die Gangway des Schiffes verließ, Mühe, seine Wut zu verbergen. Er war der Kronprinz dieser Clandynastie, doch wurde er wie jeder andere behandelt, der seinen Onkel um Rat fragte oder einen Richterspruch von ihm erwartete. Dass er noch immer keinen freien Zugang zum Sheik hatte, empfand er als Demütigung. Wann würde er seines Vertrauens würdig sein? Hatte er nicht alle Aufträge des Onkels zu dessen Zufriedenheit erledigt?

Es stand für Abdurrahman Al-Malhi außer Frage, dass sein Abdullah das Zeug dazu hatte, ihn eines Tages zu beerben. Noch war er für seine fast neunzig Jahre fit. Sollte er aber nur die kleinste Schwäche zeigen, würde sein Großneffe keine Skrupel haben, umgehend für seine Beisetzung in Haret el Fuar, dem Heimatdorf der Familie, zu sorgen. Das würde er genauso brutal erledigen, wie er auch seinem Cousin, nach dessen Versagen, diese »letzte Ehre« erwiesen hatte.

Anderen Feinden, selbst wenn sie den Namen Al-Malhi trugen, erwies er diese Gnade nicht. Deren Organe bot er, solange sie noch lebten, meistbietend im Darknet an. Um die Reste kümmerten sich dann die Ostseekrabben.

Selbst der Sheik konnte nicht abschätzen, was größer bei seinem Großneffen war: die Zielstrebigkeit, mit der er seine Geschäfte verfolgte, oder die Rachsucht. Wer ihn kannte, wusste, was er von ihm zu erwarten hatte, selbst die Leibwächter des Familienoberhauptes. Abdullah würde es ihnen nie verzeihen, durch ihre Leibesvisitationen gedemütigt worden zu sein.

»Nadim«, schnauzte der junge Mann seinen Assistenten an, der ihm den Wagenschlag seines Brabus-Mercedes aufhielt. »Zum Bootshaus nach Vejle. Sag unseren Leuten, dass sie mit voller Ausrüstung auch dorthin kommen sollen. Während ich die Familie informiere, klarst du das Boot für mindestens eine Woche auf. Wir stechen heute noch in See.«

**

Während Jonas und Kathi abwechselnd am Ruder vor dem Wind durch den Svendborgsund kreuzten, versetzte Charlotte die Tatsache, dass man sie mit einem normalen Fernglas von beiden Seiten dieses Meerwasserkanals bequem beobachten konnte, in Unruhe. Immer wieder zoomte sie mit ihrem Smartphone auf die Küste, und jeder, der nur annähernd in ihre Richtung schaute, wurde von ihr als potenzieller Todesschütze eingestuft. Einer löste in ihr geradezu Hektik aus.

»Seht ihr den Kerl mit der hellblauen Jacke?«

Jonas hatte scharfe Augen. »Du meinst den neben der Frau mit dem Rollator?«

»Ja. Was hat der in der Hand?«

»Eine Gehhilfe«, kam die korrekte Antwort.

»Du kannst das auf diese Entfernung erkennen?«

Kathi war genervt. »Sonst hätte er das nicht gesagt!«

Plötzlich schien Charlotte etwas Neues entdeckt zu haben, worüber sie sich ereiferte. »Warum haben all die Schiffe, die in unserer Richtung fahren, solche bunten Ballonsegel und wir nicht?«

»Weil ich bisher keines an Bord gefunden habe.«

Charlotte zeigte auf ein weiteres Segelboot. »Der hat auch keines.«

»Der fährt auch gegen den Wind. So einen Spinnaker kannst du nur vor dem Wind einsetzen.«

»Aber wenn wir die Einzigen sind, die nicht auf den Rückenwind reagieren, dann wird man uns als Laien identifizieren.«

Kathi drohte der Kragen zu platzen. »Wie du siehst, steht das Focksegel vorn nach Backbord und das Großsegel nach Steuerbord. Das nennt man Schmetterling segeln. Daran erkennt der Fachmann, dass Jonas sich als Skipper zumindest nicht durch

Unkenntnis outet.« Sie funkelte Charlotte böse an. »Und nun gib endlich Ruhe.«

Jonas reagierte meist ungehalten darauf, wenn sich Erwachsene kindisch aufführten. Seine Cousine bemerkte seinen Unwillen und legte beschwichtigend eine Hand auf die seine.

»Sie hat Angst«, flüsterte sie ihm zu.

»Vor bewaffneten Menschen, die Angst haben, sollten wir uns auch ängstigen«, antwortete er. »Sie neigen zu unkontrollierten Handlungen.«

»So weit werden wir es nicht kommen lassen.«

Sie fühlte sich ihrem Cousin plötzlich nahe und konnte nicht anders, als ihn in den Arm zu nehmen und zu drücken. »Danke, dass du mich beschützt.«

***

Da der Kurs feststand, versuchte Buske seine Crew mit ein paar Theorieeinheiten auf andere Gedanken zu bringen. Femke und Sebastian übten, wie jeden Tag, Palstek, Webleinstek und weitere Segelknoten.

»Das kann alles in der Prüfung abgefragt werden«, mahnte der Skipper, »und wenn die nicht sitzen, macht der Prüfer Stress.«

»Apropos«, warf der Doc ein, »die Geschwindigkeit der Schiffe wird ebenfalls in Knoten angegeben. Das hat doch nichts miteinander zu tun, oder?«

»Hat es sehr wohl, denn früher wurde mit der sogenannten Logleine das Tempo gemessen, mit dem ein Schiff fuhr. In dieser Leine waren im Abstand von jeweils sechshundertvierundachtzig Zentimetern Knoten und an deren Ende ein Logbrett. Man kann stattdessen auch eine ganz normale Pütz anbinden. Du hältst die Leine am ersten Knoten fest und schmeißt den Eimer oder das Brett heckwärts über Bord. Ist die Logleine stramm, lässt du sie vierzehn Sekunden durch die Hand gleiten. Dabei zählst du die Knoten, die deine Hand passieren. Waren es acht Stück, dann fährt dein Schiff mit acht Knoten pro Stunde oder mit rund fünfzehn Stundenkilometern.«

Femke pfiff anerkennend durch die Zähne. »Blöd waren die alten Seefahrer nicht.«

Buske lachte. »Sie waren jedenfalls klüger als viele junge Menschen heutzutage, die bereits aufgeschmissen sind, wenn ihr Handy mal keinen Empfang hat.«

»Aber wie kamen die damals auf vierzehn Sekunden und diese sechs Meter vierundachtzig?«

Der Skipper winkte ab. »Frag Jonas, wenn er wieder an Bord ist. Der kann dir sicher alle passenden Zahlen, Fakten und Gleichungen runterrattern.«

Femkes Telefon klingelte. Während sie telefonierte, verstaute Sebastian die Übungsleinen.

»Leute, es gibt Neuigkeiten«, verkündete sie, als sie das Handy wieder in ihre Jacke steckte. »Unsere drei Ausreißer haben sich, wie wir es uns schon gedacht haben, ein anderes Segelboot organisiert.«

Der Skipper wurde hellhörig. »Weißt du schon, was für eines?«

»Nein. Aber groß kann es nicht sein, denn in dem Hafen, in dem das verlassene Holzboot gefunden wurde, lagen keine größeren Segelyachten.«

Sebastian war skeptisch. »Ein völlig fremdes Schiff auch noch unter Stress zu segeln, das wäre nichts für mich.«

Buske hatte keinerlei Bedenken. »Jonas hat bei uns die ganze Elektrik repariert, und was das Segeln betrifft, scheint er ein Naturtalent zu sein. Der hat das Boot mit Sicherheit schnell im Griff. Umso wichtiger ist es, dass wir bald wieder bei unseren Leuten sind.« Er sah auf die Windfahne an der Mastspitze. »Leute, der Wind kommt von achtern. Wie nennt man das in der Seglersprache?«

Femke und Sebastian sahen ihn ratlos an.

»Wir segeln vorm Wind«, antwortete er sich selbst. »Davon spricht man, wenn er von hinten, also mehr als 90 Grad bis 269 Grad, kommt. Bläst er von vorn, also von 271 Grad bis 89 Grad, dann segelt man am oder hart am Wind. Da wir vor dem Wind segeln, kann ich euch zeigen, wie man einen Gennaker hisst und unser Schiff dadurch schneller macht.«

Femke zog die Stirn kraus. »Wie kommt dieser Name zustande?«

»Das ist eine Mischung aus ›Genua‹ und ›Spinnaker‹.«

Kurze Zeit später blähte sich vor der »Josephina« ein riesiger bunter halber Segelballon auf, der das Schiff deutlich schneller durch das Wasser zog, als die Fock das neben dem Großsegel zu tun vermochte.

»Braucht man das Wissen um Spinn- und Gennaker auch bei der Bootsprüfung?«, fragte Sebastian mit sorgenvollem Gesicht.

»Die Theorie darum schon, aber die Praxis nicht. Macht euch also keine Sorgen. Beim Hissen und Halsen passieren dabei die meisten Fehler. Den Umgang damit lernt ihr, wenn ihr mal einen anderen Törn bei uns gebucht habt.«

Der Skipper sah Femke an, dass sie weitere Fragen hatte.

»Haben Frau Major noch Probleme?«

Sie grinste. »Ja, wenn mir Herr Ostseesportbootsegelkapitän kurz den Unterschied zwischen Fock und Genua erklären könnten, wäre ich glücklich.«

»Die Genua ist im Prinzip eine Fock mit sehr viel mehr Segelfläche. Bei der Fock endet das Schothorn, also die Stelle, an der das Segel mit der Schot verbunden ist, vor dem Mast. Bei der Genua reicht das Schothorn bis weit hinter den Mast, die Segelfläche wird dadurch erheblich erhöht.«

Femke nickte ihm dankbar zu. »So einfach kann Segeln sein, wenn es einem erklärt wird.«

❊❊❊

Von Aarhus zum Bootshaus in Vejle dauerte die Fahrt mit dem schnellen Wagen nur dreißig Minuten, sodass Abdullahs Leute Mühe hatten, die Ferretti 620 in der Zwischenzeit für die Mission auszurüsten. Um diese zwanzig Meter lange Luxusyacht auf runde dreiunddreißig Knoten beschleunigen zu können, schluckten die beiden Tausendzweihundert-PS-Motoren bei Vollgas um die achtzig Liter Diesel in der Stunde. Die zwei Tanks fassten zusammen dreieinhalb Kubikmeter Sprit. Um die mit einer normalen Zapfpistole zu füllen, brauchte es seine Zeit.

Abdullah stürmte ins Bootshaus und stauchte seine Leute erst einmal zusammen. »Wo ist die ›Fatima‹?«

»Noch drüben an der Tanke«, brummte ein Familienangehöriger, der damit beschäftigt war, die zahlreichen Waffen, die mit an Bord sollten, mit Munition zu versorgen.

»Ist der Wassertank denn wenigstens gefüllt?«

»Das hat Ibrahim nebenbei gemacht. Das dauert ja nicht so lange.«

»Werden Sprit und Wasser aus der Bordkasse gezahlt? Ich will das auf keinen Fall über die Bücher laufen lassen.«

»Der Skipper hat jedenfalls reichlich Bargeld mitgenommen.«

Da Abdullah klar war, dass er mit mehr Druck bei seinen äußerst zuverlässigen Leuten nichts erreichen konnte, kümmerte er sich darum, das weite Netz seiner Restfamilie dafür einzusetzen, die küstennahen Gewässer nach einer kleinen Holzjolle mit braunen Segeln abzusuchen.

Als er damit fast fertig war, störte ihn ein Anruf seines Onkels.

»Abdullah, mein Sohn, wir haben von unserem Kontaktmann beim Zoll neue Informationen. Man hat die alte Jolle der Flüchtigen in Hafen von Skarø wiedergefunden. Es fehlt eine Bavaria Cruiser 37, Baujahr 2017, mit dem Kennzeichen 12335-SG. Die Richtung, in der sie ausgelaufen ist, ist unbekannt.«

Missmutig notierte der junge Mann die Daten, um sie nach dem Telefonat in den Verteiler zu geben.

»Du schienst mir missgelaunt, als du mich verlassen hast«, versuchte der Sheik mit Abdullah ein persönlicheres Gespräch zu beginnen. Ihr Treffen vor zwei Stunden war wenig entspannt gewesen. »Willst du mir nicht sagen, was dich in so üble Laune versetzt hat?«

»Ach, Onkel«, stöhnte der junge Mann auf, »es ist doch immer dasselbe Thema. Ich bin dein Fleisch und Blut und werde dennoch wie ein Fremder durchsucht, wenn ich dich besuche. Das ist entwürdigend.«

»Aber Sohn, sogar mein Weib wird dem unterzogen, so ich

sie mir zuführen lasse. Wenn du einmal der Sheik sein wirst, dann rate ich dir, genauso zu verfahren. Denke daran, selbst ein Caesar wurde von seinem Sohn getötet.«

* * *

Am frühen Nachmittag konnten sie endlich die Nordspitze von Langeland passieren und waren im Großen Belt.

Charlotte sah laufend nervös auf die Uhr. »Es ist doch gut, dass wir von der nahen Küste wegkommen. Man sieht an beiden Seiten zwar noch immer Land, aber hier draußen fühle ich mich nicht so beobachtet. Kathi, vielleicht kannst du mal runtergehen und das AIS einschalten, damit wir hier oben auf dem Plotter sehen können, wer uns auf die Pelle rückt.«

»Dann wissen die anderen aber auch, wo wir sind, und so langsam sollte der Diebstahl des Schiffes bemerkt worden sein«, warf Jonas ein. »So offen ist das Meer auf diesem Teil der Ostsee nun wieder nicht, als dass uns die Hafenmeister mit ihren hohen Antennen nicht orten könnten, und der ›kleine Seebär‹ wird mit Sicherheit schon auf irgendeiner Verlustliste aufgetaucht sein. Ich kann mir nicht vorstellen, dass das in deinem Sinne wäre.«

»Du hast das AIS bei der ›Josephina‹ auch neu programmieren müssen, als der Strom weg war. Könntest du das nicht auch hier machen?«

Der junge Mann überlegte kurz. »Da hatte ich alle Zahlen für eine Anmeldung, und der Skipper hat mir geholfen. Ich könnte es aber versuchen. Charlotte, übernimm du bitte so lange das Ruder, und du, Kathi, kommst bitte mit runter. Wenn du mir hilfst, geht das schneller.«

Die augenblickliche Rudergängerin konnte von ihrem Platz zwar sehen, wie die beiden miteinander sprachen, aber nicht verstehen, was sie sich zu sagen hatten.

»Wie kann ich dir bei so einem Kram denn helfen?«

Jonas hatte die Funkbetriebserlaubnis bereits in einem Fach unter der Schreibplatte gefunden. »Ich habe hier die nötigen

Zahlen für die Anmeldung. Ich brauche alles über das Programmieren dieses Gerätes. Die Typennummer kannst du hier sehen. Es gibt in der Gebrauchsanweisung bestimmt auch ein Kapitel, wie man das einrichtet. Wir müssen aufpassen, denn ich habe nur zwei Versuche, dann wird das Ding für uns unwiederbringlich abgeschaltet und kann nur durch einen Fachhändler neu programmiert werden.«

✳

Die Wellen waren zwar nur noch einen halben Meter hoch, doch während der Fahrt eine warme Mahlzeit einzunehmen war für ungeübte Leichtmatrosen dennoch eine Herausforderung. Daher gab es mal wieder Lasagne. Das war ein Essen, das auf dem Teller quasi festklebte. Auf Schlingtemperatur heruntergekühlt, konnte es sogar das Team, das Wache hatte, an Deck vertilgen.

»Ich hätte nie gedacht, dass man bei so einer Schaukelei Lucullus derartig tief ins Auge schauen kann«, seufzte Femke und lehnte sich genüsslich lächelnd zurück.

»Hauptsache, das Mahl passiert die Uvula palatina kein zweites Mal, wenn das Wetter wieder auffrischen sollte«, brummte Sebastian.

»Was für 'n Ding?«, erkundigte sich der Skipper.

»Das Gaumensegel. ›Zäpfchen‹ sage ich nur ungern, denn davon wird manchen schon bei der bloßen Erwähnung schlecht.« Er gönnte sich einen kleinen Nachschlag und sah Buske dabei fragend an. »Wo sind wir jetzt eigentlich?«

Der schaute auf den Plotter über dem Kartentisch. »Im südlichen Teil des Großen Belts ungefähr auf der Höhe von Skælskør Sogn. Das ist eine kleine Küstenstadt im Südwesten von Sjælland. Wenn meine Ahnungen stimmen, müssten wir zumindest bald in der Nähe der Kids sein.«

Buske schaute auf die Uhr und scheuchte seine Matrosin mit einer Handbewegung hoch. »Gleich schlägt es acht Glasen. Unsere Wache beginnt.«

»Ihr könntet ja schon mal nach oben gehen«, schlug Sebastian vor. »Wenn ich mit der Backschaft fertig bin, komme ich auch hoch.«

Robert und Markus übergaben das Cockpit mit einer ordentlichen Meldung, um anschließend in ihre Kojen zu verschwinden. Femke stellte sich hinter das Steuerrad.

Sie und Buske genossen schweigend die Abendstimmung auf See. Er ließ den Plotter dabei nicht aus den Augen.

»Gibt's was Besonderes zu sehen?«, fragte Femke.

»Nein.«

»Und warum stierst du unablässig auf die Flimmerkiste?«

»Weil ich hoffe, irgendetwas sehen zu können. Zum Beispiel das Boot von Jonas und Kathi.«

»Die werden ihren AIS-Sender nicht angeschaltet haben. Du hast ihm ja gezeigt, wie man den ausschalten kann. Wenn ich ein Boot geklaut hätte, dann würde ich es tunlichst vermeiden, den Behörden meinen Standort durch AIS mitzuteilen.«

»Ich hoffe ehrlich gesagt, dass er sich daran erinnert, wie wir unseren Kasten neu programmiert haben. Dann würde er sich als ein anderes Schiff tarnen können.«

»Ist das nicht furchtbar kompliziert?«

»Das ist eine Wissenschaft für sich. Aber wenn das jemand in Rekordzeit begreift, dann ist das Jonas.«

»Unsere Kennung hast du inzwischen aber wieder eingeschaltet?«

»Ja. Sollten sie sich hier ganz in der Nähe herumtreiben, müsste uns Jonas auf dem Schirm haben.«

»Vorausgesetzt, sie können AIS empfangen.«

Femke reagierte auf ein Vibrieren in ihrer Jackentasche. »Nimm du mal das Ruder, ich bin mal wieder gefragt.«

Sie nahm ihr Smartphone aus der Jacke und las eine Mitteilung laut vor. »Inzwischen ist bekannt, auf welchem Boot sich eure Schützlinge befinden. Es handelt sich um eine Bavaria Cruiser 37, Baujahr 2017, mit weißem Rumpf und dem Kennzeichen 12335-SG. Eingetragener Name: ›Lille Havbjørn‹.« Sie sah Buske fragend an. »Was heißt das?«

»Kleiner Seebär.«

Sie nickte. »Dann wird das ja kein großer Pott sein. Was meinst du, sehen wir den auf unserem Radarschirm?«

Der Skipper zuckte mit den Achseln. »Das hängt von vielen Komponenten ab. Ist das Boot aus Stahl oder aus Kunststoff? Aus welchem Material ist der Mast? Erwischen wir das Objekt mittschiffs? Wird es von unserem Strahl frontal getroffen? Je mehr senkrechte Dinge es auf dem oder am Schiff gibt, desto besser reflektiert es. Damit kleinere Boote besser gesehen werden können, haben sie oft auch einen speziellen Reflektor an der Mastspitze. Ich weiß zwar nicht, ob das wissenschaftlich haltbar ist, aber ich habe das Gefühl, dass das Radar bei feuchtem Tiefdruckwetter unzuverlässiger ist als bei Hochdruck. Somit kann deine Frage eigentlich nur mit einem klaren ›Keine Ahnung‹ beantwortet werden.«

***

Nachdem beide die Gebrauchsanweisung studiert hatten, schien ihre Aufgabe zumindest machbar zu sein.

»Wir sollten mit dem Programmieren anfangen«, versuchte Kathi ihn zu motivieren. »Weißt du denn jetzt, wie das funktioniert? Ich für meinen Teil habe den ganzen Salm vorgelesen, dabei aber nur Bahnhof verstanden.«

»Da musst du dir keine Sorgen machen, das kriegen wir schon hin. Aber das AIS ist nicht unser größtes Problem. Wie wollen wir uns gegen die Mordpläne von Charlotte wehren?«

»Bist du dir denn sicher, dass sie uns wirklich umbringen will?«

»Nach dem, was ich ihr von den Lippen ablesen konnte, habe ich keine Zweifel.«

»Können wir überhaupt etwas dagegen machen?«

Jonas nickte entschlossen. »Ja, wir bestimmen entweder selbst die Handlung oder warten wie die Schlachtschafe auf unseren Tod.«

»Und wie sieht dein Plan aus? Sie ist bewaffnet, wir hingegen könnten sie nur mit einer selbst geflochtenen Affenfaust bewerfen.«

»Am besten geht sie mit ihrer Pistole zusammen über Bord. Wie wir das anstellen, wird sich zeigen. Wir müssen uns nur einig sein. Sind wir das?«

Sie sah ihn entschlossen an. »Ich bin bereit, wenn du es bist.«

»Okay. Dann brauchen wir ein Stichwort, auf das der andere positiv antworten muss«, schlug Jonas vor.

Sie nickte. »Es sollte etwas gänzlich Unverfängliches sein.«

»An was hast du gedacht?«

Kathi überlegte. »Weiß nicht.«

Er überlegte. »Wenn ich dich zum Beispiel frage, ob du deine Tage bekommen hast. Dann müsstest du einfach mit ›Ja‹ antworten. Dann wissen wir beide Bescheid, dass es losgehen kann.«

Kathi strahlte ihn an. »Und sehe ich, dass die Situation günstig ist, rufe ich laut, dass ich meine Tage kriegen würde. Du bestätigst das dann mit einem ›Ach du großer Gott‹.«

Jonas nickte. »Das hört sich gut an.« Ein Schatten huschte über sein Gesicht. »Aber was ist, wenn ich diese Antwort vergessen habe?« Zwei steile Falten erschienen auf seiner Stirn. »Wir sollten etwas anderes nehmen.«

»Nein, es bleibt bei meinen Tagen. Das ist unauffällig und kann mit nichts verwechselt werden.« Kathi tippte gegen den Plotter. »Aber bevor ich anfange, spontan zu bluten, müssen wir uns um das AIS kümmern.«

Nach ein paar Berührungen des Displays war Jonas im Menü.

»Jetzt lies doch bitte mal die einzelnen Zahlenreihen in der Reihenfolge vor, wie sie auf der Betriebszulassung aufgeführt sind. So werden sie auch hier im Programm abgefragt.«

»Aber hier steht auch der Name des Schiffes. Was willst du stattdessen angeben?«

»Was hältst du von ›Jokathi‹?«

Sie schüttelte vehement den Kopf. »Das ist doch viel zu offensichtlich. Charlotte erkennt auf den ersten Blick, dass das unsere Namen sind.«

»Das ist ja auch der Sinn der Übung. Jeder wird das so richtig interpretieren, der uns auf seinem Plotter entdeckt.«

»Sie wird vor Wut nur so schäumen«, entgegnete Kathi.

Ihr Cousin lächelte sie triumphierend an. »Das wird sie nicht«, flüsterte er ihr ins Ohr. »Man wird diesen Namen auf allen anderen Bildschirmen sehen können, aber nicht auf unserem.«

»Kommt mal vorsichtig nach oben.« Charlottes Ruf wurde teilweise von dem lauten Brummen eines Flugzeugs übertönt, das im Tiefflug über ihr Boot hinwegflog. »Das ist doch nicht normal, dass die hier so tief fliegen.«

Die beiden eilten nach oben und sahen, wie eine Cessna dicht über dem Wasser einen weiten Bogen zog, um ihr Boot erneut zu überfliegen. Von unten war ein Mann zu erkennen, der aus dem geöffneten Klappfenster heraus Fotos von ihnen machte.

»Sind die das, oder haben die Behörden auch so kleine Flugzeuge?«, murmelte Kathi.

»Wenn, dann hätten sie eine andere Farbe, und sie wären beschriftet.« Jonas kratzte sich nachdenklich am Kopf. »Aber seit wann kommen Profikiller in Dänemark per Luftpost?«

Ein dunkler Schatten legte sich über Charlottes Gesicht. »Das sind nicht die Iraner, das sind die anderen.«

»Welche anderen?«, fragte Kathi besorgt.

»Das möchtet ihr lieber nicht wissen.«

ZEHN

»Wir haben sie«, jubelte Abdullah und gab den Zettel mit den notierten Koordinaten an den Skipper weiter. »Ich sage es ja, meine Idee mit unserem Flugzeug war Gold wert. Wann wären wir ungefähr an der Sichtungsstelle?«

Der Steuermann gab die Zahlen in den Bordcomputer ein. »Die befinden sich südöstlich von Nyborg, das sind von hier aus runde fünfunddreißig Seemeilen. Vollgas ist bei diesem Wetter nicht möglich. In eineinhalb Stunden sind wir schätzungsweise da.«

Abdullah sah aus dem Fenster. »So ein Mist! Dann dürfte es bereits dunkel sein. Etwas schneller geht nicht?«

»Wenn ich das Maximum aus den Maschinen raushole, fliegt uns hier drin alles um die Ohren, und selbst nach einer Stunde kämen wir erst im Dunkeln dort an. Mein Vorschlag wäre, im Yachthafen von Nyborg zu übernachten. Von da aus können wir vor Sonnenaufgang starten und sind bei Tageslicht mitten im Suchgebiet.«

Abdullahs Handy klingelte. Der Sheik wollte ihn sprechen. »Ja, Onkel?«, meldete sich der junge Mann.

»Habt ihr sie schon?«, kam die ungeduldige Frage.

»Nein, wir sind erst in gut neunzig Minuten in deren Nähe, und dann ist die Nacht hereingebrochen. Vor morgen früh werden wir sie nicht aufspüren können.«

»Sehr gut«, kam die unerwartete Antwort. »Wenn ihr sie habt, dann brauche ich sie lebend. Die Soldatin könnt ihr töten, die macht nur Ärger.«

»Warum sollen wir die anderen nicht töten?«

»Wenn der Wert für ihre Leichen schon so hoch ist, könnten sie lebend noch sehr viel wertvoller sein.«

Abdullah lächelte anerkennend. »Es wird sein, wie du es wünschst.« Er verbeugte sich mit dem Telefon am Ohr. »Ich verneige mich in Ehrfurcht vor dir, Onkel.«

»Dir auch eine gute Nacht und einen erfolgreichen Morgen, mein Sohn. Ich setze auf dich.«

Abdullahs Assistent war Zeuge des Anrufs und sah ihn fragend an. »Gibt es Neuigkeiten?«

»Ja, die Scharfschützen sollen ihre Knarren wieder einmotten. Wir brauchen unsere Ziele lebend.«

»Nur die junge Frau oder auch den Mann?«

»Beide.«

»Muss ich das verstehen?«

»Nein, du sollst einfach nur folgen. Es reicht, wenn ich es verstehe.«

✳✳✳

»Klappt es?«, fragte Kathi gespannt.

Jonas schaltete das AIS an, und beide sahen gebannt dabei zu, wie die neuen Daten hochgeladen wurden. Auf einmal erschien die normale Anzeige auf dem Bildschirm.

Kathi fragte ungeduldig: »Was ist denn nun?«

»Empfangen können wir schon mal«, brummte Jonas. »Mit welcher Kennung uns die anderen Schiffe sehen, ist hier nirgends verzeichnet. Aber irgendwie scheint das Gerät unsere neuen Zahlen akzeptiert zu haben, sonst würde es sich abschalten. Bei der ›Josephina‹ konnten wir das Gerät nach dem Stromausfall gar nicht mehr hochfahren, weil wir beim Programmieren einen Zahlendreher eingegeben hatten.«

Mit der Erklärung gab sich Kathi nicht zufrieden. »Wenn aber nur bekannte Kennungen akzeptiert werden, warum schluckt die Kiste unsere Phantasienummer?«

»Woher soll ich das wissen? Vielleicht haben wir durch Zufall eine Zahlenkombination gewählt, die noch nicht vergeben war.«

Sie legte ihren Arm um seine Schultern und drückte ihren Kopf an seinen. »Das war kein Glück. Du hast es einfach drauf.«

Normalerweise hätte sich Jonas aus derartigen Umarmungen herausgewunden, heute nicht. Zum ersten Mal in seinem Leben akzeptierte er diese körperliche Nähe nicht nur, er genoss sie sogar.

Plötzlich durchzuckte ihn ein Gedanke. »Auch wenn wir ab jetzt über Funk jemand anders sind, steht auf dem Segel noch immer die Typennummer«, brummte er mit finsterem Gesicht. »Die sollten wir auch bearbeiten.«

»Das sind geklebte Buchstaben. Die können wir doch einfach abziehen.«

»Ohne würde das auffallen. Auf jedem Segel steht was drauf. Und auf dem Heck das Kennzeichen, mit dem das Boot registriert wurde.«

Jonas griff sich einen dicken Edding vom Kartentisch und stieg den Niedergang hoch. Draußen war es schon fast dunkel, und er konnte nur noch schemenhaft die Buchstaben auf ihrem Segel erkennen.

»Wunderbar«, rief er Kathi zu, die ihm gefolgt war. »Jetzt machen wir auf dem Segel und am Kennzeichen aus den zwei Dreien einfach Achten, und damit sind wir ein völlig anderes Boot.« Er gab Charlotte am Ruder ein Zeichen. »Schieß in den Wind, wir müssen kurz mal das Segel bergen.«

**

Seitdem Femke und der Skipper zusammen auf Wache waren, sprachen sie kaum miteinander. Es herrschte keine schlechte Stimmung zwischen den beiden. Jeder war in seine Gedankenwelt versunken, und es gab nichts zu bereden. Inzwischen war die See in ein tiefes Dunkel getaucht, und das Cockpit wurde nur durch die Bildschirme und Anzeigen beleuchtet. In dem fahlen Licht bekam der Skipper einen noch ernsteren Gesichtsausdruck.

»Ist doch nicht alles im Lot?«, fragte Femke.

»Nein, es ist alles gut.«

»Dafür guckst du aber ziemlich grimmig aus der Wäsche.«

»Das mag sich lächerlich anhören, aber ich versuche, mich in die Denke von Jonas hineinzuversetzen. Was meinst du: Weiß er von der Gefahr, in der die beiden schweben?«

»Natürlich, der ist ja nicht doof. Lasse hatte schließlich einen Bauchschuss und keine Verstopfung.«

»Das meinte ich nicht. Weiß er, welche Gefahr von Charlotte ausgeht?«

»Woher soll ich das wissen?«

»Ich denke schon. Ich glaube, es zumindest zu spüren. Wenn ich meine Antennen auf Empfang stelle, dann kommt da eine ständige Mischung aus Erleichterung und Panik.«

Sie lachte auf. »In dem Alter ist er doch noch gar nicht.«

»Was hat denn das mit dem Alter zu tun?«

»Bei alten Männern schon. Panik, weil sie aufs Klo müssen, und Erleichterung, wenn sie eines gefunden haben.«

»Du nimmst mich nicht ernst.« Buske nahm einen großen Schluck aus der Wasserflasche. »Ich glaube wirklich, ganz gute Antennen zu haben.« Er reichte ihr die Flasche, und sie trank auch daraus.

»Meine Oma würde dich jetzt einen Spökenkieker nennen.«

Er lachte auf. »Meine hat mich auch so genannt, nachdem ich meinen Opa eines Nachts habe wegreiten sehen.«

Sie zog die Stirn kraus. »So alt bist du doch noch gar nicht. Hattet ihr keine Autos zu Hause?«

»Natürlich hatten wir die. Mein Opa hatte sogar einen Trecker.«

»Und dann ist er nachts weggeritten?«

»Quasi. Er lag morgens tot im Bett.«

Sie sah ihn mit einem leichten Schaudern an. »Jetzt wird's aber *spooky*. Ist das dein Ernst?«

»So wahr ich hier sitze.«

»Solltest du irgendwann sehen, wie ich auf einem Delphin wegreite, weckst du mich aber bitte.«

Sein Gesicht hellte sich auf. »Jetzt weiß ich's.«

»Was?«

»Wie ich Jonas etwas mitteilen kann.«

»Und wie?«

»Ich werde morsen.«

»Kannst du das denn?«

»Ich konnte das mal. Als Funker bei der Marine habe ich das vor grauer Vorzeit mal gelernt.«

»Und wie soll das Ganze funktionieren?«

»Mit der Sprechtaste des Funkgerätes. Ich habe Jonas erklärt, dass wir von Sailaway unser Funkgerät immer wieder mal auf Kanal achtundsechzig stellen, wenn wir eines unserer Boote rufen wollen. Die drei segeln im Augenblick auf einem recht modernen Pott, sodass ich davon ausgehen kann, dass dort auch ein digitales Funkgerät an Bord ist.«

»Willst du es jetzt mal versuchen?«

»Nein. Jonas liebt es, die Wache um Mitternacht anzutreten. Wenn die nur zu dritt sind, müsste er dann allein im Cockpit sitzen, denn eine C32 kannst du gut allein segeln. Die anderen beiden müssen ja mal schlafen.«

Femke lehnte sich zurück. So faszinierend der Sternenhimmel auch war, sie hatte nicht die Ruhe, ihn zu genießen. Sie hasste es, das Geschehen nicht in der Hand zu haben, nicht agieren zu können. Jetzt saß sie nur da und lauerte auf die nächste Nachricht, auf die sie dann wieder reagieren musste.

»Du fragst mich immer, was denn sei, wenn ich mal ernst gucke. Ich denke, dass es jetzt Zeit für eine Retourkutsche ist.«

Sie lächelte. »Treffer! Ich mache mir Sorgen.«

»Weil du die Getriebene bist?«

»Hör mal«, brummte sie nachdenklich, »normalerweise trenne ich mich von Männern, die mich durchschauen.«

Er grinste verschmitzt. »Okay, das ist bei uns nicht möglich, denn wir sind nicht zusammen. Hast du jetzt ein Problem mit mir?«

»Nein, ich fürchte, mit mir.«

»Warum?«

»Weil ich mich jetzt gern bei dir anlehnen würde, mich aber nicht traue.«

Er streckte den Arm zu ihr aus. »Denn man tau. Ich tu so, als würde ich es nicht bemerken.«

Sie rückte zu ihm, und es war mehr ein Ankuscheln als ein Anlehnen. »Ich hoffe, dass dir das nicht unangenehm ist.«

»Kein Problem, mien Deern, eine Major Gellert wäre etwas sperrig unterm Flügel, eine Femke hingegen hat da immer Platz.« Beide schwiegen miteinander, und sie konnte endlich die Sterne genießen.

***

Ostsee, N 54°57.894', E 10°59.450', am Donnerstag, dem 11. April, 0:00 Uhr

Robert kam den Niedergang hoch und rieb sich den Schlaf aus den Augen. Er sah die beiden verwundert an. »Habe ich etwas verpasst?«

Buske schüttelte vorsichtig den Kopf, denn die gleichmäßigen Atemzüge Femkes zeugten von ihrem leichten Schlummer. »Nö, wenn du dabei die Klappe hältst, darfst du mitkuscheln.« Er sah sich verwundert um. »Wo ist die zweite Wache?«

»Sebastian kommt gleich. Er bastelt noch einen kleinen Mittelwächter zusammen.« Ein Blick auf den Plotter verriet ihm, dass sie schon nördlich der Großer-Belt-Brücke segelten. »Nur vier Knoten Speed? Da hätte ich mehr von dir erwartet.«

Wie aus dem Nichts erschien ein Boot auf dem Bildschirm, das rund fünfzehn Seemeilen entfernt war.

»Wo kommt das denn plötzlich her?«, fragte Robert verwundert.

»Das hast du bei kleineren Booten manchmal. Deren Mast ist viel kürzer als der unsrige, und dementsprechend schrumpft die Reichweite ihres Senders. Und dann tauchen sie plötzlich wie ein Geisterschiff auf.«

Femke schreckte hoch. »Habe ich etwas verpasst?«

»Leg dich wieder hin«, versuchte Robert sie zu beruhigen. »Es ist nur ein anderes Schiff in unserer Reichweite.«

Sie richtete sich auf und sah auch auf den Plotter. »Jokathi 12885-GT, was ist denn das für eine Kennung?«

Robert grinste. »Irgendjemand, der das AIS zum ersten Mal programmiert hat.«

Der Skipper und Femke fuhren wie von der Tarantel gestochen hoch.

»Jokathi?«

»Jau, mit ›h‹«, brummte Robert.

»Das müssen sie sein«, jubelte Femke. »Los, Skipper, geh runter und morse denen etwas.«

Buske drehte sich noch mal zu Robert. »Behaltet diese ›Jokathi‹ bitte im Auge. Immer mit so viel Abstand, dass wir sie so gerade noch auf dem Plotter haben.«

Er und Femke tobten den Niedergang hinunter und rannten dabei fast Sebastian um, der für jeden ein Brot mit etwas Gemüse und Obst zubereitet hatte.

»Ich wollte gerade einen kleinen Mittelwächter hochbringen.«

»Danke, stell die Teller für uns hierhin.«

Buske setzte sich an den Kartentisch, zog seine alte Morsetafel aus der Schublade und schrieb auf einen Zettel: »Hallo, Jonas, hi, Kathi, seid ihr das auf unserer AIS-Anzeige?« Danach begann er, mit der Sprechtaste des Funkgerätes zu morsen.

»Ich will ja nicht meckern«, hob Femke mit ihrer Kritik an, »aber wenn ein alter Pirat mit seinem Holzbein die Straße langgeht, dann macht es schneller tick, tick, tick.«

»Quatsch mir nicht dazwischen. Der überlegt ja auch nicht bei jedem Meter, wie viele Schritte er gehen muss. Wenn du es besser kannst, dann morse du.«

Sie biss beherzt in ihre Stulle. »Du machst das in genau dem richtigen Tempo für einen anderen Anfänger. Jonas ist ja auch kein Funkerprofi.«

Immer wenn er »da dää da dää da«, was »Ende der Durchsage« bedeutete, morste, horchten sie gespannt in den Äther, ob sie eine Antwort erhalten würden. Leider tat sich nichts.

»Vielleicht hat das Boot keinen Seefunk?«, schloss Femke aus der allgemeinen Stille.

Buske überlegte. »Das Ding ist gerade mal sieben Jahre alt. Das hat mit Sicherheit ein digitales Funkgerät.«

Schweigend aßen sie ihr Brot auf.

Nachdem Femke den letzten Bissen mit einem Schluck Wasser heruntergespült hatte, erhob sie sich.

»Ich werde in meine Koje gehen. Bis zur nächsten Wache sind es nur noch drei Stunden.« Sie lächelte ihn an. »Danke, dass ich mich bei dir anlehnen durfte. Das hat gutgetan.«

✳✳✳

Eigentlich hätte Jonas schon seit einer Stunde abgelöst werden müssen, doch keines seiner beiden Crewmitglieder ließ sich an Deck blicken. Er stellte das Ruder fest und stieg den Niedergang hinunter, um zu sehen, ob jemand wach war. Schon im Salon hörte er die aufgebrachte Stimme Charlottes, die wieder einmal telefonierte.

»Das ist nicht akzeptabel. Ich habe den Stress und das Risiko, dann will ich auch das Geld, und zwar alles! Die beiden Gören werden immer misstrauischer.« – »Nein, ich kann mich nicht zu einer bestimmten Zeit melden. Woher soll ich verbindlich wissen, wann ich Empfang habe?« – »Ja, ich werde die beiden noch etwas hinhalten können, aber nicht mehr lange. Die spüren doch, dass etwas nicht stimmt.« – »Und denkt dran, ich werde den Auftrag erst dann ausführen, wenn die Hälfte des Geldes auf meinem Konto ist.«

Jonas stieg rasch nach oben an Deck und setzte sich ans Ruder. Das eben Gehörte wollte er erst einmal für sich sacken lassen. Das musste schnell gehen, denn wenn sie ihn im Cockpit wieder antreffen würde, durfte sie nichts davon merken, dass er von ihrem Telefonat etwas mitbekommen hatte. Kurz darauf erschien Charlotte mit einem gequälten Lächeln neben ihm.

»Tut mir leid, dass ich verschlafen habe.«

»Kein Problem, ich bin nicht müde«, murmelte er hastig und versuchte, sie freundlich anzusehen. Er war noch nie in der Situation gewesen, lügen zu müssen, weil sein und Kathis Überleben davon abhängen könnte. Nur eine falsche Antwort von ihm, und sie würde wissen, dass er sie belauscht hatte.

»Was ist mit dir?«, fragte sie, Anteilnahme vortäuschend. »Du wirkst gestresst.«

In Bruchteilen von Sekunden schossen ihm zwar passende Antworten durch den Kopf, nur welche beantworteten ihre Frage, ohne dass er dabei die Unwahrheit sagte?

»Ich habe schon vier Stunden lang keine Medikamente mehr eingenommen«, antwortete er, und seine Blicke irrten im vom Mondlicht beschienenen Cockpit umher. Er wusste, dass es besser wäre, ihr in die Augen zu schauen, wenn er mit ihr sprach. Das war ihm aber beim besten Willen nicht möglich. Bevor sie verfängliche Fragen stellte, versuchte er, die Gesprächsführung zu übernehmen. »Wie hast du geschlafen?«

»Es geht so.« Sie sah ihn prüfend an. »Du hast die Frage nicht beantwortet. Wie geht es dir?«

»Es ist doch logisch, dass sich mein Wohlbefinden reziprok proportional zur Unterdosierung meiner Medikamente verhält!«

Sie merkte offenbar, dass sie so nicht weiterkam. Zu Jonas' Glück schob sie sein augenscheinliches Unbehagen auf seine allgemeine Verfassung.

»Dann lass mich mal ans Ruder und leg dich hin.«

Wortlos erhob er sich und verschwand über den Niedergang ins Bootsinnere.

Kathi und er hatten sich zusammen die Heckkabine auf dem Schiff ausgesucht. Er versuchte, sich möglichst leise bettfertig zu machen, doch so vorsichtig er auch war, sie wachte auf und sah verschlafen auf ihre Uhr.

»Du kommst jetzt erst?«

»Ja.«

»Ist etwas passiert, was dich aufgehalten hat?«

»Charlotte hat wieder telefoniert, und diesmal war ich Ohrenzeuge.«

»Du hast gelauscht?«

»Nicht direkt. Ich stand vor der Kabine und wollte sie eigentlich nur wecken, da habe ich alles mitgehört.«

»Weiß sie davon?«

»Nein.«

»Was hat sie denn gesagt?«

Jonas versuchte, den Inhalt ihrer Aussagen so komplett wie möglich wiederzugeben. Beim Zuhören wurde Kathis Blick immer besorgter.

»Was sollen wir machen? Wir sind in Gefahr!«

»Wir wissen zwar noch nicht, von wem sie Geld eingefordert hat, aber solange sie es nicht bekommt, müssen wir uns vor nichts fürchten.«

Sie setzte sich auf und fasste mit beiden Händen seine Schultern, um ihren Worten Nachdruck zu verleihen. »Jonas, wir müssen diese Frau loswerden. Sie will uns töten.«

Jonas war sich unschlüssig. »Aber doch erst, wenn sie das Geld hat.«

»Um das zu erfahren, muss sie heutzutage nicht mehr an einen Drucker für die Kontoauszüge. Das bekommen wir gar nicht mit, wenn der Zahlungseingang auf ihrem Handy erscheint. Und sollte sie erst mal ihre Pistole auf uns gerichtet haben, ist es zu spät. Wir müssen ihr zuvorkommen.«

❊❊❊

Die Wanduhr schlug acht Glasen, doch niemand in der Wilhelmshavener Villa fühlte sich davon im Schlaf gestört. Im Gegenteil. Sollte das Geläut einmal nicht funktionieren, würde Admiral Mayer sogar aus dem Tiefschlaf hochschrecken. Viel zu lange war der Vier-Stunden-Takt der Schiffsuhr das zeitliche Maß seines seemännischen Lebens gewesen, als dass er diesen Lebenstakt an Land vergessen könnte.

Für den Stadtteil Sengwarden war es hingegen ungewöhnlich, dass man dort mitten in der Nacht einen Spaziergänger antraf, dazu noch einen Ortsfremden. Zielstrebig ging der Mann auf ein Haus im Grünen Weg zu, vor dem ein hölzerner Signalmast aufgestellt worden war, an dessen Rahen nachts Positionslampen eines Schiffes leuchteten. Ähnliches sah man auch vor den Villen ausgedienter Kapitäne in Hamburg-Blankenese.

Der Fremde schien genau zu wissen, wie man den versteckten

Öffnungsmechanismus des Gartentores bediente, und hielt auf den Eingang des Hauses zu. Einen Schlüssel hatte er nicht, denn er klingelte.

Admiral Mayer schreckte hoch und sah auf die Uhr. »Nanu«, brummte er, »warum rufen die Idioten nicht vorher an? Oder haben sie?« Er war verunsichert. »So alt bin ich doch noch gar nicht, dass ich das Telefon überhöre.«

Unsicheren Schrittes stolperte er die Treppe hinunter und öffnete die Haustür. »Mensch, Kaleu, können Sie nicht vorher ...?«

Langsam begriff er, dass der nächtliche Besucher nicht der von ihm erwartete Ordonnanzoffizier Kapitänleutnant Schröder war. »Wer sind Sie?«, fragte er den Mann verdutzt.

»Wollen Sie mich nicht hereinbitten?«, entgegnete dieser ausgesucht höflich.

»Nein, eigentlich nicht«, erwiderte der Flottillenadmiral.

»Dann verzeihen Sie bitte mein unerwünschtes Eindringen.« Der Mann schob den völlig überrumpelten Admiral beiseite, trat ein, um danach die Haustür zu schließen. »Ich bin mir absolut sicher, dass Sie nicht darüber erfreut wären, wenn Inhalte unseres Gesprächs nach außen dringen würden.«

Er tat ein paar Schritte durch die Diele und trat unaufgefordert ins Wohnzimmer ein. Mayer folgte ihm sprachlos.

»Da ich denke, keinen Platz von Ihnen angeboten zu bekommen, möchte ich Ihnen den Grund meines nächtlichen Besuches im Stehen unterbreiten.«

»Was soll das?«, wurde der Admiral laut. »Sie kommen hier reingestelzt wie so ein Sekretär-Vogel und labern unverständliches Zeug! Raus mit der Sprache, was wollen Sie?«

»Seien Sie bitte versichert, dass ich mit dem Inhalt meiner Botschaft nichts zu tun habe. Familiäre Verflechtungen zwingen mich dazu, Ihnen eine Mitteilung aus Dänemark zu überbringen.«

Mayer stürzte zur Anrichte, riss eine Schublade auf und entnahm ihr eine Pistole. »Hände hoch!«

Der Mann folgte dem Befehl. »Bitte glauben Sie mir, dass ich unbewaffnet bin.«

»Dann raus mit der Sprache, was für eine Botschaft haben Sie für mich?«

»Mein Name ist Emin Al-Malhi. Wie Sie wissen, kann der Mörder Ihrer jungen Verwandten mit einer Belohnung von zwanzig Millionen Euro rechnen.«

»Sie müssen nicht mitten in der Nacht klingeln, um mir das mitzuteilen. Das weiß ich bereits. Was haben Sie also für so dringende Neuigkeiten?«

»Ich komme mit der Nachricht, dass das garantierte Leben der beiden Jugendlichen für unwesentlich mehr Geld zu haben ist.«

Mayer glaubte, seinen Ohren nicht trauen zu können. »Von welcher Summe reden wir?«

»Von dreißig Millionen Euro.«

»Sind Sie verrückt?«

»Aber ich bitte Sie, Herr Admiral, eine Fregatte kostet mit allem Drum und Dran eine knappe Milliarde. Was sind da fünfzehn Millionen für ein junges Leben?«

Der Offizier wurde blass. »Woher soll ich so viel Geld nehmen?«

»Ihnen und Ihren Vorgesetzten wird sicher eine Lösung für das Problem einfallen. Sie handelten mit dem Beschuss der Schnellboote im staatlichen Auftrag, und da wird der Staat doch sicher gern helfen, das Geld aufzutreiben.«

In Mayers Bademanteltasche piepte ein Smartphone.

»Ihnen wurde soeben ein Link zugeschickt. Dorthin können Sie sich bis morgen früh, sechs Doppelnull, also Freitagmorgen, melden. Sie haben demnach knappe sechsundzwanzig Stunden Zeit.«

»Sie sagten, dass Sie mit der ganzen Sache nichts zu tun hätten, und dennoch machen Sie sich mit Ihren Botendiensten schuldig. Das ist Ihnen doch klar?«

Der Mann deutete eine Verbeugung an. »Augenblicklich wird meine Familie von den schon erwähnten entfernten Verwandten mit dem Tode bedroht, sollte ich den Auftrag nicht wunschgemäß erfüllen. Im obersten Knopf dieses Mantels«, er zeigte auf sich, »sind eine Kamera und ein Mikrofon versteckt. Unser Treffen wurde auf diese Weise überwacht. Bitte folgen Sie mir nicht, wenn ich jetzt das Haus verlasse.«

Er drehte sich um und steuerte auf die schwere Haustür zu. Als er sie erreicht hatte, wandte er sich noch einmal um. »Allah möge Ihnen in den kommenden Stunden ein weiser Ratgeber sein.«

Daraufhin öffnete er die Tür und verschwand.

Der Flottillenadmiral musste sich mit zitternden Knien setzen. »Mein Gott«, flüsterte er, »dreißig Millionen. Sind die denn wahnsinnig? Bin ich Rockefeller?«

* * *

Um kurz nach fünf Uhr morgens kehrte auf der »Fatima« so langsam Leben ein. Jeder von Abdullahs Leuten kontrollierte zum x-ten Mal seine Waffen. Die ganze Crew wusste, dass ein persönliches Versagen einem Todesurteil gleichkommen würde.

Ihr Chef tigerte nervös im Schiff herum, und jeder, der ihm begegnete, musste seine üble Laune über sich ergehen lassen.

»Warum hat sich mein Onkel noch nicht gemeldet?«, fauchte er seinen Assistenten an.

»Woher soll ich das wissen? Mitten in der Nacht werden auch die deutschen Kapitäne schlafen.«

»Nicht, wenn es ihren Familien an den Kragen geht. Das kannst du mir glauben.« Abdullah ließ eine kleine Perlenkette nervös durch seine Finger gleiten. »Egal, was passiert, wir haben unseren Auftrag. Hast du die ganze Zeit das AIS im Auge gehabt?«

»Ja, da gab es nichts Besonderes. Einmal erschien ein Schiff auf dem Bildschirm, das die Größe der gestohlenen Yacht hatte, aber die Kennung war eine andere. Dann war es plötzlich auch wieder weg. Das passiert bei diesen kleinen Dingern schon mal. Hamza sitzt die ganze Zeit vor dem Bildschirm und wird sofort melden, wenn sie zu sehen sind.«

»Wann können wir auslaufen?«

»Jederzeit.«

»Wie lang brauchen wir bis zu dem Seegebiet, in dem wir sie vermuten?«

»Wir haben augenblicklich zwei, in Böen vier Windstärken abnehmend und nur noch minimalen Wellengang. Wir sollten in einer halben Stunde da sein.«

Abdullah nickte zufrieden. »Dann legen wir sofort ab. In dreißig Minuten wird die Sonne aufgehen.«

✳✳✳

Buske schreckte in seiner Koje hoch. Draußen war es zwar noch dunkel, aber sein Gefühl sagte ihm, dass er gewaltig verschlafen haben musste. Mühsam schälte er sich aus der Bettdecke und öffnete die Tür seiner Kabine.

Sebastian stand mit einer dampfenden Tasse Kaffee davor und reichte sie ihm. »Moin, Skipper. Ich habe den Auftrag, dich aus den Federn zu locken.«

»Wieso hat mich keiner geweckt?«, schimpfte Buske. Er sah auf die Schiffsuhr, die im Salon an der Wand hing. »Mein Gott, schon kurz vor sechs. Wo ist Femke?«

»Die sitzt im Cockpit und macht einen auf Reiseleitung.«

Buske zog sich schnell an und tobte nach oben.

Femke sah ihm an, dass er kurz vor der Eruption stand. »War der Herr Kapitän endlich dazu bereit, doch mal an Deck zu kommen?«

Er sah sie wie vom Donner gerührt an. »Wieso ›doch mal‹?«

»Weil sich dein Handy einen Wolf geklingelt hat. Daraufhin hat die medizinische Abteilung unserer Luxusyacht beschlossen, dir den offensichtlich bitter nötigen Schlaf zu gönnen.«

»Welcher Kurs liegt an?«

»Wir kreiseln fröhlich vor uns hin, immer dieser ›Jokathi‹ hinterher.«

Buske sah auf den Plotter. »Gut gemacht. Du fährst weiter deine Kringel, und ich gehe mal kurz ins Bad, um meinen Kopf unter kaltes Wasser zu halten. Danach setzen wir uns zum Kriegsrat zusammen.«

Als Buske zehn Minuten später sichtlich erfrischt im Cockpit erschien, stand Sebastian am Ruder, und Femke telefonierte. Robert und Markus saßen ihnen, mit einer Tasse frischen Kaffees bewaffnet, gegenüber.

Während Femke nach dem Telefonat ihr Smartphone seefest verstaute, schüttelte sie achselzuckend den Kopf. »Ich sage euch, die Welt wird immer verrückter.«

»Bitte der Reihe nach«, forderte sie der Skipper auf.

»Ich habe eben mit meinem Chef telefoniert, an dessen Seite Flottillenadmiral Mayer saß. Der berichtete noch etwas durch den Wind von einem nächtlichen Besucher, einem Boten der Familie Al-Malhi.«

Buske überlegte. »Das war doch der Clan, der den Auftrag hatte, die Kids zu ermorden?«

»Genau diese reizende Familie.«

»Woher wussten die, wo der Admiral wohnt?«, fragte Sebastian.

»Darüber denkt jetzt wohl eine ganze Sicherheitsabteilung nach«, lästerte Femke. »Nicht neu ist die Tatsache, dass diese Herrschaften zwanzig Millionen bei Tötung der Kids bekommen. Die Info, dass sie dreißig dafür fordern, wenn er seine Verwandten lebend wiederhaben will, ist hingegen neu.«

Buske sah sie fassungslos an. »Die stellen also eine Lösegeldforderung, bevor sie ihre Opfer überhaupt sicher in ihrer Gewalt haben?«

»Scheint so.«

Der Skipper pfiff anerkennend durch die Zähne. »Na, das nenne ich mal ein lohnendes Geschäftsmodell.« Er nahm einen Schluck Kaffee. »Und geht die Admiralität auf diesen Vorschlag ein?«

»Was bleibt ihnen anderes übrig?«

»Das bedeutet aber für uns«, warf Robert ein, »dass wir Zeit gewonnen haben.«

»Wofür Zeit?«, fragte der Doc.

»Zeit, sie zu suchen. Ich denke auch, dass die Al-Malhis die beiden noch gar nicht haben.«

Femke zeigte wie elektrisiert auf den Plotter. »Da, die ›Jokathi‹, da ist sie wieder.«

Buske sprang auf. »Sebastian, siehst du sie?«

»Ja.«

»Dann halte drauf zu. Neuer Kurs 310 Grad. Klar zur Wende?«

Alle antworteten laut: »Klar zur Wende.«

»Ree«, rief Sebastian, drehte das Ruder nach Backbord, und die Segel schlugen um.

* * *

Nachdem Kathi und Jonas wieder die Wache übernommen hatten, blieb Charlotte im Cockpit sitzen und verbreitete dort ihre miese Stimmung. Der letzte Anruf, den sie bekommen hatte, ließ sie vor Wut fast überschäumen.

»Was bilden sich die Kerle überhaupt ein?«, brüllte sie mit sich überschlagender Stimme in die See hinaus. »So was Arrogantes ist mir ja noch nie begegnet!«

»Was ist arrogant?«, fragte Kathi, nachdem sie sich wieder etwas beruhigt hatte.

»Man verlangt für euch Lösegeld!«

»Für uns?«

»Ja!«

»Wer denn?«

»Irgend so ein arabischer Clan, der hier in Dänemark sein Unwesen treibt.«

Jonas sah Charlotte irritiert an. »Dann bist du gar nicht unsere Kidnapperin?«

Sie war wie vom Donner gerührt. »Ich? Wie kommst du denn darauf?«

»Du hast doch ständig mit Leuten telefoniert, von denen du Geld haben wolltest.«

»Ich?«

»Ja, du! Sagtest du nicht etwas von ›Erst wenn die Hälfte auf dem Konto ist, werde ich den Auftrag ausführen‹?«

»Ach, der Herr haben gelauscht?«

»Nein, die Dame haben zu laut geredet. So groß ist das Boot nicht, dass man Gespräche in normaler Lautstärke führen kann, wenn man Geheimnisse hat.«

»Ich bin doch keine von denen! Das ist doch Schwachsinn! Warum sollte ich mit meinen eigenen Komplizen eine Schießerei anfangen, bei der ich selbst hopsgehen könnte? Ja, ich habe telefoniert und dabei eine gehörige Gefahrenzulage gefordert. Und ja, ich wollte mich erst wieder für euch einsetzen, wenn ich die Hälfte des Geldes auf dem Konto habe.«

Jonas gab sich mit dieser Erklärung nicht zufrieden. »Von welchem Clan solltest du denn Millionen bekommen?«

»Der Clan, von dem ich eine Gefahrenzulage fordere, heißt Bundeswehr!« Sie lachte auf. »Auf diese sagenumwobene Millionenbelohnung bin nicht ich scharf, sondern diese verbrecherische Familie. Und nun haben sie beschlossen, dass der Tötungsauftrag aus dem Iran nicht ganz so üppig entlohnt wird wie eure sichere Heimreise.«

Kathi sah sie entsetzt an. »Und wie viel fordern sie dafür von unserem Onkel?«

»Für euch beide dreißig Millionen Euro.«

Die junge Frau brach in Tränen aus. »So eine Summe können unsere Familien im Leben nicht auftreiben.«

Jonas legte seinen Arm um ihre Schultern. »Hör auf zu weinen. Wir kommen da heil raus, ohne etwas bezahlen zu müssen.«

»Aber wie können wir uns denn dagegen wehren?«, schluchzte Kathi.

»Zu dritt sind wir, fürchte ich, chancenlos. Wir sollten den anderen ganz schnell einen Weg zeigen, wo sie uns finden können«, flüsterte er ihr ins Ohr.

***

Buske schaltete das Funkgerät wieder auf Kanal achtundsechzig. Er hoffte, dass Jonas sich dort melden würde, aber der Lautsprecher blieb still. Wie gebannt schaute er auf die Kennung der »Jokathi«. Obwohl Sebastian gut Kurs hielt und kaum Drift zuließ, konnten sie zu dem Schiff nicht wesentlich aufholen. Laut AIS waren die mit sechs Knoten unterwegs, und die »Josephina« brachte bei dem Wind nicht mehr als acht.

»Wie wäre es, wenn wir den Motor anschmeißen?«, fragte Femke, die sich neben ihn setzte. »Für zusätzliche zwei bis drei Knötchen ist der doch gut, oder?«

»Nein, mit Vollgas bringen wir es auf sechs Knoten. Wenn das Wasser schneller an der Schraube vorbeirauscht, als diese überhaupt drehen kann, bringt der Motor gar nichts.«

»Mit anderen Worten: Geduld ist gefragt.«

Buske nickte traurig. »Meine Spezialdisziplin.« Er sah sie fragend an. »Hast du deinen Leuten schon verklickert, dass wir an den Kids dran sind?«

»Ja, das wussten sie bereits, denn sie haben uns beide auf dem Schirm. Sie sind ebenfalls der Meinung, dass die ›Jokathi‹ unser Boot ist, weil so ein Boot im Schiffsregister gar nicht verzeichnet ist. Sie sagten aber etwas von einem relativ schnellen Schiff, das von der Küste aus auch direkten Kurs auf unsere Yacht hält.«

»Auf unserem Plotter ist noch nichts zu sehen, dann sind sie mehr als zehn Meilen entfernt. Ich versuche, Jonas etwas zu morsen. Vielleicht reagiert er darauf, wenn er auf Kanal sechzehn geschaltet hat. Der Junge hält sich ja an die Vorschriften.«

✳✳✳

Die Stimmung auf dem »kleinen Seebären« hatte sich beruhigt. Charlotte kochte unter Deck frischen Kaffee, Kathi war damit beschäftigt, die Fock zu trimmen, und Jonas stand am Ruder.

Plötzlich hielt Kathi inne und horchte. »Hörst du auch dieses Klackern? Das hört sich nach einer Funkstörung an, oder?«

Ihr Cousin stellte den Funk lauter. Jetzt war das Geräusch klar und deutlich zu hören.

»Das scheint mir, als würde da jemand etwas morsen«, rief Charlotte lachend von unten hoch.

Jonas konzentrierte sich darauf, sich die genaue Tonfolge zu merken. »Geh du bitte ans Ruder, ich versuche das mal zu entziffern.« Daraufhin verschwand er unter Deck.

Nach ein paar Minuten kam Charlotte mit zwei dampfenden Kaffeetassen den Niedergang hinauf. »Was ist denn mit Jonas los? Der sitzt am Kartentisch und malt Punkte und Striche. Versucht er wirklich, den Morsesalat zu entziffern?«

»Jedenfalls wollte er das«, brummte Kathi und genoss, wie sie der Kaffee von innen wärmte.

»Dreh in den Wind«, wies sie die Stimme ihres Cousins von unten an. Kurz darauf stand er auch schon mit glänzenden Augen im Luk. »Da wurde etwas von einem Seemanöver gemorst. Wir sollen auf Kurs 130 Grad gehen, dann würden wir das Sperrgebiet wieder verlassen.«

Ohne zu zögern, rief Kathi: »Klar zur Halse?«

Die anderen wiederholten ihren Ruf.

»Rund achtern«, lautete ihr Warnruf, als sie das Ruder nach Backbord drehte, um die Halse einzuleiten.

»Ihr beide seid Buskes beste Schüler«, lachte Charlotte, »das wird hiermit amtlich festgestellt.« Sie griff nach ihrem Telefon. »Ich werde mal bei meinen Leuten horchen, wo das Manöver genau ist.« Daraufhin verzog sie sich unter Deck.

»Stimmt das mit dem Manöver?«, flüsterte Kathi. »Du warst so seltsam angespannt, als du das gesagt hast.«

»Nein, das war gelogen. Buske hat uns angemorst, dass wir umdrehen sollen. Aber das konnte ich doch nicht laut sagen.«

Der neue Kurs lag kaum fünf Minuten an, da erschien die Kennung der »Josephina« auf dem Bildschirm ihres AIS-Gerätes.

»Gott sei Dank«, murmelte Kathi, »wir kommen nach Hause!«

***

»Was machen die denn da?«, rief Nadim, Abdullahs Assistent, nachdem er das Wendemanöver der »Jokathi« auf dem Bildschirm der Motoryacht mitverfolgen konnte. »Wo wollen die hin?«

Abdullah schaute ihm über die Schulter. »Wie ist denn ihr neuer Kurs?«

»Genau entgegengesetzt!«

»Es kann sein, dass die ›Mann über Bord‹ üben!«, folgerte der Skipper.

»Nein, dazu sind sie zu lange auf Gegenkurs. Vielleicht haben sie etwas vergessen oder wollen wieder ins tiefe Wasser, um ihre Schmutzwassertanks zu lenzen. Was es auch sei, es ist uns egal. Wenn sie den Kurs beibehalten, sind wir noch schneller bei ihnen«, sagte Abdullah.

»Sind wir denn sicher, dass die das überhaupt sind?«, fragte Nadim.

»Todsicher! Das wurde genau so von unserem dänischen Kontaktmann durchgegeben. Auf den konnten wir uns bisher immer verlassen.« Abdullahs Telefon klingelte. »*Salam aleikum*, Onkel«, begrüßte er den Anrufer.

»*Wa aleikum assalam*, mein Sohn«, tönte es aus dem Lautsprecher des Smartphones. »Habt ihr sie?«

»Noch nicht, aber wir stehen unmittelbar vor dem Zugriff. Uns trennen maximal fünf Seemeilen, dann haben wir sie.«

»Passt auf die Frau auf. Sie kann wie eine Löwin kämpfen.«

»Ich bitte dich, Onkel, es sind Fremde, für die sie kämpft, nicht ihre Jungen. Wir sind drei Männer und vier ausgebildete Krieger gegen zwei Kinder und ein Weib. Was soll da bitte schiefgehen?«

»Sei trotzdem vorsichtig. Sie hat bereits einen iranischen Profikiller getötet. Der Mann war ein Takavaran!«

»Wir werden ihr keine Chance geben, Onkel.«

»Das ist gut, mein Sohn. Wenn ihr sie habt, dann gebt dem Schiff die andere Identität. Wechselt das Funkgerät, das AIS und macht aus der ›Fatima‹ wieder die ›Karima‹. Sicherheit geht vor.«

***

Die Stimmung auf der »Josephina« konnte besser nicht sein. Endlich würde Buske wieder seine Stammcrew an Bord haben, wenn man nach drei Tagen gemeinsamen Segelns überhaupt schon von Stamm sprechen konnte. Aber der Junge, seine Cousine und die anderen waren ihm irgendwie ans Herz gewachsen.

»Sowie die drei wieder an Bord sind«, scherzte er, »ist hier Schluss mit lustig. Dann wird verschärft für die Prüfung gebüffelt. Und wer da nicht mitmacht, wird gekielholt!« Femke grinste ihn an. »Nix da, es gibt erst einmal einen ordentlichen Kaffeeklatsch. Die drei werden eine Menge zu erzählen haben.«

»Leute, ich habe noch nie eine Prüfung sausen lassen. Ich habe bei den Prüfern einen guten Ruf zu verteidigen. Euer fachlicher Untergang würde meine Schmach sein. Also strengt euch gefälligst an!« Buske sah Sebastian an. »Was ist, Doc, hast du deine Kombüse unten in Schuss?«

»Wieso ist das plötzlich meine?«

»Weil du am meisten darin gewerkelt hast. Als Smutje hast du dir ja schon einen Sailaway-Stern erkocht, das muss man dir lassen.«

»Moment«, protestierte Femke, »ich habe auch ab und zu geholfen.«

»Was heißt hier ›ab und zu‹? Dann bist du kein Smut, sondern höchstens ein Backschafter.«

Das Brummen starker Bordmotoren näherte sich ihnen von hinten. Alle schauten auf die schnittige Motoryacht, die mit Vollgas von achtern her an der »Josephina« vorbeirauschte.

»So eine Ferretti ist ein italienischer Luxusdampfer«, bemerkte Buske. »Die haben allen Schnickschnack, den man sich nur vorstellen kann. Das Ding hat sogar einen Whirlpool an Bord.«

»Wo fährt der wohl hin?«, sinnierte Sebastian mit einem verklärten Gesichtsausdruck.

»Keine Ahnung. Da wird es irgendein Geschäftsmann mächtig eilig haben. Bei dem Tempo jagt der in einer Stunde so viel Diesel durch den Auspuff, dass du deine Datscha damit einen Monat lang bei Frost heizen könntest.«

***

Nur Minuten später erreichte dieser Luxusdampfer den »kleinen Seebären«. Die Yacht machte einen großen Bogen um die Bavaria, um dann von hinten langsam längsseits zu kommen.

»Sofort unter Deck«, herrschte Charlotte ihre beiden Schützlinge an.

Ohne Fragen zu stellen, folgten sie ihrer Anweisung.

Die Motoryacht schob sich von Luv neben das Segelboot und stellte es komplett in den Windschatten.

»Bergen Sie die Segel und stoppen Sie auf«, ertönte es aus dem Lautsprecher.

Charlotte dachte nicht daran, der Aufforderung Folge zu leisten. Stattdessen schaltete sie den Motor ein und drückte den Hebel auf Vollgas.

In diesem Augenblick zerfetzten Schüsse aus einer Automatikwaffe die Segel.

Charlotte zog ihre Pistole und schoss zurück. Einer der Piraten sackte in sich zusammen und kippte mitsamt seinem Schnellfeuergewehr in die See. Ein anderer legte auf sie an und drückte ab.

Von drei Schüssen getroffen fiel sie rücklings zwischen Klapptisch und Sitzbank auf die Teakdielen. Der Schmerz raubte ihr fast die Sinne. Sie wollte tief Luft holen, um ihren Schützlingen Anweisungen zuzurufen, aber es ertönte nur ein leises Zischen aus ihrer Seite. Die Helligkeit um sie herum nahm immer mehr ab, und sie hörte alles nur noch durch einen stetig dichter werdenden Wattebausch. Ihr wurde plötzlich kalt, und sie fiel in ein gnädiges Koma.

Jonas und Kathi wussten, dass es keinen Sinn hatte, sich gegen diese bewaffnete Übermacht zu wehren. Sie stiegen mit erhobenen Händen den Niedergang hoch.

»Stellt den Motor ab und runter mit den Segeln«, lautete die Anweisung.

Während die Männer von der Motoryacht das Segelboot mit Enterhaken seitwärts an ihre Fender zogen, befolgten die beiden ihre Befehle.

Abdullah verließ den Ruderstand, machte einen Schritt auf

die Reling zu und forderte die jungen Leute durch ein Handzeichen dazu auf, zu ihm auf die »Fatima« zu kommen.

»Was sollen wir machen?«, flüsterte Kathi ihrem Cousin zu.

»Das, was die wollen. Eine andere Möglichkeit haben wir nicht.«

»Aber wir müssen Charlotte helfen. Sie scheint schwer verletzt zu sein«, jammerte sie. »Sie wird sterben.«

»Das wird sie auch ohne unser Zutun. So bitter es ist, wir können nichts mehr für sie tun.«

ELF

»Schaut mal«, rief Femke, immer abwechselnd auf den Plotter und in die Ferne sehend. »Es sieht so aus, als hätte dieser Luxuskahn bei unseren Leuten angelegt. Sollen wir sie mal rufen?«

»Wozu?«, fragte Buske. »Sie haben weder um Hilfe gebeten noch ein Notsignal gesendet. Vielleicht fragen sie Jonas nur nach dem Weg.«

Aus der Ferne beobachteten sie, wie die Motoryacht vom Segelboot ablegte und mit Vollgas davonbrauste.

Femke nahm das Fernglas aus der Schublade und verfolgte die Yacht.

»Was ist denn das?«, rief sie entrüstet.

»Was denn?«

»Am Heck drehte sich plötzlich der Namenszug. Eben stand da noch ›Fatima‹, jetzt heißt das Boot auf einmal ›Karima‹.«

»Das kam mir gleich spanisch vor. Wenn die nur nach dem Weg gefragt hätten, dann hätten sie ja auch funken können«, meldete Sebastian seine Zweifel an.

»Und warum benutzen die keine Navis? Ein Handy werden die sich auf so einem Dampfer ja wohl leisten können, oder?«, fügte Femke hinzu.

»Leute«, beendete Buske die Diskussion, »ihr habt zu viele James-Bond-Filme gesehen. In Dänemark gibt es keine Wechselschilder, und so böse Buben gibt's hier nicht.«

Femke sah ihn wütend an. »Ich werde ja wohl noch wissen, was ich gesehen habe!«

Nach wenigen Minuten waren sie in Rufweite, aber an Deck der Bavaria war niemand zu sehen, und die Segel waren nur schlampig eingeholt.

»Das ist ganz und gar nicht Jonas' Art. Da stimmt was nicht«, brummte Buske. »Wir gehen an der Luvseite längsseits. Macht steuerbord alles klar!«

Nachdem sie ihre Segel geborgen hatten, steuerte er die »Josephina« vorsichtig auf der Backbordseite der kleinen Yacht längsseits. Als sie aufgeschlossen hatten, holten Robert und Markus die Bavaria dicht und vertäuten beide Boote miteinander. Sebastian machte eine grausige Entdeckung. »Da liegt Charlotte.« Er sprang über die Reling und kniete sich neben sie. Ein Blick reichte ihm, um ihre nahezu hoffnungslose Lage einschätzen zu können. »Sie hat es böse erwischt«, rief er. »Holt schnell mein Zeug aus der Kabine.«

In Windeseile brachten Femke und Markus die beiden medizinischen Notfallrucksäcke.

»Robert, du bist Notfallsanitäter?«

»Jau!«

»Dann bereite bitte alles für eine Narkose vor. Was wir dafür brauchen, steckt in der roten Tasche mit der Aufschrift ›Anästhesie‹.«

In einer Geschwindigkeit, die ihm niemand zugetraut hätte, bereitete Robert alles für den nötigen Eingriff vor. Sebastian legte in der Zeit einen Zugang und hängte eine Infusion daran.

Nachdem er die ersten Medikamente gespritzt hatte, wurde Charlotte intubiert. Sekunden später wirkte die Narkose, und ihr Kreislauf beruhigte sich etwas.

»Femke, du nimmst bitte den Ambubeutel und unterstützt damit ihre Spontanatmung. Sollte keine mehr vorhanden sein, schlägst du erst Alarm und beatmest sie dann vollständig. Achte dabei auf die Bewegung ihres Brustkorbes. Wir haben leider keinen Monitor, kontrollier auch bitte den Puls. Mach sofort Meldung, wenn sich ihr Zustand verschlechtern sollte.«

Erst jetzt entblößte er Charlottes Oberkörper, um die Eintrittswunden weiterer Geschosse entdecken und behandeln zu können.

»Sie hat zwei Lungenschüsse«, meldete er. »Dadurch hat sie einen beidseitigen Pneumothorax.« Er drehte Charlotte auf die Seite. »Ich korrigiere, zwei Lungendurchschüsse. Und dann hat sie noch einen Bauchschuss ohne Austrittswunde. Robert, du machst bitte noch eine Infusion fertig. Sie hat Blut verloren und braucht Volumen.« Er schaute sich um. »Skipper, du rufst einen Rettungshubschrauber mit Patientenstatus ›Rot‹! Und Markus, bevor du hier nur rumstehst, such schon mal in meiner Tasche alles zusammen, womit man die Wunden bedecken kann.«

»Mayday, Mayday, Mayday«, begann Buske den Notruf auf Kanal sechzehn. »Es ruft die ›Josephina‹ Delta Hotel sechs sechs acht sieben! Bremen Rescue kommen.«

Die Notrufzentrale der Gesellschaft zur Rettung Schiffbrüchiger meldete sich sofort. Nachdem Buske in knappen Worten ihre Lage geschildert hatte, kam umgehend die positive Rückmeldung.

»Es kommt ein Helikopter von der dänischen Fregatte ›Absalon‹. Eintreffen in circa fünfzehn Minuten.«

Nachdem Markus seine Aufgaben erledigt und das Verbandzeug bereitgelegt hatte, wurde er von Buske gebeten, ihm zu helfen.

»Was liegt an?«

»Wir sollten alles für den Heli vorbereiten. Sämtliche losen Teile müssen aus dem Cockpit in den Niedergang geschmissen und das Luk danach fest verschlossen werden.

Dann packen wir das Großsegel unter die Persenning und befestigen sie zusätzlich mit Zeisingen. Als Drittes schwenken wir den Baum, so weit es geht, nach Backbord und binden ihn mit einem Seil an den Wanten fest.«

»Aber warum das alles?«

»Der Heli wird so dicht, wie es unser Mast zulässt, über der ›Josephina‹ schweben und die Sanitäter mitsamt ihrem Material herunterwinschen. Bei dem Wind, den der Rotor verursacht, fliegt uns alles durcheinander, was nicht fest vertäut ist.«

Charlottes Behandlung war inzwischen so weit gediehen, dass ihr Kreislauf nur noch überwacht werden musste. Femke machte ihre Sache hervorragend.

»Sollte ich einmal beatmet werden müssen, werde ich dich vorher anrufen«, wurde sie von Sebastian gelobt. Er schüttelte den Kopf. »Warum hat man ihr das nur angetan?«, murmelte er.

»Den Grund dafür kann ich dir sagen«, bemerkte Markus

mit stoischer Ruhe. »Der schwimmt vorschriftsmäßig in einer Rettungsweste tot vor unserem Bug.«

»Dann nimm den mal an die Leine. Nicht dass der uns wegschwimmt.«

Sie hörten den Helikopter schon von Weitem. Als er einschwebte, hing der Paramedic mit dem Tragekorb und einer Tasche mit speziellen Medikamenten bereits am Haken. Erst als seine Fracht dicht über dem Wasser schwebte, näherte sich der Heli vorsichtig so weit von hinten, dass der Retter an Bord gezogen werden konnte.

Sebastian schaffte es mit Hilfe des Paramedics nach knapp fünfzehn Minuten, Charlottes Zustand so weit zu stabilisieren, dass sie transportfähig war.

»Ich werde mit in die Uniklinik von Odense fliegen«, teilte der Doc mit, »und bleibe dann bei ihr, bis sie über den Berg ist. Wie ich nach Schilksee komme, werde ich dann schon sehen. Vielleicht sehen wir uns zur Prüfung wieder.«

Kurz bevor Sebastian auch mit der Seilwinde in den Helikopter gezogen wurde, rief er Femke zu: »Ich denke mal, dass wir unsere Kameradin durchkriegen. Auf Wiedersehen bei Sailaway im Büro!«

***

Nachdem der Helikopter mit Charlotte abgehoben hatte, wurde auf der »Josephina« erst mal klar Schiff gemacht. Die Bavaria hingegen war ein Tatort, der nicht betreten werden durfte.

»Was soll das?«, schimpfte Markus. »Nach dem Rettungseinsatz gibt es da drüben sowieso keine Spuren mehr zu sichern.«

»Die Bestimmungen sind überall gleich«, murmelte Femke und stellte Kaffeetassen auf den Cockpittisch. »Das siehst du ja in jedem Krimi, dass die Forensiker noch die tollsten Spuren im größten Dreck finden können. Und jetzt warten wir auf die Damen und Herren der dänischen Kripo?«

»Richtig«, brummte Buske. »Und die kommen aus Svendborg.«

»Und warum können wir bei der Bavaria keinen Anker werfen und schon mal lossegeln?«

Der Skipper schüttelte den Kopf. »Und die Leiche binden wir an die Ankerkette.«

»Zum Beispiel!«

Buske war die Ungeduld anzumerken. »Wir müssen los, die Verfolgung aufnehmen.«

»Nun mal immer hübsch langsam mit den Seepferden«, versuchte Robert sie zu beruhigen. »Die Kidnapper haben nicht von ungefähr ein so schnelles Boot. Wenn du aus dem Cockpit kräftig pustest, dann schaffen wir bei dem Wind vielleicht mit Vollzeug und abstehenden Ohren zehn Knoten. Ob wir die nun verfolgen oder nicht. Mit ihren dreieinhalbtausend PS und knapp siebzig Kilometern pro Stunde, mit denen die übers Wasser preschen, pellen die sich da ein Ei drauf. Wenn wir lossegeln, dann müssen wir genau wissen, wohin. Unsere Aufklärer werden die schon finden, egal ob das Boot ›Fatima‹ oder ›Karima‹ heißt.«

✳✳✳

»Mein Sohn, ich bin ungehalten«, schimpfte Abdurrahman Al-Malhi mit Abdullah am Telefon. »Habe ich es dir nicht gesagt, dass diese Frau mehr als nur gefährlich ist?«

»Ja, aber die hat plötzlich geschossen!«, versuchte er sich rauszureden. »Woher soll ich wissen, dass die das tut?«

»Vielleicht liegt das daran, dass ihr zuerst geschossen habt?«

»Ja, aber doch nur auf die Segel, um denen klarzumachen, dass wir es ernst meinten.«

»Mit dem Erfolg, dass Ahmad tot ist. Er ist gestorben, weil du ein Idiot bist.«

Abdullah fühlte sich wieder einmal ungerecht behandelt und gedemütigt. Er begriff langsam, dass er es seinem Onkel nie recht machen würde. »Und wie soll es nun weitergehen?«, fragte er mit leiser Stimme.

»Fahrt nach Korsør und macht in der dortigen Marina fest. Dort werdet ihr die Nacht verbringen.«

»Aber das ist Abduls Gebiet. Du weißt, dass wir uns nicht besonders mögen.«

»Er wird dir für diese Nacht Unterschlupf gewähren. Morgen früh werden wir wissen, inwieweit wir den deutschen Admirälen trauen können.«

**

Kathi und Jonas waren im Unterdeck einer noblen Yacht eingeschlossen. Der circa vier mal fünf Meter große Raum war edel möbliert. Alles, worauf man sitzen konnte, war mit hellem, feinstem Leder überzogen, und an einem Ende, in Richtung Bug, stand ein Bett, in dem schon der Sonnenkönig genächtigt haben mochte. Es gab zwei Türen. Eine, durch die sie hier hineingeführt worden waren, und eine, die ins angrenzende, ebenfalls sehr edel gehaltene Bad führte.

Kathi hatte noch nie einen solchen Luxus gesehen, geschweige denn sich darin aufgehalten.

»Schau nur«, versuchte sie Jonas aufzumuntern, »sogar die Wände auf diesem Boot sind aus hochwertigstem Holz gefertigt.« Sie sah sich um. »Was meinst du, sind alle Motoryachten so luxuriös?«

Jonas zuckte mit den Achseln. »Keine Ahnung. Aber ich denke, dass das hier schon etwas Besonderes ist.« Er befühlte das Leder der Couch, auf der sie saßen. »Von dem Geld, das allein die Sitzgarnitur gekostet hat, könnten wir beide locker ein Jahr in Saus und Braus studieren.«

»Dennoch würde ich jetzt lieber auf meinen Möbeln aus Europaletten sitzen und darüber nachdenken, ob ich mir in diesem Monat noch eine Pizza leisten kann.«

Er sah auf seine Uhr. »Wir haben erst den Elften. Wie hoch ist dein Budget für Restaurantbesuche?«

»Ach, Jonas, das meinte ich doch mehr sinnbildlich.«

»Sinnbildlich.« Er schloss die Augen, als würde er vom Inneren seiner Lider etwas ablesen. »Ein mit Hilfe eines Sinnbildes dargestellter Begriff.«

Sie schüttelte den Kopf. »Jonas, bleib bitte hier bei mir. Lass mich hier neben dir nicht allein. Bleib bitte in unserer Welt.« Sie umarmte ihn und gab ihm einen Kuss auf die Wange.

Er zog die Stirn kraus. »Warum küsst du mich?«

»Weil ich Angst habe und weil ich dich liebe. Dann habe ich auch etwas Angst davor, dich zu lieben, weil ich fürchte, dass wir nicht mehr genug Zeit haben, uns wirklich lieben zu können. Dann habe ich auch noch Angst davor, dass du mich nicht liebst. Vor allem habe ich Angst davor, irgendwann zu erfahren, dass Cousinen ihre Cousins gar nicht küssen dürfen, und … ich denke, ich habe Angst davor, gleich losflennen zu müssen. Sind das nicht Gründe genug, Angst zu haben?«

Er sah sie erstaunt an. »So ängstlich bist du sonst nicht.«

Sie wischte sich lächelnd ein paar Tränen von der Wange. »Nein, normalerweise bin ich mutiger, das stimmt.«

Er überlegte eine Weile. »Ich habe übrigens vor Kurzem recherchiert. Cousins dürfen Cousinen küssen. Das ist erlaubt. Aber ich weiß nicht, wie es umgekehrt ist?«

Sie lächelte. »Du hast demnach auch darüber nachgedacht, mich einmal zu küssen?«

»Ich habe es vor gar nicht langer Zeit in Erwägung gezogen.«

Über ihr Gesicht huschte ein Schatten. »Und nun sitzen wir hier, und es könnte sein, dass wir nie wieder die Gelegenheit dazu haben.«

Er nickte entschlossen. »Wir sollten es auf jeden Fall einplanen, wenn wir wieder zu Hause sind. Wann und wie auch immer.«

Sie sah ihn skeptisch an. »Hör mal, ich versuche die ganze Zeit, romantisch zu werden, aber du bist irgendwie nicht so recht bei der Sache. Worüber denkst du nach?«

»Über die Architektur dieses Schiffes.«

»Und was reizt dich daran?«

»Für uns einen Fluchtweg zu finden.«

Sie war skeptisch. »Das wird nicht einfach. So gut wie jeder, der auf dem Schiff herumläuft, hat eine automatische Waffe bei sich. Der Sinn einer Flucht ist nicht der, dabei erschossen zu werden.«

Er lächelte sie an. »Dann müssen wir uns etwas anderes ausdenken.«

***

Die dänische Polizei hatte inzwischen die Bavaria mitsamt der Leiche auf den Haken genommen und zur forensischen Untersuchung nach Svendborg geschleppt.

»Und was dümpeln wir hier noch herum?«, schimpfte Buske. »Wir verlieren doch nur wertvolle Zeit!«

Femke versuchte, ihn zu beruhigen. »Wohin würden Sie denn gern mal reisen, Herr Buske?«

»Ich will dahin, wo wir etwas für die Kids tun können! Wieso fühlt sich niemand für die beiden zuständig?«

»Weil das ein Politikum ist«, konterte Femke.

»Das ist kein Politikum, sondern ein politisches Panoptikum! Mein Gott, wir sind hier auf der Ostsee. Wie kommen Ajatollahs dazu, zwischen Fehmarn und dem Belt für ein Heidengeld mit Profikillern Jagd auf harmlose Teenager zu machen? Wieso ist es möglich, dass die sowieso schon teure Beute der Muselmänner von dänischen Arabern in einem Piratenstreich von See geraubt wird, um den Preis dafür weiter in die Höhe zu treiben? Auf diesem wunderschönen Meer wird inzwischen so viel herumgeballert, dass selbst die Quallen Stresspickel kriegen! Wieso halten sich die Dänen aus dem ganzen Schlamassel heraus, wo ihr schönes Land doch die Bühne dieses Irrsinns ist? Wieso können sich die betroffenen Anrainerstaaten nicht mal zusammensetzen, um dieser Spukstory aus der tausendundzweiten Nacht ein Ende zu bereiten?«

Femke war über diesen emotionalen Ausbruch des Skippers erstaunt. »Weil wir alle an diesem sagenhaften Reichtum der islamischen Welt teilhaben wollen, denn genau dieser Reichtum ist der Schmierstoff für unseren Wohlstand.«

Bevor Buske antworten konnte, näherte sich eine Motoryacht.

»Dürfen wir bei euch anlegen?«, rief ein Mitglied der Crew.

Buske erhob sich und wies seine Leute an: »Dann mal raus mit den Fendern!«

Während sich Sebastian, Robert und Markus um das Anlegemanöver kümmerten, zog Buske verstohlen an Femkes Ärmel.

»Was ist denn?«, fragte sie erstaunt. »Wenn du mal musst, darfst du gehen.«

»Rede doch keinen Blödsinn! Guck mal auf den Typen am Steuer. Den habe ich schon mal gesehen.«

»Und die Frau, die an der Reling steht, kennst du ebenfalls. Das ist Kapitänleutnant Lene Nielsen.«

»Die Kampfschwimmerin?«

»Genau die.«

»Und was will die hier?«

»Das wirst du gleich hören.«

Femke winkte ihr zu. »Komm rüber, Lene, ich möchte dir meinen Skipper vorstellen.«

Die Frau sprang mit einem gekonnten Satz über die beiden Schiffsgeländer, und die Soldatinnen begrüßten sich so herzlich, wie es ihr Dienstrang zuließ.

Die Majorin zeigte auf ihn. »Das ist Bert Buske, der Eigner dieses schönen Schiffes. Wie er zu der Ehre gekommen ist, diese außenpolitische Schmierenkomödie mitzumachen, habe ich dir ja bereits am Telefon erzählt. In seinem Beisein kann über alles gesprochen werden, der Mann ist absolut zuverlässig. Lasst uns nach unten gehen, da gibt's auch einen Pott frischen Kaffee.«

Nachdem alle mit Getränken versorgt waren und sich gegenseitig vorgestellt hatten, wurden die Anwesenden auf den neuesten Stand gebracht.

Buske wirkte nachdenklich. »Dass es Charlotte wohl schaffen wird, ist eine gute Nachricht, aber warum steht sie unter Arrest?«

»Die Aufzeichnungen der Überwachungskamera im Hafen von Lyø beweisen, dass Oberleutnant Wilke mit den Mördern ihres Kameraden zusammengearbeitet hat. Die Bilder wurden nicht nur im Notebook des Hafenmeisters gezeigt, sondern liefen auch im zuständigen Zollamt auf. Eure Kameradin hat demnach aktiv an dem Vandalismus auf Ihrem Schiff mitgewirkt.

Es ist ebenfalls deutlich zu sehen, wie sie einen der Killer dazu aufgefordert hat, sie an den Kopf zu schlagen. Als sie wieder allein war, hat sie sich dann filmreif ins Cockpit gelegt.«

Buske war fassungslos. »Wären wir zu diesem Zeitpunkt nicht einkaufen gewesen, hätte es uns erwischt?«

»Das ist zu befürchten.«

»Dann muss ich den Doc nachträglich um Verzeihung bitten, wenn ich ihn wiedersehe. Er hat uns früh darauf hingewiesen, dass mit ihrer Verletzung und deren Folgen etwas nicht stimme. Also *mea culpa*.«

Er dachte kurz nach. »Aber warum hat sie dann um das Leben ihrer vermeintlichen Opfer so verbissen gefightet?«

»Sie wollte unbedingt die zwanzig Millionen für sich haben. Ihre Auftraggeber haben sich aber geweigert, das Geld an eine Frau auszuzahlen. Daraufhin fing sie an, darüber aus Frust zu pokern. *All in*, also den ganzen Pott für sie, oder sie sorgt dafür, dass die Kids überleben. Nachdem die Mullahs daraufhin die Al-Malhis die Drecksarbeit erledigen lassen wollten, hat sich Charlotte auch mit denen angelegt. Das Ergebnis dieser Meinungsverschiedenheit haben wir gesehen.«

Buske war erschüttert, wie weit er mit seiner Menschenkenntnis danebengelegen hatte. »Und ich dachte, sie sei eine Heldin.«

Femke tätschelte seine Hand. »Männer verdrängen hin und wieder, dass Frauen auch nur Menschen sind. Es gibt keine gierigere Spezies.«

»Als die Frauen?«

»Nein, als den Menschen.«

Der Skipper nahm einen großen Schluck Kaffee. »Okay, dieses Kapitel ist hiermit abgeschlossen. Wie geht es jetzt weiter? Haben sich unsere beiden Regierungen endlich mal verständigt?«

Lene schüttelte verächtlich den Kopf. »Ja, sie haben miteinander verabredet, die ganze Nummer nicht zur Kenntnis zu nehmen.«

»Das verstehe ich nicht«, brummte Robert. »Warum kuschen nun auch die Dänen vor den Muftis? Was haben die gegen euch in der Hand?«

Lene konnte ihn aufklären. »Die islamische Welt liegt augenblicklich mit den Skandinaviern im Clinch, weil so ein paar Idioten Koran-Bücher verbrannt oder Karikaturen von Mohammed gemalt hatten. Die muslimischen Länder drohten damit, uns den Krieg zu erklären. Okay, dass das nicht passieren würde, war uns klar. Sollten sich diese Länder aber darüber verständigen, keine Waren mehr bei uns zu kaufen und uns keine mehr zu liefern, also einen Wirtschaftsboykott anzuzetteln, wäre das für uns eine absolute Katastrophe.«

»Weiß man, wer hinter dieser Strategie steckt?«, fragte Markus.

Lene zuckte mit den Achseln. »Wir können nur mutmaßen, dass das die Russen sind. Die zündeln ja augenblicklich an allen Ecken unseres Planeten, um von ihrer eigenen Scheiße abzulenken.«

Buske unterbrach die Diskussion. »Leute, das mag ja alles interessant sein, es bringt uns aber nicht weiter. Wer weiß, dass wir jetzt hier gerade zusammensitzen?«

»Unsere beiden Chefs«, bestätigte Femke.

»Und wozu haben die sich entschlossen?«

Lene lächelte kalt. »Für die russische Variante.«

»Die da wäre?«

»Wir wissen, wo der Sheik der Großfamilie augenblicklich logiert, nämlich auf seinem Super-Luxusdampfer in Aarhus. Dem werden meine Leute und ich einen freundlichen Besuch abstatten.«

»Und was wollt ihr damit bezwecken?«

»Dass Sheik Abdurrahman auf dem Familienchatroom von WhatsApp eine kleine Videokonferenz mit seinem Vize durchführt. Darin wird er Abdullah Al-Malhi mit einer Waffe am Kopf befehlen, die Geiseln sofort freizulassen.«

Buske zog die Stirn kraus. »Was für eine Waffe?«

»Unsere Waffe, denn nicht nur WhatsApp wird live dabei sein, sondern auch alle sozialen Medien. Wir müssen dem krawallgewöhnten Publikum schließlich etwas bieten. Dann gibt es auch noch ein Happy End, denn zum Schluss wird man sehen,

wie sich die Handschellen der Exekutive um die schmalen Handgelenke des Greises schließen.« Femke lächelte triumphierend.
»Noch Fragen?«

Buske war beeindruckt. »Und ihr seid sicher, dass das mit den Bildern alles so schnell klappt?«

»Dank KI und einer guten Maskenbildnerin werden wir diese Aufnahmen pünktlich im Kasten haben.«

»Und was geschieht, wenn dieser Vize die beiden nicht rausrückt?«

»Wir gehen davon aus, dass er es tun wird«, antwortete Femke. »Ihr Sheik in Haft ist für den Clan wie ein toter König. Um die Nachfolge wird es nur Minuten nach den Aufnahmen ein Hauen und Stechen geben. Abdullah, der Kronprinz und Großneffe von Abdurrahman, hat augenblicklich mit dieser seltsamen Wechselyacht und den Verwandten eures Admirals in Korsør angelegt. Das ist aber das Revier des Clanchefs Ost des Al-Malhi-Reiches, der mit Abdullah noch einige Hühnchen zu rupfen hat. Dieser Selim Al-Malhi wird natürlich auch sofort nach der Krone greifen wollen, sowie er die Chance dazu sieht. Ergo werden die beiden sich in aller Brutalität miteinander beschäftigen müssen, um damit ihr eigenes Überleben zu sichern. Aber nicht nur die beiden werden sich bekriegen. Es gibt noch andere Bezirksbosse, die sich ebenfalls die Köpfe einschlagen werden, um das jeweilige Gebiet des anderen schlucken zu können. Für die Großfamilie Al-Malhi wird das ein stressiger Tag. Der gute Abdullah wird froh sein, sich nicht auch noch um die Geiseln kümmern zu müssen.«

»Und was ist«, unterbrach Buske Femkes Ausführungen, »wenn dieser Kronprinz Kathi und Jonas nicht freilässt? Es geht schließlich um dreißig Millionen.«

»Das sind für die nur Peanuts. Der Clan macht jedes Jahr Milliardengewinne. Abdurrahman Al-Malhi ist einer der reichsten Männer Skandinaviens!« Femke trank einen Schluck Kaffee. »Sollte Abdullah wirklich stur bleiben, wie du voraussagst, holen wir die beiden selbst raus. Wir haben bereits zwei Fire-Teams in Korsør, die in diesem Falle mit Robert und Markus zusammen eingreifen werden.«

Buske schüttelte den Kopf. »Und nach dem Spektakel werden die Kameras auf eine Showtreppe schwenken, auf der zwei glückliche Admiralsverwandte herabschreiten, der jubelnden Menge zuwinken, auf einem roten Teppich zu einem wartenden Hubschrauber gehen, um danach aus dem Fenster winkend abzuheben. Schnitt auf einen Sprecher: Und wenn sie nicht gestorben sind –«

»Das wäre die weitaus entspanntere Lösung«, unterbrach ihn Femke. »Die wird es aber nicht geben, weil es die ganze Aktion nie gegeben haben wird. Ein Ehepaar Schulz aus Saarbrücken wird mit seinen beiden Kindern und einem Mietwagen aus diesem Kaff verschwinden. Weitere Instruktionen finden wir im Handschuhfach.«

Buske guckte sich entgeistert in der Runde um. »Wieso wir?«

Femke tätschelte erneut seine Hand. »Weil wir beide das Ehepaar Schulz sind, Bartilein, und mit unserer frühreifen halbwüchsigen Brut Dänemark entdecken wollen.«

»Und warum segeln wir nicht einfach als Gellert und Buske mit der ›Josephina‹ nach Hause?«

»Weil darauf die Kampfschwimmer in Richtung Heimat unterwegs sind.«

Buske begriff den Plan. »Und die Al-Malhis denken natürlich, die Kids seien auch an Bord.«

Lene nickte. »Das hoffen wir.«

Der Skipper brauste auf. »Und wenn nicht? Die werden euer Land bei der Suche nach uns auf links drehen, gleich nachdem die miteinander fertig sind. Lange kann das ja nicht dauern. Übrigens, die haben Steckbriefe von Jonas und Kathi. Auch wir beide sind inzwischen nicht ganz unbekannt. Die werden uns erkennen!«

Lene grinste. »Wenn unsere Maskenbildnerin mit euch fertig ist, dann werden Sie sich selbst nicht mehr erkennen.«

Er schwieg eine Weile. »Und welcher Krisenstab hat sich das alles ausgedacht?«

Beide Frauen zeigten aufeinander. »Er sitzt vor dir.«

»Und was sagen eure Chefs dazu?«

»Nichts. Sie wissen von nichts. Falls etwas schiefgehen sollte.«

»Und wer bekommt die Lorbeeren, wenn es klappt?«

Femke faltete unschuldig die Hände. »Was bitte soll klappen?«

***

Die »Josephina« befand sich auf südöstlichem Kurs zehn Seemeilen von Korsør entfernt. Die beiden Kampfschwimmer hatten Wache.

Buske saß schweigend am Kartentisch seiner Yacht und fühlte sich mies. Das blieb Femke natürlich nicht verborgen.

»Was ist mit dir?«

»Das alles ist ein ganz böser Traum.«

»Und wo ist das Problem?«

»Ich kneife mich laufend, will aber nicht aufwachen.«

»Was ist denn so böse an diesem Traum?«

»Dass mir das Geschehen komplett aus der Hand genommen wurde. Das bin ich nicht gewohnt. Am liebsten würde ich aus der ganzen Nummer aussteigen, aber wie stehe ich dann vor mir selber da?«

Sie goss ihm Kaffee nach, und er trank einen Schluck.

»Weißt du«, fuhr er fort, »gestern habe ich ernsthaft darüber nachgedacht, ob ich dich anbaggern soll. Da ist eine tolle Frau, habe ich gedacht, die ist klug, die kann anpacken, sie sieht super aus, ist sportlich ...«

Sie lächelte. »Hört sich doch gut an. Warum hast du es nicht gemacht?«

»Weil ich nicht lebensmüde bin! Ein Buske mit einer Majorin liiert. Da lachen ja die Hühner! Was habe ich da noch zu sagen? Bei so einer muss ich mich sogar zum Pinkeln abmelden!«

Das Gespräch bereitete ihr offensichtlich großes Vergnügen.

»Na, das ist ja ein Zufall. Ich habe gestern ebenfalls darüber nachgedacht, ob du was für mich wärst.«

»Und?«

»Wie soll das denn gehen? Hab ich vielleicht einen Pflege-
dienst für dauerbeleidigte Leberwürste?«

Er sah sie irritiert an. »Das war jetzt aber ein bisschen hart,
findest du nicht auch? Außerdem sag bitte nie wieder: ›Wie soll
das denn gehen?‹ Das ist für mich die Nummer eins der absoluten No-go-Sätze!«

»Warum?«

»Weil das der Totschläger für jegliches kreative Denken ist.
Wer so etwas sagt, ist meistens träge, faul, sturköpfig und oft
auch ein Arschloch. Dieser Satz aus deinem Mund, das passt
einfach nicht.«

»In diesem Fall hat er aber gepasst!«

»Nein, hat er nicht. Du bist weder träge, faul noch sturköpfig.« Er zog die Stirn kraus. »Moment, die leichtfertige Behaup-
tung, dass du nicht stur seist, nehme ich mit dem Ausdruck
größten Bedauerns feierlich zurück. Aber dass du kein Arschloch bist, dabei bleibe ich.«

Markus trat genervt vor die Tür seiner Kabine. »Leute, ich
wollte mich nur etwas ausruhen und musste mir die ganze Zeit
euer Gelaber anhören. Ihr solltet euch mal selbst zuhören. Das
hört sich an, als würde sich ein altes Ehepaar um des Kaisers
Bart streiten. Dabei ergänzt ihr euch hervorragend. Ihr solltet
morgen an Land gehen und wirklich heiraten! Dann wäre hier
Ruhe an Bord!«

Buske sah ihn wie vom Blitz getroffen an. »Wie soll das denn
gehen?«

＊

Ein finster dreinschauender Kerl betrat die Kabine, in der Kathi
und Jonas eingesperrt worden waren. Mit einer Hand hielt er
sein Sturmgewehr, mit der anderen winkte er sie zu sich.

»Los, kommt mit, der Boss will euch sehen.«

Sie wurden ins Oberdeck geführt und betraten einen für eine
Motoryacht riesigen Raum.

An der Bugseite war das Cockpit untergebracht, die Heckseite wurde von einer breiten Fensterfront abgeschlossen. Hinter diesen Fenstern erstreckte sich eine ebenfalls großzügig möblierte und überdachte Terrasse.

Dieser Raum quoll vor Luxus geradezu über. Wo man auch hinsah, man hatte extrem wertvollen Kitsch im Blick.

Abdullah empfing seine Gäste in einem Sessel, der dem seines Onkels exakt glich. Auch hatte er bei der Begrüßung genau die gleiche Körperhaltung wie der Sheik.

»Ich heiße Sie beide an Bord der ›Fatima‹ willkommen«, säuselte er in annähernd akzentfreiem Deutsch und schob sich dabei ein paar Datteln in den Mund. »Ich hoffe, es fehlt Ihnen an nichts?«

»Wer sind Sie?«, fragte Kathi.

»Solange Sie keinen Stress verursachen, ein Freund.«

»Definieren Sie Stress«, forderte Jonas ihn auf.

»Wenn Sie sich dazu durchringen würden, das kleine Zauberwörtchen ›bitte‹ zu benutzen, wäre ich Ihnen dankbar.«

»Entschuldigung«, übernahm wieder Kathi das Gespräch. »Was würden Sie also bitte als Stress definieren?«

»Wenn Sie zum Beispiel versuchen würden zu fliehen. Das würde mir nur zusätzlich Arbeit bereiten, aber für Sie beide wäre es tödlich.« Er lächelte gönnerhaft. »Ich hoffe, wir verstehen uns.«

»Da gibt es nichts misszuverstehen«, antwortete Jonas. »Haben Sie schon eine Idee, wie lange wir Ihre Gastfreundschaft in Anspruch nehmen dürfen?«

»Bis morgen früh um sechs Uhr werden sich Ihr Onkel und die gesamte Admiralität darauf geeinigt haben, wer und wie viel ein jeder zu der kleinen Aufbewahrungsgebühr der Verwandten des Herrn Mayer beisteuern wird. Nach Zahlungseingang sind Sie beide mit Allahs Segen frei und können gehen.«

»Und was wird sein, wenn sie sich nicht einigen können?«

Abdullah tupfte sich mit einer gestärkten Serviette den Mund sauber. »Das wäre zwar nicht schön, aber dann nicht mehr zu ändern. Meine Mitarbeiter in den unteren Decks hätten in diesem Falle durchaus Verwendung für so junges und knackiges Fleisch.«

Er gab seinem Wächter ein Zeichen. »Die beiden Herrschaften möchten wieder in den Gästebereich.«

»Mein Gott, war das ein unangenehmer Kerl«, stöhnte Kathi, nachdem sie erneut in ihrer Kabine eingeschlossen waren. »Dem traue ich alles zu.«

Jonas dachte konzentriert nach.

»Worüber grübelst du?«

»Darüber, was der Kerl mit dem ›Verwendung für knackiges Fleisch‹ meinte.«

»Ich fürchte, das ist klar. Man wird uns beide vergewaltigen.«

Er sah sie verdutzt an. »Wie wollen die das denn machen? Ich bin ein Mann!«

Kathi schüttelte den Kopf. »Du kannst mir glauben, da gibt es einen Weg.«

＊＊＊

Der Hafenmeister der Marina von Marselisborg war darüber irritiert, entgegen seiner Annahme doch eine bestätigte Anmeldung für die Übernachtung einer Gastyacht in seinem Computer zu finden. »Das verstehe ich nicht«, brummte er, als er den Liegeplan studierte. »Wie lang ist Ihr Schiff, sagten Sie?«

»Sechzehn Meter und drei Zentimeter. Das ist eine R55«, antwortete Lene, die inzwischen in einen schicken Trainingsanzug gekleidet war.

Der Mann pfiff anerkennend durch die Zähne und erschrak kurz darauf. »Entschuldigen Sie bitte, werte Dame, das galt nicht Ihnen, sondern Ihrem schönen Schiff. Wir haben da noch einen Platz im Westteil des Hafens, am Kopfliegeplatz von Steg zwei. Wäre Ihnen das recht?«

Lene nickte gönnerhaft.

»Für eine Nacht?«

»Ja.«

»Für Strom haben Sie eine Extrakarte?«

»Ja.«

»Dann macht das«, er klickte etwas auf seinem Computer

an, »oh, ich sehe gerade, das ist alles schon bezahlt. Tja, somit sei Ihnen ein angenehmer Aufenthalt gewünscht. Ich hoffe, Sie werden uns weiterempfehlen.«

Als Lene ihre Yacht wieder betrat, nickte sie dem Rudergänger erleichtert zu. »Es hat alles geklappt. Westhafen, Steg zwei am Kopfende.«

Der Mann war mit dieser Auskunft zufrieden. »Dann kommen wir wenigstens schnell weg, sollte es hier zu heiß für uns werden.«

»Sieh zu, dass du beim Anlegen keinen Kratzer in das Schmuckstück machst. Das Boot gehört nicht dem Staat, das hat der Zoll lediglich beschlagnahmt.« Sie sah sich suchend um. »Hast du das Landteam schon gesichtet?«

»Nein, aber sie haben sich gemeldet. So wie ich die kenne, sind sie an der Eisbude. Häagen-Dazs gibt's eben nicht in jedem Hafen.«

»Du weißt, dass das eine amerikanische Firma ist?«

Er sah sie betroffen an. »Das ist Ami-Eis?«

»Ja.«

»Mein Gott, wie soll ich das bloß meinen Kindern klarmachen?«

⁎

Korsør selbst hatte mit seinen knapp fünfzehntausend Einwohnern nur wenige Höhepunkte zu bieten. Die kleine Stadt besaß ein eigenes Theater, aber auch das war in Dänemark nicht so selten wie zum Beispiel in Deutschland.

Jemand hatte es im Vorfeld geschafft, für die »Josephina« einen Liegeplatz im Gästebereich des relativ großen Hafens zu reservieren.

»Habt ihr das gemanagt?«, fragte Buske Robert, der das Schiff gekonnt anlegte.

»Für etwas muss ein Kampfschwimmer ja gut sein.« Der Mann grinste dabei vielsagend. »Den Rest haben die Mädels ja schon eingefädelt.«

»Und, ist ihnen das gelungen? Ich bin Zivilist und habe keine Ahnung von Kriegsführung.«

»Als ob du das nicht genau wüsstest«, lachte Robert. »Die beiden haben schon echt was drauf.«

Buske wunderte sich. »Warum haben eigentlich nur die Dänen eine Kampfschwimmerin?«

»Wenn Frauen die Ausbildung durchhalten würden, hätten wir auch welche. Leider sind bisher alle aus den verschiedensten Gründen ausgestiegen. Manche davon waren echt gut.«

»Was ist denn da so anspruchsvoll?«

»Sagen wir es mal so: Es gibt bei uns nichts, was es nicht gibt. Du brauchst bei uns sämtliche Führerscheine vom Rasenmäher bis zum Kampfpanzer, du musst mit allem schießen können, was vorne ein Loch hat …«

»Das kann ich auch.«

»Ja, aber schießen allein reicht nicht. Als Kampfschwimmer musst du auch treffen. Du musst absolut fit sein, dich in allen Regionen dieser Welt auskennen und dich dort dann auch behaupten können, sowohl in der Arktis als auch im Regenwald. Du musst auf dem Wasser alles bewegen können, was einen Antrieb hat, mit dem Fallschirm aus zehntausend Metern Höhe so punktgenau landen, dass du mit dem Stiefelabsatz eine Zigarette austreten kannst.«

Buske war beeindruckt. »Und wer bei euch durchgefallen ist, der kann immer noch als James-Bond-Darsteller anfangen?«

Robert lachte. »So ähnlich.«

Buskes Neugier war noch nicht befriedigt. »Und wenn man das alles kann, wie fühlt man sich dann?«

»Normal. Man ist ja auch den ganzen Tag damit beschäftigt, diese Fähigkeiten zu erhalten und fit für Einsätze zu bleiben.«

»Und warum hört man so wenig von euren Einsätzen?«

»Weil wir uns bisher keinen Flop geleistet haben.«

»Letzte Frage: Woran erkennt man zum Beispiel beim Einkaufen oder in der Kneipe einen Kampfschwimmer auf den ersten Blick?«

Robert zuckte mit den Achseln. »Gar nicht. Ich kann dir

erzählen, woran du erkennst, dass einer kein Kampfschwimmer ist.«

»Woran?«

»Er erzählt überall, dass er einer sei.«

ZWÖLF

Die Aufgabe von Lene und ihren Leuten war klar umrissen. Das Schiff von Abdurrahman Al-Malhi musste um vier Uhr nachts des Folgetages fernmeldetechnisch komplett lahmgelegt sein. Telefon, Handy, Fax, TV und Radio durften dann nicht einfach tot sein, sondern nur noch Datenkauderwelsch senden oder empfangen. Das würde die Ratlosigkeit der Betroffenen erhöhen. Diese technischen Störungen sollten aber nur auf das Schiff begrenzt sein. Für diesen Job hatten sie einen Spezialisten, der diese Ausfälle mit einer Art elektronischer Richtkanone bewirken konnte.

»Und was sollen wir dann noch hier?«, fragte ein Kamerad der dänischen Kampfschwimmer.

»Den *worst case* verhindern.« Lene breitete vor ihnen einen maßstabsgetreuen Plan des Hafens aus. »Der Sheik und seine Leute beherrschen die gesamte Westseite der Marina. Einer seiner Männer sitzt 24/7 im Pförtnerhäuschen an der Einfahrtsschranke, zwei Mann patrouillieren 24/7 auf den Stegen, drei Leute bewachen die Gangway, und an Bord sind der Butler und zwei weitere Bodyguards. Die Clanmitglieder sind durchweg bis an die Zähne bewaffnet. Mangels einer Boeing ist dieses Schiff die ›Seaforce No. One‹ dieser Familie. Alle werden sehen, dass der alte Kapitän abgedankt wurde. Der nächste, der auf der Brücke dieser Luxusyacht das Sagen hat, ist demnach der neue Sheik – wenn er denn dorthin kommt. Nach dem Prinzip ›Der König ist tot, es lebe der König‹.«

»Und das sollen wir verhindern?«, fragte ein anderer Kamerad.

»Nein, bloß nicht. Ein Machtwechsel ist der erwünschte Kollateralschaden dieser Aktion. Wir sollen dafür sorgen, dass der Umsturz zumindest hier in der Marina ohne einen mittleren Bürgerkrieg abläuft, bei dem Unschuldige erschossen werden könnten. Der neue Mufti dieses Clans ist, wenn er es clever anstellt, quasi über Nacht Milliardär. Dafür zettelt man schon mal einen kleinen Krieg an.«

»Beide Züge des Frømandskorpset sind hier, also wird demnach so ein Krieg erwartet?«

Lene nickte. »Wenn man davon ausgeht, was die für eine Streitmacht auffahren, nur um zum Beispiel einem anderen Clan einen Club in Kopenhagen oder einen anderen Drogenhotspot abzujagen, dann kann man sich vorstellen, was sich hier abspielen könnte.«

»Und wozu wurden an uns diese neuen Waffen ausgegeben?«

»Das sind TR-3, die aktuelle Version der russischen Sturmgewehre. Es handelt sich dabei um moderne, hocheffiziente Waffen, womit die Al-Malhis leider überwiegend ausgerüstet sind. Nicht umsonst mischen die auch im internationalen Waffenhandel mit. Ihr habt diese Dinger bekommen, falls ihr schießen müsst. Wenn ihr eure Waffen danach irgendwelchen Toten umhängt, dann sieht das Ganze nach eskalierter häuslicher Gewalt aus, und man kann den dänischen Behörden nichts anhängen. Sollte von diesem Unternehmen etwas an die Öffentlichkeit gelangen, dann verbrennen die Dänen nicht nur Gebetbücher, dann schlachten sie auch noch willkürlich gläubige Muslime ab. Das darf nicht passieren! Ist das bei allen angekommen?«

Die Anwesenden nickten oder murmelten ihre Zustimmung.

»Ich möchte, dass die Zugführer ihre Leute ringsum auf den vertäuten Booten und dazwischen so verteilen, dass ihr bei einem eventuellen Eingriff nicht ins *friendly fire* geratet. Es ist jeder Froschmann voll ausgerüstet, damit wir uns nach dem Einsatz still und heimlich in Richtung See absetzen können. Draußen patrouillieren Boote, die uns in bekannter Manier aufnehmen werden.«

Lene sah ihre Kameraden zufrieden an. »Hoffen wir, dass der Schnellste der Al-Malhis die Gunst der Stunde nutzen wird, um selbst möglichst unblutig Clanchef zu werden.«

***

Die Sitzung bei Mette, der von der dänischen Staatsoper aus-
geliehenen Maskenbildnerin, stand am späten Nachmittag auf
dem Programm. Buske spürte Unbehagen, als er das Arbeits-
zimmer des Marinefriseurs betrat. Sie selbst war angenehm anzuschauen und freundlich, aber das umfangreiche Equipment,
das sie einsatzbereit um sich herum ausgebreitet hatte, verhieß
nichts Gutes. Sogar Einmalspritzen mit Injektionsnadeln gehörten zu ihrem Sortiment.

»Als männliches Wesen bin ich danach aber noch zu erkennen,
oder?«

Femke grinste. »Zu erkennen ja, aber nicht mehr zu gebrauchen.«

Er schoss aus seinem Friseurstuhl hoch. »Habt ihr etwa auch
Messer dabei, damit der Tanga nach eurer Behandlung besser
passt?«

Femke drückte ihn lachend auf die Sitzfläche des Stuhles zurück. »Sorry, aber das konnte ich mir nicht verkneifen.«

Mette schien solche Kandidaten zu kennen. »Selbst die häss-
lichsten Männer behaupten nach meiner Behandlung, geradezu
verstümmelt worden zu sein. Dabei sehen sie nur etwas anders
aus.«

»Ich bin nicht hässlich«, maulte der Skipper.

»Noch nicht«, antwortete Femke. »Und immer dran denken:
Das alles ist für einen guten Zweck.«

Buskes Verwandlung, vom bärtigen Seebären zum geschnie-
gelten Yuppie, dauerte etwas über eine Stunde. Nachdem er noch
eine randlose Brille aufgesetzt bekommen hatte, erkannte er sich
selbst nicht mehr.

»Meine Herren«, brummte er fassungslos, als er sich im Spiegel sah. »Wenn ich so bei mir im Büro auftauche, dann schmeißen
mich meine Leute achtkantig als unbekannt raus.«

Femke war mit dem Resultat ebenfalls zufrieden. »Blödsinn,
die Frauen werden dich anhimmeln und die Männer dafür has-
sen.«

»Also doch alles beim Alten«, konterte er mit einem gespielt
enttäuschten Gesichtsausdruck.

Er erhob sich von dem Stuhl und bat Femke mit einer galanten Handbewegung darum, sich ebenfalls zu setzen. »Und nun erleben wir die Metamorphose vom Majorenputtel zur Königin der Herzen.« Er machte vor der Maskenbildnerin eine Verbeugung. »Wohlan, Merlin der Kosmetik, mögen Ihre Hände diesmal ein Wunder vollbringen.«

Das gestelzte Vokabular des Skippers kannte Femke bisher nicht. »Mette, das nächste Mal spritzt du das Botox aber wieder unter die Haut, nicht ins Hirn!«

Während sich Buske im Nebenraum die passende Kleidung zu seinem neuen Erscheinungsbild aussuchte, vernahm er von nebenan ein ihm bekanntes Geräusch. Seine Mama hatte mal einen Königspudel, der alle zwei Monate geschoren werden musste. Das hörte sich so ähnlich an. Er ging zum Vorhang, der die Räume voneinander trennte, und schob ihn etwas zur Seite, um zu beobachten, was dahinter vorging.

Femke saß gefasst und reglos auf dem Stuhl, auf dem er eben noch gesessen hatte. Ihr Gesicht glich dem der Maria Stuart, als sie auf dem Schafott den tödlichen Streich des Henkerschwertes erwartet hatte. Die Hälfte der herrlichen Haare, die Major Gellert stets fest geflochten, die aber die private Femke gern ungebändigt, höchstens zum Pferdeschwanz gebunden, getragen hatte, lag auf dem Boden des Salons. Dicke Tränen liefen ihr über die Wangen, während sie Mette wortlos bei ihrer Arbeit zusah.

Buske fühlte sich plötzlich klein und schäbig. Was hatte er vor seiner Verwandlung für ein verbales Theater veranstaltet. Mit welcher Würde hingegen trug Femke ihren wirklichen Verlust! In diesem Augenblick stieg seine Bewunderung für diese Frau gleich um drei Stufen. Sagen durfte er ihr das natürlich nicht. Sie würde sicher antworten, dass sie bei ihm bei dieser Rechnung aber sehr tief angefangen haben müsse. Er lächelte und fühlte sich ihr wieder ein Stück näher.

Er sah auf die Uhr. Es war noch etwas Zeit, sich auf dem kleinen Stützpunkt umzusehen. Korsør war der Heimathafen einer modernen Korvette, ansonsten lagen bis auf zwei Barkassen keine weiteren Kriegsschiffe hier. Nachdem er ein wenig auf dem Gelände herumspaziert war, zog es ihn wieder in die warme Frisierstube. Mitte April war es in Skandinavien abends noch recht frisch.

Inzwischen hatte Mette ihr Werk beendet. Buske trat ein und erwischte sie dabei, als sie Berge braunen Haars in einen Mülleimer stopfte.

»Wo ist sie?«

Sie deutete mit einer Kopfbewegung auf den Vorhang. »Warte einen Augenblick. Sie müsste gleich fertig sein.«

Als kurz darauf der Stoff zur Seite gezogen wurde, verschlug es Buske die Sprache. Vor ihm stand die schönste kurzhaarige Frau, die er jemals gesehen hatte. »Jetzt bin ich aber platt«, raunte er. »Du siehst einfach umwerfend aus. Mit diesem Make-up solltest du heute Abend in die Oper gehen und keine Clanmitglieder überfallen.«

»Oper ist gut«, lächelte sie. »Was wird gegeben?«

»Die schönen Weiber von Korsør.«

Auch wenn sie sich durch seine strahlenden Augen und seine charmanten Worte ungemein geschmeichelt fühlte, hatte sie keine Zeit, näher darauf einzugehen.

»Hör auf zu sabbern, Seemann, wir haben heute noch eine Menge vor.«

✳✳✳

Korsør Havn am Freitag, dem 12. April, 0:00 Uhr

Jonas und Kathi hatten sich am Nachmittag noch einmal auf ihr riesiges Doppelbett gelegt und nach einer fast schlaflosen Nacht einen verspäteten Mittagsschlaf gemacht.

Kathi war inzwischen aufgewacht und genoss es, eng an ihn geschmiegt, ein wenig seine Wärme zu spüren. Vor ihrer gemeinsamen Zeit war ihre Zuneigung von geschwisterlichen Gefühlen geprägt gewesen, doch während des Segeltörns, der vergangenen Abenteuer und der Gefangenschaft war mehr daraus geworden, zumindest von ihrer Seite aus. Sie stellte sich vor, jetzt mit ihm nackt hier zu liegen, sich anzuschauen und sich gegenseitig zu streicheln. Aber würde er je die Sensibilität haben, sie so innig und zärtlich zu lieben, wie sie es sich wünschte? Zu einer Beziehung gehörte auch Empathie füreinander, nur würde er die entwickeln können? Andererseits wuchs Jonas während der vergangenen Tage fast täglich über sich und seine ihm zugedachten Fähigkeiten hinaus. Logisch denken konnte er schon immer, aber sie hätte ihm nie ein derartig hohes Maß an Flexibilität zugetraut. Kathi lernte ihren Cousin eigentlich völlig neu kennen – und lieben.

Erst jetzt bemerkte sie, dass auch er sie ansah.

»Na, du Schlafmütze, wieder an Deck?«

»Entschuldige bitte«, entgegnete er, während er sich aufgerichtet hatte, »unter Deck kann man nicht an Deck sein.« Er sah auf die Uhr. »Wir sollten aufstehen und uns fertig machen. Wir haben keine Ahnung von dem, was heute noch auf uns zukommt.«

Sie verließ das Bett ebenfalls. »Wir haben nicht mehr als das, was wir auf dem Leib haben. Demnach fällt die Vorbereitung ziemlich kurz aus.« Sie roch demonstrativ an sich. »Wir sollten duschen. Kommst du mit?«

Er sah sie entsetzt an. »Wir haben nur ein Badezimmer.«

Sie lächelte etwas enttäuscht. »Da hast du wohl recht.«

* * *

Inzwischen war es zwei Uhr nachts, und die Kampfschwimmer waren sowohl auf dänischer als auch auf deutscher Seite einsatzbereit.

Femke hatte sich bereits umgezogen und stand mit einem dunklen, eng geschnittenen Kampfanzug vor Buske auf dem Steg. Ihre Hände und ihr Gesicht waren mit schwarzer Tarnfarbe beschmiert.

»Hat dir schon jemand gesagt, dass dein Lidschatten verlaufen ist?«

Sie reagierte auf diesen Spruch genervt. »Ja, und das ist gut so. Den Ablauf deines Jobs hast du verinnerlicht?«

»Da gab es nichts groß zu verinnerlichen. Ich werde im gesicherten Marinehafen in unserem Mietauto sitzen und auf euch warten. Entweder ihr drei kommt selbst in den Hafen, oder du rufst mich an, und ich hole meine komplette Neu-Familie am Eingang der Marina ab.«

Sie nickte zufrieden. »Dann mach dich auf die Socken. Hast du alles dabei? Handy, Bargeld, Wechselklamotten für uns und für die Kids?«

Er lächelte sie an. »Ja, Mutti, alles schon im Auto.«

Sie knuffte ihm in die Seite. »Dann toi, toi, toi für uns alle.«

Sie sah ihm nach, als er über die Gangway den Steg langlief.

Sie war die Hälfte des Niedergangs der »Josephina« hinuntergeklettert, da hörte sie ihn noch rufen: »Und schön aufpassen, Frau Major, sonst ist Papa Schulz traurig.«

Ein kurzes Lächeln huschte über ihr Gesicht, dann war sie gedanklich wieder voll bei ihrem Job.

Die sechs Kampfschwimmer saßen im Salon um den Tisch herum und tranken Kaffee. Sie setzte sich zu ihnen.

»Aufgepasst, Leute: Robert und Markus sind Team eins. Philipp und Jörn Team zwo und Udo und Guido Team drei. Ich bleibe hier auf der ›Josephina‹ und –«

»Du wirst uns per Funk über das unterrichten, was sich um uns herum abspielt«, unterbrach sie Robert, »wir werden dich alle im Ohr haben. Es wäre aber unserer Mission dienlich, wenn du uns überlassen würdest, wie wir vorgehen. Es ist unbestritten, dass du eine tolle Vorgesetzte bist, doch was unsere Arbeitsweise betrifft, bist du weder fit noch auf dem neuesten Stand.«

Sie war sich nicht sicher, ob sie in diesem Augenblick die Majorin heraushängen lassen oder sich fügen sollte. Instinktiv entschied sie sich richtig.

»Ihr habt recht. Was ist meine Aufgabe?«

Robert zeigte in Richtung Kartentisch. »Wir haben da mal was vorbereitet. Über das zusätzliche Empfangsgerät kannst du alles hören, was im Innern des Maindecks der Yacht gesprochen wird. Wir haben vorhin im Vorbeischwimmen ein kleines Hochleistungsmikro am Rumpf der Motoryacht angeklebt. Auf dem

Tablet, das du daneben siehst, kannst du diese seltsame Liveübertragung des Sheiks mitverfolgen. Die App ist eingerichtet. Du wirst uns mit diesen Tools annähernd simultan über den Fortlauf der Aktion und die Reaktion des Kronprinzen informieren.«

»Okay, und wie geht es weiter?«

»Wird man die Geiseln aus irgendeinem Grund nicht freigeben, werden wir folgendermaßen vorgehen: Philipp und Jörn sichern vom Wasser aus. Udo und Guido entern von der Backbordseite und halten alles in Schach, was sich auf dem Maindeck aufhält. Von der Schusswaffe bitte nur im Notfall Gebrauch machen. Gibt es eine größere Knallerei, werden die Waffen getauscht. Markus und ich entern das Heck und öffnen das Storage, in dem die beiden Jetski untergebracht sind. Die Frequenz der Fernbedienung dafür war leicht zu knacken. Von dort aus führt eine Tür ins Unterdeck. Den Flur geradeaus befindet sich dann die Kabine, in der die Zielpersonen gefangen gehalten werden. Der Rückzug erfolgt auf demselben Weg. Die beiden Geiseln bekommen jede einen Tauchretter, und dann geht es gemeinsam unter Wasser ab in Richtung Marinehafen.«

»Was ist ein Tauchretter?«, fragte Femke.

»Das ist eine kleine Atemluftflasche mit einem Mundstück und einem Lungenautomaten. Das Gerät kann man locker nur mit den Zähnen im Mund halten.«

Femke war skeptisch. »Ich bin mir nicht sicher, ob die beiden unter diesen stressigen Umständen so weit schwimmen können.«

»Keine Angst. Wir sechs bilden eine Art Schwimmverband und ziehen die beiden von unseren Jetboots angetrieben dem Ziel entgegen.«

Femke nickte erleichtert. »Das hört sich gut an, Leute. Aber nun werde ich doch den Major ins Spiel bringen: Wenn etwas schiefgehen sollte, ich bin von unserer Gruppe die Ranghöchste und übernehme hiermit für diese Aktion die volle Verantwortung.«

✳✳✳

Obwohl Lene eine kampferprobte Offizierin war, konnte sie ihr Lampenfieber vor derartigen Aktionen nicht ganz ablegen. Bei solchen Gelegenheiten fiel ihr dann immer ihr Vater ein, der, als sie ihm von ihrem Job erzählte, gesagt hatte: »Kind, wer Schiss hat, der produziert Adrenalin, das macht hellwach, und wer hellwach ist, der stirbt nicht.«

Es war inzwischen drei Uhr achtundfünfzig. Sie gab das Startzeichen.

Per Knopfdruck des Waffenoffiziers war das gesamte Schiff des Clans medientechnisch außer Gefecht. Gleichzeitig begann der Übertragungstechniker, der sich bereits bei WhatsApp als Admin eingehackt hatte, mit der Einwahl in die Chatgruppe der Al-Malhis. Da es dauerte, bis die Angewählten sich um diese frühe Stunde einloggten, verging etwas Zeit. Abdullah war der Erste, der abgenommen hatte, weil er auf die Nachricht des Clanchefs gewartet hatte.

»*Salam aleikum*, Onkel, was haben ...?« Fassungslos sah er auf das Display seines Smartphones. Das Bild wackelte ruckartig, sodass auf dem Bildschirm kaum etwas zu erkennen war. Die Yacht des Onkels blitzte darauf kurz auf. Dann war für einen Moment ein Mann zu sehen, der dabei war, hinter der Reling eines Schiffes kniend das Magazin seines Sturmgewehres leer zu schießen. Es hörte sich überhaupt so an, als würde in Aarhus Krieg herrschen.

»Onkel«, brüllte Abdullah, »brauchst du Hilfe?«

Es war eine Stimme zu hören, die auf Arabisch »Handy her, sonst erkennt man ja gar nichts« sagte, und dann sah er den einst so stolzen, oft auch furchteinflößenden Abdurrahman Al-Malhi, der wie ein gebrochener Greis in seinem beigefarbenen Sessel mehr hing als saß. Das Bild war leicht unscharf, aber er erkannte ihn zweifelsfrei.

»Onkel«, rief er erneut, »was geschieht bei dir?«

»Lass sofort die Geiseln frei«, röchelte er einem Herzinfarkt nahe. Er griff sich erschöpft an die Brust. »Ich kann nicht mehr, Allah wird –« Das Feld, auf dem man den Sheik eben noch sehen konnte, war schwarz.

Abdullah liefen Tränen über die Wangen. Der Schrei seiner Trauer war im ganzen Hafen zu hören. Nadim, sein Assistent, kniete vor ihm nieder, ergriff seine Hand, küsste sie, führte sie an seine Stirn und küsste sie erneut. »Allah möge Sheik Abdullah ein langes Leben bescheren.«

»Nadim, mein treuer Gefährte, erhebe dich.« Er nickte seinem Assistenten huldvoll zu. »Allah möge auch dir gnädig sein.«

Alle anderen, die das Geschehen im Maindeck mitbekommen hatten, knieten sich ebenfalls mit gesenktem Haupt nieder.

»Kann mir mal bitte jemand sagen, was sich da eben vor unseren Augen abgespielt hat?«

Alle schwiegen ratlos.

»Nadim, versuche bitte, den Butler meines Onkels zu erreichen. Der wird uns sagen können, was da eben geschehen ist.«

»Was passiert mit den Geiseln?«, fragte Nadim. »Die Anweisung Ihres Onkels war eindeutig.«

»Es war lediglich der Wunsch eines alten, verbrauchten Mannes. Ich sehe nicht ein, warum ich dem nachkommen sollte. Unsere Gäste bleiben dort, wo sie sind.«

✳✳✳

Femke hatte die ganze Zeit über das Geschehen wie ein Radioreporter live kommentiert. »So, Leute, Zugriff. Er lässt die Geiseln nicht frei.«

Dreimal wurde die Meldung bestätigt. Schräg vor dem Bug der »Fatima« und unmittelbar neben dem Heck tauchte jeweils ein Mann bis zum Oberkörper aus dem Wasser, das Gewehr im Anschlag. Die Jetboots an ihren Oberschenkeln hielten die Kampfschwimmer in der Senkrechten, sodass sie keinerlei Schwimmbewegungen machen mussten, um jederzeit ein sich bietendes Ziel anvisieren zu können.

An der Steuerbordseite des Schiffes ragte plötzlich eine Metallstange aus dem Wasser, an der links und rechts Trittsprossen abklappten. Lautlos, wie Schatten, kletterten zwei dunkle Gestalten auf das Deck. Schussbereit, um bei Bedarf eingreifen zu können, knieten sie neben der Schiebetür zum Cockpit. Am Heck öffnete sich zur selben Zeit mit leisem Zischen die Klappe der Beibootgarage, vor der sich Robert und Markus mit eleganten Schwüngen auf die Badeplattform des Bootes zogen. Nachdem sie in diesem Storage verschwunden waren, schloss sich die Abdeckung wieder. Sie fanden die Tür, die ins Bootsinnere führte, unverschlossen vor. Der dahinter befindliche Flur war menschenleer. Die eingeteilten Wachen hielten es wohl für wichtiger, auf dem Maindeck ihrem neuen Sheik zu huldigen.

»Hier draußen wird es spannend, Leute!«, meldete Femke. »Eben sind zwei Humvees vorgefahren, und elf bewaffnete Männer verteilen sich auf die Stege. Es scheint, als wollten die sich strategisch günstig um die ›Fatima‹ herum positionieren. So wie die sich bewegen, sieht das nicht nach einem Freundschaftsbesuch aus.«

Robert und Markus hatten die verschlossene Tür erreicht, hinter der sie Kathi und Jonas vermuteten. Sie wurde mit einem stabilen Kampfmesser schnell aufgehebelt.

Kathi schreckte hoch. Als sie schreien wollte, hielt ihr Markus den Mund zu.

»Ruhig«, flüsterte er, »Ihr Onkel schickt uns.«

»Woher soll ich wissen, dass das stimmt? Wir hatten mal eine Parole für so etwas ausgemacht.«

»Ja, sie lautet ›Krümelmonster‹.«

Kathi schossen vor Erleichterung Tränen über die Wangen. Sie schüttelte Jonas, bis er seine Augen öffnete. Der erschrak ebenfalls, als er die nassen Kampfschwimmer neben sich stehen sah.

»Werde wach, es ist Hilfe da! Die beiden wurden von Onkel Tobias geschickt.«

»Haben sie das Stichwort gesagt?«

»Ja, ›Krümelmonster‹«, flüsterte Robert. »Los, aufstehen, wir müssen uns beeilen.«

Kathi zog ihre Hand zurück, an der sie der Soldat aus dem Bett ziehen wollte. »Einen kleinen Augenblick bitte! Ich werde ja wohl noch ins Bad gehen dürfen.«

»Nichts da«, fauchte Markus sie an. »Sie können gleich in den Hafen pinkeln.«

Als sie zu viert in dem Storage standen, erklärte Robert den beiden die Funktion der Tauchretter in wenigen Worten. Um zu zeigen, dass sie verstanden hatten, formten sie mit Daumen und Zeigefinger einen Kreis. Das war bei Tauchern das übliche Zeichen, dass alles in Ordnung war.

»Aber bitte keinen Schreck kriegen und laut juchzen oder prusten, wenn wir Sie in das Wasser gleiten lassen. Es ist kalt.«

Nachdem beide das Mundstück ihres Tauchretters im Mund hatten und die ersten Probeatemzüge gemacht hatten, öffnete Markus die Garagenklappe. Ihr Kampfschwimmerkollege, der das Heck sicherte, machte ein Zeichen, dass sie das Boot gefahrlos verlassen konnten. Markus ergriff die ausgestreckten Hände von Kathi, zog sie nach oben, um sie ein kleines Stückchen anzuheben, drehte sie übers Wasser und ließ sie langsam in das dunkle Nass gleiten. Er folgte ihr. Vorsichtig zog er sie etwas unter die Wasseroberfläche. Erst verschlug es ihr den Atem, dann aber sog sie mutig die Atemluft aus der Flasche. Ihre Anspannung wich, und sie begann zaghaft mit Schwimmbewegungen. Da sie keinen Bleigürtel umhatte, kämpfte sie mit dem Auftrieb. Ihr Retter legte ihre Arme um seinen Körper, den sie von diesem Augenblick an nicht mehr losließ.

»Sind alle zusammen?«, fragte Robert über seine Sprechanlage. Dabei hörten sie an der Wasseroberfläche leise Schüsse von Automatikwaffen. Die hatten aber nicht ihnen gegolten. Nachdem das seine Kameraden bestätigt hatten, schwebten sie unter Wasser aus der Marina hinaus in die offene See.

Plötzlich hörten sie Femkes verzweifelte Stimme. »Seid ihr noch in der Marina?«

»Was ist?«, fragte Robert.

»Hier ist der Teufel los. An allen Ecken und Enden sehe ich Mündungsfeuer. Habt ihr die Möglichkeit, mich ebenfalls über den Seeweg zu evakuieren?«

»Kein Problem«, kam die Antwort, »Guido und Udo sind gleich bei dir.«

»Danke! Ich habe mich im Wasser neben der ›Josephina‹ unter dem Steg versteckt.«

***

Während Nadim weiterhin verzweifelt versuchte, den Butler des Sheiks zu erreichen, waren vor dem Schiff Schüsse zu hören.

»Was ist da los«, rief Abdullah, »gilt uns das?«

Einer seiner Leibwächter schob die Tür auf und brachte sich mit einem Sprung ins Cockpit in Sicherheit.

»Was ist da draußen los?«, schrie der Kronprinz ihn an und zog seine mit Perlmuttgriffen verzierte Pistole. »Warum macht ihr nicht eure Arbeit und beschützt mein Schiff?«

Eine Feuergarbe ließ die Seitenfenster der »Fatima« zersplittern.

»Das sind Selims Leute. Die wollen uns töten!«

»Blödsinn, warum sollten sie das?«

Abdullahs Handy klingelte. Er sah auf das Display und nahm das Gespräch an. »Selim, du Sohn einer Hure, was ballerst du da draußen herum?«

»Übergib uns die Geiseln, dann lassen wir dich vielleicht leben.«

Die Stimme des jungen Mannes überschlug sich. »Was unterstehst du dich, deinem Sheik zu drohen? Ich werde deinen räudigen Körper an die Schweine verfüttern, wenn ich mit dir fertig bin.«

Erneut schlug eine Feuergarbe im Maindeck ein und zerstörte den Großbildfernseher.

»Gib mir die Geiseln, sonst zerquetsche ich deinen Kadaver!«

Abdullah beendete das Gespräch. »Nadim, hol die Geiseln. Wenn er die unbedingt haben will, dann wird er nicht auf sie schießen.«

Sein Assistent robbte zum Niedergang und rutschte die paar Stufen auf dem Bauch ins Unterdeck. Als er die offene Tür sah, wusste er sofort, dass etwas nicht stimmen konnte. Hektisch durchsuchte er Raum und Bad und fand nicht den kleinsten

Hinweis auf ihren Verbleib. Aus der Temperatur der Bettwäsche schloss er, dass sie noch nicht lange fort sein konnten. Aber wie sollten sie geflohen sein? Er kontrollierte die Tür und fand eindeutige Beweise, dass sie vom Flur aus aufgebrochen worden war.

»Das kann nicht sein!«, murmelte er verzweifelt. »Der Sheik wird uns töten.«
Völlig verstört robbte er wieder hoch zum Maindeck.
»Chef«, rief er, »die Geiseln sind weg.«
Abdullah sah ihn fassungslos an. »Wie kann das sein? Ich war die ganze Zeit hier oben. Hast du wirklich überall nachgesehen?«
»Ja.«
»Aber dann hätten sie hier oben bei mir vorbeikommen müssen, das sind sie nicht!«
»Dann sind sie hinten raus, aus der Jetski-Garage«, rief ihm der Bodyguard zu.
»Das geht auch nicht, dann müssten sie Selim in die Arme gelaufen sein.«

***

Nach wenigen Minuten tauchten die beiden Kampfschwimmer neben Femke auf.

Sie erschrak. »Da bekommt man ja einen Schock«, flüsterte sie, als vor ihr plötzlich auch ein zweites Gesicht auftauchte, das hinter einer Gummimaske versteckt war. »Gott sei Dank seid ihr da. Ich friere mir in dieser eiskalten Hafenplörre den Arsch ab. Habt ihr auch so ein Retterdings für mich?«, erkundigte sie sich. »Das mit der Luft könnte sonst ziemlich knapp werden.«

»Ich habe nur einen zweiten Lungenautomaten für Sie, Frau Major. Leider keine Maske. Ich bitte Sie daher, Ihre Augen fest zu schließen, wenn wir abtauchen.« Er führte ihre Hände an eine Metallstange. »Das ist unsere Enterleiter. Daran werden wir Sie sicher durch das Wasser ziehen. Machen Sie bitte keine Schwimmbewegungen. Erschrecken Sie sich vor allem nicht, wenn wir aus der Marina ins offene Meer schwimmen. Dann wird es nämlich erst richtig kalt. Sowie wir in den Marinehafen einbiegen, wird es wieder wärmer. Alles verstanden?«

Sie nickte.

»Okay, jetzt nehmen Sie bitte den Lungenautomaten in den Mund, tauchen kurz unter und machen ein paar Probeatemzüge.«

Sie nickte erneut und folgte seinen Anweisungen. Als sie wieder auftauchte, splitterte über ihnen das Holz. Ein Querschläger schlug in das Heck der »Josephina« ein.

Der andere Kampfschwimmer stöhnte auf. »Scheiße, das war ganz schön nahe. Wenn Sie gut Luft bekommen haben, dann wagen wir es jetzt.«

»Von mir aus kann es losgehen«, sagte Femke und tauchte unter. Kurz darauf spürte sie, wie sie fest die Stange umklammernd durch das Wasser gezogen wurde. Wäre ihr nicht so kalt gewesen und hätte sie sehen können, hätte sie das Gefühl der Schwerelosigkeit sicher genossen, aber unter diesen Umständen war das Vergnügen zweifelhaft. Ihr Gesicht wurde plötzlich von etwas Glitschigem gestreift. Da, ein zweites Mal. Sie schienen durch einen Schwarm dieser ekligen Wabbelquallen geschwommen zu sein. Dann war ihr auf einmal so, als würde sich ihr Körper in eine Eiswand bohren. Femke war dankbar, dass sie der Soldat vorgewarnt hatte. Mit einem Mal hatte sie das unbedingte Bedürfnis, diesen unmöglichen Buske zu umarmen. Sie würde sich mit Sicherheit über ihn ärgern, aber es war so wunderbar warm gewesen, als sie sich an ihn kuscheln durfte. »Major Gellert«, stauchte sie sich in Gedanken zusammen, »würden Sie sich bitte nicht so ein pubertäres Zeug wünschen!« Aber es half nichts, dieser Drang wurde immer intensiver, und die Reise durch die eiskalte Ostsee schien sie darin weiter zu bestärken.

Es waren nur drei Minuten, aber nach ebenso vielen gefühlten Stunden wurde das Wasser plötzlich wärmer. Obwohl sie durch den Mund atmete, roch sie Diesel. Kurz darauf durchstieß ihr Kopf die Wasseroberfläche. Sie spuckte den Lungenautomaten aus und schimpfte: »Heilige Scheiße, war das kalt. Habt ihr mit mir eine Butterfahrt gemacht, oder warum hat das so lange gedauert?«

Mehrere Hände griffen nach ihr und zogen sie aus dem Wasser. Bevor sie darum bitten konnte, wurde sie auch schon in eine Decke eingehüllt. Zwei Arme umschlangen sie von hinten, und sie spürte einen herrlich warmen Körper an ihrem Rücken. Direkt vor ihr wurde ebenfalls einer ihrer Retter aus dem Wasser gezogen. Auf dem Boden liegend, krümmte er sich vor Schmerzen, und aus seiner Schulter pulsierte bei jeder Bewegung Blut.

»Mein Gott«, rief sie, »Sie sind ja verwundet.«

»Nicht so schlimm«, antwortete er gepresst. »Das ist nur ein Streifschuss.«

»Ach übrigens«, platzte es aus ihr heraus, »wo ist Buske?«

»Er wärmt eine gewisse Frau Schulz«, ertönte eine vertraute Stimme hinter ihr.

Sie drehte sich zu ihm. »Deine ›Josephina‹ hat leider etwas abbekommen.«

»Das ist nicht so schlimm. Das kann man wieder flicken«, sagte Buske.

Sie sah sich suchend um. »Sind die Kids auch gut angekommen?«

»Die sind schon unter der warmen Dusche, und da gehörst du auch hin.«

✳✳✳

Der Gefechtslärm auf der Marina von Korsør hatte nachgelassen. Ab und zu fiel noch ein Schuss, aber im großen Ganzen schien der Krieg beendet worden zu sein, wenn auch nur aus Munitionsmangel.

Selim hatte sich inzwischen auf Rufweite an die »Fatima« herangearbeitet. »Was ist mit den Geiseln, du Wurm?«

»Das fragst du mich?«, antwortete Abdullah aus dem völlig zerschossenen Maindeck seines Schiffes. Dadurch, dass die Fensterscheiben kaputt waren, konnte man ihn draußen gut verstehen. »Hier sind sie nicht mehr, und wenn sie einer entführt hat, dann könnt es nur du oder deine Verräterbrut gewesen sein.« Er machte eine Pause, um über die Antwort seines Gegners nachzudenken. »Außerdem solltest du mir huldigen und mich nicht beschießen. Ich bin dein neuer Sheik.«

»Dir Geschmeiß soll ich huldigen?«, kam die Retourkutsche. »Vorher würde ich lieber den Hintern eines Schweines küssen!«

Die Smartphones beider Kontrahenten klingelten gleichzeitig. Abdullah war ein bisschen schneller als Selim dran, und so staunte er einen Moment früher über das Konterfei des alten Sheiks. »Onkel«, stammelte der Kronprinz wie vom Donner gerührt, »*salam aleikum*. Du bist wieder in Freiheit?«

»Ich war nie woanders«, kam die harsche Antwort.

»Aber wir haben es mit eigenen Augen gesehen, wie du verhaftet wurdest«, schaltete sich nun auch Selim ein. »Alle waren Zeuge!«

»Und anstatt miteinander wie zwei erwachsene Männer zu reden, beschießt ihr euch gegenseitig«, ereiferte sich der Alte. »Wie viele gute Menschen mussten durch eure Idiotie sterben?«

Selim zuckte mit den Achseln. »Ich weiß es noch nicht«, stammelte er.

»Und worum ging es mal wieder zwischen euch beiden?« Der Alte schlug wütend die Fäuste auf die Armlehne seines Lederthrons. »Habt ihr geldgierigen Missgeburten euch wieder um das Fell des Bären gestritten, bevor er erlegt war?«

»Aber nein, Onkel«, versuchte Abdullah ihn zu beruhigen, »wir waren uns nur nicht über den Aufenthaltsort der Geiseln einig.«

»Und wo sind sie?«, kam die bohrende Frage.

»Also bei mir sind sie nicht«, antwortete Selim schnippisch und gedachte sich so aus der Affäre zu ziehen.

»Bei mir auch nicht«, folgte Abdullah seinem Beispiel.

»Wollt ihr damit sagen, dass ihr beide sie verloren habt?«

Selim wand sich wie ein Aal. »So würde ich es nicht ausdrücken.«

Abdullah tat es ihm gleich. »Vielleicht haben sie sich nur vor der Schießerei in Sicherheit bringen wollen. Aber damit hat Selim angefangen.«

»Schluss«, brüllte der Onkel, »ihr seid einer wie der andere unwürdiges Gewürm.« Er spie in Richtung der Kamera. »Pfui, ich spucke auf euch. Ihr seid es beide nicht wert, mich zu beerben!«

»Aber Moment mal«, begehrte Selim auf, »bist du denn wieder aus dem Gefängnis raus?«

»Wie oft soll ich es euch noch sagen: Euer Oheim ist nie verhaftet worden und wird es auch in Zukunft niemals werden! Ihr seid alle einer üblen Fälschung aufgesessen. Zwei natürliche Idioten sind einer künstlichen Intelligenz aufgesessen!« Er bat seinen Butler ermattet um einen Schluck Wasser. »Was ist nun also mit den Geiseln?«

»Sie sind weg«, beichtete Abdullah kleinlaut.

»Dafür kann ich aber nichts«, schob Selim hinterher.

Der Sheik vergrub das Gesicht in seine Handflächen. Danach sah er müde in die Kamera. »Ihr habt zwei Tage Zeit, sie wiederzufinden, ansonsten tretet ihr die Reise in unsere Heimat gemeinsam an!«

Bevor das Bild erlosch, war für beide zu sehen, wie sich ihr sichtlich geschwächtes Familienoberhaupt an die Brust griff.

DREIZEHN

Während Jonas und Kathi sich ebenfalls einer optischen Veränderung unterziehen mussten, hatte Buske endlich mal wieder Zeit, mit seinen Leuten in Schilksee zu telefonieren. Sein Ausbildungsskipper nahm ab.

»Pierre, altes Haus, wie geht es dir?«

Der Angesprochene stutzte. »Bert, bist du das?«

»Ja, wer denn sonst? Ich wollte nur mal hören, ob bei euch alles frisch ist.«

Es entstand eine Pause.

»Bert, ist bei dir alles in Ordnung?« Pierre hatte daran Zweifel, winkte Tine heran und stellte auf laut.

»Aber na klar doch«, flötete Buske. »Übrigens, du wirst nicht erraten, wen ich getroffen habe.«

»Wenn ich es sowieso nicht errate, dann kannst du mir es ja verraten.«

Buske lachte gekünstelt. »Immer wieder für einen Scherz gut, der alte Pierre, haha. Du wirst es nicht glauben. Jean-Claude hat mich auf der Straße angetroffen. Ich hätte den fast gar nicht wiedererkannt!«

Natürlich erinnerte Pierre sich an JC. Sie hatten zur selben Zeit bei der französischen Marine auf der »Foche« gedient, einem Flugzeugträger, der im Jahr 2000 außer Dienst gestellt wurde. Pierre war Waffensystemoffizier, während JC Abhörspezialist war.

»Na, das ist ja ein Zufall. Was macht der Mädchenschreck denn in Dänemark?«

Buske lachte. »Du wirst es nicht glauben, das Gleiche wie früher!«

»Aber deswegen rufst du doch nicht an, oder?«

»Nein. Ich habe ganz vergessen, dass die ›Makani‹ zur Werft muss. Die haben da noch Garantiearbeiten zu erledigen. Bring doch auch Tine und die Kinder mit und unser fleißiges Lieschen, die hat es verdient.«

Pierre notierte sich alles. »Gut, werde ich machen. Wann soll die ›Makani‹ da sein?«

»Die Werft hat angerufen. Sie haben ein Auftragsloch, und es wäre ihnen lieb, wenn du sofort losfahren würdest.«

»Mach ich. Denn man tau!«

»Grüß alle schön«, verabschiedete sich Buske.

***

Im Büro herrschte Ratlosigkeit.

»Was hat der denn geraucht?«, murmelte Tine. »Ich denke, die Dänen haben nur guten Stoff?«

Pierre schüttelte den Kopf. »Der ist nicht *stoned*, der wollte uns etwas verschlüsselt sagen.«

»Bist du jetzt auch high?«

»Nein, aber dieser JC war bei der Marine Spezialist für Abhöraktionen und ist schon seit über zehn Jahren tot.«

»Außerdem ist es Blödsinn, dass die ›Makani‹ in die Werft muss. Sie ist schon gar kein Garantiefall.«

Pierre hatte eine Idee. »Wo habt ihr das Schiff her?«

Tine zog einen Ordner aus dem Regal und blätterte darin. »Die haben wir vor vier Jahren gebraucht in Rødbyhavn gekauft. Aber zu denen würde Bert niemals mehr ein Schiff bringen. Die servieren ihrer Belegschaft in der Pause Lachs mit Brillanten.«

Pierre lachte. »Und die will der olle Geizkragen bestimmt nicht finanzieren.« Er strich sich nachdenklich am Kinn. »Was möchte uns Bert sagen, und warum drückt er sich so seltsam aus?«

»Na, wenn dieser Jean-Claude Abhörspezialist war, dann denke ich mal, dass der Chef damit sagen will, dass er abgehört wird und du die ›Makani‹ so schnell wie möglich nach Rødbyhavn bringen sollst. Aber warum sollen wir die Kinder mitbringen? Was für Kinder?«

Pierre hatte eine Ahnung. »Bei seinem jetzigen Törn hatte er doch zwei junge Leute aufs Auge gedrückt bekommen. Er beschwerte sich, dass er nun auch als Kindermädchen fungieren sollte. Wir beide können zwei Boote nicht allein segeln. Die beiden studentischen Aushilfen vom vergangenen Jahr könnten wir als Crew anheuern. Ruf sie bitte an, ob sie sich für ein paar Tage etwas dazuverdienen wollen.«

»Okay, dann werde ich mal eine Tasche packen.« Tine zögerte. »Aber wieso segeln wir in zwei Booten?«

»Das hat er nicht gesagt. Er will die ›Liese‹ auch mit in Rødbyhavn haben, und damit basta. Du kannst doch segeln, also los!« Er sah auf den Kalender. »Sonnenaufgang ist hier um sechs Uhr vierunddreißig, und dort geht sie um zwanzig Uhr zwanzig unter. Wir haben also für runde fünfunddreißig Seemeilen knappe vierzehn Stunden Zeit. Schreib ihm, dass er JC herzlich von mir grüßen soll.«

Sie sah ihn verstört an. »Aber was will der Chef mit drei Booten ausgerechnet in Rødbyhavn?«

»Wieso drei?«

»Die ›Makani‹, die ›Liese‹ und die ›Josephina‹.«

»Frag ihn, wenn wir da sind.«

✳✳✳

Buske hatte es sich auf einer Bank gemütlich gemacht. Er dachte über das Gespräch mit Pierre nach, da piepte sein Handy. Mit der Werft gehe alles klar, stand da, und die Familie komme mit. Zum Schluss sollte er JC herzlich grüßen, wenn er ihn morgen Mittag treffe.

»Na also!«, rief er. »Es macht doch immer wieder Sinn, dass man mit Verrückten zusammenarbeitet. Das vereinfacht die Kommunikation.«

»Gilt das auch für mich?«, sagte eine Stimme hinter ihm.

Er fuhr herum und war sprachlos. Femke hatte zwar nur einen Trainingsanzug der dänischen Marine an, verstand es aber trotzdem, darin toll auszusehen.

»Was hast du nur, das ich nicht habe?«

»Inwiefern?«

»Wenn ich so ein Ding anhätte, dann würde man sagen: Karl

Lagerfeld hatte recht mit seiner Jogginghosentheorie. Bei dir wäre er nicht auf die Idee gekommen, dass du die Kontrolle über dein Leben verloren hättest.«

Sie winkte ab. »Danke für die Blumen, aber genauso fühle ich mich im Augenblick. Oder hast du den Eindruck, als würden wir momentan über unser Leben bestimmen können?«

»Das würde mal wieder guttun«, stimmte er ihr zu. »Hinzu kommt nach den ganzen Erlebnissen der vergangenen Tage, dass man die Flöhe husten hört.«

»Sag mir, wer uns bedroht, und ich erschieße ihn. Ich bin Major, ich darf das.«

»Charlotte und Sebastian. Ich weiß nur noch nicht, wen zuerst.«

»Was stört dich?«

»Der Doc hat uns die ganze Zeit vor ihr gewarnt, und als sie angeschossen wurde, führte er sich auf, als sei er ein liebender Angehöriger. Ich bin kein Arzt, aber würde einfach mal behaupten, dass es nicht nötig war, sie ins Krankenhaus zu begleiten. Die dänischen Marine-Paramedics sind die besten ihrer Zunft. Das müsste Herr Oberstabsarzt eigentlich wissen.« Er sah sie erwartungsvoll an. »Was meinst du dazu?«

»Ich habe Hunger.«

»Das ist alles, was du zu meinen brillanten Ausführungen zu sagen hast?«

Sie lächelte ihn an. »Ich konzentriere mich auf Prioritäten. Das solltest du in Zukunft auch machen.«

»Die da wären?«

»Drei Dinge sind für Menschen wichtig, die den Umgang mit einer ›Gellert‹ pflegen: Wenn sie Hunger hat, wird sie unleidlich. Bei großem Hunger ist Gefahr im Verzug, und bei Heißhunger tötet sie, nur um an Fleisch zu kommen.«

»Das ist aber ein Riesenglück, dass ich zwangsweise mit einer ›Schulz‹ verheiratet wurde.«

»Achtung, sie ist eine geborene ›Gellert‹.«

Kathi und Jonas tauchten hinter ihnen auf. »Ihr seid also auf einmal unsere Eltern?«

Sie drehten sich um und erschraken über das fremde Aussehen der beiden.

»Sieh an«, säuselte Femke, »die Kleinen sind aus der Dusche zurück.«

Buske zog die Stirn kraus. »Liebling, findest du nicht auch, dass sie vor der Entbindung irgendwie hübscher waren?«

Alle mussten lachen.

»Es ging euch demnach auch so, dass ihr erst mal im Spiegel jemand Fremdes gesehen habt«, folgerte Kathi.

Buske erhob sich. »Eure Mutter entwickelt Hungerödeme. Wir sollten in die Kantine gehen.«

Femke schreckte hoch. »Ach du Sch…! Ich habe kein Geld, kein gar nichts hier. Mein Portemonnaie ist noch auf der ›Josephina‹, und das können wir momentan nicht holen.«

»Uns geht es ähnlich«, bestätigte Jonas.

»Na super«, murmelte Buske bedient. »Der Familienausflug wird nicht nur spannend, sondern auch teuer.«

***

Die Stimmung auf der »Fatima« war angespannt. Sowohl Selims als auch Abdullahs Leute versuchten gemeinsam, die Schäden, die während der Schießerei auf und an dem Schiff entstanden waren, zu erfassen und das, was zu richten war, schnell in Ordnung zu bringen.

»Fandest du nicht auch, dass der Sheik irgendwie anders aussah als sonst?«, begann Emin das Gespräch mit seinem Cousin.

»Ja, es schien ihm nicht gut zu gehen.«

»Er ist alt geworden.«

»Ich denke, zu alt.«

Emin stockte in seinen Bewegungen. »Vielleicht war das heute Morgen gar kein Fake, sondern er wurde aus gesundheitlichen Gründen nicht verhaftet.«

»Blödsinn, so etwas kann nur ein Richter verfügen. Wo sollen die mitten in der Nacht so schnell einen hergehabt haben?«

Er schüttelte den Kopf. »Das kann uns aber alles völlig egal sein, wir müssen die Geiseln wiederfinden, sonst ist das unser Ende.«

»Du denkst, er hat das ernst gemeint? Wir sind doch aber sein Fleisch und Blut.«

»Das wird ihm egal sein. So böse wie heute Morgen habe ich ihn noch nie gesehen«, brummte Abdullah.

Sein Handy piepte. Er sah auf das Display und machte ein genervtes Gesicht.

»Wieder der Sheik?«, fragte Emin.

»Nein, meine Mum.« Er nahm das Gespräch an. »Was ist los, Mama? Du störst mich bei der Arbeit!«

»Abdullah, deinem Onkel geht es sehr schlecht. Du weißt, sein Herz.«

»Dann ist mein Platz an seiner Seite. Wenn wir hier ablegen, bin ich in drei Stunden da.«

Eine andere Frau war plötzlich zu sehen.

»Tante Amira«, rief der Kronprinz erstaunt, »was machst du denn da?«

Selim schreckte auch hoch. »Mama, wieso bist du in Aarhus?«

»Weil es hier etwas Wichtiges zu besprechen gab.«

Das Gesicht ihres Sohnes nahm einen verächtlichen Gesichtsausdruck an. »Was zu besprechen? Wer ist denn noch in eurer Runde?«

»Eure Tanten Nadira, Fida, Gadi und Faizah und eure Schwestern und Cousinen Nour, Hafsa, Fatima, Azra und Amina.«

»Also ein Damenkränzchen«, lachte Abdullah. »Was habt ihr schon Wichtiges zu besprechen?«

»Mäßige dich, mein Junge«, wies ihn seine Tante zurecht. »Ich gebe das Handy wieder an deine Mutter.«

Das Bild wackelte, und Nadira erschien erneut auf dem Display.

»Mama«, maulte Abdullah, »wir haben jetzt keine Zeit für euren Frauenkram.«

Selim stieß ihn an. »Abdullah, pass auf, was du sagst«, flüsterte er und hielt dabei das Mikrofon des Handys zu. »Ist dir nicht aufgefallen, dass meine Mum die Stammmütter aller Familienzweige der Al-Malhis zusammengetrommelt hat? Du solltest dieser Versammlung Respekt zollen. So eine Zusammenkunft gibt es nur zu wichtigen Anlässen!«

»Wo sind die Männer?«, fragte Abdullah genervt.

»Sie sind alle hier«, beschwichtigte ihn seine Mutter. Sie drehte das Handy, und der vermeintliche Kronprinz erkannte die wichtigsten Männer des Clans, die etwas verlegen in die Kamera winkten. Sie richtete das Smartphone wieder auf sich.

Abdullahs Blick wurde starr. »Mama, wo ist Onkel Abdurrahman?«

»Wie schon gesagt, er ist alt, verbraucht, und er kann nicht mehr.«

Plötzlich fiel ihm etwas Entscheidendes auf. »Wieso sitzt du in Onkels Sessel?«

»Weil du jetzt nicht mehr der Großneffe des Sheiks bist.«

Sein Herz klopfte wie wild. »Wer bin ich ab sofort? Sag es, Mutter, rufe es in die Welt!«

»Abdullah Al-Malhi, du bist ab sofort der Sohn von Sheikha Nadira Bint Al-Malhi.«

Sein Gesicht erstarrte. »Aber, Mutter«, stammelte er verzweifelt, »Allah sei mein Zeuge. Alle Welt wusste, dass ich der Kronprinz und der zukünftige Sheik bin. Ich und kein anderer!«

»Das ist richtig, mein Junge, Kronprinz wirst du auch bleiben.« Sie lächelte eiskalt. »Jedenfalls solange du dich bei der Wiederbeschaffung der Geiseln an die gesetzte Frist hältst.«

✳✳✳

»Ich werde Lene fragen, ob sie bei der dänischen Marine eine weitere Offizierin brauchen. Das Frühstücksbüfett ist einfach zum Niederknien!«, jubelte Femke mit vollem Mund.

Buske sah ihr kopfschüttelnd beim Essen zu. »Dich ständig in der Truppe zu haben wäre für jeden Beschaffungsoffizier ein Kündigungsgrund.« Und zu Kathi und Jonas gewandt: »Und wir sollten uns nach einem Anhänger umsehen, damit die Mama auf unserer Tour ihre Pausenbrote mitnehmen kann.«

»So viel esse ich doch gar nicht«, protestierte Femke.

»Dass ich nicht lache«, winkte der Skipper ab. »Bei der Lachsmenge, die du vertilgst, muss im kommenden Indian Summer mit depressiven Grizzlys gerechnet werden.«

Kathi wunderte sich auch. »Wo futterst du das nur alles hin? Da nimmt man ja schon zu, wenn man nur mit am Tisch sitzt.«

»Das scheint ein Armeephänomen zu sein«, wusste Jonas zu berichten. »Onkel Tobias isst ähnliche Mengen, und er schuldet es der Tatsache, dass er noch im Wachstum sei.«

Buske trank einen großen Schluck Cappuccino. »So, Leute, heute geht's in die Heimat. Welchen Weg hättet ihr denn gern? Wir könnten nach Kopenhagen fahren, der kleinen Meerjungfrau die Flosse schütteln und dann weiter über Malmö und Trelleborg auf die Fähre Richtung Lübeck oder stur die E 20 und E 45 bei Flensburg nach Deutschland rein. Wonach ist euch?«

»Also Fähre wäre schon toll«, votete Jonas.

»Och nöö«, maulte Kathi, »Wasser hatten wir doch nun wirklich genug!«

»Und was sagt die Chefin?«

Femke überlegte. »Tut mir leid, Kathi, aber die Fähre fände ich auch spannender. Jetzt, wo wir keine Verfolger mehr fürchten müssen, können wir in Kopenhagen noch ein wenig shoppen gehen. Papa zahlt ja!«

»Dann bin ich aber auf das Gesicht des Marinezahlmeisters gespannt, wenn ich dem die Rechnung unterschiebe.«

»Der wird das kalt lächelnd abzeichnen«, bemerkte Kathi. »Es gibt ja jetzt das sagenumwobene Sondervermögen für die Armee.«

Buske grinste. »Sollte das aber kleiner sein als der Kleiderschrank von Frau Major, dann gibt's Stress an der Regimentskasse.« Er klopfte mit der flachen Hand auf den Tisch. »Dann auf, Familie Schulz fährt nach Kopenhagen.«

✼✼✼

Lene hatte wirklich an alles gedacht. In ihrem gemieteten Range Rover Defender war neben Wechselklamotten und einem neuen Handy für Femke auch ausreichend Reiseproviant verstaut.

Zum Abschied grüßte sie der Wachposten am Pförtnerhäuschen freundlich, als er den Schlagbaum für sie öffnete.

Während sie an der Einfahrt zur Marina vorbeifuhren, wurde Femke nervös. »Was meinst du, können wir es nicht doch noch riskieren, ein paar Sachen von der ›Josephina‹ zu holen?«

Buske zuckte mit den Achseln. »Sorry, aber da kommst du zu spät. Die Kampfschwimmer sind mit ihr schon beim ersten Morgengrauen in Richtung Schilksee aufgebrochen.«

»Fällt es dir nicht schwer, deine ›Lady‹ in fremde Hände zu geben?«

»Nein. Robert und Markus beherrschen das Segelhandwerk. Das haben sie ja nun eindrucksvoll bewiesen. Und wenn ein Fachmann am Ruder sitzt, geht mein Mädchen gern auch mal fremd.«

Bei der Auffahrt auf die Autobahn wunderte sich Kathi. »Fahren wir nun doch über die E 20?«

»Ja, aber in die andere Richtung.«

Sie war beruhigt, Jonas hingegen räusperte sich nervös. »Leute, wir werden verfolgt. Seht ihr den roten Audi Q8 hinter uns?«

Buske sah in den Rückspiegel, und Femke klappte den Kosmetikspiegel herunter.

»Was ist an dem denn auffällig?«, fragte sie.

»Dass er mit vier Mann besetzt ist«, antwortete Jonas, »und dass er uns folgt, seitdem wir den Stützpunkt verlassen haben.«

»Dann wollen wir doch mal sehen, ob der uns wirklich im Genick sitzt.« Mit grimmigem Gesicht verlangsamte Buske das Tempo, blinkte rechts und ließ den Wagen auf dem Standstreifen ausrollen. Der Audi fuhr an ihnen vorbei, und es war zu beobachten, wie die Insassen wild mit den Armen fuchtelnd untereinander stritten.

»Die sind abgehängt«, brummte er, »sollten die uns wirklich verfolgt haben. Aber was machen wir jetzt? Die nächste Ausfahrt runter, oder geht es auf der Bahn weiter?«

»Bei der kommenden Abfahrt raus und zurück«, schlug Jonas vor. »Wenn der dann wieder hinter uns auftaucht, haben wir Gewissheit, dass der hinter uns her ist.«

Sein Vorschlag wurde angenommen, und sie machten einen U-Turn.

Femke reichte das noch nicht. »Lass uns auf Nummer sicher gehen. Da vorn ist ein Rastplatz. Fahr da mal raus.«

Buske folgte ihrer Anweisung. Als er den Wagen ausrollen ließ, zeigte sie auf zwei Lkw. »Hinter denen verstecken wir uns.«

Nachdem sie gehalten hatten, stiegen sie aus und beobachteten, vom Führerhaus des einen Lasters verdeckt, das Geschehen. Sie mussten nicht lange auf den roten Audi warten. Langsam rollte er aus und parkte. Die vier Insassen stiegen aus und palaverten miteinander. Einer von ihnen sah immer wieder auf sein Handy und zeigte plötzlich auf die Lkw.

»So eine Scheiße«, fluchte Femke. »Die Kerle orten uns irgendwie. Wir müssen einen GPS-Tracker am oder im Auto haben! Bloß weg.«

Sie sprangen wieder in den Wagen, und Buske rauschte mit Vollgas auf die Autobahn. Der Audi folgte ihnen.

Femke überlegte laut. »Wer sind diese Leute, und was werden die machen, jetzt, wo sie wissen, dass wir sie entdeckt haben?«

»Sind das Iraner, dann müssen wir damit rechnen, dass sie nichts anderes im Sinn haben, als ihren Mordauftrag zu erledigen. Nur machen sie das hier auf der Autobahn, oder warten sie so lange, bis wir ein stilles Plätzchen ansteuern?«

Femke schüttelte den Kopf. »Sie werden das nicht hier durchziehen und damit einen größeren Kollateralschaden riskieren.«

»Vielleicht ist uns aber der Clan wieder einmal auf den Fersen. Das würde denen auch ähnlichsehen.«

»Kathi«, brummte Buske, »du könntest recht haben. Dann wäre aber die ganze Führungswechseltheorie von Lene gründlich in die Hose gegangen. Das alles deutet eher darauf hin, dass der Alte noch immer am Ruder sitzt und seine Geiseln wiederhaben will.«

»Dann würden sie immerhin nicht auf uns schießen«, fügte Jonas hinzu. »Lebend sind wir mehr wert.«

»Leute«, beendete Femke die Diskussion, »ich bin der Mufti, und hier kommt die Order: Wir fahren erst mal zurück zum Stützpunkt. Ich werde Lene von unterwegs über die neue Entwicklung informieren. Vielleicht kann sie noch etwas für uns organisieren, damit wir die Kerle abschütteln können.«

**

Der Wachsoldat des Stützpunktes begrüßte sie genauso freundlich, wie er sie verabschiedet hatte. Er schien aber über ihr erneutes Kommen informiert worden zu sein, denn er öffnete den Schlagbaum schon, als er sie von Weitem sah.

Auf dem Stützpunkt selbst wurden sie gleich in eine Fahrzeughalle gewinkt.

»Dann wollen wir doch mal sehen«, begrüßte sie der diensthabende Chefsergent, »wo wir den kleinen Spion finden werden.«

»Das ist freundlich«, bedankte sich Femke.

Sie alle verließen das Fahrzeug.

Während der Range Rover auf der Hebebühne hochfuhr, fragte er, ob ihres Äußeren etwas irritiert: »Sie sind Major Gellert?«

Femke nickte. »Ja, Kapitänleutnant Nielsen müsste Sie über alles informiert haben.«

Er schaute unsicher auf den Zettel, der in seine Kladde gespannt war. »Nein, ein Orlogskaptajn Nielsen hat die Anweisung gegeben.«

»Was für ein Kaptajn?«, fragte sie.

»Entschuldigung, in unsere NATO-Verbund ist das eine Commander.«

»Na, guck mal einer an, wie schnell das in Dänemark mit den Lorbeeren geht«, grinste Buske. »Ich bin neugierig, wie man dich anreden muss, wenn wir wieder zu Hause sind.«

»Vielleicht hat sie schon seit Jahren gute Arbeit geleistet. Eine Frau wird ja nicht umsonst bei den Kampfschwimmern zum Kapitänleutnant oder sogar Commander befördert.«

»Frag sie einfach, wenn sie sich meldet.«

Buske wurde dazu eingeladen, mit unter das Auto zu kommen. Der Sergent kontrollierte alles sehr gründlich. Der Unterboden des Defenders war sauber.

Danach wurden sämtliche Taschen und Behältnisse untersucht, ihre Handys auf Spyware überprüft, das Auto wurde anschließend quasi auf links gedreht, aber es war absolut nichts zu finden, was man hätte orten können.

Femke begann, an sich zu zweifeln. »Du hast es doch auch gesehen, wie der eine Typ aufs Handy geguckt hat und danach wusste, dass wir hinter den Lkw gestanden haben!«

»Ja, habe ich.«

»Wir auch«, versicherten Kathi und Jonas.

Buske sah auf die Uhr und maulte. »Jetzt ist es schon fast Mittag, und Familie Schulz ist noch immer keinen Schritt weiter.«

Femkes Handy klingelte. Ihr Gesicht strahlte, als sie auf dem Display erkannte, wer dran war. »Ihr geht am besten in die Kantine und trinkt noch einen Kaffee. Das kann jetzt etwas länger dauern. Der Commander ist am Rohr.«

✳✳✳

Die drei saßen wortlos im Stützpunktrestaurant. Nicht dass schlechte Stimmung geherrscht hätte. Man hatte sich einfach nichts zu erzählen – dachte Buske.

»Bartolomeu«, hob Jonas feierlich an, »ich würde jetzt gern ein Gespräch unter Männern mit dir führen.«

Der Skipper sah ihn erstaunt an. »Unter Männern?«

»Ja.«

»Dann raus mit der Sprache.«

Der Junge sah irritiert in Kathis Richtung. »Das geht nicht, es ist eine Frau am Tisch.«

»Sollen wir beide aufs Klo gehen und uns die Nase pudern?«

Jonas sah ihn ernst an. »Erstens bleibt mir der Sinn für die Notwendigkeit einer derartigen Aktion verborgen, und zweitens mag ich keinen Puder auf der Nase.«

Kathi schüttelte lachend den Kopf und stand auf. »Dann gehe ich eben allein pudern.«

Als sie ein Stück weg war, wollte Jonas mit dem Gespräch beginnen, ihm fehlten offensichtlich die passenden Worte. »Äh«, druckste er herum, »also …«

Der Skipper wollte ihm helfen. »Jonas, ich war sechzehn, als meine Eltern genauso betreten vor mir am Tisch saßen und ihre Rede mit ›äh‹ und ›also‹ begonnen haben. Da meinten sie, mich aufklären zu müssen.«

Der Junge sah ihn zweifelnd an.

»Du brauchst gar nicht so zu gucken. »Die wollten mir wirklich die Geschichte von Bienen und Blumen erzählen.«

»Was hat das denn mit Aufklärung zu tun? Hattet ihr damals denn kein Internet?«

»Nein, das gab es damals noch nicht. Also raus mit der Sprache, willst du irgendetwas Sexuelles wissen?«

»Nein. Ich wollte fragen, ob du etwas dagegen hast, wenn ich Kathi gernhätte. Wir haben schließlich die gleiche Abstammung.«

Buske lächelte. »Ihr seid Verwandte zweiten Grades, und die dürfen sich sogar mehr als nur gernhaben. Und wenn du einen Tipp von mir haben willst, dann kann ich dir nur sagen: Schnapp sie dir. Kathi ist eine tolle Frau, und ihr ergänzt euch hervorragend.«

Jonas errötete leicht, als ob er sich über die Antwort besonders freuen würde. »Und wie sage ich ihr das?«

»Gib ihr einen Kuss.«

»Einen Kuss also.« Er dachte nach. »Gibt es da Stellen, die Frauen in so einer Situation bevorzugen?«

Buske lächelte. »Küsse einfach drauflos, egal was du von ihr erwischst. Wenn sie dich auch mag, wird sie es sicher toll finden.«

Kathi kam wieder. »Na, ihr konspirativen Helden, habt ihr alles Wichtige erörtern können?«

Der Skipper nickte grinsend. »Und ich denke, dass es jetzt an der Zeit wäre, wenn ihr beide mal eure Nasen pudern würdet.«

Jonas sah ihn verstört an. »Was würde das auf zwei verschiedenen Toiletten für einen Sinn machen?«

❊❊❊

Femke fand ihren Ehemann auf Zeit allein in der Kantine. »Wo sind die Kinder?«

»Sie haben etwas miteinander zu klären.«

»Gab's Streit?«

»Im Gegenteil. Er hat gerade bei mir recherchiert, welche Körperstellen Frauen für den ersten Kuss bevorzugen.« Sie lachte. »Ist ja süß. Ich glaube, sie hat ihn auch richtig lieb.«

»Hoffentlich halten sie uns nicht mit der Idee auf, hier in Dänemark zu heiraten. Hier wird nämlich jeder getraut, der sich traut. – Zum Geschäft«, forderte Buske sie auf. »Was hat Lene für Neuigkeiten?«

»Tja, die Aktion mit dem KI-Video lief zwar reibungslos, dann aber doch völlig anders als geplant. Der Kronprinz ist nach wie vor derselbe, aber der neue Sheik ist eine Sheikha. Die Damen der Sippe haben im Handstreich den Thron gekapert, und es regiert jetzt eine Sheikha Nadira Bint Al-Malhi, das Töchterlein vom Bruder des Alten.«

»Und was sagen die Kerle der Sippe dazu?«

»Die halten anscheinend die Klappe, weil mit der Dame wohl nicht gut Kirschen essen ist.«

»Und welche Auswirkungen hat das für das Land? Gibt es ab sofort nur noch Friede, Freude, Eierkuchen? Werden statt des Handels mit Waffen oder Drogen nur noch Küchenrezepte getauscht?«

»Du bist ein Chauvi.«

»Jau, aber einer, der endlich nach Hause will. Was sagt die gute Lene denn zu unserem Problem?«

»Ihr Kontaktmann der Sippe weiß nur zu berichten, dass Jonas und Kathi noch immer per Steckbrief vom Clan gesucht werden.«

»Und wie sollen wir uns jetzt verhalten?«

»Wir sollen das Auto wechseln und es noch mal versuchen.«

»Haben die denn einen anderen Wagen für uns?«

»Ja, einen grünen VW Caddy von der Armee. Darin ist mit Sicherheit kein Tracker versteckt. Unsere ganzen Wechselklamotten aus der hiesigen Kleiderkammer werden ebenfalls ausgetauscht. Sollten die uns danach noch immer orten können, hat einer von uns so ein Ding gefuttert.«

»Das Problem dürfte sich dann aber nach acht bis zehn Stunden auf natürliche Weise gelöst haben. Bis dahin wird die Reise ziemlich holperig werden.«

»Das kann sein, aber sie hat mir zugesichert, dass sie ein Auge auf uns haben wird.«

***

Jonas' seliges Lächeln ließ darauf schließen, dass er die richtige Stelle bei Kathi gefunden hatte.

Nachdem die beiden über den Stand der Dinge gebrieft worden waren, starteten sie einen neuen Versuch, den Stützpunkt unbemerkt zu verlassen. Diesmal saß Femke am Steuer. Jonas und Buske hielten nach verdächtigen Fahrzeugen Ausschau.

Bis zur Autobahn gab es keinerlei bemerkenswerte Sichtungen. Selbst die weiteren vierzig Kilometer wurden sie nicht verfolgt – nahmen sie an.

Plötzlich wurde Jonas nervös. »Das war's dann wohl. Der blaue Seat fährt uns jetzt schon zum dritten Mal hinterher. Wenn sich gleich ein gelber BMW davorklemmt, verfolgen sie uns jetzt mit drei oder vier Autos.«

Kaum hatte er das ausgesprochen, quetschte sich schon der besagte BMW zwischen sie und den Seat.

Femke sah nervös in den Rückspiegel. »Soll ich Gas geben?«

»Bloß nicht«, bat sie der Skipper. »Die sind sich noch sicher, dass wir sie nicht bemerkt haben. Die können ja nicht wissen, dass wir so ein Superhirn an Bord haben. Gib mir mal dein Telefon. Ich werde Lene anrufen. Vielleicht kann sie uns einen Tipp geben, wie wir uns verhalten sollen.«

Er wählte ihre Nummer und hatte sie auch gleich am Apparat. Während er ihr die Sachlage schilderte, stellte er das Handy auf laut.

»Das habe ich ehrlich gesagt befürchtet, wollte euch aber nicht in Aufregung bringen.« Sie überlegte. »Okay, ihr macht bei der nächsten Ausfahrt wieder einen U-Turn. Die werden eurem Caddy natürlich weiter folgen, aber euch nichts tun. Wenn das Killer wären, hätten die ihren Job schon erledigt. Außerdem treten Profis in Sachen Mord nicht in Rudeln auf.«

»Schön zu hören. Und was passiert, nachdem wir gewendet haben?«

»Ihr fahrt bis zur Ausfahrt 34. Das ist die Anschlussstelle Borup. Ihr biegt rechts auf den Vestre Ringvej ein. Nach circa einem Kilometer kommt ihr in eine Mausefalle. Ihr werdet schnell abgefertigt werden, bei euren Verfolgern gibt es hingegen Probleme, deren Lösung langwierig sein wird. Von da an müsst ihr euch über die Landstraßen durchschlagen, aber in eurem Handy habt ihr ja ein Navi.«

»Damit allein ist uns noch nicht geholfen. Sollte man uns wirklich anpeilen können, haben wir über kurz oder lang wieder Besuch im Genick«, rief Femke.

Lene begriff ihr Problem. »Ich werde das mit meinen Vorgesetzten besprechen und mich wieder melden. Jetzt muss ich erst mal die Verkehrskontrolle organisieren.«

Femke spürte, wie Buske immer ärgerlicher wurde. »Ruhig, Brauner, was lässt deinen Blutdruck so ansteigen?«

»Eure Vorgesetzten werden wieder sagen, dass sie aus politischen Gründen gar nicht eingreifen dürfen«, schimpfte er. »Mir geht das Ganze langsam auf den Sack. Warum können die uns keinen Heli schicken, der uns nach Hause bringt, und dann ist gut?«

»Man hilft uns doch!«, konterte Femke.

»Ja schon, aber dann doch wieder nicht. Im Grunde sind wir uns selbst überlassen. Sowohl Dänemark als auch Deutschland sind souveräne Staaten, die keinen Grund hätten, vor den Mullahs oder irgendwelchen Clans einzuknicken. Aber nein, beide

Regierungen benehmen sich wie ein Pennäler, den man beim Onanieren erwischt hat.«

Jonas schreckte hoch. »Ist das etwa strafbar?«

***

Nach vollendeter Kehrtwende konnte man am Verhalten der Insassen der Verfolgerfahrzeuge sehen, dass sie verunsichert waren. Buske konnte im Kosmetikspiegel beobachten, wie sie wild gestikulierend miteinander stritten.

»Achtung«, rief er, »dahinten kommt die Ausfahrt. Da müssen wir raus.«

Erst der U-Turn, dann das Verlassen der Autobahn, die Verfolger bekamen langsam Stresspickel. Wer da alles genauestens über ihre Schritte informiert werden musste, blieb ihr Geheimnis, aber jeder ihrer Jäger begann hektisch zu telefonieren.

Sie fuhren einen knappen Kilometer, da konnten sie schon die zwei Polizeiwagen sehen, die den Verkehr stoppten.

Buske lächelte grimmig. »Jetzt kriegen die dahinten einen Herzkasper, wenn wir weiterfahren dürfen und die nicht.«

Ein Wagen stand noch vor ihnen, der aber rasch durchgewinkt wurde. Dann kam einer der Polizisten an ihr Fenster und machte ein Handzeichen, dass Femke es herunterkurbeln sollte.

»Ich weiß, dass Sie keine Papiere mit sich führen«, sagte er in einem guten Englisch, »aber reichen Sie mir bitte irgendetwas raus, was so ähnlich aussieht.«

Buske öffnete das Handschuhfach und griff ein paar Zettel und reichte sie dem Beamten.

Der blätterte darin herum und hatte Mühe, nicht laut loszulachen.

»Was ist daran so komisch?«, fragte Femke.

»Sind das dahinten Ihre Kinder?«

»Äh, ja.«

»Den Unterlagen nach, die Sie mir herausgereicht haben, sind Sie auf dem Weg in ein Bordell mit ›strengen Damen‹. Dann wünsche ich viel Spaß, meine Herrschaften!«

Er reichte die Papiere ins Auto und winkte zur Weiterfahrt.

Femke lief puterrot an und gab wortlos Gas.

Nach einer Weile des Schweigens platzte es aus ihr heraus: »Mein Gott, war das peinlich!«

»Aber wie kann ich denn ahnen, dass in einem dänischen Militärfahrzeug Flyer für einen SM-Puff liegen«, versuchte Buske sich grinsend zu entschuldigen. »Aber *by the way*, das wäre doch wirklich mal ein spannender Familienausflug!«

»Hört auf zu streiten«, stoppte Jonas die beiden, »Lenes Plan hat geklappt. Hinter uns kommt niemand mehr.«

Buske schrie plötzlich auf: »Hier links!«

»Was willst du denn hier?«

»Hast du das Schild nicht gesehen?«

»Nein.«

»Dahinten ist eine Tierklinik.«

Sie sah ihn irritiert an. »Habe ich versehentlich einen Dackel überfahren?«

»Nein, fahr weiter, ich erkläre es dir.«

VIERZEHN

Sie fuhren bei einem Bauernhof vor, bei dem selbst Stall und Scheune reetgedeckt waren. Sie hielten neben der Tür, über der das Veterinärzeichen prangte.

»Bevor wir da jetzt reingehen, wirst du mir erklären, was wir hier sollen.« Femke sah ihn mit hochgezogenen Brauen an.

»Du wirst nicht abstreiten können, dass wir irgendwie geortet werden. Unser Gepäck ist sauber, das Auto ist clean, dann muss einer von uns dreckig sein«, sagte Buske.

Jonas roch verstohlen an sich.

»Und jetzt sollen wir beim Tierarzt auf Familienrabatt eine Wurmkur machen?«, fragte sie.

»Versteh doch«, flehte Buske sie an. »Jeder Veterinär kann jedes Viech auf Wunsch seiner Besitzer chippen. Die Dinger sind ungefähr so groß wie ein Reiskorn und werden unter die Haut gespritzt. Sogar die Royals aus aller Welt sollen gechippt worden sein, damit man sie wiederfindet, sollte man sie verloren haben. Jeder Tierarzt kann inzwischen mit einem Gerät kontrollieren, ob der Chip funktioniert. Dabei hält er einen Apparat an die Stelle, an der dieser Tracker implantiert wurde, und auf dem Display steht dann die Chipnummer.«

»Und jetzt willst du wissen, ob für einen von uns eventuell Hundesteuer fällig wird?«

Er lächelte sie spitzbübisch an. »Bei dir ist die Meldung schon jetzt klar. Pitbull im Körper einer Majorin.«

Als sie die Praxis betraten, schaute ein älterer Herr von einem Mikroskop, durch das er gerade etwas betrachtete, auf. »Nanu, wollen Sie ein Tier abholen?«, fragte er freundlich auf Deutsch.

»Woher wissen Sie, dass wir Nachbarn sind?«

»Weil Sie sich schon im Auto gestritten haben. Dänen nehmen sich für Gespräche Zeit, wenn sie zu Hause sind.«

»Nein, wir haben uns nicht gestritten«, hob Buske seine Erklärung an, »wir kommen mit einer etwas selteneren Bitte.«

Der Mann zeigte auf eine Sitzgruppe. »Dann nehmen Sie bitte Platz, meine Herrschaften. Wie kann ich Ihnen helfen?«

»Kann ich fest auf Ihre Diskretion hoffen?«

Er legte den Zeigefinger auf seine Lippen. »Nichts von dem, was mir meine Patienten erzählen, verlässt dieses Haus.«

Buske berichtete in wenigen Sätzen all das, was der Arzt wissen musste, um die Situation zu begreifen.

»Tja«, murmelte er nachdenklich. »Ich bin mir nicht sicher, dass das klappt, aber wir können es gern versuchen. Kommen Sie bitte ins Behandlungszimmer. – Sie sind eine Familie?«

»Ja.«

»Dann haben Sie sich ja alle schon mal in Unterwäsche gesehen. Legen Sie bitte ab.«

Femkes Augen funkelten böse, als sie Buske ansah. »Wehe, du guckst!«

»Na, na«, versuchte ihr der Arzt die Scham zu nehmen. »Ihre entzückenden Kinder werden ja wahrscheinlich nicht in vitro entstanden sein.«

»Haben Sie eine Ahnung«, brummte Buske.

Danach stellten sie sich einer nach dem anderen vor den Arzt. Er fuhr mit dem Gerät die einzelnen Körper vorn, seitlich und hinten jeweils zweimal ab. Jonas war der Dritte.

Als der Veterinär seine Brust scannte, hielt er abrupt inne. »Sie werden es kaum glauben, aber da ist was.« Er sah auf das Display. Das Gerät zeigte »Error« an. Er erhob sich von seinem Stuhl. »Kommen Sie doch mal kurz mit zum Ultraschall, junger Mann.«

Er zog Jonas zu einem Gerät auf Rollen, schaltete es an, gelte eine Art Fühler ein und rieb damit auf der besagten Stelle herum.

»Sind Sie da vor Kurzem operiert worden?«

»Ja, ein ›dysplastischer Naevus‹ wurde entfernt.«

Der Arzt sah ihn erstaunt an. »Ist der junge Herr vom Fach?«

»Nein«, sprang ihm Kathi bei. »Er hat nur ein phantastisches Gedächtnis. Aber was ist denn mit dieser Stelle?«

»Da ist etwas ganz Kleines drin. Hat der Arzt, der das gemacht hat, vielleicht eine kleine Blutung mit einer Metallklammer gestillt?«

»Nein, nicht dass ich wüsste.«

»Also, meine Herrschaften, das kann durchaus so ein Minitracker sein. Und was nun?«

Jonas sah ihn ernst an. »Dann holen Sie den bitte raus. Ich will so etwas nicht in meiner Brust haben.«

»Das geht aber nicht. Ich bin Tierarzt. Ich darf das nicht machen.«

»Was würde so eine OP denn bei einem kleinen Hund kosten?«

»Entfernung eines Fremdkörpers, Scan, Ultraschall, Material«, er rechnete im Kopf, »siebenundsechzig Euro ungefähr.«

»Schauen Sie doch, der junge Mann guckt genau wie ein Welpe, und wir würden glatt hundertfünfzig Euro zahlen.«

»Mit Betäubung?«

»Klar doch«, rief Kathi besorgt.

»Dann hundertachtzig. Das Zeug ist teuer.«

»Das ist aber eine örtliche Anästhesie, oder gibt's das Medikament intravenös?«, wollte Jonas wissen.

Der Arzt schüttelte den Kopf. »Natürlich lokal. Intravenös würde das Zeug den stärksten Bullen umhauen.«

Die Minioperation war nach zwanzig Minuten erledigt, und Buske bekam den Chip in einem kleinen Plastikröhrchen, in dem vorher das Skalpell war, mit. Nachdem er zusätzlich ein wenig Klebeband abstauben konnte, war Buske glücklich.

»Die können uns noch immer orten. Was wollen wir dagegen tun?«, fragte Jonas. »Wenn wir den Tracker einfach wegschmeißen, finden die ihn und suchen uns dann wieder auf herkömmliche Art.«

»Ich habe eine Idee«, lächelte Buske. »Wir fahren wieder auf die Autobahn. Nach etwa zehn Kilometern kommt der Rasthof, auf dem wir vorhin schon einmal waren. Da klemmen wir das Ding irgendeinem Auto unter eine Gummileiste oder kleben es an einen Kotflügel. Danach machen wir uns in die andere Richtung aus dem Staub. Wenn wir uns für diese Nummer eine ordentlich getunte Karre aussuchen, dann wird das ein heißes Rennen zwischen denen.«

∗

Oberst Leisnick vom Militärischen Abschirmdienst fühlte sich nicht wohl in seiner Haut.

»Wie kann das sein«, fragte Konteradmiral Reimann in die Runde, »dass der MAD für den Kontakt zu den eigenen Leuten die dänische Marine benötigt?«

»Weil Major Gellert ihr Handy wohl im Gefecht gelassen hat. Ich erreiche sie augenblicklich jedenfalls nicht.«

»Sie meinen, bei diesem innerfamiliären Scharmützel?«

»Ja.«

»Ich hoffe sehr, dass wir bis auf das Handy keine Verluste hatten?«

»Ein Oberbootsmann des KSM wurde von einem Querschläger an der Schulter gestreift. Die sechs Mann, die an der Befreiung der Geiseln beteiligt waren, werden noch im Laufe des Tages in Schilksee erwartet.«

»Wo sind die Geiseln jetzt?«

»Das wissen wir nicht.«

»Das war doch die Nummer, bei der uns laufend das Wirtschaftsministerium reingefummelt hat?«

»Genau die.«

»Sind die Verträge denn nun endlich unter Dach und Fach, sodass wir loslegen können?«

»Ich erwarte stündlich die Meldung.«

»Wir haben doch momentan einen Verband im Skagerrak, der mit den Norwegern übt. War da nicht auch die ›Köln‹ für einige Tests mit dabei?«

»Ja, die waren erfolgreich. Die Korvette wird morgen in Rostock zurückerwartet.«

»Wo hat dieser Segelheini normalerweise sein Ausbildungsrevier?«

»Zwischen Langeland und dem Kleinen Belt.«

»Dann soll die ›Köln‹ erst mal südlich von Ærø so lang Fische zählen, bis unsere Leute in Sicherheit sind. Haben wir einen Heli da oben?«

»Ja, einen Sea Lynx von der ›Rheinland-Pfalz‹. Die ist da oben im Skagerrak ebenfalls am Manöver beteiligt.«

»Wenn es brenzlig wird, soll der die rausholen. Natürlich auch die Gören von Mayer. Wo ist der überhaupt?«

»Zu Hause.«

»Sehr vernünftig. Da soll er bleiben, bis seine Familie wieder komplett ist. Was ist mit dem Lösegeld?«

»Bisher keine weitere Forderung und kein Ultimatum. Wir haben es in Bereitschaft.«

»Sehr gut, Herr Oberst. Es ist mal wieder eine Wonne, mit Ihnen zusammenzuarbeiten. Warum sind Sie noch kein General?«

»Danke, Herr Admiral, aber ich hatte zu viel zu tun.« Leisnick zögerte. »Herr Admiral, sollen wir auch tätig werden, wenn das Ministerium noch nicht abgenickt hat?«

»Sollte etwas anbrennen, auf jeden Fall. Wir haben lange genug gewartet, mir reicht's.«

»Und wenn das publik wird?«

»Man wird ja wohl noch einen Helikopter zur medizinischen Notfallhilfe schicken dürfen, der von einem befreundeten NATO-Partner angefordert wird, oder?«

***

»So, Leute«, grinste Buske, »folgender Plan: Wir warten, bis wir einen unserer Freunde wiedersehen. Lange kann das ja nicht mehr dauern, bis die hier sind. Wir parken neben einem passenden Auto, das gerade angekommen ist. Der Fahrer verschwindet im Rasthaus, und wir kleben den Tracker irgendwo dort fest, wo er nicht weiter auffällt. Dann verkrümeln wir uns. Sowie der Fahrer wiederkommt, springe ich in unser Auto, fahre los und verstecke den Caddy zwischen irgendwelchen Lkw. Der Chip fährt mit der anderen Kiste los und die hinterher. Bis die gemerkt haben, dass das Ding ohne uns auf Wanderschaft gegangen ist, sind wir über alle Berge.«

Femke war skeptisch. »Du meinst, das klappt?«

»Sollte es nicht klappen, haben wir nichts verloren. Dann ramme ich ein Polizeiauto, und wir verbringen die Nacht auf irgendeinem Revier in Sicherheit. Lene wird uns da schon wieder rausholen.«

Jonas hatte den gelben BMW zuerst entdeckt. Nur wenig später hielt auch der blaue Seat daneben.

»Da haben wir ja ein absolutes Prachtstück«, grinste Buske, als ein funkelnagelneuer Ford Mustang unmittelbar neben ihnen parkte. »Und sogar perfekt für unseren Plan platziert. Jetzt müssen wir nur noch warten, bis sie uns entdecken. Dann steigen wir aus und tun so, als würden wir auch ins Rasthaus gehen.«

»Achtung, jetzt sehen sie uns«, meldete Kathi.

»Ab in die Büsche, Familie Schulz, die heiße Phase beginnt.«

Von ihrem Versteck aus konnten sie gut erkennen, wie ihre Verfolger entspannt miteinander redeten. Einer von ihnen kontrollierte ständig sein Handy, damit er den Zeitpunkt ihrer vermeintlichen Abreise nicht verpasste.

»Unser Fahrer kommt«, meldete Jonas.

Buske beeilte sich, den Minitracker möglichst versteckt am Heck des Fahrzeugs anzubringen. Dann stieg er in den Caddy und startete den Motor.

Nachdem sich der Ford in Bewegung gesetzt hatte, klemmte sich Buske direkt dahinter. Zweihundert Meter weiter quetschte er sich aber in eine schmale Lücke zwischen zwei Lkw und ließ den Mustang ziehen. Von seinem versteckten Parkplatz aus konnte der Skipper beobachten, wie ihre beiden Verfolgerfahrzeuge mit einem Höllentempo auf die Autobahn preschten.

Eine Minute später hatte er seine Familie wieder an Bord, und sie beeilten sich, die nächste Abfahrt zu erreichen. Dort stellten sie sich unter die Autobahnbrücke, um zu beraten.

»Auf den Plan wäre ich nie gekommen«, lächelte ihn Femke an. »Respekt, Herr Kapitän. Und was machen wir nun?«

»Ich denke, es geht nach Kopenhagen«, quengelte Kathi. »Jetzt habe ich mich so drauf gefreut.«

»Ich hätte es auch spannender gefunden«, sagte Femke, »aber wäre das so klug? Wir haben zweimal versucht, über die E 20 Richtung Hauptstadt zu verschwinden. Jetzt, wo sie uns verloren haben, werden sie dort verschärft alles absuchen.«

»Dann über die Autobahn nach Flensburg?«, fragte Jonas.

»Wir sollten die Highways komplett vermeiden«, verwarf sie seinen Vorschlag. »Die lassen sich am leichtesten kontrollieren.«

»Da haben Frau Major recht.« Buske schmunzelte geheimnisvoll. »Ich habe nämlich ein Ass im Ärmel.«

»Das da wäre?«

»Auf uns warten zwei Boote in Rødbyhavn. Das ist an der Südküste von Lolland.«

Femke gab die Orte ins Navi ein. »Das sind rund hundert Kilometer. Über die Landstraße würden wir das locker in zwei Stunden schaffen.« Sie horchte kurz in sich. »Dann kehren wir aber unterwegs irgendwo ein. Ich beginne, unleidlich zu werden.«

»Ich habe einen anderen Vorschlag. Die Boote sind sowieso erst morgen Mittag in Rødbyhavn. Wir sind alle hundemüde und sollten uns in Maribo, das ist in rund einhundert Kilometern, ein Hotelzimmer nehmen und vorher lecker essen. Was haltet ihr davon?«

Buske sah in drei leuchtende Gesichter.

»Vorher muss ich aber meinem Chef berichten. Der hat schon mehrfach angerufen.«

»Warum bist du dann nicht rangegangen?«

»Ich hatte es ausgeschaltet, weil mein Akku nicht mehr der frischeste ist.«

＊

Lene war von ihrem Plan nur wenig begeistert, denn jedes Hotel war dazu verpflichtet, die Personalien der Gäste aufzunehmen und eine Kopie von Ausweis oder Pass anzufertigen. Die Schulzens hatten weder das eine noch das andere. Sie hatten noch nicht einmal einen Führerschein bei sich. Nach einer guten Stunde meldete sie sich zurück. »Damit die Leute an der Rezeption keinen Schock bekommen, habe ich zwei Doppelzimmer auf Buske blocken können. So stimmt wenigstens der Name mit der Kreditkarte überein. Das geht aber nur, weil die Besitzerin mit meiner Mutter entfernt verwandt ist. Ich komme aus der Gegend.«

»Gab es keine Einzelzimmer?«, fragte Femke.

»Nein, leider nicht mehr.«

Die Fahrt nach Maribo zog sich. Die Rute 151 lief parallel zur Autobahn, auf der Maut zu entrichten wäre, und war dementsprechend voll.

Auf Wunsch eines einzelnen jungen Herrn wurde in einem am Wegesrand gelegenen Burgerrestaurant gegessen, in dem, der Namensgebung nach, schottische Spezialitäten serviert werden sollten.

»Dass ich das noch erleben muss«, schimpfte Femke, als die Jugend auf dem Klo war. »Meine Schwester hat ihre Kinder immer mit einem spannenden Blick aus dem rechten Fenster davor bewahren können, auf der linken Seite eine Mäckes-Bude zu entdecken. Ich dachte, dass unsere *kids for hire* aus diesem Alter raus sind.«

Das letzte Stückchen Fahrt zum Hotel lief problemlos, und sie hielten vor einem lang gezogenen Privathaus. Dass es sich dabei um das angepriesene Gasthaus handelte, war erst auf den zweiten Blick zu erkennen.

Das Einchecken verlief problemlos, nur dass sich Kathi und Jonas ein Doppelzimmer teilen sollten, missbilligte die Wirtin. »Dass die das in ihrem Alter noch dürfen? Ich hoffe sehr, dass das aus der Not geboren und das allererste Mal ist.«

»Bei uns ist es das«, murmelte Buske, als er bereits schlaftrunken den Schlüssel ihres Zimmers entgegennahm.

Dass Femke normalerweise nackt schlief, war heute für sie ein Problem, denn wie sollte sie ohne Bademantel vom Bad ins Bett

kommen? Doch Buske schlummerte schon fest in Morpheus'
Armen, als es so weit war.

∗∗∗

*Nørreballe, Lolland, Dänemark, am Samstag, dem 13. April,
6:00 Uhr*

»Scheiße«, brummte Buske, als er sich ächzend auf die Bettkante
wälzte. »Ich bin für so einen Blödsinn zu alt.«
    »Zu alt? Soll ich dir beim Anziehen der Stützstrümpfe hel-
fen?«, ertönte es unter der anderen Bettdecke. »Oder geht das
noch allein? Ich würde gern aufs Klo gehen, wenn du nichts
dagegen hast.«
    Buske zuckte mit den Achseln. »Nur zu.«
    »Das geht nicht, ich bin nackt.«
    »Kein Problem, ich bin es auch.«
    Sie richtete sich auf und schlurfte schimpfend Richtung Bad.
»Ach, leck mich doch!«
    »Für diesen Spruch, meine Liebe«, rief er hinter ihr her, »bist
du augenblicklich unpassend gekleidet!«
    Zwanzig Minuten später begegneten sich die Schulzens im
Frühstücksraum.
    »Tut mir leid«, stammelte Femke, als sie am Frühstückstisch
gegenüber von Buske Platz nahm. »Das war eben … äh …«
    »… der Müdigkeit geschuldet«, beendete er ihren Satz char-
mant.
    Sie legte erleichtert ihre Hand auf die seine. »Ich danke dir.«
    Jonas lächelte zufrieden. »Na, Skipper, auch die richtige Stelle
gefunden?«
    Buske lief rot an und schüttelte leicht den Kopf. »Ist schon
gut.«
    »Welche Stelle?«, fragte Femke.
    Er versuchte, diese Frage zu überhören.
    Der junge Mann hingegen fand sie wert, beantwortet zu wer-
den. »Na, die Stelle, die ein Mann finden sollte, wenn –«

»Jonas!« Buskes Ton wurde eindringlicher. »Es ist wirklich gut jetzt!«

»Was, wenn ein Mann …?«, hakte Femke unerbittlich nach. Der Junge wollte erneut antworten, da legte Kathi ihre Hand beruhigend auf die seine. »Jonas, es ist jetzt wirklich gut. Glaube es mir.«

»Super!«, beendete Femke die Diskussion. »Mit den Patienten zusammen in einem Irrenhaus zu frühstücken war schon immer mein Wunsch.«

Buske stand auf. »Ich gehe schon mal an die Rezeption, um zu zahlen«, und um weiteren Peinlichkeiten zu entgehen, vollendete er den Satz im Stillen.

»Ich komme mit.« Femke folgte ihm. »Was war das für eine Frage …?«

Schlagartig war das alles nicht mehr interessant. Sowohl sie als auch Buske standen wie paralysiert vor dem Rezeptionstresen.

»Wie kann ich Ihnen helfen?«, fragte ein junger Mann, der durch sein Äußeres einer islamischen Ethnie zugeordnet werden konnte und offensichtlich die Frühschicht am Counter angetreten hatte.

Beide starrten auf das Namensschild des Empfangschefs, auf dem »Mustafa Al-Malhi« zu lesen war.

»Ein neues Gesicht«, scherzte Buske etwas verkrampft. »Das ist aber schön. Wo kommen Sie her, wenn ich fragen darf?«

»Aus Nykøbing.«

»Und wo sind Sie geboren?«

»Sie werden es kaum glauben, in Nykøbing.«

Buske ging der Gesprächsstoff aus, um unauffällig zu wirken.

»Sie sind also in Dänemark geboren, und dann arbeiten Sie hier … in Dänemark?«

»Das wird Sie wundern, mein Herr, aber das kommt bei uns Dänen relativ häufig vor. Womit kann ich Ihnen denn nun helfen?«

Buske sah ihn an wie das berühmte Kaninchen die Schlange und schwieg.

»Mein Mann möchte zahlen«, übernahm Femke die Unterhaltung. »Wissen Sie, seit seinem Schlaganfall hat er manchmal Sprachstörungen.«

Buske reichte schweigend seine Kreditkarte über den Tresen. Herr Al-Malhi scannte sie.

»Das mit den sprachlichen Aussetzern wird mit der Zeit wieder besser. Einen Großonkel von mir hatte es auch mal böse erwischt.« Er drehte das Kartenlesegerät zu Buske. »Ihre Geheimzahl bitte.«

Buske tippte die Zahl ein.

»Ich möchte mich für meinen Mann entschuldigen. Die Frage nach Ihrem Geburtsort war etwas taktlos.«

»*You're welcome*, gnädige Frau.« Er gab Buske die Karte zurück. »Mein Äußeres entspricht auch wirklich nicht dem, wie man sich gemeinhin einen Dänen vorstellt. Haben Sie eine schöne Weiterreise. Wo soll es denn hingehen?«

»Nach Aalborg«, fand Buske seine Worte wieder. »Aber erst mal wird gefrühstückt.«

Im Speisesaal zurück, wirkten beide etwas angespannt.

»Fandest du das mit dem Schlaganfall etwa komisch?«, zischte er.

»Absolut nicht, aber es passte zu deinem Gestammel. Sag mir lieber, was wir jetzt machen sollen.«

»Gibt's ein Problem?«, fragte Kathi.

»Ja, leider. Hier am Empfang arbeitet jemand vom Al-Malhi-Clan.«

»Das erklärt die vier jungen Männer dahinten, die ich auch dazuzählen würde«, flüsterte Jonas.

»Ich gehe mal raus zum Auto. Ihr beobachtet bitte ganz genau, wie die sich verhalten.«

»Macht ihr das bitte«, murmelte Femke, »ich kann mich nicht laufend nach ihnen umdrehen. Sonst merken die ja, dass wir sie entdeckt haben.«

Buske stand auf und verließ den Speisesaal. Jonas kommentierte das Geschehen live: »Jetzt haben sie gemerkt, dass der Skipper raus ist. Sie springen auf. Große Aufregung, lautes Palaver.«

»Das hör ich«, grinste Femke. »Schade, dass ich kein Arabisch kann.«

»Einer zeigt auf uns und geht ebenfalls raus. Die anderen setzen sich wieder. Jetzt kommt auch ihr Kollege zurück. Er sieht entspannt aus. Kein Wunder, unser Herr Papa folgt ihm.«

»Und?«, fragte Buske, als er sich gesetzt hatte. »Wie haben sie reagiert?«

»Leider so, wie sich Menschen, die den Auftrag haben, uns zu verfolgen, eben benehmen«, berichtete Femke.

»Du hattest doch von Humvees erzählt, mit denen die Clanleute am Hafen vorgefahren waren?«

Sie nickte. »Das waren schwarze Viertürer als Pritschenversion mit Hardtop.«

Buske zuckte mit den Achseln. »Ein derartiges Geschoss steht draußen so eingeparkt, dass die gleich mit Vollgas losbrausen können.«

»Jetzt wird es brenzlig.« Femke trommelte nervös mit den Fingern auf dem Tisch. »Schwarzer Humvee und vier Leute, die Herren gehören zum bewaffneten Familienflügel. Uns sollte ganz schnell etwas einfallen.«

»Die haben nur ein Auto. Wenn wir uns trennen, müssen sie sich entscheiden, wen sie verfolgen«, antwortete Buske.

»Gar keinen«, flüsterte Jonas. »Hinten im Armeecaddy liegt eine stabile Kette mit zwei dicken Haken. Wozu ist die?«

»So was haben wir beim Bund in fast jedem Auto. Die sind zum Abschleppen gedacht und zehn Meter lang. Die werden immer doppelt genommen«, klärte Femke ihn auf.

»Dann weiß ich, wie sie uns nicht mehr verfolgen können. Ist der Wagen offen?«

»Ja.«

»Dann muss ich mal aufs Klo.«

Sofort schossen die vier Al-Malhis hoch, doch als sie sahen, dass nur Jonas den Raum verließ, setzten sie sich wieder.

»Ich weiß zwar nicht, was der Junge vorhat, aber wir sollten uns selbst dann trennen, wenn die Flucht gelingen sollte«, schlug Femke vor.

»Das macht Sinn. In welcher Konstellation?«

»Die Jungs und die Mädels bilden jeweils ein Team«, entschied sie.

»Okay, aber erst mal frühstücken.«

❖❖❖

Nachdem Jonas wieder zu ihnen gekommen war, fiel Kathi sofort auf, dass er Staub an den Knien hatte.

»Wo hast du dich denn rumgetrieben? Deine Hose ist ganz staubig.«

»Das tut mir leid. Das ließ sich nicht ändern. Nimmst du mich jetzt nicht mehr mit?«

»Nein«, sagte sie traurig. »Es wurde entschieden, dass wir uns trennen. Du und der Skipper, ihr seid ein Team.«

»Das lehne ich ab. Wir können die Damen nicht ihrem Schicksal überlassen.« Jonas zog die Augenbrauen hoch, wie er es immer tat, wenn er etwas Wichtiges zu sagen hatte.

»Ist das nicht Jacke wie Hose, wer bei wem ist?«, flüsterte Buske. »Außerdem schrei nicht so. Die gucken schon.«

»Sorry, aber das wäre nicht ritterlich. Bert, du beschützt meine und ich deine Frau!«

Der Skipper war erstaunt. »Ich scheine heute Nacht etwas verschlafen zu haben, aber das können wir später klären. Zuerst sollten wir das Problem bewältigen, wie zwei Teams mit nur einem Auto fliehen wollen.«

»Das ist bereits gelöst. Draußen kam mir die Idee, dass es besser wäre, ein anderes Fluchtauto zu benutzen. Da fiel mir ein Lieferwagen des Hotels auf, der auf dem kleinen Wirtschaftshof neben dem Parkplatz steht. Den muss man noch nicht einmal kurzschließen, da der Schlüssel steckt. Eine bessere Gelegenheit werden wir nicht bekommen.«

»Liebling«, sprach Femke zu Buske, dabei legte sie ihre Hand anerkennend auf Jonas' Schulter, »wir sollten bald mal klären, von wem unser Sohn die kriminelle Energie hat.«

»Von meiner Seite nicht. Oma Buske war jeden Sonntag in

der Kirche.« Der Skipper nickte ihnen aufmunternd zu. »Okay, los geht's. Ihr nehmt den Lieferwagen, wir den Caddy. Ihr geht jetzt langsam raus, fahrt damit vom Gelände und parkt gegenüber vom Hotel. Dann seht ihr uns bei der halsbrecherischen Flucht zu. Wenn die gelungen ist, fahrt ihr eurer Wege. Sollte etwas schiefgelaufen sein, versuchen wir bei euch mitzufahren. Unser Treffpunkt in Rødbyhavn ist um vierzehn Uhr der Anleger der Bådeværft. Alles klar?«

Femke hob den Daumen. »Kommst du bitte mit aufs Zimmer? Wir müssen deine Hose sauber machen«, brüllte sie Jonas fast an. Der nickte, beide standen auf und verließen den Speisesaal.

Sofort schossen die vier Clanmitglieder von ihren Sitzen, doch als Buske und Kathi entspannt am Tisch blieben, setzten sie sich wieder.

Der Skipper konnte von seinem Stuhl aus beobachten, wie sich der Lieferwagen in Bewegung setzte.

»So, Madame, wir sind dran. Auf die Plätze, fertig, los. Aber immer schön sutsche. Wir wollen schließlich keine Panik verbreiten.«

Erst nachdem die beiden vor dem Hotel waren, rannten sie zum Caddy. Als Buske ihn startete, stürzten die vier Al-Malhis ebenfalls auf den Parkplatz.

Zügig fuhr Buske auf die Landstraße und gab Gas.

Aus ihrem Lieferwagen beobachteten die anderen beiden Schulzes die Flucht ihrer Restfamilie.

»Wir sollten jetzt auch fahren«, sagte Femke.

»Nein, warte, jetzt wird es erst spannend«, stoppte sie Jonas.

Aufmerksam sahen sie zu, wie die vier Verfolger in ihren Humvee sprangen. Der starke Motor heulte auf, und dieser Koloss von einem Auto preschte mit durchdrehenden Reifen los. Nach ungefähr acht Metern gab es einen Knall, durch den Wagen ging ein fürchterlicher Ruck, die vier Insassen, die sich noch nicht angeschnallt hatten, wurden in die explodierenden Airbags geschleudert, und ein Hinterrad wurde mitsamt der Antriebswelle aus dem Heck gerissen.

Jetzt wurde Femke klar, warum Jonas' Hose dreckig war. Er

hatte die Hinterachse des Humvees durch die Abschleppkette mit einem Baum verbunden, vor dem der Wagen geparkt war. Dabei hatte er sich hinknien müssen.

Sie starteten in Richtung Rødbyhavn. »Mein lieber Sohn«, lachte sie, »aus dir wird noch mal was werden!«

✳✳✳

Während der Fahrt hatte Femke Verbindung mit Lene. Über die Freisprechfunktion beichtete sie ihrer Kollegin die letzten aus der Not geborenen Schandtaten.

»Ihr habt Tante Mikes Auto geklaut?«, fragte Lene ungläubig.

»Was sollten wir denn machen, wenn uns ihr Concierge an seine Sippe verkauft!«

»Und wo wollt ihr euch treffen, am Hafen?«

»Um vierzehn Uhr auf den Sportbootanlegern an der Werft«, antwortete Femke.

»Die kenne ich«, bestätigte Lene. »Die sind im Westhafen. Und wie soll es von da aus weitergehen?«

»Der Skipper hat zwei seiner Boote dorthin bestellt. Die werden uns abholen«, schloss Femke ihren Bericht.

Lene dachte angestrengt nach.

Femke spürte das. »Was ist los, gibt es ein Problem?«

»Ja, denn ihr habt ausgerechnet das Auto geklaut, das auf Lolland nun wirklich jeder kennt. Wenn da zwei völlig fremde Typen drinsitzen, fällt das natürlich auf. Haltet euch damit also möglichst nur außerhalb von bewohnten Gegenden auf und stellt es am Stadtrand von Rødbyhavn auf irgendeinem Feldweg ab. Den Rest müsst ihr dann zu Fuß gehen. So weit ist das ja dann auch nicht mehr.«

»Danke für den Tipp.«

»Kann ich noch etwas für euch tun?«

»Ja, könntest du bitte den Hafenmeister über die Ankunft der beiden Schiffe und den Grund ihres Anlegens informieren?«

»Einen Teufel werde ich tun. Dieser Fährhafen ist ein wichtiges Glied in der Drogenschmuggelkette der Al-Malhis. Die haben da bestimmt die halbe Verwaltung auf ihrer Payroll und würden sofort benachrichtigt werden.«

»Okay, dann werden wir uns eben so durchkämpfen. Tschüss, bis bald.« Femke bog abrupt von der Rute 9 auf einen Feldweg ab.

Jonas, der auf dem Navi ihren Weg verfolgte, schreckte hoch. »Wohin willst du?«

»Du hast doch gehört, wir sollen Nebenstraßen benutzen.«

»Dann müssen wir doch einen Umweg machen.«

»Na und, wir haben dafür genug Sprit am Bord.«

**

»Ich weiß nicht«, stöhnte Kathi, »ob das eine so gute Idee war, uns zu trennen. Ich bin mir nicht sicher, ob wir uns problemlos wiederfinden werden.«

»So fallen wir aber weniger auf.« Buske sah sie von der Seite an. »Das scheint mir aber nicht der einzige Grund zu sein.«

»Nein, weitere Argumente, die dagegensprechen, habe ich nicht.«

»Jedenfalls keine logischen. Bis auf die Tatsache, dass dir dein Jonas fehlt?«

Sie lief bis über beide Ohren rot an. »Ist das so offensichtlich?«

»Ja.«

»Aber das ist doch peinlich. Wie kann ich mich als erwachsene Frau nur in einen Teenager verlieben, der erstens mein Cousin ist und zweitens noch einen Sockenschuss hat.«

Buske musste lachen. »Wie kommst du denn darauf?«

»Das haben seine Mitschüler immer gesagt.«

»Du bist selbst keine zwanzig, liebste Kathi, und dein Auserwählter ist in wenigen Dingen nur etwas anders, aber in vielem geradezu genial.«

»Ja, aber Frauen werden früher erwachsen als Männer.«

»Das ist ein Gerücht. Neunzehnjährige Frauen sind genauso klug oder bescheuert wie gleichaltrige Männer. Außerdem hat

Liebe nichts mit Verstand zu tun. Das passiert einem. Und wenn du dich in Jonas verliebt hast, dann ist das gut so. Er ist ein grundanständiger und cooler Typ.«

Sie lächelte. »Apropos, wie sieht das eigentlich mit dir und Femke aus?«

Er schlug mit der flachen Hand aufs Lenkrad. »Ich wusste, dass diese Frage kommt. Wie kommst du darauf, dass es zwischen mir und Frau Majorin etwas geben würde?«

»Gäbe es da nichts, hättest du eben nicht so reagiert.«

»Stichwort apropos: Wir sollten uns ein Handy besorgen, damit wir die anderen erreichen können.«

»Wo denn?«

»Ich habe gestern, als wir durch Maribo gefahren sind, einen LIDL entdeckt. Dort gibt es SIM-Karten und Handys.«

»Haben wir denn Femkes Nummer?«

»Ja, die hat sie mir auf meinen Unterarm geschrieben.«

FÜNFZEHN

Sie machten einen Riesenbogen, der sie erst durch einen Wald bei Christianssæde und dann über den Nakskov Landevej an den Stadtrand von Rødbyhavn führte. Jeden Trecker, dem sie auf den Feldwegen begegneten, blinkten sie an, und der Fahrer winkte oder grüßte mit der Lichthupe zurück.

»Da scheint Lene recht gehabt zu haben. Dieses Auto kennt wirklich jeder.«

»Dann sollten wir nicht in den Ort reinfahren«, sagte Jonas. »Das Navi zeigt einen Parkplatz neben einer Kirche und einem Friedhof an. Samstags sind bei den Evangelen weder Gottesdienste noch Beisetzungen. Ich würde vorschlagen, dass wir dort parken.«

»Von da aus geht es dann zu Fuß weiter?«

»Ja, wenn wir einen etwas verschlungenen Weg wählen, der uns von hinten an die Werft führt, werden einunddreißig Minuten Fußweg von knapp über drei Kilometern angezeigt.«

Femke nickte. »Den nehmen wir.« Dann schüttelte sie den Kopf. »Das ist zu dumm, dass wir keinerlei Bargeld bei uns haben. Ich hätte gern etwas Spritgeld hiergelassen. Als kleine Entschädigung, sozusagen.«

»Du kannst es ja Lene überweisen, und die wird es ihrer Tante irgendwann bar geben können.«

»Und du schickst ihr bitte den Standort, wo das Auto abgeholt werden kann.«

Sie machten sich beide vorsichtig auf den Weg. Hinter jeder Straßenecke versteckten sie sich und erkundeten genau, ob sie auf dem nächsten einsehbaren Streckenteil unfreundlichen Clan-Dänen begegnen könnten.

»Ist das nicht ein wenig übervorsichtig?«, fragte Jonas. »Auf diese Weise sind wir heute Abend noch nicht da.«

✳✳✳

Bei LIDL konnte Buske wirklich eine SIM-Karte und ein Smartphone kaufen. Die Kassiererin sprach glücklicherweise Deutsch, sodass Buske sie nach langem Zureden davon überzeugen konnte, dass seine Kreditkarte als Ausweis reichen würde, um die Telefonnummer zu aktivieren. Da er alles mit Karte zahlte, ließ er sich gleich etwas Bargeld geben.

Das Anmelden und Aufladen war kein Problem, da diese Supermarktkette in Dänemark in jeder Filiale einen Hotspot anbot.

»Wunderbar«, atmete Buske auf, »jetzt sollten wir das Auto hier stehen lassen und mit dem Taxi nach Rødbyhavn fahren. Darin wird uns, hoffe ich, niemand erkennen.«

Kathi leckte zufrieden an ihrem Eis, das ihr Buske spendiert hatte.

Das machen Väter schließlich so, dachte er, und das Lächeln seiner »Tochter« gab ihm recht.

Nach einer kurzen Wartezeit kam das Taxi, das er gerufen hatte, und brachte sie in knapp zweiundzwanzig Minuten zumindest in die Nähe des Hafens.

»Warum fahren Sie nicht ganz ran?«

»Da sind irgendwelche Kontrollen. Sie suchen wohl nach entlaufenen Sträflingen, hieß es über Funk.«

»Dann werden wir den Rest zur Fähre eben laufen«, bedankte sich der Skipper und zahlte.

Kathi war entsetzt, als sie auf der Straße standen. »Sind wir etwa damit gemeint?«

Buske grinste. »Das kann schon sein. Schließlich haben wir ein Auto geklaut, und wer weiß, was Femke und Jonas in der Zwischenzeit alles angestellt haben. Lass uns zu Fuß weitergehen und so tun, als wären wir harmlose Touristen.«

Doch je näher sie diesem seltsamen Checkpoint kamen, desto unsicherer wurde Buske. Sollten sie ihren Weg wirklich fortsetzen? Von Weitem konnten sie erkennen, dass nicht die Polizei, sondern Männer in schwarzen Uniformen Autos und Fußgänger kontrollierten. Von Polizisten war nichts zu sehen.

»Sträflinge suchen die schon mal nicht«, murmelte er. »Sonst würden hier andere Ordnungskräfte stehen.« Er sah Kathi fragend an. »Was meinst du, sollen wir es riskieren?«

Sie war unsicher. »Da hängen überall Schilder, die auf die Fähre hinweisen. Vielleicht sind der Fährhafen und der andere Hafen voneinander getrennt. Wir sollten versuchen, diese Sperre zu umgehen.«

»Dann tun wir das«, nickte Buske, »aber auf der Hut sein sollten wir trotzdem.«

✳✳✳

Ob Femke und Jonas unachtsam waren oder sich der Bewaffnete, der ihnen auflauerte, sehr gut versteckt hatte, ließ sich im Nachhinein nicht mehr klären.

Jedenfalls öffnete sich neben ihnen ein Gartentor, und eine Stimme befahl, sofort die Hände zu heben. Sie folgten dem Befehl und sahen in die Mündung einer Waffe, die ein junger Mann auf sie gerichtet hatte.

»Wer sind Sie?«, fragte er auf Dänisch.

»Touristen«, antwortete Femke. »Das ist mein Sohn.«

»Deutsch?«

»Ja.«

»Mann und Tochter auch hier?«, fragte er jetzt auf Deutsch.

»Was für Mann?«, stellte Femke sich dumm. »Kleiner Mann hier neben mir, sonst nichts.«

Der Mann griff nach seinem Funkgerät, und diesen Moment der Unaufmerksamkeit nutzte Femke. Ein ansatzloser Schlag an den Hals und ein zweiter gegen den Kopf ließen ihn mit verdrehten Augen nach hinten kippen. Sein Passmann, der ihnen bisher verborgen geblieben war, riss sein automatisches Gewehr hoch und wollte es durchladen, da streckte ihn ein Schuss nieder.

Jonas war wie erstarrt. Ihm war gar nicht klar, wie schnell ein Mensch seine Pistole ziehen konnte, die er über dem Gesäß im Gürtel seiner Hose eingeklemmt hatte.

Femke kümmerte sich um den jungen Mann, den sie mit Schlägen niedergestreckt hatte, und Jonas machte ein paar Schritte auf ihr Schussopfer zu. Bis auf die in den Fernsehkrimis hatte er noch nie einen Toten gesehen.

»Du hast ihm in die Stirn geschossen«, stammelte er. »Der Mann hatte keine Chance.«

»Sorry, Jonas, aber die hätte er uns auch nicht gelassen.«

»Was machen wir denn jetzt?«

»Schnell wieder zurück zum Auto, hier kommen wir nicht weiter.«

Auf dem Weg zum Friedhof berichtete Femke Lene von dem Vorfall.

✳✳✳

Commander Nielsen hatte nicht gedacht, dass sie die Telefonnummer, die ihr zugespielt worden war, so schnell würde anrufen müssen.

Es tutete, nachdem sie gewählt hatte.

»Al-Malhi«, meldete sich eine Frau.

»Nielsen ist mein Name.«

Es folgte eine kurze Pause.

»Wer sind Sie, und was wollen Sie?«, kam die schroffe, abweisende Frage.

»Ich bin die, der es gefallen hat, dass Sie jetzt mit ›Sheikha‹ angeredet werden.«

Wieder eine Pause.

»Wie soll ich das verstehen?«

»So, wie ich es gesagt habe. Ohne mich säßen Sie jetzt nicht in Ihrem schönen Ledersessel.«

»Was wollen Sie von mir?«

»Ein Treffen.«

»Wann?«

»In einer halben Stunde auf dem Parkplatz des alten Autokinos. Und Sie kommen allein.«

»Und wenn ich nicht komme?«

»Dann gefällt es mir, jemand anderen auf Ihren Thron zu setzen.«

Lene legte auf. Das müsste reichen, um die Frau aus ihrer sicheren Umgebung zu locken.

❊❊❊

Mit Erleichterung stelle Buske fest, dass wirklich nur der Fährhafen von diesen seltsamen Kontrollposten umstellt war. Das zeigte ihm aber auch, dass eine Flucht mit einer Fähre so gut wie ausgeschlossen war, jedenfalls in Richtung Fehmarn.

Sie schritten langsam auf den Westhafen zu, darum bemüht, allen Blödsinn lautstark zu bewundern. Wer die beiden sah, war sich sicher, durchgeknallte Touristen vor sich zu haben, die sogar den Haufen eines dänischen Dackels als Sehenswürdigkeit feiern würden.

»Siehst du irgendwelche Wachposten?«

Kathi schaute sich um. »Nein, nur Touristen und Möwen, die darauf warten, ein unbeaufsichtigtes Fischbrötchen aus fremder Hand zu plündern.«

Inzwischen hatten sie sich ohne weitere Zwischenfälle bis zum öffentlichen Klo vorgearbeitet.

»Wir haben noch eine knappe Stunde«, murmelte Buske. »Wollen wir Dünnpfiff vortäuschen und auf dem Porzellan warten oder weiter die durchgeknallten Touris mimen und alles lautstark ganz toll finden?«

»Lass uns draußen bleiben. Die dänischen Klosteine dürften nicht viel besser riechen als die deutschen.«

Sie schlenderten weiter.

»Dahinten ist der Anleger für die Sportbootschifffahrt. Da müssen wir hin.«

Kathi ergriff Buskes Hand. »Dann wollen wir mal los.«

Er war irritiert. »Geben wir jetzt für die Galerie den Tattergreis und das *sugarbabe*?«

»Nein, ich habe nur Angst.«

❊❊❊

Der Weg zum Auto verlief ohne weitere Schießereien.

»Nur weg«, keuchte Femke, als sie den Wagen startete. »Aber wohin?«

Jonas studierte die Karte auf dem Display ihres Handys. »Vielleicht über den Seeweg?«

»Wie stellst du dir das vor?«

»Wenn du jetzt knappe zwanzig Kilometer geradeaus fährst, kommen wir nach Kramnitse. Dort mündet der Lilleholm-Kanal ins Meer. In dessen Einmündung kann man auf Google an kleinen Stegen ein paar Boote erkennen.«

»Schon wieder eines stehlen?«, raunte sie.

»Zuerst war es eine Bavaria C37, dann ein Lieferwagen, jetzt vielleicht ein kleines Motorboot. Jeder wohlwollende Richter wird da eine Tendenz zur Besserung feststellen können«, versuchte Jonas sie zu beschwichtigen. »Wenn wir in Rødbyhavn mit einem Boot vorfahren würden, könnten wir auch auf See bei Buske zusteigen. Das wäre weniger gefährlich als in dem bewachten Hafen.« Er sah sie von der Seite an und entdeckte eine Träne, die an ihrer Wange herunterlief. »Du weinst ja. Was ist denn?«

»Der entsetzte Blick des jungen Mannes von eben will mir nicht aus dem Kopf gehen.«

»Du meinst den von dem Toten?«

»Ja.« Sie schniefte. »Ich habe noch nie einen Menschen erschossen.«

»Ich bin dir dankbar, dass du es getan hast«, erwiderte Jonas leise. »Du wolltest doch weiterleben, wie ich auch?«

»Ja doch«, stammelte sie, »aber vielleicht hatte er eine Familie, Kinder, eine Ehefrau und Großeltern, die jetzt vergeblich auf ihn warten.«

»Dann hätten sie sein Leben nicht zum Preis des eigenen Wohlstands an den Clan verpfänden dürfen.«

Sie wischte sich die Wangen mit der Hand trocken. »Du hast recht, ich muss das von der logischen Seite her betrachten.«

»Sieh es einfach so: Du bist eine Berufssoldatin, und er ist im Kampf gegen dich gefallen.« Er sah auf das Display ihres

Handys. »Da vorn musst du links fahren, dann solltest du auch bald einen Parkplatz suchen. Zum Kanal sind es von hier aus nur noch ein paar Meter zu Fuß.«

⁂

Sie saßen auf der Bank, die sich mit Aussicht auf den gesamten Hafen direkt an der Spitze des Vestre-Kais befand, und verteidigten mutig jetzt auch ihre Fischbrötchen gegen die Möwen.

»Mein Gott, sind diese Vögel lästig«, schimpfte Kathi. »Sowie ich nur einen Moment lang unkonzentriert bin und den Hafen betrachte, kommt so ein Vieh von hinten angeflogen und klaut mir den Hering von der Stulle.«

»Die müssen eben sehen, wo sie bleiben. Die möchten ja auch nicht, dass ihre Küken im Nest vor Hunger weinen.« Buske sah sich mit Sorgenfalten auf der Stirn um. »Iss du erst mal auf, dann werde ich als Nachtisch meine Horrorgeschichten servieren.«

Kathi warf ihr halbes Brötchen vor sich auf den Boden, um dessen Fischbelag sich sofort drei Möwen stritten. Dem Verlierer blieben nur die Zwiebeln.

»Jetzt hast du mir den Appetit verdorben. Also raus mit der Sprache.«

»Siehst du drüben auf der Hafenmole die Herrschaften, die bei diesem Wetter mit Regenmänteln darauf herumstolzieren?«

Sie stutzte. »Jetzt, wo du es sagst, fällt es mir auch auf.« Sie kniff die Augen zusammen. »Was haben die denn darunter verborgen?«

»Ich fürchte, ihre Schnellfeuerwaffen.«

»Die sie weswegen tragen?«

»Um uns an der Ausfahrt zu hindern, falls sie euch beide als ihre Geiseln erkennen.«

»Du hast doch jetzt ein Telefon. Ruf die Polizei an und berichte denen von deinen Beobachtungen.«

»Die werden sich ein Ei auf meine Nachricht pellen. Ich fürchte, dass der ganze Hafen Al-Malhi-Territorium ist. Wenn sich die Polizei in dieses Terrain trauen würde, dann ständen die oder der Zoll da vorne, um die Leute zu kontrollieren.«

Kathi sah ihn erschüttert an. »Das ist doch aber gegen das Gesetz.«

Buske blickte mitleidig zurück. »…und wenn sie nicht gestorben sind, dann leben sie noch heute.«

Sie schüttelte beklommen den Kopf. »Ist die Welt wirklich so schlecht geworden?«

»Noch schlechter, meine Liebe.«

»Und warum machen wir das alles hier?«, fragte sie mit leiser Stimme.

Er drückte fest ihre Hand. »Damit sie wieder ein kleines Stückchen besser wird.«

**

Femke und Jonas hatten Glück im Unglück. An einem der Stege des Kanals dümpelte ein altes Holzboot. Es war offen, hatte unter einer verrosteten Metallhaube einen uralten Einzylindermotor, wurde mit einer langen Holzpinne gesteuert, und es war nicht, wie sein modernes Nachbarboot, durch eine stabile Kette gesichert.

»Das ist unseres«, brummte Jonas zufrieden.

Zuerst stieg er ein, dann half er ihr dabei.

»Aber sieh doch«, versuchte Femke ihn zu bremsen, »für die Kette am Steuerrad brauchst du auch einen Schlüssel.«

»Nein, das Ding ist so alt, das Schloss ist schnell geknackt.«

Er fand neben dem Motor eine alte Kiste, in der ein größerer Schraubenzieher lag. »Mit dem geht’s ebenfalls«, murmelte er, steckte dessen Spitze in das Schloss und drehte es. »Siehst du, es klappt.« Er sah sich suchend um. »Kannst du hier irgendwo eine Kurbel entdecken?« Sein Gesicht hellte sich auf. Er kippte die Abdeckung des Motors zurück und fand sie in einer speziellen Halterung an der Unterseite der Haube.

Er setzte die Kurbel an und drehte. Bei der vierten Umdrehung sprang der Einzylinder an, und die Auspuffdämpfe hüllten sie förmlich ein.

Nachdem der Motor eine gute Minute gelaufen war, gab Jonas Gas, und das sonore Tock-tock-tock wurde schneller.

Er sah sie lächelnd an. »Wenn du die Leinen löst, geht sie los, die wilde Fahrt.«

Eine Minute später glitt das alte Boot, eine dicke Rauchfahne hinter sich herziehend, aus der Kanalmündung in die Ostsee.

Sie gab ihm erleichtert einen Kuss auf die Wange. »Mein Junge, das hätte ich ohne dich niemals geschafft. Du bist einfach super!«

»Kein Problem«, sagte er stolz, die Ruderpinne fest in der Hand haltend. »Das hätte Bert auch für dich getan.«

☜☜☜

Lene fuhr langsam auf das Gelände des alten Autokinos. Im Sommer gab es am Wochenende noch Filmvorführungen, aber den Winter über wurde dieser Platz in der Dunkelheit nur von Paaren genutzt, die sich zu Hause nicht ungestört lieben konnten.

Sie selbst hatte hier auch mal vor vielen Jahren ein Date gehabt und lächelte, als sie genau an der Stelle vorbeikam.

Vor der alten Betonleinwand hielt sie und wartete gespannt.

Es dauerte nicht lange, da fuhr ein schwarzer Porsche Cayenne vor.

Sie stieg aus ihrem Wagen, ging auf den SUV zu, hielt aber auf halber Strecke inne.

Die Insassin des Luxuswagens musste sich wohl erst davon überzeugen, dass sie auf diesem Riesenplatz wirklich allein waren. Dann stieg auch sie aus und ging auf Lene zu.

»Sie sind Frau Nielsen?«

»Die bin ich, Frau Al-Malhi.«

»Ich nehme an, dass ich mit der Regisseurin dieses überzeugenden kleinen Filmchens von meinem Onkel spreche?«

Lene nickte. »Regisseurin, Producerin, Drehbuchautorin, das alles war ich.«

Frau Al-Malhi sah sich prüfend um. »So wie es aussieht, weiß weder jemand von meiner Familie noch von Ihrer Institution etwas von unserem Treffen?«

»Richtig.«

»Und was wollen Sie von mir?«

»Ihre Familie macht Jagd auf Freunde von mir.«

»Sie sprechen von den Geiseln?«

Lene nickte.

»Und Ihr Wunsch ist?«

»Dass Sie sie in Frieden und unverletzt ziehen lassen. In diesem Augenblick versuchen sie, in Rødbyhavn auf zwei völlig unauffällige Segelboote zu kommen, um einfach nur nach Hause segeln zu können. Daran werden sie aber von schwer bewaffneten Mitgliedern Ihrer Familie gehindert.«

Die Sheikha sah sie kalt an. »Weswegen sollte ich das stoppen? Zwanzig bis dreißig Millionen Gründe sprechen dagegen, Gnädigste.«

»Frau Al-Malhi, Sie lobten so explizit meine Filmkunst. Ich würde Ihnen die exklusiven Rechte eines Pornofilms anbieten, in dem Sie die Hauptrolle spielen.«

Sie lachte. »So einen Film hat es nie gegeben! Allah sei mein Zeuge.«

»Doch, den gibt es.«

Das Handy der Sheikha kündigte eine Botschaft auf WhatsApp an.

»Gehen Sie ruhig ran«, sagte Lene süffisant, »das wird Sie interessieren.«

Die Frau öffnete die App. Nachdem ein kurzer Film heruntergeladen worden war, wurde er abgespielt. Die Sheikha wurde blass. Sie sah sich selbst dabei zu, wie sie sich röchelnd um die Genitalien dreier extrem gut bestückter Kämpfer ihrer Ethnie kümmerte und laufend jammerte, dass es ihr bei dieser Freizeitgestaltung an Festigkeit fehle.

»Das bin ich nicht.« Ihr schossen Tränen der Wut in die Augen.

»Doch, das sind Sie. Schauen Sie nur! Das ist einwandfrei Ihr Gesicht, und sogar das Muttermal auf Ihrer linken Brust und die

Narbe an Ihrem Unterbauch, die Sie noch von dem Fahrradsturz aus Ihrer Kindheit haben, sind da. Das ist alles gut zu erkennen. Bis Sie das dementiert haben, müssten Sie schon monatelang in Ihrem eigenen Puff wieder von ganz unten anfangen und ungewaschene Seemänner bedienen!«

Die stolze Frau war plötzlich ein Bild des Jammers. »Und wie kann ich das verhindern?«

»Ein Anruf bei Ihrem Sohn, dass er seine Verwandten abziehen lassen soll, sodass meine Leute nach Hause segeln können.«

»Das kann ich nur von zu Hause machen, mit einem speziellen Handy.«

»Dann beeilen Sie sich. Und wenn Sie es rechtzeitig schaffen, bevor Ihr Spross eine Katastrophe auslöst, dann sehen oder hören Sie nie wieder etwas von mir.«

***

Fünf Minuten vor der verabredeten Zeit tauchten hinter der Hafenmole die Masten seiner beiden Segelyachten auf. »Wunderbar«, freute Buske sich, »auf meine Leute kann ich mich verlassen.«

»Das sind beides deine Boote?«, fragte Kathi ungläubig.

»Ja, nun müssen wir nur noch das kleine Kunststück vollbringen, lebend an Deck zu kommen.«

Sie nickte. »Es wäre auch schön, zu erleben, dass wir damit unverletzt den Hafen verlassen.«

»Stimmt. Ein Kunststück kommt niemals allein.« Er warf einen Blick auf die Wachen. Die Aufmerksamkeit der bewaffneten Herren galt zweifelsohne den beiden Yachten, wohingegen sie ihn und Kathi bisher noch nicht als ihre Ziele identifizierten.

Pierre hingegen hatte Augen wie ein Luchs und winkte ihnen, als er mit der »Makani« in den Hafen eingebogen war. Damit verriet er den anwesenden Al-Malhis, wer auf die Schiffe wartete, und schlagartig war Buskes und Kathis Rückweg von zwei Wachleuten versperrt. Ihnen blieb nichts anderes übrig, als auf ihrer Parkbank zu warten, bis die Yachten festgemacht hatten.

Als es so weit war, erhoben sich die beiden, fassten sich bei der Hand und gingen betont langsam den Kai entlang. Mit jedem Schritt stieg die Angst in ihnen.

»Bert«, flüsterte Kathi, »ich darf dich doch so nennen?«

»Jau, mien Deern, darum bitte ich sogar.«

»Was meinst du, tut das weh, wenn man erschossen wird?«

»Tja, weißt du«, versuchte Buske mit einer möglichst gelangweilten Stimme zu antworten, »wenn man so richtig dabei tot geblieben ist, dann gibt es relativ wenige Berichte aus erster Hand.«

Sie fing an zu kichern. »Hör mal, wir stehen gleich vor unserem Schöpfer, und du machst deine Scherze.«

»Was soll ich machen? Der findet das ja auch nicht so doll, wenn wir beide da oben mit einer sooo langen Hackfresse ankommen.« Er zeigte, bis wohin das Gesicht dann zeigen musste.

Nun kämpfte auch er gegen einen Lachflash, und beide gingen prustend und giggelnd Schritt für Schritt weiter.

»Ist das normal, wenn man Todesangst hat?«, fragte sie.

Buske schlug sich vor Lachen auf die Schenkel. »Ich hatte noch nie welche, aber das macht das Ganze irgendwie erträglich!«

Wegen ihrer hysterischen Fröhlichkeit entging ihnen, wie bei allen Wachen zugleich das Telefon klingelte. Es gab kein Mitglied des Clans im Hafen, das nicht sein Handy am Ohr hatte.

Für dieses Detail hatten auch weder Tine noch Pierre ein Auge. Sie waren über das seltsame Benehmen Buskes erstaunt.

»Was ist denn mit denen los?«, wunderte sich Tine. »Ist der Chef durchgedreht?«

Pierre kratzte sich nachdenklich am Kopf. »So ganz normal war er ja noch nie.«

✳✳✳

»Scheiße«, fluchte Femke, als sie mit ihrem Fischerboot auf die Hafeneinfahrt zutuckerten. »Jetzt wird es ernst. Da vorne hat die ›Fatima‹ aufgestoppt. Die scheinen auf uns zu warten.«

»Das kann ich mir nicht vorstellen«, murmelte Jonas. »Woher wollen die wissen, dass wir mit so einem Bötchen vorfahren?«
»Aber das ist sie. Ich erkenne den Kahn an seinen zerschossenen Scheiben.«
»Und warum fahren die nicht in den Hafen?«
Femke schüttelte den Kopf. »Weil sie auf uns warten, ich sage es dir.«
»Und wie sollen wir uns verhalten?«
»Keine Ahnung. Siehst du die Typen auf der Heckterrasse?«
»Ja.«
»Die haben alle ihre Knarren unter dem Trenchcoat.«
Jonas stand von der Steuerbank auf, atmete durch und nickte Femke zu. »Dann werden wir eben hocherhobenen Hauptes an ihnen vorbeifahren.«
»Und wenn sie schießen?«
»Dann wirst du, solltest du noch Zeit dazu haben, zurückschießen.«
Sie stand jetzt ebenfalls auf. »Wir haben zwar keine Schnellfeuergewehre, wir können ihnen aber durch Haltung die Stirn bieten. Das hat wenigstens Stil.«
Langsam tuckerten sie an der Motoryacht vorbei. Femke ließ dabei den bewaffneten Mann auf dem Vorderdeck, der wutschnaubend an irgendetwas herumkaute, nicht aus den Augen. Was ihn davon abhielt, mit seinem Sturmgewehr, das er jetzt demonstrativ vor der Brust hielt, auf sie zu schießen, wusste sie nicht. Sie hatte nur einen Gedanken, nämlich nicht vor Angst einnässen zu müssen. Diesen Triumph wollte sie ihm nicht gönnen.
Vor lauter Anspannung vergaß Jonas fast, den Gashebel zurückzunehmen und das Boot in den Hafen gleiten zu lassen.
»Kannst du mir mal sagen«, stammelte Femke, »was hier gerade abgeht? Die wissen doch ganz genau, wer wir sind.«
»Keine Ahnung, aber ich gebe dir recht.«

* * *

Femke und Buske trafen annähernd zur selben Zeit am Steg ein. Noch während Jonas das Boot vertäute, sprang Kathi darauf und umarmte ihren Cousin stürmisch. »Ich bin ja so froh, dass ihr gesund hier seid.«

Der junge Mann sah sie irritiert an. »Ich wüsste nicht, warum wir krank geworden sein sollten.«

Femke und Buske standen sich auf dem Steg für einige Sekunden reglos und ganz nah gegenüber.

»Ich hätte jetzt das Bedürfnis, einen Major zu umarmen und dabei zu heulen.«

»Genehmigt«, antwortete sie und stimmte einen militärischen Tonfall an. »Ich würde es bevorzugen, wenn sich der ehemalige Gefreite etwas herunterbeugen würde, wenn er von einer Vorgesetzten geküsst wird.«

Er nahm sie in den Arm, ließ sich von ihr küssen und wollte sie gar nicht mehr loslassen.

»Mein Gott«, stammelte sie, »ich hatte noch nie solche Angst, weniger um mich, sondern mehr um Jonas. Aber er war toll. Ohne ihn hätte ich das alles nicht geschafft.«

Buske nickte. »Und ohne dich hätte ich das Ganze auch nicht schadlos überlebt.«

✳✳✳

Sie hielten sich nicht lange am Steg auf. Pierre, Tine und die beiden Aushilfen bildeten die Crew auf der »Liese«, während Jonas, Kathi, Femke und Buske auf der »Makani« aus dem Hafen fuhren. Dabei gab es noch einen letzten Blick auf den wutschnaubenden Abdullah.

»Ich weiß nicht, wer was an der ganzen Nummer gedreht hat«, sagte Femke erleichtert, »aber ich habe das Gefühl, dass unser Schutzengel auf den Namen Lene hört.«

»Sie wird es uns erzählen. Nun konzentrier dich bitte auf die umliegende See.«

Wegen ihrer überschwänglichen Freude hatte Femke vergessen, Buske vor dem riesigen Kriegsschiff zu warnen, das von

Steuerbord aus auftauchte. »Du hast die Korvette hoffentlich gesehen?«, fragte sie den Skipper verlegen. »Woher kam die eigentlich so plötzlich?«

»Natürlich. Das wird wohl ein Gruß von der deutschen Admiralität sein.«

In diesem Augenblick ertönte ein lang gezogenes, tiefes und extrem lautes Tuten. »Was ist das für ein Schiff?«

»Das ist die ›Köln‹. Es hört sich fast so an, als wollten sie uns begrüßen. Und was machen wir jetzt?«, fragte er mit Blick auf Jonas.

Der stürzte ans Heck und ließ die deutsche Fahne am kurzen Mast herabsinken.

»Siehst du, sie antworten auf die gleiche Art.« Buske ließ das erheblich leisere Presslufthorn der »Makani« dreimal kurz ertönen. »Das nennt man ›die Fahne dippen oder streichen‹, und das bedeutet, dass wir diesem Kriegsschiff gegenüber freundlich gesonnen sind.«

Femke lachte. »Es wird ja auch Zeit, dass mal jemand vor uns Angst hat.«

✳✳✳

Die See war nur wenig bewegt, und mit fünf Windstärken segelten sie ihrem Heimathafen entgegen. Nach guten sechs Stunden machten sie wieder in Schilksee fest.

Am Steg wurden sie von den Eltern der beiden »Kids« und ihrem überglücklichen Onkel begrüßt.

»Major Gellert«, sagte der Flottillenadmiral, »ich weiß nicht, wie ich Ihnen danken soll.«

»Ich schon«, erwiderte Femke lachend. »Geben Sie dem beteiligten Haufen einfach einen aus.«

»Sie können sich drauf verlassen, Frau Major.«

»Herr Admiral, eine Frage hätte ich noch. Was ist mit Oberleutnant Wilke und Stabsarzt Mendig?«

»Ja, das ist ein trauriges Kapitel. Dass unsere Kinder noch leben, ist einzig und allein der Geldgier des Oberleutnants zu verdanken. Hätten die Iraner sich nicht geweigert, einer Frau so viel Geld zu überlassen, wären Kathi und Jonas tot.«

»Ja, vor ihr hat uns der Doc laufend gewarnt.«

»Von wegen ›gewarnt‹«, winkte der Admiral ab. »Die haben beide unter einer Decke gesteckt. Durch diese ständigen Beschuldigungen wollte er nur von sich ablenken. Am Ende war es ihm aber wichtiger, seiner Geliebten zu helfen, als diesen inzwischen dubiosen Mordauftrag auszuführen. Die beiden wurden verhaftet, als er versuchte, seine Komplizin aus dem Krankenhaus zu befreien.«

SECHZEHN

Kiel am Freitag, dem 17. Mai, 19:00 Uhr

Im Restaurant Italia, der Lieblingspizzeria der Sailaways in Schilksee, war heute geschlossene Gesellschaft. Flottillenadmiral Mayer hatte mit seinen Geschwistern zu einem Abend gebeten, um sich für die Rettung seiner beiden Familienmitglieder zu bedanken. Sämtliche dänischen und deutschen Kampfschwimmer, die an der Aktion beteiligt gewesen waren, das gesamte Sailaway-Team, die beiden Pedersen-Zwillinge – Lasse im Rollstuhl – und Leif Farmsen, dessen Bavaria 37 von den Kindern gestohlen worden war, waren anwesend.

Als alle ihre Plätze eingenommen hatten, trat der Admiral ans Mikrofon:

»Meine Damen und Herren, liebe Soldatinnen und Soldaten, Sie glauben gar nicht, wie froh ich darüber bin, Sie hier heute Abend alle gesund und munter antreffen zu können.« Er zeigte auf Lasse. »Sorry, mehr oder weniger gesund. Aber wenn die neue Hüfte fest ist, dann geht es auch wieder ohne Rolli, hat mir Herr Pedersen versichert. Ein Kamerad kann an diesem Abend leider nicht mehr teilnehmen. Ich bitte Sie herzlich darum, den Bootsmann Finn Keller mit einer Minute des stillen Andenkens zu ehren.«

Die Anwesenden erhoben sich, und es herrschte für die erbetene Zeit absolute Ruhe im gesamten Restaurant.

»Ich danke euch.«

Alle setzten sich wieder.

»Ihr alle, so wie ihr hier sitzt, habt Unglaubliches geleistet. Ihr alle habt wie die Löwen darum gekämpft, unseren Kindern eine Zukunft zu ermöglichen. Das werden wir jedem Einzelnen von euch nie vergessen. Um euch zu feiern, haben wir diese Einladung ausgesprochen. Und wenn das Essen nur einem nicht schmecken sollte, wird der Koch gekielholt.«

Während des Beifalls wandte er sich ab, um seine Wangen mit einem Taschentuch zu trocknen. »So 'n Schiet«, brummte er, »wo gibt's denn so was, einen heulenden Admiral?«

Er räusperte sich. »Und jetzt möchte ich einem Mann das Mikrofon überlassen, ohne den wir heute hier nicht sitzen würden. Ich bitte den Skipper der »Josephina«, Käpt'n Bert Buske, zu mir zu kommen.«

Unter rhythmischem Klatschen aller Anwesenden ging Buske nach vorn.

»Leute, ihr glaubt gar nicht, wie viele Zettel ich vollgeschrieben habe, die ich euch an dieser Stelle vorlesen wollte. Heute Morgen hat Tine sie mir mit den Worten weggenommen: Hör auf, den Quatsch ablesen zu wollen. Sprich frei von der Leber weg. Das mach ich dann nun mal auch.«

Er trank einen Schluck Wasser.

»Als Anfang April Butt und Flunder neben meinem Boot standen, war mir absolut nicht klar, in was für ein Abenteuer ich reinstolpern würde. Was habe ich über jeden Einzelnen von euch geflucht. Okay, bei zwei Spezialisten lag ich damit richtig, aber beim Rest meiner Crew möchte ich mich im Nachhinein dafür entschuldigen. Ihr wart einfach klasse, und mit jedem von euch würde ich, ohne zu zögern, das nächste Mal bis ans Ende der Welt segeln. Mit Femke, Jonas, Kathi, Robert und Markus habe ich nicht nur fünf außergewöhnliche Menschen kennenlernen dürfen, ich habe auch genauso viele Freunde gewonnen, und darauf bin ich verdammt stolz. Was Kathi und Jonas betrifft, bin ich sogar noch mal Vater geworden. Meine besondere Anerkennung haben Femke und unsere beiden Segelküken dafür verdient, dass sie eine Woche später den Bootsführerschein See mit Bravour bestanden haben. Jonas sogar mit einer Punktzahl, die selbst die Prüfer schwindelig werden ließ. Auf Latein heißt das, glaube ich, *summa cum laude*. Er hat alle Fragen, sowohl mündlich als auch schriftlich, richtig beantwortet. Von den sieben bei der Prüfung geforderten Knoten beherrschte er alle und knüpfte sie durchweg mit geschlossenen Augen. Als Zugabe brachte er sogar die Affenfaust. Und wenn die Sachverständigen bei der Prüfung mal nicht weiterwussten, konnte ihnen Jonas mit seinem Wissen fachmännisch aushelfen. Für eure Segelzukunft wünsche ich euch dreien immer eine Handbreit Wasser unter dem Kiel. Und wenn du, Jonas, mal einen Job auf See suchst, kannst du jederzeit bei mir als Skipper anfangen. So, Leute, danke fürs Zuhören, das Essen wird kalt.«

Buske ging während des Beifalls an den sogenannten Kapitänstisch zurück, wo neben ihm auch Major Gellert, Kathis und Jonas' Eltern, Flottillenadmiral Mayer und Commander Nielsen saßen.

»Eine schöne Rede war das«, flüsterte Femke ihm zu. »Ein Buske im Softmodus, dass ich das noch erleben durfte.«

***

Das Essen war exquisit. Einem hatte das, was es à la carte gab, jedoch nicht geschmeckt. Jonas wurde stattdessen mit einem Drei-Sterne-Hamburger de luxe zufriedengestellt.

Der Abend war lang, feucht und fröhlich. Die Zwillinge Pedersen wussten den ganzen Saal mit jeder Menge Seemannsgarn zu unterhalten. Und sie wurden nicht müde, allen zu erzählen, dass sie sich auf ihre Zukunft ohne Arbeit auf dem Hof freuten, denn sie hatten sich in einer Seniorenresidenz in Fåborg eingekauft. Zufällig in unmittelbarer Nähe ihres Lieblingsbordells.

Um kurz vor drei Uhr nachts gehörten Femke und Buske mit zu den Letzten, die das Italia verließen. Kathi und Jonas fuhren mit ihren Eltern zurück, der Admiral freute sich darauf, in Lenes Hotel noch einen Absacker mit ihr trinken zu dürfen, und Frau Major und ihr Skipper schlenderten in Richtung Marina.

»Habe ich etwas verpasst, oder gibt das heute noch eine deutsch-dänische Flottillenfusion?«, fragte er.

»Jau, das ging ziemlich flott.« Sie lachten herzlich. »Warum nicht? Wenn es denn so kommt, gönne ich es den beiden von Herzen.«

»Frau Major«, begann er stockend, »jetzt kommt der Moment, vor dem ich ehrlich gesagt etwas Angst hatte.« Er kratzte sich verlegen am Kopf. »Quatsch, ich fürchte mich nicht vor der Frage, sondern vor der Antwort.«

Sie lächelte ihn an. »Ich höre?«

»Natürlich hast du die Wahl, und ich möchte dich nicht bedrängen.«

»Mein Gott, mach's nicht so spannend. Raus mit der Sprache.« Er strich ihr liebevoll über die Wange. »Gehn wir zu mir oder zu mir?«

Sie überlegte. »Zu dir wäre es, glaube ich, nicht schicklich für eine Majorin. Ich denke, bei dir hingegen würde ich es ausgesprochen nett finden.«

»Sehr schön. Dann gibt es wieder zwei Alternativen: bei mir zu Hause oder auf der ›Josephina‹? Dort habe ich eine gute Flasche Champagner kalt gestellt.«

»Nur dort?«, bemängelte sie mit einem Schmollmund.

»Zu Hause natürlich auch.«

»Trotzdem, ich bevorzuge bekanntes Territorium, die ›Josephina‹. Aber eines sollte klar sein, wir gehen in meine Kabine!«

Er nahm sie in den Arm.

»Ich möchte vorher aber noch etwas klarstellen: Was den stolzen Ritter betrifft, der auf dem prächtigen Schimmel dahergeritten kommt«, er schüttelte den Kopf, »also aus dem Alter bin ich definitiv raus.«

Sie nahm zärtlich sein Gesicht zwischen ihre Hände und gab ihm einen Kuss. »Das stimmt, an deinem Gaul müssen wir noch arbeiten. Der Rest kommt aber schon mal recht anständig rüber.«

Andreas Schnabel
POOLPOSITION
Mallorca Krimi
Broschur, 256 Seiten
ISBN 978-3-95451-364-2

»Der Autor versteht sich aufs ›Menscheln‹ und Morden gleichermaßen. Krimifans, die neben einer spannenden Geschichte auch humorvolle Beschreibungen und sympathische Ermittler mögen, sind hier gut aufgehoben.« airberlin magazin

Andreas Schnabel
MORD AN DER KÜSTE
Broschur, 368 Seiten
ISBN 978-3-7408-1706-0

Die Kieler Woche steht bevor, und an der Ostseeküste verschwinden auf unerklärliche Weise Menschen. Als auch ein Mitglied des DLRG-Teams um Gabriela Haberstroh, Oberkommissarin der Wasserschutzpolizei, Opfer eines brutalen Überfalls wird, stellen die ehrenamtlichen Retter Nachforschungen an. Sie ahnen nicht, dass sie damit in die Schusslinie skrupelloser Krimineller geraten – und ins Visier eines schwer bewaffneten Todeskommandos ...

»Andreas Schnabel nimmt die Leser in das spannende Umfeld von DLRG und Marine mit.« Telemonat

www.emons-verlag.de